双赢

何常在 著

中国出版集团　现代出版社

图书在版编目（CIP）数据

双赢 / 何常在著 . -- 北京：现代出版社，2021.5
ISBN 978-7-5143-9137-4

Ⅰ.①双… Ⅱ.①何… Ⅲ.①长篇小说—中国—当代
Ⅳ.① I247.5

中国版本图书馆 CIP 数据核字 (2021) 第 186490 号

双赢

作　　者	何常在	
责任编辑	姜　军　王志标　刘全银	
图书印制	贾子珍	
出版发行	现代出版社	
地　　址	北京市安定门外安华里 504 号	
邮政编码	100011	
电　　话	010-64267325　64245264（传真）	
网　　址	www.1980xd.com	
电子邮箱	xiandai@vip.sina.com	
印　　刷	三河市国英印务有限公司	
开　　本	710mm×1000mm　1/16	
印　　张	21.5	
字　　数	307 千字	
版　　次	2021 年 9 月第 1 版　2021 年 9 月第 1 次印刷	
书　　号	978-7-5143-9137-4	
定　　价	49.80 元	

目　录

双

赢

目
录

第一章　单身万岁，恋爱有罪

"你好，夏陌上！"

夏陌上微眯着眼睛，打量眼前身材颀长、英气俊朗的男子，眼神中有好奇和不解，更多的是疑惑。

"你好，何初顾！"

何初顾一脸淡然笑意，和夏陌上轻轻握手，随即后退半步，目光清澈而不迷乱，淡定地回应夏陌上充满疑惑的眼神。

"何初顾……你真的不记得我了？我是夏陌上啊。"夏陌上坐回座位，整理了一下合体而束身的职业西装，又将头发拢到了耳后。

想了想，她还是把头发缩起，扎了一个丸子头："以前我喜欢留丸子头，想起来没有？夏陌上呀，你的小学、初中、高中和大学同学，你别说你不认识我，除非你得了老年痴呆。"

这是一间虽小但雅致并且装修风格很新颖的咖啡馆，名字也起得有意境——初见。

何初顾依然是一副淡然随意的姿态，他轻轻转动了手中的咖啡杯："夏总，我们在讨论星河收购云上事宜，不是叙旧，而且不好意思的是，我真的不记得你是谁。"

喝了一口苦涩的美式咖啡，何初顾的笑容微有戏谑和不屑："别套近乎好吗？在商业面前，你老套而媚俗的手法不但不能增加我们之间的了解，还会让我看低你几分。"

夏陌上丝毫没有生气，行云流水般地放下头发，恢复到之前的正式和漠然，就连口气也疏离了几分："刚才是中场休息，别多想，何总，我只是想和你开个玩笑，轻松一下！现在回到正题上，不好意思，云上不同意被星河收购，现在是，以后也是！"

何初顾丝毫没有受到夏陌上中场插曲的影响，放下咖啡，目光凌厉："夏总，云上没有时间了。从现在起，每过一周，星河的报价就降低一个百分点……"

"这样倒是挺好玩的，我突然有兴趣玩下去了。"夏陌上起身，伸出了右手，"谢谢何总的咖啡和时间，下次再见面的时候，希望何总还记得今天的见面，以及……说过的每一句话。"

夏陌上咬了咬嘴唇，笑得既优雅又调皮。

何初顾冷漠地点头："下次见面，希望就是签订星河收购云上协议的时候。"他顿了顿，环顾四周喝咖啡工作的人群，"我们是商业谈判，又不是朋友聚会，更不是约会，既然没有谈妥，不应该是 AA 制吗？"

冷静、克制、不生气，夏陌上深呼吸一口，不能让低情商的人拉低她的情商值。

计较一个冷漠无情不知变通完全没有情商的高智商高学历的二高男的态度，是自己和自己过不去，她毕竟是高智商高情商和高颜值的"三高女"，夏陌上努力保持微笑，回身、扫码、付款，一气呵成。

"我请何总好了。等以后云上收购了星河，我成了你的老板，天天请你喝咖啡！"

何初顾想要还一半的钱给夏陌上，夏陌上却不给他机会，转身走了。

收银小妹莫小可忍住笑："先生一看就没有女朋友对吧？"

何初顾愕然点头："你从哪里看出来的？"

莫小可实在绷不住了，笑了出来："您的实力不允许您有女朋友。"

"你说得对。"何初顾认真地点头，严肃地说道，"女人会的我全会，女人没有的，我也有，为什么要恋爱结婚娶妻生子？难道是嫌自己太优秀，非要找一个人在一起平均自己的能力，降低自己的生活标准？社会不养废物，家庭也不需要没用的人。"

"更不用说万一遇到一个不讲理没本事脾气还大的女人，我干吗找不自在，平白无故为自己找一个姑奶奶？我脑子又没坑。"

"对不起，对不起，是我脑子有病，不该和您说话。"莫小可连吐舌头，吓得后退两步，"我错了，先生，您说得都对，您就该一辈子单身。单身万岁，恋爱有罪。"

何初顾反倒安慰莫小可："也不能这么说，平庸的人还是要恋爱结婚生子的，像我一样出众并且高尚的人，才有单身的资格。"

何初顾的背影消失在门外，莫小可才长舒了一口气，又拍了拍胸口，如释重负："妈呀，可算走了，这人简直是比钢铁侠还钢的钛合金直男，谁要是喜欢上他，不得被他气死？"

同事黄心然不以为然地撇了撇嘴："别以为你不喜欢就没人喜欢了，人家恋爱值很高的好不好？他是星河丝绸的副总，年薪百万，加 20 分。人又长得帅，加 20 分。还是牛津大学的高才生，再加 20 分。性格不好，扣一半，10 分。爱情观过于直男，也扣一半，10 分。加在一起还有 80 分呢。"

"听说是星河老总沈星河的女儿沈葳蕤倒追他，他都不同意呢。"

"才不信！"莫小可坚决摇头，"谁会喜欢一块木头？不对，是铁疙瘩。你没听他说吗，他还是单身主义者。单身好，他这样的人就不配拥有爱情。只有他单身了，才能让我们对爱情继续抱有幻想。"

"不对不对，你说得不对，女人追求男人为什么叫倒追？"莫小可抓住了黄心然的语病，"现在是什么年代了，还抱着女孩就应该被动的想法，心然姐你落伍了。要我说，不管是事业还是爱情，女孩子都应该掌控主动权，做自己喜欢做的事业，追自己喜欢的人！"

……回到办公室，夏陌上刚坐下，助理管雨儿殷勤地递上菊花茶，很狗腿地笑道："头儿，菊花茶平肝明目，还养颜，喝了心情舒畅皮肤漂亮。"

"你怎么不给我泡枸杞红枣？让我提前进入老年生活，好传位给你！"夏陌上没好气地踢飞高跟鞋，换上了拖鞋，又扔了职业装上衣，松开头发，很没形象地倒在了贵妃椅上，"雨儿，哀家要喝咖啡，冰的，快。"

"您老青春期还没过完，距离更年期还相当遥远，我可没有谋朝篡位的想法。"管雨儿梳了一个马尾辫，穿一身运动装，小小的瓜子脸既惹人可怜又让人爱惜，"外人不知道，小的还不清楚您老表面上是云上丝绸的总经理，年少有为的白富美，实际上云上丝绸已经负债累累，离破产倒闭只差一个周末的约会。"

"您还传位给我？受不起！除了花呗和负债，您还有什么？"

"怎么废话这么多，我的冰咖啡呢？"夏陌上浑然没有和何初顾谈判时的淡定、优雅与高高在上，变成了一个有点疯有点搞笑的小女孩形象，她踢着双腿，"冰咖啡再不就位，我就开除了你，管雨儿！"

"要不我自己辞职得了？不过您得先给我补发上半年工资，除了欠我半年工资外，还有奖金、路费、话费、口红费等等，加在一起差不多十几万块吧。"管雨儿递上了咖啡，却没有加冰，"差不多行了，心里已经拔凉了，就别加冰了，雪上加霜知道不？"

"能不能别上来就谈钱？太伤我们从小一起长大的发小感情了。"夏陌上喝了一口咖啡，陶醉的表情维持了几秒钟，忽然又跳了起来，"你说，如果一个人明明记得你，对你印象特别深刻，却还假装不认识你，板着脸公事公办地说话，他是有病还是脑子有病？"

"谁呀？你先说是谁我再帮你分析。"管雨儿不上当，对于夏陌上的性格了如指掌的她，从小到大上无数次当的她现在总算学聪明了，不再动不动就跳进她的坑里。

夏陌上从小到大，一路上都是碾压她的存在，不管是智商、情商还是长相、出身。

别看夏陌上在人前人后有时一副高冷范儿，回到家里就立马变成了开心果、搞笑和理科学霸的综合体。

"还能有谁，就是那个青梅竹马的陌生人！"提及何初顾，夏陌上就有几分愤愤不平，不仅仅是因为今天何初顾对她一副从未见过面的陌生人的嘴脸，还有他们相识20多年来的悲惨往事。

"何初顾？天啊，你真的遇到他了？"

何初顾的故事，管雨儿听夏陌上说过不下上百遍。

管雨儿和夏陌上虽然是从小一起长大的发小，但由于学习成绩上的差距，她们上的从来都不是一所学校，不管是小学、初中、高中和大学。

她是普小、普高和普通大学，夏陌上是重小、重高和顶尖名校。

夏陌上在学习上如同开挂一样，从小学三年级时开始起飞，考上了全年级第一之后，就像是吃了传说中的仙丹，此后的考试，从小学一路到大学，从未跌出过前三名。她的竞争对手换了一轮又一轮，只有她是唯一屹立不倒的常胜女将军。

不对，还有一个何初顾。

小学三年级时，夏陌上初露头角，考中了全年级第一，第二是何初顾。

虽然和他不同班，但夏陌上牢牢记住了何初顾的名字。

后来的几次考试，都是她年级第一，其他人轮流争当第二到第五名的成绩。而在小学毕业时，何初顾如同一匹黑马脱颖而出，考了全年级第一，彻底打破了她几年来保持的不败神话。更气人的是，她没有了下次战胜何初顾的机会，因为毕业了。

第一章 单身万岁，恋爱有罪

第二章　青梅竹马，咫尺天涯

初中时，何初顾和她上了同一所中学，但不同班。二人依然隔空较量，大多数时候夏陌上第一而何初顾第二。有时何初顾也会跌出前三，但夏陌上却始终占据了第一的位置，直到初中毕业。

中考时，何初顾再次上演了逆袭之战，以全校第一名的成绩考上了重点高中，而夏陌上保持了三年之久的全校第一，在决胜局被何初顾一举打败！

她觉得何初顾就是故意隐藏实力，要的就是在最后一战给她致命一击。

很不幸的是，高中时，二人又是同一所学校。还是一样的配方，一样的味道，何初顾除了考过一次全年级第一之外，大多数时候的考试成绩总是屈居在夏陌上之下。

为了防止小学毕业考试和中考的翻车事件重演，夏陌上努力学习，无比刻苦，却万万没想到，高二时分班，何初顾居然报了文科！

他怎么就学文了呢？以他的优秀和冷静、缜密的思维，应该是标准的理工男才对。夏陌上百思不得其解，她报了理科，从此和何初顾成为学校的文理双霸。

夏陌上至此算是对何初顾既怕又服，怕他的高智商，服他的选择，多少次她在噩梦中惊醒，都是因为梦到何初顾考了第一而她痛失宝座。现在文理分班，何初顾不再是她最担心最可怕的对手了。

却怎么也没有想到，她和何初顾竟然考上了同一所大学！

为什么他总是在她身边阴魂不散？夏陌上近乎绝望了！好在大学期间，她和何初顾没有了在学习成绩上的直接竞争，却在竞选系学生会主席、校学生会副主席时，都狭路相逢。

至此，夏陌上完全相信何初顾就是上天派来刁难、磨炼她的炼丹炉、磨刀石，她只要忍受了何初顾的一切，她就能成为自己想要成为的人。

大学期间，也不知道是谁知道了她和何初顾是小学、初中和高中的同学，就散播消息说他们是青梅竹马的恋人，夏陌上冷哼一声："青梅竹马的陌生人还差不多！"

否认了也不管用，关于她和何初顾恋爱的传闻却愈演愈烈，甚至还有人说是她一直在追何初顾，而何初顾对她不屑一顾。

夏陌上气不过，找到了何初顾，质问何初顾为什么要散布谣言。如果他喜欢她，可以直接和她说，用不着用这种隔空求爱的伎俩。

何初顾的冷笑透露着三分不屑七分嘲讽："我是单身主义者，从来不会喜欢别人，更不会暗恋别人！"

气得夏陌上当众宣布她也是单身主义者，所有有关她谈恋爱的消息都不属实！

大学毕业后，何初顾出国留学，去了英国。夏陌上也考上了英国的研究生，正打算出国时，家族企业云上丝绸出事了，她不得不放弃学业回家继承了家业。

云上丝绸是夏陌上的父亲夏想创立的公司，早些年产品畅销海内外，一度成为省内的明星企业。随着互联网的兴起以及电商的崛起，销售渠道的变动带动了消费群体的改变，云上丝绸不管是款式、产品技术还是销售渠道，都落后于了时代，慢慢被同类产品侵占了市场。

尤其是一个借助电商渠道飞速成长起来的新兴品牌星河丝绸，更是后来居上。

星河丝绸先是从电商市场打出了知名度，又迅速布局线下市场，蚕食了原本属于云上的大部分市场份额，导致云上的销售额大幅萎缩，从原来的一线品牌跌落成为三线品牌。

除了有电商的渠道优势之外，星河丝绸在新技术的运用以及款式设计上，都有过人之处，所以产品在受欢迎程度上胜过云上。

现在的云上，产品样式老旧、销售渠道不畅、资金链断裂，离破产倒闭只有一步之遥，只剩下口碑硬撑了。如果不是夏陌上坚持，早就关门大吉了。

　　尽管夏陌上自认是高智商、高情商和高学历（有时也会替换成高颜值）的三高女，却从来没有当自己是白富美，等到接手了家族生意之后她才清楚，她也可以称为白负美，资产为负，公司已经资不抵债了。

　　夏陌上欲哭无泪，就算她不是富二代，至少也别刚大学毕业就有一屁股欠债好不好？更何况她是三高女，但也不是天生就会经营和管理，她实际上对经营公司既没有兴趣又不擅长！

　　但父母辛苦打下的江山，作为独生女她不继承谁继承？夏陌上只好硬着头皮扛起了大梁。只是交到她手里的云上已经千疮百孔，只有两条路可以选择，一是被收购，二是资产重组。

　　星河对云上表现出了浓厚的收购兴趣，一开始夏陌上是拒绝的，她想凭借自己的能力让云上起死回生，她想资产重组，想找来投资。但一番努力之后，却发现星河除了在正面战场不断蚕食云上的份额之外，还在侧面战场劝退了几乎所有想投资云上的投资人。

　　怎么这么缺德带冒烟儿？夏陌上虽然也知道在商场上在商言商，有些手段虽不光明正大，但只要不犯法就是正常的商业策略，她还是忍不住提出要和星河的人见面聊聊，打算正告对方想要收购云上，拿出足够的诚意和实力也可以谈，但别背后下手。

　　不料见面之下，星河主导收购的人竟然是何初顾！

　　狗屁何初顾真是她命中的克星不成？原以为从此人海茫茫，何初顾出国深造，永远不再回国，和她更是再也没有交集的机会，噩梦就此远离，不承想，和之前只是在成绩上压她一头不一样的是，再次出现在她面前的何初顾，是要从根本上断了云上的退路，是不吞并了云上誓不罢休！

　　他难道真是一个披着人皮长着人脸的恶魔？尽管也得承认何初顾确实有几分帅气，即使是冷峻而不近人情的表情刻板而木然，但好看就是好看，不能视而不见。只是再好看他也是专门克制她的魔王，对，夏陌上决定以后就叫何初顾何魔王。

最可气的是，何魔王居然假装不认识她，岂有此理！她当年和何魔王同校时，名声何其响亮，不管是学霸之名还是校花之名，她不信何魔王不知道她。

不对，何魔王在中学和大学期间，至少和她见过三次以上，他说不认识她，就是在故意气她。

也可能是嫉妒她一直在学习上力压他一头，所以现在得了机会，他才疯狂报复她，才要不择手段地吞并云上，以此来证明他比她强。

"何初顾怎么去了星河，还是负责收购云上的副总？"管雨儿眨眨眼睛，暗中观察夏陌上的表情，她太了解夏陌上对何初顾的痛恨了，每次提到他总是咬牙切齿，恨不得烧烤加涮锅。

"他会不会是故意的？"

"不许叫他何初顾，以后叫他何魔王！"夏陌上从沙发上一跃而起，不顾披头散发的形象，"他就是故意的，绝对是为了打击报复我一直比他学习优秀。不行，我一定得再一次打败他，让他彻底服输，从此在我面前俯首称臣。"

"对，何初顾，不，何魔王就是一个小心眼的小男人，就是对头儿打击报复。不能让他得逞，云上不但要拒绝星河的收购，还要发起反收购，吞并了星河，成为丝绸市场最大的公司。"管雨儿慷慨激昂了半天，见夏陌上没什么回应，愣住了，"怎么了头儿，鸡汤不好喝？味道不对？太咸了还是太淡了？"

夏陌上微皱眉头："说来容易做到难，现在云上的困境真的很麻烦，想要突围必须得有投资。问题是，我又不想要盛唐的资金。"

"说到盛唐，头儿，刚才他来公司找你，我说你不在，他非要等你回来，我就让他在会议室等……"管雨儿吐了吐舌头，一脸羞愧，"对不起头儿，是我的错，我没能经受得起诱惑，接受了他的小礼物，然后就透露了你的行程。"

管雨儿的缺点是耳根子软，优点是知错就改，对夏陌上事事不隐瞒。

夏陌上假装要打管雨儿，手举起一半，转了转眼球，笑了："下次如果他再送你低于100块的礼物，拒收！对了，你半个小时后带他来花房，我请他吃晚饭。"

"得令，头儿。"管雨儿喜形于色，跳了起来，"打算接受盛唐的投资了？其实他人真的不错，大学期间追了你四年，从来没有喜欢过别人，这么专一的男人，备注——专一的有钱的还倍儿帅的男人——真的不多见了。"

"闭嘴！"夏陌上的手还是落了下来，打在了管雨儿的脑袋上。

"要你多嘴！如果我对他有感觉，早就答应他了，用得着等到现在？他想投资云上的出发点中，有一大半是为了追到我，不是纯粹的基于商业的判断，这不是一个优秀的投资人应有的素质。"

管雨儿一缩脖子躲到了一边，摸着脑袋一脸委屈。

夏头儿什么都好，就是太骄傲了，不，应该说是太挑剔了，身边的追求者无数，哪一个都看不上。也不是嫌弃别人不够优秀，而是总说找不到感觉。

爱情是需要感觉，但婚姻要的不是陪伴吗？

盛唐从大学到现在，足足等了夏陌上五年，五年，就是一块石头也被熔化了，头儿到底想要的是什么？

第三章　商业的归商业，感情的归感情

"头儿，忘掉你曾经的理科学霸的身份好不好？你首先是一个姑娘，姑娘明白吗？就是女人。女人是感性动物，在爱情的世界里，不要用理性来分析得失……"

管雨儿的话说到一半照例被夏陌上打断了，夏陌上昂首挺胸一脸自豪："不管多优秀的男人都动摇不了我单身主义的决心！事业很美好、游戏很有趣、美食吃不完、世界那么大我想看个遍，哪里有时间谈恋爱？何必自己找不自在？"

"行，行，你是头儿，你永远有理，总是正确。"管雨儿赶紧出门，"我去知会盛唐一声。"

又摇了摇头，自言自语："可怜的盛唐，你为什么非要喜欢上一个单身主义者？是觉得改变了单身主义者的恋爱观很有成就感吗？不过我是真心希望不管你和头儿的感情有没有结果，你和她的事业合作，能有一个好的开始。"

夏陌上一个人在办公室，先是打了一个电话，又打开电脑研究了市场风向。半个小时后，她带了两条丝绸围巾，出门。

到了楼下，夏陌上拿出手机叫车，看了看要 30 多元的路费，就关了App，上了公交。

公交上，有几个女学生聚在一起说笑。夏陌上凑了过去，拿出两条围巾，问她们更喜欢哪一条。

几名女学生几乎毫不犹豫地选择星河的产品，只有一人喜欢云上的产品，夏陌上颇有几分郁闷，问她们原因。

"这个花色太老土了，感觉是我妈的审美。"

"手感不如那一条好，有些粗，不像丝绸，倒像是普通的面料。"

"太长了，现在谁还围这么长的围巾？"

"就一个原因，图案设计不行，色彩也不好，反正就是不喜欢。"

尽管不愿意承认，夏陌上也意识到了问题的所在——云上的制造工艺和设计思路，确实落后了，更不用说线上和线下的销售渠道了。

比原定时间迟到了半个小时，夏陌上赶到花房的时候，盛唐和管雨儿已经等候半天了，二人正聊得兴起。

身高一米八以上、俊朗、潇洒的盛唐一身休闲打扮，看似随意却更显青春活力。他起身迎接夏陌上，并为她扶好座椅，绅士风度十足。

"我点了你爱吃的菜，看看还有什么需要补充的吗？"入座后，盛唐递过去了菜单。

夏陌上摆了摆手："有雨儿在，她肯定不会漏掉我每一个爱吃的菜……盛唐，咳咳，盛总，如果你投资了云上，下一步会怎么改变云上现在的处境？"

"你同意我注资了？"盛唐面露喜色。

"我只是先假设一下。"

"叫我盛唐，不可以叫我盛总，否则绝交。"盛唐假装生气，没绷住，自己先笑了，"如果我进入云上，首先重组管理层，招聘一些新生力量，为公司注入新鲜血液和活力。当然，你还会是总经理……"

夏陌上面带鼓励的微笑："继续。"

"然后会投入巨资在各大电商平台播放广告，再和各大短视频平台的知名主播合作，让她们带货……"

夏陌上不说话，耐心而认真地聆听了盛唐半个小时的演讲，中间偶尔打断他一下，也为他递水，让他润润嗓子再说，温柔而体贴。

管雨儿在一旁看呆了，瞪大一双羡慕的眼睛——简直就是神仙伴侣，他们是同学，又有共同的事业，以后真的走到了一起，会有说不完的话题。都说陪伴是最深情的告白，对他们来说，陪伴不用刻意，事业同步，爱好相同，陪伴不过是他们的日常。

"边吃边说，慢点儿，不急，别累着了。"夏陌上和声细语，还主动夹菜给盛唐，"盛总对丝绸行业还真的做过功课，有过深入的了解，是一个合格、不，优秀的投资人。"

盛唐苦追夏陌上多年，夏陌上对他从来都是不冷不热不远不近，难得今天如此温柔以待，有几分受宠若惊。

"投资是一门学问，不能光凭喜好和偏爱，也不能跟着感觉走，要研究市场，了解风向。"盛唐微微激动之下，没有留意夏陌上对他的称呼是"盛总"。

"我想投资云上，固然有和陌上熟悉的原因，投熟悉的靠谱的人，也是行业的潜规则之一。但最主要的原因还是我对丝绸行业由衷的热爱，以及我本人很看好行业的前景。"盛唐有几分迫不及待表现的意思。

夏陌上依然一脸淡然的笑意，陡然间眼神犀利了几分，扫了管雨儿一眼。

管雨儿一缩脖子，低头假装吃饭，眼神躲闪。坏了，被头儿发现她向盛唐传话了。原本盛唐有意投资云上的初衷，确实如夏陌上所说，个人感情成分占据了主要比例。她看不过，暗中提醒了盛唐几句。

别看夏陌上对盛唐温柔体贴，但她只是出于商业应酬上的礼仪，管雨儿清楚得很，她是一个分寸感极强、情商极高的商界精英。

夏陌上常挂在嘴边的一句话是："商业的归商业，感情的归感情，可别混为一谈。"

管雨儿就会嘲笑夏陌上太男人太理智了，总有一天她会遇到一个喜欢的人，让她不再理智，变成感性的女人。

"怎么样，陌上，答应让我占股多少？我估算了一下，现在云上的估值由于市场份额下滑的原因，偏低。但由于我们熟悉而亲密的关系，以及我对你本人的看好，我会说服投委会尽可能提高估值……"盛唐以为胜券在握，急于敲定细节。

"花房是不是换厨师了，今天的味道有点不对。"夏陌上嫣然一笑，岔开了话题，"先吃饭，饭局上不宜谈正事。味道虽然不对，不过和以前相比，有了新意，真的，这个虾球不错，你赶紧尝一个。还有那个西湖醋鱼也很地道。"

盛唐无奈一笑，只好接过夏陌上夹来的菜。管雨儿就很及时很狗腿地为夏陌上夹菜倒酒，却被夏陌上制止了。

"别忙活了，现在不是你表现狗腿的时候。去买单，今天我请盛总。"夏陌上朝管雨儿使了个眼色。

管雨儿起身，扭捏着不肯离开："头儿，上、上、上个月的出差补助和餐补还没有报销，买单没有问题，问题是没有子弹……"

真是猪队友，在投资人面前哭穷，不是摆明了让投资人借机压价吗？夏陌上气笑了，正要掏出银行卡。

"不用了，已经买过了，我是花房的VVIP，直接记账就可以了。"盛唐摆了摆手，大气而豪爽，"而且我也和老板说了，以后不管是你还是雨儿，只要来花房吃饭，直接记我账上就行。"

"哇，太感动太幸福太惊喜了！谢谢盛总！"管雨儿花痴地拼命眨动眼睛，"盛总就是九亿少女的梦中男神。"

"行了，别演了，盛总不吃你这一套。"夏陌上踢了管雨儿一脚，"那就谢谢盛总了，算我欠了盛总一个人情。"

"我们之间，非得算得这么清楚吗？"盛唐微有不满之意，"还有，不要叫我盛总，我在你面前，是你的同学兼追求者。"

"以后少让盛总喝酒，他酒量不好。"夏陌上没有接招，轻巧地化解了盛唐的攻势。

盛唐脸色不变，他被夏陌上拒绝的次数太多，已经免疫了，最主要的是，他知道夏陌上现在已经山穷水尽，只有他的帮助才能渡过难关，时间，站在他的一边。

几年都熬过来了，还在乎眼下再多几个月的等待？他有足够的耐心和信心。

迎面走来两个人，盛唐微有惊喜，来得正好，他可以乘机借势，也好让夏陌上有危机感，不要以为他非云上不投。

作为根正苗红的富二代，长得又帅，还温柔细心专一，盛唐自认为他就算不是绝无仅有的好男人，也算得上是少数派了。虽然和混杂了森系与禁欲系风格的何初顾不能相比，他也是难得的新兴男性了。

盛唐起身，礼貌地打了招呼："这么巧，葳蕤和初顾也喜欢花房的口味？"

何初顾？夏陌上先是下意识打了个冷战，不会真的这么巧吧，吃个饭都能遇上何魔王？她回头一看，妈呀，昂首挺胸趾高气扬的货不是何魔王又能是谁？

何魔王的身边有一个女孩，细眉、大眼、瓜子脸，长腿、瘦腰，长相甜美身材火辣，该收的地方收，该明显的地方明显，近乎让人挑不出毛病的完美。

夏陌上又不自觉地低头看了看自己，得承认还是有一些差距，她本想不理会何魔王的到来，盛唐一句话又让她立刻精神为之一振。

"陌上，沈葳蕤是星河丝绸的总经理，是创始人沈星河的女儿。"盛唐注意到了夏陌上有些赌气的表现，就忙悄声提醒了一句。

原来是竞争对手星河的老总，夏陌上当即站了起来。说来好笑，星河想要收购云上，闹得沸沸扬扬，至少也有半年以上的谈判了，她却从未见过星河的总经理，更不用说创始人了。

一开始只是传闻，夏陌上也懒得理会。后来传闻越来越离谱，说是星河为了收购云上，已经准备了至少三套方案，并且专门为此任命了负责收购的副总。

再后来，星河方面派人和云上接触，正式提出了收购意向。夏陌上一口回绝，并且拒绝了再次谈判的可能。直到星河在背后采取一系列的封堵措施之后，她才相信星河是动了真格，出于试探对方底细的出发点，她才主动提出了面谈。

结果就遇到了何初顾。

第三章　商业的归商业，感情的归感情

第四章　依然是单身主义者

"你怎么会认识星河的人？"不对，盛唐似乎和他们很熟悉的样子，夏陌上当即想到了什么。

盛唐俏皮地眨了眨眼睛，没有回答夏陌上的疑问，而是先和沈葳蕤、何初顾握手。

随后，盛唐介绍夏陌上和沈葳蕤、何初顾认识。

"不对，陌上你和何初顾是大学校友，应该认识吧？"盛唐才想起夏陌上和何初顾是同年同一所大学，他当年在隔壁大学就听说过夏陌上和何初顾的盛名。

夏陌上和何初顾同时摇头。

夏陌上暗中打量沈葳蕤，发现沈葳蕤也在好奇地审视她，她蓦然间自信心爆棚："沈总，久仰了。星河想娶云上也可以理解，一家有女百家求，何况云上也是业内最好最优质的领军公司。不过既然是求爱，就要拿出诚意和新意，而不是霸王硬上弓。"

"坐下来谈，可以。强行并购，对不起，云上不缺追求者。除了被收购，云上也不缺投资人。"夏陌上笑意盈盈，笑容中，又有说不出来的自信和从容。

收购，是联姻。投资，是恋爱。投资失利，还可以退出。收购之后，想要再卖掉就难了。

沈葳蕤并没有正面接下夏陌上咄咄逼人的招数，她先是冲盛唐点了点头，扭头对夏陌上说道："叫我葳蕤就好，我们是同龄人，别叫老了。听说你和何初顾是青梅竹马……"

"不认识！"

夏陌上和何初顾再次异口同声，生怕落后对方一分就输了声势似的。

"相见不如偶遇，既然遇上了，不如一起，反正盛总是花房的VVIP，他签单就行了。"夏陌上慷他人之慨，提出了邀请。

"一起可以，但不用盛总请客，我也是花房的VVIP，对了，好像还是和盛总一起办的卡。"沈葳蕤朝盛唐含蓄一笑。

让服务员收拾了桌子，重新落座之后，沈葳蕤又点了几个菜。她坐在了主位，大有反客为主的意思。

"说来我们真的很有缘分，陌上，你和初顾是校友，我和初顾也是研究生同学。盛唐在想投资云上的同时，也有意投资星河。而星河也想收购云上……咯咯，是不是关系绕来绕去有些复杂？"沈葳蕤掩嘴一笑，举起酒杯，"难得今天大家聚在一起，来，我敬各位一杯，预祝我们合作愉快。"

"喝酒就喝酒，和以后是不是合作没关系。"夏陌上一饮而尽，"我先干为敬！不干不够意思。"

沈葳蕤微微一惊，迟疑一下，也一口喝完。喝得急了一些，微微咳嗽几声。

盛唐和管雨儿也是一饮而尽，只有何初顾微微碰了一下嘴唇就放下了杯子："劝酒是恶习，丰俭由己，多少随意，才是对别人的尊重。"

夏陌上差点拍案而起，一件喝酒的小事被何初顾上升到了待人处事的高度，他天生就是她的克星对吧？这个魔王，太过分了。

"爱喝不喝，没和你说话。"夏陌上一向自认情商高有涵养，轻易不会在人前失态，不知何故一见到何初顾就控制不住自己，就想生气，"沈总，我强调一件事情，如果星河坚持让何总负责对云上的收购，我可以明确答复你，不行！"

"除非换一个人，否则没得谈。"

何初顾脸色不变，眼皮都没有抬一下："幼稚！"

沈葳蕤微露惊讶之色："夏总的意思是让我在云上和初顾之间只能选择一个了？不好意思，我的答案是宁肯不收购云上，也不会放弃初顾。对星河来说，他的价值远大于云上。"

"更不用说，云上现在除了被星河收购，也没得选择了。星河接下来会推出一系列的精品，不出意外，会进一步蚕食云上的市场，等云上真的沦落成只是一个只有怀念价值的情怀老品牌时，星河对云上的开价会比现在低90%……"

管雨儿以为夏陌上会气炸，忙暗中做了一个呼气吐气的动作，双手在胸前下压，暗示夏陌上不要被激怒，商业上的谈判，听听就行。

夏陌上确实被气着了，管雨儿的动作又让她笑了出来，她暗中告诫自己息怒，别被魔王拉低了情商。

"我知道，何总才说过，从现在开始，星河对云上的开价每周都降低一个百分点。其实不用这么费事儿，直接放弃吧，云上不卖了，要自力更生，要重新崛起。说不定有一天，云上还会提出对星河的收购呢，是不是呀盛唐？"夏陌上将球踢到了盛唐的脚下。

"谁说不是呢？"盛唐笑得很灿烂，"我本来在到底是投资云上还是星河之间犹豫，现在不纠结了，还是决定投资云上了！我喜欢以弱胜强，现在的云上虽然比星河弱，相信有了我的加盟，会很快恢复以前的业绩，并且进一步反手吞下星河，也不是没有可能。"

"是吗？"沈葳蕤意味深长地反问了一句，笑眯眯地看向了何初顾。

何初顾面无表情："夏陌上说的是气话，如果她想要盛唐的资金，盛唐早就进入云上了。盛唐对云上的投资，并不是出于对丝绸市场的了解和看好，而是基于感情因素，犯了投资的大忌。"

不说话会死吗？夏陌上咬了咬嘴唇，狠狠地剜了何初顾一眼。

何初顾视若无睹。

"包括盛唐对星河的投资兴趣，也并非认可星河的行业地位，而是为了借星河为支点，好打开云上的大门。"何初顾漫不经心地看了盛唐一眼，"盛总，我很理解你对夏陌上的心思，但生意是生意，感情是感情，如果两者混为一谈，最后会商业失利感情落空。"

"你也别用这样的眼神瞪我，夏总，我只是不喜欢虚伪和客套，实话实说而已。"何初顾此时才回应夏陌上的不满，"而且想必夏总也清楚，盛总对丝绸行业来说是一个门外汉，且没有学习和深入了解的兴趣，他的投资，既不是战略投资也不是财务投资，充其量算是感情投资。"

"盛总的加入，对云上的处境不会有太大的改观，云上目前的困境的主要问题和根源在哪里，夏总还没有想明白吗？可惜了。"

"另外我再多问盛总一句，你觉得为了追求夏陌上，花费巨资投资一个你并不了解也不看好的行业，值得吗？就算资金不是别的投资人的钱，由自己家族承担，你不觉得你太不负责太草率了吗？你用投资去讨好一个女人，本质上和买包买车取悦一个女人没有什么不同。"

盛唐微有尴尬之色："咳咳，何总何必非要说得这么直白呢，我承认，投资云上确实有一半以上的感情因素在内，但爱屋及乌，我现在也在开始研究丝绸行业的现状和未来了。"

"要不，我们在市场上正面较量一下？"盛唐微有挑衅地笑了。

"期待！"何初顾伸出了右手，"就这么说定了，等你投资了云上，我们用产品说话。市场不会说假话，只认可有实力的一方。"

夏陌上疑惑了，何初顾似乎是为了促成盛唐对云上的投资，他到底站在哪一方？

不过也不得不承认，何初顾的目光确实犀利，看到了问题的本质。她是很缺钱，之所以迟迟不肯答应盛唐的入股，也是不太相信盛唐能为云上带来生机和活力。

"盛总是不是投资云上，是我和他的事情，就不劳何总费心了。我们又不熟，还是商业上的竞争对手，我怀疑你居心不良。"夏陌上语气虽然重，却是脸带笑容，半是严肃半是玩笑的口吻。

"沈总，何总希望盛总投资云上，是在为星河制造对手，你不觉得他的做法有点吃里爬外吗？"夏陌上一刀既出，直取要害。

沈葳蕤抿嘴一笑："初顾最大的优点就是喜欢培养一个强大的对手，最擅长的是在决胜局中，一战全胜，让对手一败涂地，输得没有还手的机会！表面上看，他希望盛总投资云上，是为星河制造强敌，实际上他是为了让云上成为星河成长道路上的陪练，反正最后云上还是逃脱不了被星河收购的命运。"

"云上越强大，市场份额越多，其实越是好事，早晚都是星河的力量和市场……不是吗？"沈葳蕤举杯示意，"在星河，基本上初顾的意思就是我的意思，他完全可以做得了星河的主。"

沈葳蕤是暗指当年何初顾和她在考试成绩较量上的事情吗？夏陌上总觉得再一次被针对被鄙视了，但她没有证据。

"恭喜沈总事业和感情双丰收。"盛唐从沈葳蕤的语气和眼神中发现了端倪。

"哇，什么时候喝沈总和何总的喜酒？"管雨儿也趁机捣乱。

沈葳蕤笑而不语，含情脉脉地看向了何初顾。

不知何故，夏陌上忽然紧张了起来，双手紧握，手心都出汗了，紧紧地盯着何初顾。

何初顾脸色漠然，起身说道："沈总喝多了，等下回去记得叫代驾。我还有事情，先走了。"

扔下面面相觑的众人，何初顾说走就走，走了几步又反身回来："我大学期间对某人说过我是单身主义者，现在再说一遍——我依然是单身主义者。"

他是什么意思？为什么不直接说某人是她？夏陌上望着何初顾义无反顾的背影，心中紧绷的一根弦忽然轻松了。

哪里不对？为什么她要紧张何初顾对沈葳蕤表白的态度？他是不是还坚持单身主义关她什么事？

闲不闲呀，真是的！事业这么忙，人生这么累，谈什么恋爱？

第五章　在感情上主动，在事业上掌控

沈葳蕤并没有因为被何初顾当场拒绝而生气和尴尬，她只是淡淡地一拢头发："我觉得男女平等最应该体现在爱情上而不是事业上。女性不能再和以前一样被动地等待男性追求，而要主动勇敢地追求自己喜欢的男性。"

"在感情上主动，在事业上掌控，我认为这才是现代女性应有的姿态，你说呢夏总？"

"啊？问我呀？"夏陌上如梦方醒，笑了一笑，"我也是单身主义者，我只想在事业上成功，感情问题一向是三不原则。"

"哪三不？"盛唐忙好奇地问道，"我认识你这么多年，从来没有听你说过你的三不原则。"

"现在你听到了，三不原则是——不恋爱、不结婚、不生子！"

盛唐微有失落："有没有改变的可能？"

管雨儿都替盛唐着急了，暗中踢了他一脚："生意是生意，感情是感情，盛总你得分清楚。现在夏总不想谈感情，就只谈生意好了。"

盛唐才回过味来，明白了管雨儿是在暗示有些事情需要一步步来，不能操之过急，忙说："既然何初顾下了战书，陌上，我们就一起应战吧？"

夏陌上还没有拿定主意要不要盛唐的投资，她站了起来："今天有些头疼，我先回去了，盛总，你留下陪陪沈总。合作的事情，我这几天就会答复你。"

回去时，夏陌上还想坐公交，管雨儿却提前叫好了车。

回到家里，爸妈已经吃过了晚饭，二人正坐在客厅看电视。

父亲夏想穿一身家居服，戴眼镜头发花白的他，儒雅气息十足。母亲梅晓琳身穿同款女式家居服，也戴一副眼镜，面容和善。

"闺女，又忙了一天，快坐下歇会儿。"夏想招呼夏陌上，一脸关爱，"今天又有什么收获？"

"刚刚我和你妈看了电视剧，上面演员戴的丝巾不管是款式还是设计，都还不如我们云上，你说为什么云上的产品忽然就没人喜欢了呢？想不通，想不通！"夏想用力摇了摇头，"是年轻人审美变得太快，还是我和你妈真的跟不上时代了？"

夏陌上换了一身家居服，她穿了拖鞋，披头散发，只胡乱洗了一把脸，瘫坐在沙发上："爸、妈，你们会用支付宝、微信支付吗？你们会网上购物会网约车吗？"

"支付宝会用，购物和网约车没用过。"夏想摇了摇头。

"你们聊天的时候，是用九宫格输入法、26个字母还是手写？"夏陌上近乎四仰八叉，她懒洋洋的声音有着浓重的鼻音，既慵懒又懵懂。

有个说法是九宫格、26个字母以及手写，三种输入风格是检验年龄的利器，一般而言，手写输入是年纪最大的群体，九宫格其次，26个字母输入法是年轻的群体在用。

不过后来形势发生了变化，九宫格成为2010年后出生的群体最喜欢用的输入法。

"手写呀，手写多方便多快捷。"夏想打开微信，用手写方式输入信息，既快又准确，"不管是什么输入法，都是形式，完成交流才是目的。"

夏陌上忽然愣住，喃喃自语："这么说，何初顾总是对我一副臭脸，并不是因为他真的不记得我，也不是他有多跩，而是因为这就是他的交流方式？"

这么一想，不知何故心里忽然舒坦了几分，她大声嚷嚷："妈，我要喝水。"

"老夏、老梅，来，开个家庭会议。"喝着水，夏陌上挽起袖子坐在了正中，拍了拍茶几，"很重要很严肃的会议，你们都认真起来。"

夏想和梅晓琳习惯了夏陌上狐假虎威的做派，二人对视一笑，搬了个凳子坐在了对面。

"咳咳……"夏陌上装腔作势地咳嗽几声，"现在云上面临着生死存亡，目前有两个选择：一是卖给星河，但星河的开价太低，而且星河负责收购云上的家伙脾气太臭人品太差，我很讨厌他，所以星河被PASS了。二是允许盛唐的投资进来，虽然盛唐的开价可以，但盛唐对云上的了解不够，并且他也不是真心热爱丝绸行业，他只是因为喜欢我才投资云上……"

"我可以发表意见吗夏董？"夏想举手发言，配合夏陌上的他认真而谦虚的样子，还真像一个下属，"其实也有第三个选择……"

"是什么？"夏陌上眼睛亮了。

"爸妈抵押了一套房子，贷了款，现在云上有了周转资金。"夏想笑眯眯的，变戏法一样手中多了一张银行卡，"拿去，闺女，爸妈相信你能带领云上重回云上。"

夏陌上一把抓过银行卡："谢谢老爸老妈，可算解了我的燃眉之急。不过老夏老梅你们要注意一下你们的态度，现在毕竟是在开董事会，要叫我夏董。"

夏想和梅晓琳一起点头："好的，夏董。"

梅晓琳没绷住，扑哧笑了："夏董什么时候领一个男朋友回家，让爸妈相信你还有男的喜欢？"

"老梅，不，老妈，不提这事儿还是好朋友。"夏陌上板着脸，"不是早就说过了，我是单身主义者。"

"老夏，你管管你女儿，一天天地叫着是什么单身主义者，把没人喜欢嫁不出去说得这么清新脱俗还标榜自己标新立异的，她还是头一个。"梅晓琳一脸嫌弃的表情。

"谁说咱家女儿没人喜欢嫁不出去了？她想要嫁，想娶的人能有一个连，排队少说也得排3公里。"夏想坐回沙发上，"闺女，你是不是受过什么刺激遭过什么伤害，天天说自己是单身主义者，有点不太正常啊。"

夏陌上奉送了爸妈一个大大的白眼："老夏、老梅，你们还记得一个叫何初顾的坏小子吗？"

"何初顾？"夏想一拍大腿，"当然记得了，和你是小学到初中、高中还有大学的同学，他平常考试都不如你，每次升学考试都能超过你，让你连还回来的机会都没有，是他吧？"

"他怎么了？你们恋爱了？"

"屁嘞！谁会喜欢他，长得像木头，脾气像砖头，又践得像石头。他是星河的副总裁，主持星河对云上的收购工作。"夏陌上扬了扬拳头，"老夏老梅你们听好了，这一次，我一定要打败他，让他输得心服口服，再也没有机会在我面前摆出一副胜利者的面孔。"

"老夏……"等夏陌上睡下，梅晓琳睡不着，碰了碰身边的夏想，"你说咱闺女会不会一直喜欢何初顾，但人家不喜欢她，她才天天嚷着单身？"

"我也在想这个事儿……"夏想翻了个身，和梅晓琳面对面，"有时候越是在意一个人，就越想引起他的注意。越是打不败一个人，越是想要得到他的认可。闺女可能在这件事情上魔怔了。"

"你是说斯德哥尔摩综合征？"梅晓琳叹息一声，"和你当年一个脾气，都是你惯的她。"

"怎么又扯我身上了？"夏想闷声闷气地笑了，"不过话又说回来，我不反对闺女单身的选择，年轻人有年轻人的活法，只要她自己开心就好。"

"那可不行，一个姑娘家，怎么能单身一辈子？说什么也得让她嫁人。现在不觉得，等老了后悔可就晚了。"梅晓琳打了夏想一拳，"你别说，我真觉得小何挺不错的，和闺女挺般配。"

"你都没见过人家几次，别一厢情愿了。"夏想翻了个身，"先别想闺女的婚姻大事了，渡过眼下的难关，才最要紧。要是再失败了，我们家可就得睡大街去了。"

"真要到了睡大街的地步，你睡外面我睡里面，刮风下雨，你得挡着。"梅晓琳嘟囔了一句，睡着了。

夏陌上却睡不着，在自己的房间中工作。她从丝绸工艺的改进到款式设计上的改变，连夜写好了方案。

天一亮，她顶着大大的黑眼圈，早饭都来不及吃完，只拿了一个小笼包塞到嘴里，就挤上了前往公司的公交车。

在滨江路口等红绿灯时，一辆黑色的奔驰如一头横冲直撞的野兽，突然从斜刺里杀出，停在了公交车的前面。公交车只能紧急刹车，车上人东倒西歪一片，骂声不断。

"什么人品！"

"垃圾！"

"真没素质！"

人群纷纷指责时，奔驰车上下来一人，长身而立，挺拔如松，他大步流星敲开公交车的门。

"哇，好帅！"

"有钱就了不起吗？帅就有理呀？没错，又钱又帅，就是了不起加有理。"

车上的一些女孩立刻转了风向。

"师傅，麻烦开下车门。"他指了指后面的车轮，"有个轮胎没气了，再开下去会有危险。"

车门打开，他从前门上车，径直来到后门，停在了夏陌上的身前。

夏陌上莫名紧张了起来，却还是故意硬气地说道："何初顾，你想干什么？如果你暗恋我，大可不必用这种老套的兴师动众的方法表白，我不喜欢，也浪费公交资源。"

"太浪漫了，原来是表白。"

"浪漫个球，截停公交车，影响大家的出行，要报警。"

"对，赶紧报警……"

"已经报警。"

第六章　死皮赖脸和誓不罢休

何初顾既不理会夏陌上，也对别人的议论置若罔闻，他伸手抓住了夏陌上身后一个瘦小男子的胳膊："拿出来！"

"拿什么？你认错人了！"瘦小男人眼神躲闪，却还嘴硬。

"你刚才偷拿了不属于你的东西，现在交出来，还算有自首情节，否则的话……"何初顾手上用力。

"你放开我！"瘦小男子吃疼，眼神凶恶起来，拿出一把小刀晃动几下，"信不信老子给你放点血……"

"啊！"随着夏陌上的一声惊呼，人群终于惊慌了，一哄而散，纷纷下车。

夏陌上惊呼归惊呼，却没有跑，她发现小偷偷走的是她的方案，又气又急，踢打小偷："你个不长眼睛的小偷，偷什么不好，非偷我的方案！方案对我来说价值连城，对你来说一文不值！"

"你也真是跟不上时代，现在都移动支付了，谁还会带现金出门？你还想偷钱，你偷个屁还差不多！"

本来小偷只是想吓唬吓唬何初顾，被夏陌上又踢又打又人身攻击，顿时恼羞成怒，回身一刀就划向了夏陌上。

"士可杀不可辱！你可以抓我进去，但你不能侮辱我的职业，贬低我的智商！"小偷恶狠狠地冲夏陌上扑了过去。

"救命啊！"夏陌上吓得惊慌失措，一转身躲到了何初顾的身后，紧紧抓住他的胳膊。

何初顾迷乱了，你打不过惹不起干吗非要激怒他？激怒他也行，自己对付得了算英雄，为什么要拿我当挡箭牌？

埋怨归埋怨，却不容多想了，小偷的刀子一晃就到了眼前。

车内，空间狭小，又被夏陌上抓住了胳膊，何初顾施展不开，情急之下，抢过夏陌上的包挡住了小偷的致命一击。

"哎呀，我的包……"夏陌上痛心疾首，"何初顾，你过分了！你怎么能拿我的包挡刀子。"

"……"听听这是人话吗？不拿包挡难道拿自己的身子挡？何初顾无语地翻了翻白眼。

何况夏陌上的包极其普通，又不贵，不是什么大牌。

小偷的第二刀又到了。

依然是被何初顾用包挡住。

紧接着第三、第四刀，几刀下来，夏陌上的包被划得支离破碎。

"太、过、分、了！"夏陌上终于发作了，她一把推开何初顾，飞起一脚踢飞了小偷的小刀。

趁小偷弯腰捡刀时，她不慌不忙地束起头发挽起袖子，等小偷再次冲过来时，她身手利落三拳两脚打翻了小偷，将他踩在了脚下。

"好女不跟男斗！非逼我出手，就让你尝尝姑奶奶的厉害！"夏陌上得意扬扬地冲目瞪口呆的何初顾昂了昂下巴，"幸亏当年的学校考试只有文试没有武试，否则你也会被我打得怀疑人生。"

"你、你、你这么能打，刚才为什么不还手？"何初顾感觉三观都受到了挑战。

"女孩子嘛，总是要矜持一下。总不能上得了厅堂下得了厨房赢得了对手还得打得败流氓吧？我们女孩子都这么优秀，还要你们男人有什么用？"夏陌上见警察到了，放下了头发，恢复了小意乖巧的模样。

配合警察笔录的时候，夏陌上认为何初顾是在跟踪她，何初顾却说他只是无意中发现公交车的左后轮快要没气了，然后注意到夏陌上被小偷偷了东西而没有察觉，才截停了公交车。

到了车上才认出失主是夏陌上。

"我和夏陌上只见过一面，不可能一眼就认出她，警察同志不要听她的一面之词。"何初顾最后强调了一句。

警察打量了何初顾几眼，又冲夏陌上笑了笑："你们如果只见过一面，我把帽子吃了。行了，年轻人玩点浪漫可以，但不要影响别人，更不能浪费公共资源。还好也确实是做了好事，就不管你们到底是什么关系又有什么问题了。"

"我送你。"录完笔录后，何初顾主动提议。

"无事献殷勤，非奸即盗，说，你对我到底有没有企图？"夏陌上警惕地摆了个姿势，"我劝你打消对我的非分之想，你打不过我。"

"我对你没企图，对云上有。"何初顾淡定地整理了一下衣服，"我接下来的主要工作就是负责对云上的收购，直到完成收购为止。"

"不是已经拒绝你们星河了吗？"夏陌上像不认识一样看着何初顾，"有这么死皮赖脸的吗？"

"这是做事的态度，对待事业要有不达目的誓不罢休的勇气。"何初顾绅士地替夏陌上打开车门。

到了云上，管雨儿见夏陌上和何初顾二人一起出现，惊得张大了嘴巴："你们不会一起吃早饭了吧？都说男女关系最好的状态不是一起吃晚饭而是一起吃早饭，你们真的在一起了？"

"今天你说话如果超过 100 个字，下个月的奖金就没了。"夏陌上正没好气，"我已经够倒霉了，怎么还遇到你这样一个笨助理？你是不是以气死我为己任？"

"头儿，我错了。"管雨儿低头，拿出手机，在上面打了两个字，"咖啡？两杯？"

"一杯就够了，何总不喝咖啡。不对，他喝，但我和他是工作关系，不是很方便请他喝。他可以叫外卖，也可以付钱……公司的咖啡就定价 50 一杯好了。"

"不需要，我带水了。"何初顾从包中拿出一瓶水。

"有个好消息要告诉你，何总，希望你听了后会有一天的好心情——云上现在有钱了，现金流充足，暂时不考虑出售，短期内也不会引进资金。"夏陌上开门见山，就想早点打发了何初顾，"喝完水，您就可以走了，毕竟我们除了工作关系之外，又不熟，没什么话题可聊。"

何初顾微微一愣："不引进盛唐的资金了？其实盛唐虽然对行业的了解不够深入，但他加盟云上，对云上也是好事。只要给他时间，他也会从门外进入门内，成为资深人士。"

"你到底是想收购云上，还是想让云上成长起来？我怎么感觉你的做事方法前后矛盾呢？"夏陌上越来越怀疑何初顾的真正用意了。

"昨晚就说过了，星河收购云上，不是单纯的并购，而是想做大市场，并且扩大消费者对丝绸产品的需求。所以，云上强大起来，对星河的发展也会有促进作用。"何初顾温和地一笑，"而且以我对你的了解，如果你不改变思路，不管你引进多少资金，云上还是会继续下滑。"

夏陌上咬了咬嘴唇："明白了，你的意思是让我尝试之后再失败，就会彻底死心，并且同意被星河收购了？你可真自恋！市场上又不是只有星河对云上感兴趣，还有锦图、新远，等等。"

何初顾沉默片刻："一家有女百家求，是正常现象。但据我所知，目前还和云上接触并且有意向收购的，除了星河就是盛唐了。"

"既然云上有钱了，接下来要怎么摆脱困境？"何初顾转移了话题，英俊的脸庞被穿过落地窗的阳光打亮，有几分雕塑的意味，"相信当年的理科学霸夏同学肯定有方案了吧？"

"我决定进一步提升云上的制造工艺，引进最先进的技术，从根本上改变云上在工艺上落后星河的现状。"夏陌上心疼地举起被划得破烂不成样子的包，"当时你非要用包挡刀，包里有电脑，电脑都被刺坏了，我花了一晚上心血的方案，全部没了。"

"如果你的方案的主要想法就是提升工艺，在技术上追赶星河，那么你也不用想办法找回方案了，你的方案本来就是一个废方案，没有价值。"何初顾字字如刀。

"有没有价值由我判断，你说了不算！"夏陌上生气了，"喝完水没有？"

"喝完了。"何初顾老老实实地回答。

"还想喝吗？"夏陌上本想请何初顾离开，话到嘴边又改变了主意，"雨儿，给何总冲一杯咖啡，美式，不加糖。"

"不用了，我上午一般喝茶，下午才喝咖啡。"何初顾拒绝了，"你们工作，不用管我，我可以到处转转吗？"

"请便。"夏陌上猜到了何初顾的想法是进一步了解云上，"如果你是想提前做好尽职调查的话，我也不反对。不过就是有一个前提条件，云上哪里有不足以及可以改进的地方，尽管说，放心，我不会生气，只会虚心接受。"

"但愿你说到做到。"何初顾整理了一下衣服，跟随管雨儿出去了。

不一会儿管雨儿回来了，一脸窃笑："何初顾像个监工一样，左转转右看看，很严肃很认真的样子，好像他已经是云上的老板了，喊，一副小人得志的嘴脸！"

夏陌上却没笑，若有所思："他这是真的要提前进入状态了？他对星河收购云上就这么有信心？不管是盛唐有没有投资云上，也不管云上是不是自己找来了资金，他的意思是云上最终还是避免不了被星河收购的命运？"

"行啊，和我比了这么多年，这一次这一仗我一定要打胜，让他一辈子都没有翻盘的机会！"

夏陌上暗暗立志。

随后她就将何初顾抛到了脑后，进入了工作状态，凭借记忆又将方案重新做了一遍。

中午时，何初顾回到了夏陌上的办公室。

第七章　单身是双向选择

"想不想听听我对云上管理团队的看法？"何初顾也不知道从哪里又拿了一瓶水，转了一上午的他头发依然一丝不乱，不过脸上微有汗珠渗出。

"到午饭时间了，边吃边聊好了。"夏陌上收拾好了桌上的东西，"正好把方案和你说说，听听你的宝贵意见。"

"吃饭可以，不过得 AA 制。"

"是不是在你看来，什么都可以 AA 制？吃饭？恋爱？甚至是婚姻？"

"你的建议不错，可以考虑。不过，我是单身主义者，不会恋爱更不会结婚。"

"巧了，我也是。"夏陌上不甘示弱，"你也不用经常把单身主义挂在嘴边，感觉像是一种标榜一种故意立的人设，很容易让人反感知道不？"

"让人反感总比让人误以为我喜欢她强多了。我是从来不会暗恋别人的人，只有别人暗恋我。"何初顾寸步不让。

"其实您也不用特意强调是单身主义者，就凭您的直男性格和自以为是的迷之自信，您的单身不是单向选择，是双向选择的结果。"夏陌上冷笑了，"我严重怀疑您是在爱情上受到的拒绝太多才对爱情绝望，才以单身主义为噱头来掩饰自己在爱情上的失败和无能。"

"谢谢，原话奉还。"何初顾也冷笑了，"中午吃什么？我中午一般吃得比较均衡，讲究营养的搭配……"

"盒饭！15 块一份，爱吃不吃。"夏陌上冷冷地怼了回去。

何初顾喉咙动了动，嫌弃地一咧嘴："不吃了！我和你说几句话就走。"

"第一，云上的管理团队整体水平有待提高，尤其是主管技术和设计的副总，年龄偏大，对市场的变化已经失去了判断力，迟钝而落伍。"

"他们是跟随我爸一起打天下的功臣，不许你这么说他们！"夏陌上冷哼一声，"别以为就你懂得多。"

何初顾不为所动："第二，云上的设计团队，思想僵化，过于依赖技术和工艺而忽略审美，不，他们就没有审美，完全不知道市场现在的需求是什么，都可以开除了。"

"你……"夏陌上气得又想发作，正好管雨儿送来了盒饭，她接过盒饭又冷静了下来，"何总，您继续，我边吃边听。"

反正何初顾饿着肚子为云上出谋划策，哪怕说得不对又全是废话，至少人家没要钱是免费的对吧？情商一定要保持，夏陌上控制了情绪，她要在情商上碾压何初顾。

智商只能决定学习成绩的高低，而在商业上的较量，情商会占相当大的比重。

何初顾瞥了夏陌上的盒饭一眼，不动声色地说道："第三，云上的普通员工，工作散漫、懈怠，上班时间有人聊天有人刷剧，还有人到楼道里抽烟、打电话，真正用心工作的，只有两个人，一个是你，另一个是管雨儿……"

"夏总和我不算是普通员工，何总你表述有误……"管雨儿不干了，她就不说了，夏陌上好歹是董事长兼总经理，虽然徒有其名。

"很快就会变成普通员工了，一家即将破产倒闭的公司的董事长，还不如一家蒸蒸日上有前景的公司的普通员工。"何初顾犀利而不留情面。

"何总，以前如果有女孩喜欢过您追求过您，您一定要记住她，并且永远感谢她。"管雨儿气坏了，"因为您以后只能靠回忆才能感受到爱情是什么。"

"谢谢，我不需要爱情，也不需要回忆。"何初顾并不生气，继续说，"云上如果想要获得新生，必须要有一场自上而下的改革，不管是管理层还是普通员工……好了，现在可以说说你的方案了。"

本来夏陌上没有心情和何初顾讨论自己的方案，见他忍着饿肚子的痛苦而她却在吃饭，心情顿时又好了："你发现的云上管理团队和设计团队的问题，在我的方案中也有所体现。方案主要分三部分：一是管理和设计团队的调整与优化；二是产品制造工艺和技术、原料的提升；三是销售渠道的拓宽，比如进一步重视网店的销售，增加视频平台带货，等等。"

何初顾摇头笑了："就这？"

"就这还不行？已经很全面了，面面俱到了好不好？"夏陌上嘴里塞了一大口米饭，故意咀嚼得很大声，"难道你还有更好的主意？你说我听，有则改之无则加勉嘛。"

"饿不饿？要不要吃一点？"夏陌上拍了拍旁边的盒饭。

何初顾冷笑着摇了摇头："还是纯理科的思维！你从头到尾就没有考虑过云上的产品失去市场，是因为设计和审美上面的问题？我也提醒过你不止一次了，云上的产品，就像一个自嗨得很投入的老年人，却不知道她的唱法和声音、歌词，早就过时了，而周围的听众没人喜欢……"

何初顾站了起来："夏总，你的想法和方案证明你只适合当一个产品经理而不是董事长，建议你尽快做出出售云上的决定，否则你的资金会很快烧光，云上会进一步失去市场。"

"并且，云上的估值还会因为你的所作所为而进一步降低。"

"我一个逻辑严谨、缜密的理科学霸，考虑还不够周全，不如你一个喜欢胡思乱想思维跳跃的文科生？"夏陌上气笑了，"口头上的争论没有意义，就让市场来证明谁对谁错吧。"

……何初顾回到位于 CBD 中心区的星河公司总部，一进办公室，沈葳蕤敲门进来了。

"刚听到消息，为了挽救云上的财务危机，夏想卖掉了一栋别墅……云上真的山穷水尽了。"沈葳蕤一袭长裙，长发披肩，淡然而娴静，笑容甜美，"初顾，半年之内能不能完成对云上的收购？"

何初顾刚要说话，肚子却不争气地叫了一声，他尴尬地笑了笑："半年太仓促了，一年正好。一栋别墅也就是几百到一千万的样子，以云上的体量，这些钱顶多支撑三个月。"

"中午没吃饭吧？知道你挑食，我让人专门做了饭。"沈葳蕤从身后拎出一个精致的饭盒，递到何初顾的手中，"我们边吃边聊。"

"谢谢葳蕤的好意，已经过了 1 点了，就不吃了。"何初顾接过饭盒，放到了一边，他一向有过了饭点不吃饭的习惯。

"你就这么固执？就不能为我破例一次？"沈葳蕤赌气似的又将饭盒硬塞到何初顾手里，"我觉得你不是不想吃饭，是不想吃我特意为你做的饭。"

何初顾打开饭盒："你救过我一次，我答应你为你破例三次。来星河工作是第一次，负责收购云上是第二次，只有最后一次破例了，你还确定非要让我吃饭吗？"

"你怎么这么讨厌？"沈葳蕤抢回饭盒，"饿一顿又饿不死，你就饿着好了。"

等了一会儿，见何初顾毫无表示，她又消了气："晚上我约了刘日坚谈事情，你也一起吧。正好饭后看个电影，好久没去影院了。"

"吃饭可以，电影就算了，我今晚是固定的读书之夜。"何初顾歉意一笑，"你又不是不知道，我每晚都有固定的安排。"

沈葳蕤当然知道何初顾的习惯，周一晚上 9 点是游泳之夜，要去游泳1000 米。周二晚上 9 点是读书之夜，要读一个半小时的书。周三晚上是健身之夜，要健身一个半小时。周四晚上是学习之夜，要学英文以及专业知识。周五晚上是娱乐之夜，看电影或看电视。周六晚上是聚会之夜，呼朋唤友。周日晚上是机动之夜，不特意安排事情。

不过不管是周五、周六或是周日，只要沈葳蕤邀请何初顾聚会，都会被他以各种理由推托。

"我现在就预约你周五、周六和周日晚上的时间，你看着办！"沈葳蕤半是撒娇半是命令。

何初顾微微皱眉，认真想了一想："我周五、周六和周日，都有安排了。"

"骗人！三天都有事情，给我留一天也不行吗？初顾，我喜欢你三年了，三年来，你一次单独约会的机会都不给我，你没觉得自己太绝情了吗？"沈葳蕤抓住了何初顾的胳膊。

何初顾退后一步，挣脱了沈葳蕤的手："好，可以腾出一天陪你，但要算在最后一次破例里面。"

沈葳蕤咬了咬嘴唇："算了，我突然又没时间了。"

晚饭定在了居然间，是一家颇有文艺气息的西餐厅。何初顾和沈葳蕤到达时，刘日坚和苏无猜已经等候多时了。

刘日坚原本是云上的代理商，后来和云上解约，加盟到了星河的体系之中，目前是星河最大的代理商。

"来，我介绍一下，苏无猜，云上北方区总代理商。"刘日坚头发油光锃亮，皮鞋也是光亮照人，手表银光闪闪。

可以看出他是一个喜欢一切闪光东西的男人。

苏无猜名字温柔，个性却是豪爽，东北姑娘的她，足有一米七的个子，当前一站，完全印证了东北女孩肤白貌美大长腿的传说。

"沈总好！何总好！见到你们，我才相信传说中的金童玉女真的存在，太养眼了，哈哈。"苏无猜笑声爽朗，"就凭你们的颜值，我觉得放弃云上加盟到星河就不亏，肯定是正确的决定。"

第七章 单身是双向选择

第八章　人生一被动，心情就沉重

刘日坚尴尬一笑："无猜你也太不矜持了，哪里有上来第一句话就交代底牌的。你这性格，不管是商业谈判还是谈恋爱，都容易被人看穿，然后就陷入了被动之中。"

"人生一被动，心情就沉重。"

苏无猜打了刘日坚一拳："我是直来直去的性格，不像你什么事情都藏着掖着不说，还喜欢让人猜你的想法，猜个毛！有话就说有屁就放，直截了当才能处对象。"

刘日坚一脸黑线："不好意思呀沈总、何总，无猜大大咧咧惯了，她其实是个好人。"

"这就给我发好人卡了？"苏无猜白了刘日坚一眼，"别光顾着说了，赶紧点菜，何总一看就是没吃午饭，他肯定饿了。"

何初顾摸了摸肚子，他只不过一顿午饭没吃，就这么明显吗？

苏无猜看出了何初顾的疑惑，笑了："我们有个秘密群。沈总早就在群里提醒我们你没有吃午饭，所以我们先点了一点主食，让你先垫垫。"

"沈总对你真好，如果有人对我有沈总对你的一半好，我也就投降了。"苏无猜斜了刘日坚一眼。

刘日坚吓得手一抖，掉了一根筷子："说正事，说正事。在我的开导和诱惑下，无猜准备和云上结束代理关系，希望可以加盟星河。"

何初顾一脸冷峻："刘总是星河的总代理，你是想让无猜成为你的下级代理，还是要和她划江而治？你南她北？"

"我是想只当他的下一级代理商，他非要让我负责北方区的总代理，他只要南方区。"苏无猜摇了摇头，"没见过愿意分利益给别人的生意人，老刘你是不是傻呀？"

"他对你是真爱。在爱情里面，不分你我。"沈葳蕤对刘日坚的情况比较了解，"他不是不想对你好，而是觉得自己配不上你，毕竟他有过一次婚姻。不敢对你表白，是怕被拒绝。"

"咳咳……"刘日坚被呛着了，"这家不是川菜怎么菜也这么辣？吃辣是会传染的吧？"

"没试过怎么知道会不会成功？"苏无猜踢了刘日坚一脚，"别这么没出息，跟没吃过东西似的。你喜欢谁，就对谁好，只要她接受，就说明你有机会。是吧何总？你是男人，应该知道男人的想法。"

何初顾面无表情地摇头："我不知道。"

"可是有些女人会接受所有男人的好，又不明确喜欢某一个男人，就像牧羊人放羊……"刘日坚小心翼翼地咽了一口菜。

"我不是牧羊人，也不是海王。我不喜欢的男人，他送我什么我都不会要，不管值钱不值钱。"苏无猜夹了一块肉放到了刘日坚的碟子里，"放到自己碗里的肉才是肉，在别人碗里的，就不是你的。"

刘日坚忙一口吃下："放到自己碗里的肉也不一定是自己的，吃到肚子里的才是。"

"祝你们幸福。不过……"何初顾就及时破坏暧昧气氛了，"现在是在谈正事，你们的恋爱可以以后再谈。说说你的加盟条件吧！"

"……"刚刚在氛围的烘托下升腾起来的浪漫感觉瞬间被何初顾打回了现实，苏无猜哭笑不得，"沈总，我真的挺佩服你的忍耐和克制，身边有这样的钢铁侠，是不是已经被锻炼成铜头铁臂了？"

"百炼成钢，也是好事。"沈葳蕤淡淡一笑，"他这样的人也有好处，不用担心他三心二意。他不喜欢你，也不会喜欢别人，主要是没人喜欢他。他喜欢上了你，更不会再喜欢别人。"

"直男是对所有人直，暖男是对所有人暖。现在也不用非得等男人来追，女人，遇到自己喜欢的男人，为什么不可以掌控主动呢？事业和爱情，都应该掌握在自己手里。"

"有道理。"苏无猜很男人地拍了一下刘日坚的肩膀，"哥，以后你是我的了，我现在正式对你表白——我喜欢你，你能做我男朋友吗？"

"我……"刘日坚又噎住了，满脸通红，半天才说，"你先等等，我先缓缓，去趟洗手间。"

"熊样儿！尿包！"苏无猜哈哈大笑，"不管他了，回到我们的正事上。我的条件很简单，在云上给我的代理分成上提高一个点就行，我会带过来云上大部分的经销商。等于星河轻而易举地就拿到了云上一半以上的经销网络。"

沈葳蕤看向了何初顾："初顾是什么想法？"

"和云上的条件保持一致。"何初顾是不容置疑的口气，"现在云上的产品线全线下滑，你如果还继续和云上合作，只有死路一条。现在加盟星河，是互相需要，而不是你对星河雪中送炭。"

沈葳蕤想说什么，张了张嘴却没有开口。

苏无猜点了点头："话是这么说，道理也对，我现在过来顶多算是锦上添花，但该提的条件还是得提，毕竟丝绸市场上除了云上、星河之外，还有锦图、新远，他们也找我谈过，希望我能成为他们的代理商。"

"而且他们开出的条件也相当不错，如果不是刘日坚的原因，我可能已经和锦图签约了。"

苏无猜说的也是事实，何初顾相当清楚目前丝绸市场的几大品牌——云上是最早的知名品牌，星河是最新崛起的品牌，而锦图和新远则是介入云上和星河之间，是近几年突飞猛进的品牌。

如果说星河是完全的互联网品牌的话，云上则是传统品牌，而锦图和新远则是两者兼而有之。不过若是单比实力，星河当之无愧为第一。但如果说到品牌的影响力，还得是云上。

锦图和新远虽然实力和品牌号召力都不如星河和云上，却也牢牢占据了中低端市场 30% 的份额，深受三四线以下城市消费者的喜欢。

沈葳蕤碰了碰何初顾的胳膊，意思是让他适当让让步，别让苏无猜选择了锦图或是新远。

正好刘日坚回来了，何初顾直接干脆地说道："沈总你不用暗示我，我的态度很明确，欢迎苏无猜加盟星河，加盟条件和云上的条件一样。"

"同时，我还有三个问题，如果无猜回答得正确，才算过关，才有资格加盟星河。"

刘日坚擦手："我可以帮忙吗？回答问题我在行。"

何初顾点头，不顾沈葳蕤的暗示："第一，无猜和云上解约，是觉得云上完全没有机会了吗？"

苏无猜对何初顾的态度很不爽，之前刘日坚打过预防针，她不以为然，一见之下才知道刘日坚说何初顾不近人情其实还有所保留，他完全是不知人情！

她的回答就带了三分火气："云上最多还能坚持一年，一年后，肯定完蛋。"

"第二个问题，你觉得云上换了掌门人后，困境不会有所改变吗？"

"你是说夏陌上吧？她一个小女孩能有什么能力让云上起死回生？别闹了，她现在就是谈谈恋爱拍拍照发发朋友圈的年龄段……"苏无猜撇了撇嘴，"就算盛唐真的投资了云上，云上也没有机会翻身了。时代和市场抛弃一个品牌的时候，连一声再见也不会说。"

"你也不认可夏陌上？"何初顾转问刘日坚。

刘日坚的回答就谨慎多了："夏陌上太年轻，没有管理经验，又刚上任，还没有熟悉云上，所以她能不能带领云上打一个翻身仗，现在下结论为时尚早。不过根据以往的经验来看，很难，希望微乎其微。"

对刘日坚的回答，何初顾不置可否，又问："第三个问题，如果我入主云上，你们觉得云上还有机会东山再起吗？"

沈葳蕤、刘日坚和苏无猜都愣住了，三人面面相觑。

苏无猜终于找到了还击点："这就是你的不对了，何总，你不能脚踏两只船！沈总对你这么好这么信任，你还想着夏陌上和云上，我强烈谴责你这种花心大萝卜行为！”

何初顾不动声色："我只是假设，而且也是从工作的出发点来分析问题。"

沈葳蕤微微舒了一口气："初顾负责星河对云上的收购工作，他要多方了解云上，确实是工作需要。"

"沈总，你不能太迁就他了，男人不能惯，一惯就上天。你要在事业上掌控他、在感情上征服他！"苏无猜回应了何初顾一个挑衅的眼神。

何初顾假装没看见："请回答我的最后一个问题。"

"没有，完全没有机会！云上已经病入膏肓了，你就是神仙，也救不活云上。"苏无猜干脆利落地回答。

"所以说，你加盟星河只是无奈之举，是没有选择的选择。"何初顾淡定地笑了，"星河开出和云上一样的条件，也算是有足够的诚意了。你不跳出云上，也是死路一条。"

"你……"苏无猜才明白她最终还是被何初顾绕了进去，"何初顾，你到底是文科生还是理科生？你也太能挖坑了吧？"

沈葳蕤却心思浮沉，悄悄碰了碰何初顾的胳膊："如果说需要你打入云上内部才能完成收购，你愿不愿意真的进入云上？"

何初顾眼神亮了一亮，却没有回答。

第九章　两座冰山的相遇

一周后，经过一系列的谈判，最终还是按照何初顾提出的条件，苏无猜加盟了星河，成为星河北方区的总代理。

云上失去了苏无猜，直接失去了北方区的渠道，等于是断掉了一只翅膀。对于本来在电商渠道的线上就已经落后于星河的云上来说，现在线下渠道又丢掉了半壁江山，原本岌岌可危的处境更加雪上加霜。

夏陌上气得险些一口老血喷出来。

正雄心勃勃准备推出新产品的她，得知消息后，拿起电话就要打给何初顾，想要大骂他一顿！一边假装要帮云上提出管理和产品设计方面的改进意见，一边背后挖墙脚，没见过像何初顾这样的两面三刀、当面一套背后一套的无耻之徒。

才拿起电话，何初顾的电话却先打了进来。

"何初顾，你主动打来电话是不是要向我认错？如果你认错态度好的话，我先原谅你三秒钟。"夏陌上先声夺人。

"……"何初顾静默了片刻，"有件事情要和你商量一下，谢片说要组织同学会，非要让我们参加，我推不掉……"

"我不去，要去你去！"夏陌上正在气头上，刚要挂掉电话，见管雨儿在一旁不停地做着息怒和以理服人的肢体语言动作，她又平静了下来，"同学会是好事，为什么谢片不直接邀请我，还让你通知我？他又不是不知道我们的关系非常疏远！"

"我也不想出面邀请你，但谢片是我们两个唯一的从高中到大学的校友，他说联系不上你，希望我能代为转告，他要在同学会上宣布他和李梦霖的婚事。"何初顾有些为难，他很不喜欢做牵线搭桥的事情，但谢片在高中和大学期间，对他帮助很多，他磨不开面子。

"时间？地点？我准时到。"听到李梦霖的名字，夏陌上毫不犹豫就答应了。谢片是她和何初顾从高中到大学的唯一校友不假，李梦霖也是她大学期间最好的闺密。

没想到，谢片和李梦霖真的走到一起了，他们应该是她所认识的同学中唯一成功的一对吧？

"到底是你们班的同学会还是我们班的？乱！"夏陌上有几分不快，在大学，她和李梦霖一个班，而何初顾和谢片同班。严格说来，他们既不同班也不同系。

充其量算是校友。

"不重要，重要的是聚会。时间和地点我稍后发你，不要迟到。"

"等下……"见何初顾毫无表示也不主动，夏陌上忍不住了，"你到时过来接我，我没车，总不能坐公交车过去吧？丢你的人。"

"关我何事？"何初顾理解不了夏陌上的脑回路，不过还是同意了，"接你没问题，如果绕路过远的话，你记得付一半油钱就行了。"

"你、真、行！"夏陌上咬牙切齿，却还能笑得出来，"好呀，没问题，反正我们的账一时半会儿也算不完，以后有的是机会慢慢算，会有清算的一天。"

下午快下班时，收到了何初顾的微信，夏陌上愣住了："不是吧？今晚？何初顾你真够可以的，提前两个小时通知我，成心不让我化妆打扮换一身漂亮的衣服是吧？"

管雨儿就及时出现了，她掩嘴偷乐："头儿，需要服务吗？"

"滚你的。"夏陌上摆了摆手，又呆住了，打量了一身休闲装的管雨儿几眼，"雨儿，我记得你和我身高、体重都差不多是吧？你的衣服我应该也能穿。"

"你想干啥，头儿！不可以！我不想和你换衣服穿！"管雨儿意识到不好时为时已晚。

夏陌上摇身一变，从职业女性的打扮变成了休闲装、马尾辫的小女生形

042

象，等她拉开车门坐在副驾驶位上时，何初顾惊呆了。

夏陌上逗他："是不是感觉瞬间回到了大学时代？回到了你第一次见我的那个下午？当时阳光正好，天气正暖，鸟儿叫得正欢，正是春天，我像一缕春风吹进了你的心田……"

"酸。"何初顾发动了汽车，"你一个理科生就别咬文嚼字了，暴露文化的含金量。"

"何初顾，你过分了呀。我还没和你算账呢，干吗挖走苏无猜？你是想釜底抽薪，断了云上的翅膀是不是？一边假装帮我改进管理和设计，一边挖人，虚伪！无耻！"夏陌上没忍住，一上车就发泄了出来。

何初顾安静而沉稳地开车："帮助你改进管理和设计，是人情。挖走苏无猜，是本分，是商业策略。而且，苏无猜主动想要加盟星河，又不是星河主动。"

"你就说你是想要云上好还是不好吧？"夏陌上斜着眼睛，双手抱肩。

"你觉得呢？"何初顾温和地一笑，"你是希望有一个强有力的竞争对手鞭策着你前进呢，还是希望一家独大然后陷入老化而被市场淘汰？"

"我就想现在渡过危机，先保住云上再说。你说的太形而上了……"夏陌上闭上了眼睛，"别打扰我，让我休息一会儿。"

聚会地点位于蓬莱阁三楼的浩渺雅间，夏陌上和何初顾一进门就被热烈的气氛冲击得喘不过气来。一张张熟悉的面孔依然洋溢着当年的青春，每个人闪亮的眼睛中还有激情、热血以及对明天的憧憬。

夏陌上本想和何初顾分开坐，却被谢片强行安排坐在了一起。

谢片长得五大三粗，一副孔武有力的形象，而李梦霖则小巧玲珑，安静而文气，像一个高中生。二人反差有点大，坐在一起却也显得很般配。

夏陌上很快和众人打成一片，有说有笑，何初顾安静地喝茶，既不喝酒也很少吃菜。

气氛越来越热烈。

就有人起哄让谢片讲讲和李梦霖在一起的过程，二人毕竟不是一个班。

谢片就讲起他如何追求李梦霖的过程，从第一眼喜欢她，到想方设法接近她，再到相识相知相恋的甜蜜经历。

"她知道我的图谋不轨，我知道她的故作矜持。人和人最好的时候是刚认识的时候，虚伪又浪漫，一边小心翼翼地向前试探，一边精心准备失败后的逃跑路线。"

谢片的话引起了众人的哄堂大笑。

因为谢片和李梦霖分属两个班级，今天的所谓的同学会，其实只是小范围的聚会，邀请的都是与谢片和李梦霖要好的同学。

相当于是两个班级的小集体相聚。

"说说你们是怎么走到一起的……"夏陌上的同学曹伟道喝得有点多，红着脸问夏陌上，"陌上，我记得大学时是盛唐一直在追你，不是何初顾。何初顾和我们不是一个班，他又一直宣扬是单身主义者。对了，你也自称是单身主义者，你们两个单身主义者碰在一起，就像两座冰山，要么粉身碎骨，要么融为一体。"

"谁说我们在一起了？"

"我们没在一起！"

夏陌上和何初顾异口同声。

"怎么盛唐没来？"夏陌上不想再继续她和何初顾的话题，左右看看。

"谢片没让通知盛唐，他更看好你和何初顾……"曹伟道挤眉弄眼，"他是怕盛唐来了会影响你和何初顾的进展，我没说错吧，谢片？"

谢片舌头大了："我不喜欢盛唐，上学的时候就装逼得厉害，好像有钱多了不起一样。是，我也想当有钱人，可是有钱了也不能鼻孔朝天是吧？"

李梦霖推了谢片一把："别扯了，你一是嫉妒盛唐有钱又帅，还不理你。二是你其实就想看看笑话，想知道两座冰山碰到一起，会是什么结果。我还不知道你……"

众人笑，夏陌上也笑，何初顾不笑。

就有人起哄。

"何初顾，你到底有没有喜欢过夏陌上？"

"夏陌上，你究竟有没有喜欢过何初顾？"

"夏陌上，如果何初顾追你，你会答应吗？"

"何初顾，如果你喜欢上夏陌上，就大胆去追，男人就应该主动，应该拿出男人的气概。"

"谁说男人就应该主动了？现在都什么年代了，还有这么落后陈旧的思想！"夏陌上一拍桌子站了起来，她几杯酒下肚，有了几分酒力，"何初顾从来没有追求过我，但有没有喜欢我，我就不知道了。我也从来没有喜欢过他，更没有主动追过他。"

"你的意思是，女人也可以在爱情上主动了？"谢片半是挑衅半是玩笑，"别光说不练，你主动一个试试？"

"我就不信了！"谢片喝多了，摇晃几下，"夏陌上，如果你能追到何初顾，我的名字不但倒着写，我还会倒立行走1公里。"

"你说的，不是我逼你的。"夏陌上举起酒杯，"你们都为我做证，如果我拿下了何初顾，以后谢片见到我就得倒立，还得叫我奶奶。"

"得，别说奶奶了，太奶奶都行！"谢片一口喝干杯中酒，"就这么定了，定个时间吧，万一你耍赖说要花个几十年才能追到，不就太坑了？"

"一年！"夏陌上一挽袖子，盛气凌人，"如果一年之内，我不能在商业上收购星河，在感情上征服何初顾，我就从此事业失败感情空白一辈子，行不行？"

"行！"众人大笑。

第十章　相爱两个人，单恋一个人

经过一番热烈而持久的讨论，总算达成了共识，由谢片起草的一份见证书火热出炉了。包括夏陌上在内的所有同学都签名画押，算是正式生效了。

只有当事人何初顾浑然如同没事人一样，置身事外，一边喝茶一边悠然自得。

等到最后谢片拿着见证书让何初顾签字时，何初顾看也未看就扔到了一边："都多大的人了还瞎胡闹，散了，都散了吧。"

众人不肯。

除了何初顾之外，都喝多了，都闹腾着让何初顾签字，不签字不放过他。

谢片发坏，又悄悄为夏陌上倒了一杯酒："酒壮尿人胆，喝了！让何初顾签字是第一关，第一关过不了，后面的关更没戏。"

"不用怕，反正你已经喝多了，大不了第二天认尿，要么不承认，要么不记得，喝醉是可以掩饰一切的借口。"

夏陌上没有迟疑，一口喝干了杯中酒，一抹嘴巴来到何初顾面前："何、何初顾，你从小学、初中、高中到大学，每次赢我都是在决胜局，让我连还手的机会都没有，你太阴险狡诈了！更气人的是，你还假装不记得我，我今天就要当着所有人的面儿，和你签一份军令状……"

谢片忙纠正："不是军令状，是见证书。"

"不不不！"夏陌上右手食指连连摇动，"见证书太小儿科了，就得立军令状。"

拿出笔，画掉"见证书"三个字，改成了"军令状"。

何初顾依然端坐不动："夏陌上，你喝多了，别这样。"

"我没喝多，我清醒得很。"夏陌上抱住了何初顾的脖子，"签不签字？

不签字今天你别想走！我要拐卖了你，从法律上讲，只有拐卖妇女儿童罪，没有拐卖成年男人罪。"

众人笑得更起劲了。

何初顾苦笑，夏陌上喝多了发起疯来比他想象中的凶悍多了，他看了几眼条款，心中有了主意。

"不叫见证书，也别叫军令状了，不如改个名字——契约书……"何初顾拿过笔，画掉了几条又写了两条，"多加了两个条款，就更有意思了。"

谢片大声念了出来："第五条，如果甲方成功收购了乙方的公司，乙方在签订合同之日起，自动成为甲方的女友。但分手权归甲方所有。"

"第六条，如果乙方成功地收购了甲方的公司，甲方在签订合同之日起，自动成为乙方的男友。但分手权归乙方所有。"

"哇，在事业上控制你在感情上征服你，太浪漫太会玩了。"谢片大呼小叫，"不过为什么分手权不是归双方所有呢？"

何初顾一脸深沉："恋爱必须得两个人同意，而分手，一个人同意就行了。"

回去的路上，夏陌上醉得不省人事，睡得香甜。何初顾不知道她家的地址，只好送她回公司。还好，管雨儿还在。

管雨儿下楼来接，却扶不动东倒西歪的夏陌上，只好求助于何初顾。何初顾无奈，只能抱着夏陌上上楼。

把夏陌上扔到了办公室的沙发上，何初顾才离开。他刚走，夏陌上就睁开了眼睛，窃笑不已。

"上车了，开走了，安全。"管雨儿默契地朝楼下张望，见何初顾的汽车离开，回身和夏陌上击掌，"头儿，今天又借醉逃单了？"

"去你的，我就这么没出息？"夏陌上拿出"契约书"拍在了桌子上，"总算小胜了一局，拿住了何初顾的把柄。还得装醉才能逼他上当，我容易吗我？"

"不对，你这么说倒是提醒了我，今天的聚会好像是 AA 制，我怎么不记得有付款的环节？"

话刚说完，手机响了，是何初顾发来的收款码，还有一条消息。

"今天聚会是 AA 制，我替你付了款，记得还我！"

管雨儿笑得前仰后合："白表演了，还得掏钱，头儿，真替您老不值。就凭这演技，要是去当演员，随便就能拿一个影后当当。"

"这契约书有问题吧，您就没有想过万一是您被何初顾收购了呢？您就这么有自信一定可以收购何初顾？还说拿住了别人的把柄，您这是自投罗网吧？以现在云上的现状，想要成功收购星河，比您嫁给首富的儿子还要难上几百倍。"

"闭嘴吧你。"夏陌上要打管雨儿，"你就不能说点好听的让我开心一下并且充满斗志？"

"好消息也有。"管雨儿吐着舌头躲开了，"盛唐发来了投资协议，投资1000 万，占股 10%，条件相当优厚。"

"何止是优厚，简直就是送钱。这么一算，云上估值还有 1 个亿，我的股份是 60% 多，说起来我的身家是 6 千多万……哈哈，发达了。"夏陌上大笑三声，突然止住，"还是不能要盛唐的资金，我就不信凭我的能力，不能让云上起死回生。"

"您啥能力呀？自己心里没点儿数吗？"管雨儿小声地嘟囔了一句，"盛唐有什么不好？要钱有钱要样有样，还对您这么专一，要是我，早就死心塌地地嫁了。"

"别背后说我坏话，我都听见了。"夏陌上一拍桌子，"管雨儿，明天起，公司要出台全新的规章制度，制定严格的考核制度，并且会调整大部分人的工作岗位。云上从此就要焕然一新了。"

"你转告盛唐，云上暂时不需要他的资金，但欢迎他以顾问的身份加盟云上，为云上的发展出谋划策。"

"顾问？"管雨儿讥笑一声，"人家盛总日理万机，哪里有时间给您当一个摆在台面上只能瞻仰的顾问？盛总早就料到您可能还是不会接受他的资金，他自愿应聘到云上当副总，您也不知道在哪里烧了高香，遇到这样一个甘心为您守候的人哟……"

"你到底是哪头的？"夏陌上怒了，"恋爱是要两个人同意才行，单恋一个人就可以了。"

"行，行，您是头儿，您说得都对。"管雨儿见夏陌上又要发作，忙一溜烟儿跑了。

夏陌上傻笑了片刻，又发了一会儿呆，拿起手机想要付款给何初顾，想了想又退出了，回复了一句话："我们之间既然有了契约书，以后所有发生的费用就先不用结算了，等到最后的结果出来之后，算一笔总账不就可以了？"

"我还是觉得先一笔笔算得清楚比较好……"何初顾几乎秒回。

"不，我不要你觉得，我要我觉得。"

何初顾没再回话。

几天后，盛唐正式入职云上，担任了负责销售的副总。与此同时，夏陌上调整了不少中层的岗位，并且解雇了一批人浮于事的员工。

尽管不愿意承认，其实夏陌上心里清楚，她所做的一切，其实还是在按照何初顾所提出的意见在推进。

接下来要动股东和管理层，才是一场硬仗。

中午，快下班时，盛唐敲门进来。

"陌上，关于销售渠道的整合，我做了一个方案，你看下。"盛唐进入云上还不到三天，就已经进入了角色。

他不是来历练，也不是应付差事，他是当成了自己的事业，因为他想得长远，总有一天他会真正入主云上，成为资本上的实际掌控人以及感情上的真正征服者。

夏陌上没看方案，微微皱眉："盛唐，攘外必先安内，整体销售渠道固然重要，但内部的调整才是关键，现在股东和管理层对于调整岗位有强烈的抵触情绪，推不动呀。"

盛唐一脸淡然笑意："你一个小女孩，一没威望二没资历，一上来就想让老前辈靠边站，谁会听你的？得慢慢来。"

"慢慢来？哪里还有时间！好吧，退一万零一步讲，就算他们现在先不让位，至少也不能阻挠我对云上发展思路的调整吧？我提出上马新的设备，他们不同意！我提出改进工艺和设计，他们也反对！他们就是一群干啥啥不行坏事第一名的老顽固！"

"要不……"盛唐笑得很神秘，"我负责各个击破，一个个说服他们？"

"你真的可以？"夏陌上其实很讨厌公司内部的人事斗争，她更喜欢在工艺和技术上下功夫。

"我加盟云上，如果不能做事，不是废物吗？"盛唐认真地点头，声音无比温柔，"相信我，有我在，云上一定会好起来。"

夏陌上的笑容舒展开来，眉眼如画，眼见就要沉醉了……

"不好啦，不好啦！"

管雨儿声嘶力竭的声音传了进来，由远及近，像是雷声。

盛唐无奈地摇头，他好不容易营造的人设和烘托的氛围被管雨儿的一声河东狮吼刺破了。

门一响，管雨儿冲了进来。

"头儿……啊，盛总也在。"她左手拿着两条丝巾，右手举着平板电脑，"星河刚推出了一款新产品，销量大爆口碑大好，我们云上前段时间上架的产品，以前还能卖出一些，现在人老珠黄无人问津了，惨！"

夏陌上比较两条丝巾，又看了看网上两者相差十几倍的销量数据："你们觉得云上的产品到底差在了哪里？"

第十一章　他们出招，我们还手

"不差呀，不管是工艺、材质还是技术，都不比星河的产品逊色半分。而且在细节的处理上，还胜了一筹。"盛唐有些不解，"是不是定价问题？"

管雨儿都快要哭了："云上的产品定价比星河的还低……"

"消费者都是瞎子吗？"盛唐气得扔掉了星河的产品，"别生气陌上，犯不着跟一帮没有见识的人一般见识！"

夏陌上像看鬼一样的神情看向盛唐："这是生气的事情吗？盛总，这是一场没有硝烟的战争！谁没有赢得消费者的喜欢，谁就是失败者。你一个云上的副总，怎么能说出这样赌气的话？"

"我、我是在安慰你。"盛唐尴尬一笑，"雨儿，帮夏总倒一杯咖啡去。"

"现在不是夏总喝咖啡时间。"管雨儿故意不走，假装没有察觉盛唐想要支开她的用意，"头儿，我刚做了一个市场调研，问题集中在两款产品的设计上。现在年轻的消费者，对于品牌的归属感不强，也对是什么品牌不太感兴趣，她们的第一观感就是产品本身是不是好看，是不是新潮，是不是符合她们的审美……"

"你的意思是工艺和技术上的提升，没有意义了？"夏陌上不信，"你的市场调研应该不太准确，对任何产品来说，质量都是第一位的，而工艺和技术才是质量的根本。星河的产品，不在工艺和技术上下功夫，只做一些花里胡哨的表面文章，居然还有市场，没天理了吗？"

盛唐倒了一杯水递了过来："市场其实很大，但在网上购买丝绸产品的只是很小一部分群体，而且都是年轻人。我们的产品可能不太符合线上消费者的需求，但未必不能吸引线下的有品位的人群……这样，我下一步去拓展一下线下市场，争取收复因为苏无猜的离去而空白的北方区。"

"北方区虽然不是销量大区，但少说也有三分之一的量……"盛唐前期也做了不少工作，"我约了几个星河的代理商，准备开出比星河优厚的条件，希望可以打动他们。"

管雨儿苦着脸："头儿，该怎么办呀？感觉我们的产品一代不如一代，而星河的产品一代强过一代，我们真的把握不住市场快要被淘汰了吗？"

夏陌上沉思片刻："企业的发展有起有落很正常，我对云上依然充满信心。我刚从国外订购的设备马上就要到位了，并且请人研制了最新的面料，一个月后推出一款全新的产品，名字就叫锦花系列，肯定可以一炮打响。"

盛唐原地转了几圈："陌上，如果需要资金就说一声，我希望在你最艰难的时候，能够和你并肩作战，打好这一仗！"

"现在还远不到最艰难的时候，希望在最艰苦卓绝的时候来临之时，你不要当逃兵才好。"夏陌上俏皮地笑了笑。

手机响了，她接听了电话："现在过来？欢迎，怎么会不欢迎，要不要让雨儿下楼铺个红地毯迎接你一下？"

"谁？"盛唐的语气有几分警惕，刚才夏陌上接电话的口气有些非同寻常。

"除了何魔王还能有谁让头儿这么在意？"管雨儿脱口而出，又意识到说错了话，忙捂住了嘴巴，"盛总您别多想，我是说头儿在意一个一直想要打败的竞争对手，是对对手的尊重，也是打败对手必要的流程，对吧？"

"就你话多。"夏陌上很奇怪为什么何初顾这么热衷来云上，不过既然来了就得迎接，"你赶紧下楼迎一下何魔王，好歹他也是我们的反面助力。"

"上次同学会的事情，我听说了……"盛唐面露难色地说道，"听说谢片为了撮合你和何初顾，闹出了不少笑话？"

"谢片可以不喜欢我，但不能因为不喜欢我就胡闹是吧？陌上，你到底有没有喜欢过何初顾？"盛唐微有紧张，"不管你是什么想法，我都不会放弃对你的追求。"

"还能不能行了？商业的归商业，感情的归感情，盛唐，我们是同学兼合作伙伴，我和何魔王是校友兼竞争对手，关系这么清晰明了，你非要混淆不清？我说过了，我是单身主义者。"夏陌上还想再解释什么，一抬头，何初顾进来了。

何初顾步伐稳健："夏总，云上新品的再一次失利说明了云上的问题已经积重难返，除非动大手术，否则很难起死回生。现在星河对云上的报价比之前低了 10 个百分点，考虑出售吗？"

没见过这么咄咄逼人的收购方，盛唐怒了："何初顾你不要欺人太甚，有我在，你们星河没有机会。"

"从某种意义上讲，我们并不是对手，盛总，你不要对我有敌意。"何初顾很淡定，"你喜欢夏陌上，我没意见。你追她，我不反对。你要投资云上，我欢迎。你现在加盟了云上，我也认为是好事。但是……"

"似乎你的加入并没有为云上带来什么转变，盛总，对于丝绸行业，你还没有入门，需要多加学习。"见盛唐正要开口反驳，何初顾摆了摆手，"不过你也不会毫无用处，你还可以帮夏总处理好云上的内部问题，说服股东同意夏总的改革。"

夏陌上饶有兴趣地看着何初顾和盛唐的过招，总觉得盛唐过于激动而何初顾过于淡定，两者相比之下，何初顾更胸有成竹并且有一种始终掌控一切的漠然。

尽管她不喜欢何初顾的自信，但也不得不承认何初顾确实在气势上胜过了盛唐。

似乎哪里不对？为什么何初顾知道她在公司内部的改革遇阻？难道他在云上也有眼线？夏陌上疑惑的眼神没能瞒过何初顾。

"别想多了，我没有兴趣也没有恶趣味上演无间道，云上没有我的眼线。"何初顾面不改色，"不用想就可以知道你在云上内部的改革会遇到阻力，这些年云上落后的主要原因就是内部的管理层过于老旧。"

"你来做什么？"盛唐依然对何初顾充满了敌意，"沈葳蕤知道你总是跑来云上吗？她不会怀疑你三心二意？"

"我是奉命前来，沈总不但知道，还很支持。"何初顾自顾自地坐在了沙发上，"不如这样，夏总，我和盛总联合帮你说服股东同意你的改革计划……"

何初顾肯定是有什么用意，盛唐打断了何初顾的话："我反对！你一个外人，没有理由介入云上的内部事务。"

现在盛唐的全部心思都投入云上之中，凭空多了一个何初顾还非要插上一棍子，他不防患于未然怎么行？必然要将何初顾的隐患扼杀在摇篮之中。

何初顾起身就走："说实话，我也不想来，是沈总非要让我尝试一下，说胆子一定要大，万一撞运了呢？既然你们反对，我回去可就有话可说了。"

"等等。"夏陌上想到了什么，开心地笑了，"你过来帮忙，是义务的吧？不收费还不用管饭是不是？如果是，我就答应你。"

"是，必然是。"

"那就来吧，当我的属下被我骂被我指挥得团团转，还不用付工资，这样报仇的好机会，我要是放过就太没觉悟了。"夏陌上眼睛转了一转，"不过我还有一个条件，来而不往非礼也，云上要派驻一个人到星河，这样才公平。"

"没问题。"何初顾一口答应。

盛唐感觉到了不妙："陌上，我的主要任务是负责云上的内部管理层整顿，不是去星河兼职……"

"去星河不是兼职，是为了云上收购星河做好前期的铺垫工作。"夏陌上笑眯眯的样子像极了准备吃掉小白羊的大灰狼，"何初顾来云上，是替星河以后收购云上铺路。你去星河，是为了反收购。他们出招，我们还手，才是正常的交手。"

"可是……"盛唐总觉得哪里不对。

"没有可是，除非你想从云上辞职。你在云上一天，就得服从董事会的安排，咳咳……"夏陌上装模作样地点了点头，"作为董事长，我有权为你布置工作。"

盛唐郁闷地开车来到星河的总部，迎接他的是笑意盈盈的沈葳蕤。

还能笑得出来，沈葳蕤是不是缺心眼儿呀？夏陌上和何初顾分明是在摆龙门阵，她也不怕最后人财两空？不行，得好好点点她。

"沈总，你不觉得事情有些古怪吗？何初顾对云上和夏陌上的热衷远大于对星河和你，他们是不是在联手玩一出移花接木？别到时云上没有被收购成功，何初顾又被夏陌上征服，你哭都找不到地方。"盛唐有意说得严重了一些。

"盛总真这么想？"沈葳蕤笑得很轻松，"你要真这么想我也没有办法。初顾很优秀，夏陌上喜欢上他也正常，但我有信心初顾不会喜欢夏陌上。"

"你哪儿来的信心？"盛唐冷笑了。

"有两个原因……"沈葳蕤很自信，"一、初顾和夏陌上青梅竹马，认识了这么多年，要是有感情早就发生了，也不用等到今天。爱情是在最合适最需要的年龄，正好遇到最般配最喜欢的一个人。他们已经错过了最好的时机。"

"二、在英国留学期间，我救过初顾一次，作为报答，他要答应我三件事情。已经兑现了两件，最后一件我已经想好了，要在合适的时候说出来，以他的性格，他不会也没有理由拒绝。"

盛唐明白了："所以你牢牢掌控了何初顾的死穴？"

第十二章　只要自己不尴尬

沈葳蕤没有正面回答盛唐的问题："你觉得我和夏陌上相比，优点是什么，又有哪些不足？我知道你喜欢夏陌上，别用情人眼里出西施的出发点来对比，要公平公正。"

盛唐就笑："论漂亮，沈总不比陌上差。论气质，也不比陌上逊色。论学历，更是高了一等。论家世，陌上现在已经是负债累累的负婆了，和你差了十万八千里。综合下来，沈总远超夏陌上。但是，我就是喜欢她，没办法，爱情是盲目并且不能用世俗价值来权衡的。"

沈葳蕤一脸严肃："如果拿你和何初顾对比呢？"

"我呀？不管是长相、家世、谈吐、才华，我方方面面不比何初顾差。在人情世故上，我更是比他强了十万八千里。"盛唐对此颇为自信。

"这就对了，既然我比夏陌上优秀你又比何初顾突出，你为什么会担心夏陌上会喜欢上何初顾，而何初顾会喜欢上她？夏陌上身边有你，何初顾身边有我，对任何一个人来说，他们都会选择和喜欢身边更优秀的人。"沈葳蕤伸出了右手，"欢迎盛总常驻星河，希望星河在盛总加盟之后，更上一层楼。"

盛唐心里踏实了不少，却还是有几分担忧："沈总，你别是被何初顾洗脑了吧？你就这么信他？"

"喜欢一个人，不就是要相信他的一切吗？"沈葳蕤迈开脚步，"走，我先带你去你的办公室参观一下。另外，星河以前、现在和以后，都随时欢迎盛总的投资。"

之前盛唐假借要为星河投资为由，有意制造紧张气氛，让夏陌上妥协。现在他成为云上的副总，就熄灭了投资星河的心思。

现在沈葳蕤突然一提，他脑中蓦然冒出一个念头："如果我投资了星河，等有朝一日云上收购星河时，我在星河不就可以投支持票了？反过来讲，如果是星河收购云上，我还可以投下反对票。"

这么一想，盛唐的心情忽然轻松了许多，何初顾和沈葳蕤肯定想不到他们原本是想拉他进入星河，是削弱他对云上的支持，他却将计就计，进入星河之后，成为云上的卧底……他越想越是兴奋："沈总，不是说星河不缺资金吗？真的欢迎我的投资？"

沈葳蕤从容一笑："如果说只是为了收购云上占领50%以上的市场份额，星河不缺资金。但如果要是收购了云上之后，再收购了锦图，拿下行业70%以上的份额，就需要外援了。希望盛总可以助我一臂之力。"

野心不小，想要成为行业的领军企业，盛唐点了点头："从感情上讲，我不希望星河收购了云上。但从生意的角度来说，我更希望我的投资会有丰厚的回报……沈总，我们现在就进一步谈谈投资的细节？"

"好呀。"沈葳蕤在107门口停下，"不如我们就在你的新办公室里面规划新的蓝图？"

……傍晚时分，原本明朗的天气忽然转阴，许多人还没有反应过来时，乌云滚滚间，下起了大雨。

夏陌上忧愁地站在窗前，望着外面车水马龙已经堵成一团的街道："哎呀，晚上还约了供货商和代理商一起吃饭，雨下得这么大，坐公交车怕是挤不上去，打车又叫不到车，怎么办呢？"

"头儿，你是想让何魔王送你就明说，别在这里自己给自己表演，他不在，听不到看不到，不是浪费表情吗？"管雨儿冷不防地从夏陌上身后冒了出来，"要不，我替你去暗示暗示他？"

"别闹。"夏陌上打了管雨儿一拳，"让他送是小事，送到后怎么办？邀请他一起吃饭，是应有的礼节，但毕竟他是外人，在场的话容易泄露商业机密。不邀请他，又显得我不懂人情世故。"

"你真想多了，头儿，何魔王才不会在意这些世俗细节，他压根儿就是一个没有情商的人。"管雨儿回身一看，惊呼一声，"何魔王，你什么时候进来的？不敲门还走路没有声音，你是属猫的吧？"

何初顾面无表情："原来你们在背后叫我何魔王？气势够了，杀气不够。"

"我和张德泉聊了一下午，他已经同意支持你的改革和管理层调整。明天起，会陆续攻克其他三名股东。"何初顾看了看手表，"先走了，明天见。"

"你……你等下。"夏陌上眼睛一转，计上心来，"张叔叔当年和老爸一起打天下，是云上的功臣，他老人家德高望重，也就是说是一个很固执的老头儿，保守、自以为是、刚愎自用……"

"停！"何初顾打断了夏陌上，"张德泉也许在商业上固执而刚强，但他毕竟是一个老人家，你至少要尊重他的年龄和阅历。"

"这我就好奇了，你到底是怎么说服他的？走，正好我们同路，路上可以好好聊聊。"夏陌上抓住何初顾的胳膊，"你眼神不好，大雨又影响视线，我就好人帮到底，替你开车好了。"

管雨儿在身后竖起了大拇指，能把沾光说得这么大义凛然冠冕堂皇的，除了头儿也没有几人了。

何初顾一脸懵懂和无知地被夏陌上拉到了地下车库："我们住的不是一个方向，不同路，你是不是喝多了？"

夏陌上不管不顾地翻出了何初顾的车钥匙，上了驾驶位："少废话，赶紧上车！不管同路不同路，把你送到家不就得了。"

"我只是做了应做的工作，你不需要用送我回家的方式表示感谢。"何初顾迷迷糊糊地上了副驾驶，"想知道我是如何说服了张德泉，明天下午有的是时间。"

"来不及了，坐好了，要开车了。"夏陌上发动了汽车，冲出了地下车库，一头冲进了雨里。

雨很大，雨刷飞快，车流缓慢，到处是雨声、喇叭声和刹车声。

"完了完了，肯定迟到了。"夏陌上扭头看了一眼依然一脸蒙的何初顾，"闲着也是闲着，说呀，你是怎么说服了张德泉。"

何初顾没理夏陌上，看了一眼她手机导航中的路线，闭着眼睛想了一会儿，脑中立刻规划了几条路线。

"前面的庐江路口右转，直行1公里在建国路左转，再直行2公里在大望路右转，然后沿朝阳路直行5公里，右转后进德里巷，出了巷子就到目的地了。"何初顾情商不高，但智商高，夏陌上的导航并非是回家，而是去一家餐厅，他还猜不到被夏陌上利用了，他就不是学霸了。

迅速根据经验规划出最佳避免堵车的路线，是智商，看破不说破，是情商，可惜何初顾才不会考虑情商问题。

"下雨，坐公交车太慢太堵，叫车叫不上，所以你想利用我送你。还好你还算有点节操，自己开车，没有借用我的车还让我当司机，我还得谢谢你，是不是？"

"干吗说得这么直白，含蓄点委婉点，才有意思不是？"夏陌上坚持一个观点，只要自己不尴尬，尴尬的就是别人，她很男人地拍了拍何初顾的肩膀，"告诉你一个和别人谈话的技巧，要永远记住一点，聊天嘛，就是要说点别人爱听的，反正又不损失什么。"

"别动手动脚的，放尊重点儿。"何初顾坚决地甩开夏陌上的手，"我只有有目的有意义的谈话，没有无目的无意义的聊天，你的经验对我来说，一文不值。"

"臭脾气！狗魔王！"夏陌上心里腹诽，脸上依然挂着笑，"这么说，你和张德泉的谈话是在亲切、友好的气氛中充分交换了意见，并且达成了一致共识？"

"不是。"何初顾一脸冰冷，"恰恰相反，我直接向他陈述了利害关系，告诉他如果他不同意你的改革方案和岗位调整，他不但会败得很惨，还连养老金都拿不到。"

"我还列举了几个富豪因为晚年破产而流落街头的悲惨经历，他最终做出了放弃幻想认清现实的正确决定。"何初顾冷笑一声，"对张德泉这样的老江湖来说，是不是让他聊天愉快没有意义，他只认现实和利益。所以，认清得失，让他自己选择就好了。"

夏陌上点了点头，又摇了摇头："你生活中一直这么刚正不阿吗？和谁聊天都是一本正经并且计算利弊，是不是很无趣？"

其实夏陌上所说的"刚正不阿"的潜台词是"不知变通和不近人情"。

雨越卜越大了，夏陌上见导航上的红色线条在拉长，堵车的时间在增加，不由得紧皱眉头。

"无趣总比无意义和浪费时间强。听我的，没错的，前面路口右转。"何初顾双手抱肩，"听不听由你，反正你的时间不多了。"

"你才时间不多了，我还能活 100 年！"夏陌上气笑了，到了路口右转，却发现转过来后堵得更厉害了。

"何魔王，你骗人！"

想要原路返回是不可能了，夏陌上气得拍了几下方向盘："你故意坑我是不是？今晚的局特别重要，如果赶不上，会影响云上以后的发展。何初顾，你害了我，想好怎么补偿了吗？"

第十三章　何初顾的路数

"还有 5 分钟，5 分钟后你将会通过拥堵路段。"何初顾目光平静地直视前方，"只管开车就行了，专心点，我对你的车技信心不足。"

"……"夏陌上想生气，强忍着没有发火，心中默念"以德服人"和"情商碾压"。

好在果然 5 分钟后，拥堵大为缓解，左转后，一路畅通。这家伙有点本事呀，不对，肯定是瞎猜的，他一个文科生，哪里会有理科生的缜密的逻辑思维？不信后面的路跟他说的一样。

不信归不信，后面一路顺利，虽然雨依然下个不停，天黑路滑，夏陌上不敢开快，但基本上不再堵车，仿佛所有的车都堆积在了刚才的路段。

奇了怪了，他到底是怎么做到的？夏陌上不得不佩服何初顾了，正要基于基本事实夸何初顾几句，汽车失去了动力，熄火了。

"啊，车坏了？我没乱碰，肯定是你的车的问题，你可别赖我！"夏陌上第一个念头是摆脱嫌疑择清自己，如果何初顾赖她身上，她可赔不起。

何初顾一拍脑门："糟了，只顾计算不堵车路线，没有考虑到绕路会多费油的问题……车没油了！"

"啊，不是吧？"夏陌上看了一眼油表，痛苦地闭上了眼睛，"何魔王，你是故意的吧？你为什么不加满油？"

"我用车，油量都会经过精心计算，严格按照时间和路线加油。根据我的习惯，明天一早才该加油，明天才有信用卡加油满 200 减 50 块的优惠。本来油足够支撑到我今晚回家以及明天一早的加油，结果被你横插一脚，才发生了现在的意外。"

"抱怨没用，距离目的地还有 1.5 公里。叫车的话，至少要等 15 分钟。

步行的话，也差不多是 15 分钟，前提是你没穿高跟鞋。我劝你现在就动身，别再生无谓的气，发无用的牢骚……"

"你！"夏陌上推开车门又迅速关上，头发已经湿了一片，"这么大的雨，你想淋死我？"

"和我无关！是你自己的事情，我只是被动被你逼迫送你一程。"何初顾纹丝不动。

"你鬼点子多，快帮我想想办法。"夏陌上摇动何初顾胳膊，"何大哥、何帅、何爷……"

何初顾哭笑不得："办法倒是有，但我不想告诉你……"

听听，这是人话吗？夏陌上翻了一个白眼，继续耍赖："何总，与人方便与己方便嘛，求求你了，快告诉我。"

何初顾头都大了，嫌弃地朝门边靠了靠，奈何车里空间太小，离不了多远："你别这样，再这样我就报警了。松手！你松开！好，你赢了，我帮你还不行吗？"

从后备厢拿出可以带人的折叠电动车，夏陌上主骑，何初顾坐在后面替她打伞。二人顶风冒雨，一路疾奔，总算在既定的时间内到达了又一村餐厅。

"为什么车上不放雨衣？有雨衣的话我一个人骑过来就行，就不用麻烦你打伞送我了。"夏陌上假装客气，其实是在暗示何初顾既然送到了，您老该干啥干啥去吧，还不走，难不成是想蹭饭吗？

何初顾可以精确地计算出堵车时间，规划不堵车路线，但在面对人情世故时就缺少足够的分析与判断了，他淋了个半湿，样子微有几分狼狈。

"今晚的计划全被打乱了，索性也不急着回去了。正好是饭点，我送你两路，你请我吃一顿饭不为过吧？"

这人怎么还赖上她了？夏陌上斟酌了一下语言："请你吃饭不是不可以，但今晚我的饭局是商务局，单独请你在旁边吃，又不礼貌，不如下次正式请你吃顿大餐……"

"在旁边吃没问题，我是挑食，但我不挑座位……就这么定了！"何初顾眉毛一挑，紧抿嘴唇。

他到底是傻是憨还是故意的？有那么一瞬间，夏陌上觉得她有点吃不准何初顾的路数了，他是不是有意展现低情商的一面，然后在对手大意时再用高智商碾压对手？

不过念头一闪即逝，很快被她迅速抛到了脑后。

又一村地处偏僻，周围绿树成荫，有山有水，掩映在其中的又一村就显得格外幽静。作为一家以湘菜为主的饭馆，身在江南的又一村生意火爆，如果不是提前三天预订，散客基本上没有位子。

辣椒正在以其强烈的刺激性与辛辣的味道迅速征服天南地北的食客。

正如夏陌上担心的一样，散客没有位子了。

无奈之下，只好采取了折中的方式——在她所订的柳暗花明包间增加了一张桌子，何初顾自己一人一桌吃饭。原本夏陌上还过意不去，假装客气几句，请他一起，他却不肯，并以他不愿意应酬无关紧要的人等为由坚决推辞。

是你自己愿意可怜巴巴地一人一桌在角落里待着，可不能怪我没有邀请你，我已经仁至义尽了！夏陌上安慰自己一番，客人就陆续到了。

今天的饭局，夏陌上邀请了供货商管达久、艾良枫和代理商魏传会、古春东，目的是加深和供货商的友情，并且巩固与代理商有些松动的关系。

几人陆续到来，见到何初顾先是一愣，等何初顾自称司机并且外面没有位子时，才都释然。

夏陌上坐在了主座。

"记得上一次吃饭，坐在这个位置的还是老夏总，转眼间换成了小夏总，是时间过得太快，还是时代变化太快？"管达久坐在了夏陌上的旁边，40多岁的他正是一个男人最成熟最有魅力的阶段，穿着精致，举止儒雅，谈吐得体，在众人之中，最为突出。

艾良枫、魏传会，一个年龄偏大，50岁开外；一个长相老土，像是保安大叔，和管达久相比，差距甚大。

古春东是一个40岁左右的女性，穿着随意，化了淡妆，长得倒不难看，就是肤色不是很健康。她原本负责云上华东区的总代理，在苏无猜"叛变"投诚到了星河之后，她临危受命，成为云上北方区的总代理。

夏陌上举起酒杯："论辈分，你们都是叔叔阿姨。论资历，你们从事丝绸行业多年，是我的老前辈。论工作关系，你们是云上最重要的合作伙伴。我是被迫当上了云上的掌门人，还有许多不足之处，希望各位前辈多指点多批评。"

"我一定会虚心接受，有则改之无则加勉。"

夏陌上一口喝干杯中酒，豪气地一拍桌子："我干了，你们随意。"

管达久带头干了一杯，艾良枫没有举杯，魏传会声称吃药了，古春东以从不喝酒为由，喝了一口茶。

何初顾在一旁只管埋头吃饭，眼睛的余光扫过，见夏陌上面不改色，丝毫没有因为几人并不给她面子而有所表露，心里暗暗佩服她的镇静和涵养。

涵养也是情商的外在表现。

管达久明显倾向夏陌上，但其他几人却没有太多的响应，尤其是艾良枫，始终一副心不在焉的样子，还不时玩手机，对夏陌上的提议几乎没有反馈。

古春东也只是礼貌性地点头回应，也不积极。魏传会很认真地吃东西，还不时和古春东、管达久闲聊几句，再笑上几声。

夏陌上的主要想法是想让管达久和艾良枫在接下来大力支持她的工作，她想要打造的新品，需要从原材料和工艺上面双重提升，供货商的面料材质的选择，很关键。

当然，从销售渠道来说，魏传会和古春东的作用也至关重要。古春东目前是云上的北方区总代理，魏传会是南方区的老大，他们二人基本上把持了云上线下渠道90%以上的销售额。

何初顾很快吃完，他好整以暇地坐好，以一副坐山观虎斗的泰然姿态期待一场好戏的上演。

相比之下，表面上谈笑风生胸有成竹的夏陌上，内心就没有那么坦然和镇定了，她无比焦急。如果今晚过不了这几个人的关，接下来的工作将会无比艰难。

她现在就像是顶风冒雨的行人，不但没有交通工具，还背负了重担。到底还能坚持多久？她不知道，她不敢去想，只能埋头向前，因为她无路可退。

刚刚推出的新产品由于仓促，算是试水失利。她将全部赌注都押在了接下来的新品上面，如果再失败了，她将陷入万劫不复之地。

只是今天的局势似乎不太妙，有失控的危险，莫不是星河又在私下有什么小动作？夏陌上朝何初顾投去了关注的一瞥。

吃饱喝足的何初顾斜靠在椅子上，微眯着双眼，一副隔岸观火的姿态，对夏陌上四面楚歌的困境，视若无睹。

莫非不是何初顾？可是除了何初顾之外，还有谁会在背后使绊子为难云上？夏陌上示威般朝何初顾挥舞了一下拳头。

何初顾用口型无声地回应夏陌上："幼稚！"

算了，现在不是和何初顾斗嘴的时候，回头再和他算账，夏陌上收回心思，朝管达久点头一笑："管叔，云上接下来要推出三款新产品，需要从面料上保证创新，必须是最新的技术和工艺，听说您刚到了一批面料特别好，我可是第一个开口，您一定要优先保证供应云上。"

第十三章　何初顾的路数

第十四章　没的商量

"尽量，尽量啊。"之前答应得好好的，可是到了酒桌上管达久又打起了太极，"这么着，陌上，今天先喝酒后谈事，喝高兴了才能聊开心，对吧？"

"对，对。"古春东第一个附和。

"管哥说得对，就这么办！"一直心不在焉的艾良枫突然就来了精神。

"你们别欺负陌上，她一个姑娘家，能有什么酒量？"魏传会以退为进打配合，"你们别闹了，吃好了就撤，各回各家，各找各妈。"

什么事情都不落实，吃完抹嘴就走，今天的客不就白请了？夏陌上既心疼钱，又心疼自己的身体，不过她只心疼了不到三秒钟就有了决定。

"管叔说喝酒那就得喝，怎么个喝法，管叔定规矩。"夏陌上开始捋起袖子，招牌动作一拍桌子站了起来，"是车轮战还是狙击战？"

何初顾忍住笑，神态更得意了，他双手放到脑后，从隔岸观火上升到了坐山观虎斗。

管达久悄无声息地给艾良枫、魏传会、古春东使了一个眼色，艾良枫和魏传会心领神会地点了点头，古春东却有几分不情愿地将头扭到了一边。

有情况……何初顾敏锐地察觉到了问题，这几人应该已经在某些事情上达成了共识，而夏陌上还蒙在鼓里。事情越来越有意思了，今天他应该没有白来。

也不知道夏陌上有没有发现几人之间的默契？

管达久拿过来三个杯子，分别倒上了红酒、白酒和啤酒，摆在面前："以前的玩法过时了，什么潜水艇、深水炸弹，无非是几种酒混合在一起。今天，我们玩个新鲜的，一共就三种酒，红的白的和洋的，我喝红的，你可以喝白的，也可以喝洋的，反正酒就这么多，喝完为止。"

"不是车轮战,也不是狙击战,是正面遭遇战。每个人都是三杯酒,都倒满,早晚喝完,喝的顺序和每次喝多少,自己做主。"管达久咧嘴一笑,"公平吧?"

"公平。"夏陌上二话不说倒满了三杯酒,又看到几人依次都倒满,哈哈一笑,"没有花招,也没有技巧,完全凭实力说话,好,这种方法我喜欢。"

傻丫头呀,何初顾暗暗担心,表面公平,其实暗藏杀机,先不说从体质来说,女性一般都没有男性酒量好,只从久经酒场历练的角度,夏陌上也完全不是几位江湖老手的对手。

更不用说几人依然可以依次和夏陌上喝酒,说是每人都要喝完杯中酒,但先后顺序和中间缓冲的时间也不同。

何初顾微微皱眉。

夏陌上浑然不觉已经掉入了陷阱,先是和管达久喝了一轮白酒,接下来又和艾良枫、魏传会、古春东也喝了白酒。一圈下来,白酒差不多喝完了。

随后,四人又陆续和夏陌上碰杯,第二轮下来,又少了一杯洋酒。

夏陌上的面前就只剩下了一杯红酒,而其他几人的面前,至少还有两杯半,只下去了半杯。

夏陌上已经有了七分醉意:"来,来呀,将进酒,杯莫停,与君歌一曲,请君为我倾耳听……"

管达久悄然朝魏传会一笑,魏传会上前,举起满满一杯白酒:"小夏总,你虽然年轻,但有魄力有干劲,我们几个老伙计都服你。我先干了这杯,你随意,有什么需要你直接吩咐,我一定尽力。"

魏传会喝得原本就没有夏陌上多,现在摆出豪爽的姿态,是非要逼夏陌上就范不可。夏陌上也不知是真不知道还是头脑发热,当即端起红酒,一饮而尽。

"魏叔干了,我怎么可能不干?"夏陌上身子摇晃几下,"没酒了,三杯都倒满,不信我今天不能陪你们喝高兴了。"

"吩咐不敢,但也确实有事情求到魏叔。"夏陌上又举起一杯红酒,"魏叔,我是觉得以现在云上的体量,划分成南方和北方两个大区,不太合适了。再细分一些会更好，因为广义上的北方和南方，范围太大，消费者的审美和消费能力，也相差太多……"

看来还能勉强继续一战，何初顾暗暗点头，夏陌上口齿清晰，思路明确，说明还没有醉到逻辑混乱的地步。

她酒量怎么这么大？何初顾心中一跳，怪不得到现在还单身，从来喝不醉，别人没机会。

不过夏陌上的意思是想削夺魏传会的代理权？如果代理商从南方和北方两个大区拆分成华北、东北、西北、华南、东南、西南等更细分的小区，有利于公司对代理商的控制，但却会让代理商的利润降低。

此消彼长。

古春东直言不讳："小夏总的意思是想杯酒释兵权了？不好意思，我不同意。如果你非要拆分了我们，对不起，我会去星河，或是锦图、新远。他们也在和我接触，想挖我过去，我还在犹豫，你这么一说，我就不用犹豫了。"

气氛由刚才的热烈迅速降到了冰点。

"你的意思呢，魏叔？"夏陌上没有要退让的意思，转动酒杯，似笑非笑。

"我和古总的态度一样。"魏传会一改刚才喝酒时的和气，脸色阴沉，"这事儿没的商量，要么保持现状，要么一拍两散。"

"这样啊……"夏陌上摸了摸额头，一脸为难，"我本来还对你们觉得有愧疚，你们既然这么坚决，我也就不觉得有什么对不住你们的地方了。而且，你们刚才连番灌我酒，欺负我一个小女孩，我也不会介意。"

"但是……"夏陌上的声音突然提高了八度，"管叔、魏叔，你们作为长辈，欺负我年轻没有阅历，故意灌酒也就算了，还想打我的主意就是为老不尊了！魏叔，你刚才想要摸我，被我推开，第一次我不和你计较，如果再有第二次，别怪我不客气！"

魏传会当即变脸："怎么的，摸你一下还能死吗？我现在就摸你第二次，有本事你弄死我！"

管达久挡在二人中间，打圆场："老魏，你是前辈，要讲规矩有分寸。小夏，你是晚辈，要礼让要忍让。行啦，都各退一步，我提议一起举杯，干了杯中酒。"

不对呀，何初顾斜着眼睛，表面上管达久充当和事佬，却还要干杯，明显是非要灌醉夏陌上的节奏。

"别喝了，差不多了。"古春东有几分于心不忍。

"为什么不喝？必须得喝！"艾良枫推开古春东，嫌她碍事，"小夏总，你先拿代理商开刀，然后就该轮到我们供货商了是吧？说吧，你是想压价，还是想都换掉我们？"

夏陌上一个人面对四个人，好吧，古春东稍微温和几分，就算是三个半，她毫无惧意："艾叔言重了，我对你们都非常尊重。只是现在情况特殊，我希望可以改进合作模式，由原先的三个月一结改成半年一结。"

"意思是，从原先压我们三个月的货款提高到压半年以上？"艾良枫冷笑了，"听听，这叫人话吗？老管，你说你能答应吗？"

管达久嘿嘿一笑，不说话。

"这么说，今天这顿酒算是白喝了？"夏陌上也不退让，摆出了誓不罢休的架势，"好歹你们也和云上合作了这么多年，看在我爸的面子上，我再敬各位前辈一杯。如果不接受我刚才所提的条件，以后我们买卖不成情义在，还是好朋友。"

"我先干为敬！"夏陌上一口喝干满满的一杯红酒，忽然身子一歪，坐到了椅子上，"不行啦，这一次真的喝多了，马上要醉了。"

话一说完，就伏在桌子上一动不动了。

几人交换了一下眼神，都没喝酒，放下了酒杯。

"老管，你说怎么办？"艾良枫一脸不满，"云上现在没钱了，产品没销路，就拿我们开刀了，又要提高工艺和技术，又要降价，还要缩短付款周期，什么好事都让他得了，我们就只能任人宰割？反正我是不想和云上合作了。"

管达久还算清醒，喝了一口茶："不能只说气话不想法子解决问题，云上有困难，作为云上多年的合作伙伴，我们不是应该想方设法和云上共渡难关吗？但是据我所知，在座的各位，除我之外都主动接触了不少别的品

第十四章　没的商量

牌吧？"

"不能在一棵树上吊死吧？寻找新的出路，也是人之常情。"艾良枫斜了一眼不省人事的夏陌上，"我的想法是，彻底和云上决裂，另寻出路。"

"你们供货商找到新的出路容易，你们是上游。我们代理商是下游，哪有这么容易和新的品牌合作？我们又不是苏无猜有刘日坚当引路人。"古春东见形势不妙，"老魏清楚现在代理商的处境，说是掌握了终端渠道，其实并没有不可替代性，说换掉就被换掉了。"

"你们的事情我也不管了，如果你们谈妥了，云上愿意拆分了我的代理权就拆分吧，我也没有意见。"古春东拿起包，"我先走了，你们继续。接着发生什么事情，都和我无关，我不在场。"

几人也没挽留。

双

赢

第十五章　都是高手

魏传会愣了片刻才说："古春东和星河、锦图、新远都有过接触，对方没有合作意向，目前不缺代理商。我也和三家都聊过，就算加盟过去，也只能是二级或是三级代理，没什么意思。"

"你的意思是就算被拆分也要留在云上？"管达久冷笑，"云上还能支撑多久，你心里有数吗？"

"暂时没有地方去，就只能赌一把押注云上了。"魏传会也冷冷一笑，"老管你是供货商，和我们代理商不一样，只要你产品质量过得去，价格有优势，不管是云上、星河、锦图还是新远，都会和你合作。"

"各家有各家的难处……唉！"管达久叹息一声，轻轻推了推夏陌上，"小夏总？陌上？醒醒！"

"真喝多了？"管达久回身看了一眼何初顾。

何初顾举起双手："我只是她临时雇来的司机，完全不知道你们的事情，只负责接送她。你们继续，就当我不存在。"

"我们生产的原料，除了云上之外，星河几家公司都不感兴趣！"管达久重重地叹息一声，摇了摇头。

"为什么？"魏传会很是不解，"你们家的原料在业内是出名的质量优良，品质过硬。"

艾良枫摇头苦笑："正是因为质量优良，品质过硬，我和老管家的东西才没人要，因为价格太高了！现在新兴的原料厂家，可以把价格压得很低，他们利用新技术新设备新工艺，可以做到我们价格的二分之一，但质量却只降低 20%……"

管达久点头："质量降低了 20%，消费者根本就感受不到。现在的消费者，一件产品的使用时间不长，使用频率也不高，质量就算降低一半，他们也没有感受。他们只追求外观、设计和时尚，新鲜感一过就扔到了一边。"

"说得也是。"魏传会表示认可，"现在的东西没有用坏的，只有淘汰的。"

"这么说，目前只有继续和云上合作一条路了？"魏传会又下意识看了何初顾一眼，总觉得何初顾的气质和神情不像是一个司机。

"只能是一边和云上合作，一边更新设备，争取在技术上达到要求后，可以拿到星河、锦图或是新远的订单。"管达久也顺着魏传会的目光望向了何初顾，想了一想，"你不用等了，我们会负责把夏陌上安全送回去。"

"不！"何初顾站了起来，来到几人中间，"我答应过的事情一定会做到。"

"不就是钱吗？"管达久拿出一沓钞票，"这里有 2000 多块，你都拿走。"

何初顾也没客气，接过钱转身就走。

"果然人都是见钱眼开的动物，哈哈。"管达久朝艾良枫和魏传会嘿嘿一笑，"老魏，夏陌上就交给你了？你可得看好了，出了什么事情，我们都不知情，也不负责。"

"嘿嘿，放心，你们都是无辜的。"魏传会去扶夏陌上，手刚落在夏陌上的肩膀上……

"拿开你的臭手！"何初顾就从门外冲了进来，一把推开魏传会，"多大岁数的人了，还这么没脸没皮，年龄都活狗身上了吗？"

"你……"魏传会大怒，一拳就打向了何初顾，"一个破司机也敢多管闲事，活腻歪了吧！"

却没打中，何初顾一闪就躲到了一边。

"拿了钱就赶紧滚蛋，多管闲事多吃屁，知道不？"管达久撸了撸袖子，假装要帮忙。

"发票给你！"何初顾将发票拍在桌子上，"你的钱付了饭费，剩下的部分也还你。我现在要带走夏陌上，谁要是拦我，小心吃屁！"

管达久脸都青了："你玩我是吧？行，今天我倒要看看谁吃屁……啊，你敢泼我，我废了你！"

话未说完，被何初顾泼了一脸的热茶。滚烫的热茶烫得管达久睁不开眼睛，他气得哇哇直叫。

艾良枫悄悄躲到了何初顾的身后，趁他不注意抄起一把椅子，猛地朝何初顾的脑袋砸下。眼见何初顾躲无可躲之时，正在昏睡的夏陌上突然翻了个身子，带动了椅子。

椅子一歪，撞在了艾良枫的身上。

艾良枫收势不住，手一松，高高举起的椅子就落在了自己头上。

"啊！"

惨叫一声，艾良枫被椅子砸中又摔倒在地，基本上失去了战斗力。

魏传会见势不妙，冷不丁朝夏陌上鞠了一躬："对不起，夏总，我错了！"

话一说完，转身一溜烟儿跑了，比兔子还快。

这也行？瓜尿！何初顾一手拎了一个酒瓶，眼神凌厉："管达久、艾良枫，还打吗？"

管达久和艾良枫对视一眼，二人异口同声："不打了！"

还打个毛，正主都跑了，他们还打个毛？

"今天的事情，不能就这么算了？"何初顾搬了把椅子坐在了门口，"摊牌了，我也不隐瞒了，我是星河的副总何初顾。"

管达久和艾良枫差点惊掉下巴，二人不敢相信。

"你们都找司徒森接触过，想供货给星河。司徒森原本答应你了，后来又反悔了，知道为什么吗？是被我否决了。"何初顾大马金刀的样子，还真有几分气势，"是不是？"

司徒森是星河主管采购的总监。

管达久再次和艾良枫交换了眼神，他咽了一口唾沫，感觉喉咙发干嗓子发涩："你、您真是何总？"

"你们自己说，今天的事情怎么解决吧？"何初顾左右酒瓶一碰，破碎之后露出了尖利的玻璃碴子。

管达久感觉浑身发冷，快要站不住了："错了就错了，我认栽。一、无条件答应夏总的所有条件。二、愿意和星河合作，全力配合星河的所有要求。"

"等等。"艾良枫醒悟过来，"你是站哪边的，云上还是星河？你一个星河的副总，为什么要给夏陌上当司机？"

"哦，明白了，你是她男朋友！"艾良枫无比懊恼，居然被夏陌上耍了，让星河的副总男友假装司机在一旁窥探，把所有的谈话听了个清清楚楚。

没看出来，挺豪爽的一个姑娘，竟然这么阴险有心计！

何初顾看向了艾良枫："你呢？还有想法是不是？"

艾良枫也认输了："没有没有，绝对没有！愿赌服输！我的想法和管哥一样。"

何初顾不屑地笑了笑："星河目前没有和你们合作的意愿，你们也不够资格成为星河的供货商。我建议你们继续和云上保持密切合作，但同时得改进工艺和技术……"

"喊，你的意思是云上不如星河了？"夏陌上突然就站了起来，一脸怒气双眼清澈，哪里还有半分醉酒的样子。

藏着的手机也露了出来，摄像头正对着几人。

除了装睡，原来还在偷拍。

何初顾也不解释："刚才……都拍了下来吧？"

"你早就发现了？"夏陌上觉得很没面子，她精心设计的一出好戏，怎么可能被识破？何初顾长了双什么眼睛？

"拍下来了，全程。"夏陌上得意地扬了扬手机。

管达久和艾良枫面面相觑。

"你耍我？"管达久恼羞成怒，"夏陌上，你过分了！"

"你给我们下套……"艾良枫更是怒不可遏，上前就要抢手机，被何初顾拦下了。

何初顾笑得很诚实："别激动，彼此彼此。你们不也是在给夏陌上下套？不过是下套与反下套的老套的剧情罢了，最后谁技高一筹谁就能笑到最后。你不是说了，愿赌服输吗？"

"就说怎么解决吧！"艾良枫垂头丧气地坐在了地上，"娘的，居然被算计了，失手了，一辈子的污点啊。"

夏陌上却还揪住何初顾所说的云上不如星河的问题不放，非让何初顾承认云上不比星河差，何初顾差点被气走，都什么时候了，还纠缠一些细枝末节。

好在几分钟后，夏陌上酒醒了大半，总算恢复了理智，提出了解决方案。

一、管达久和艾良枫继续为云上供货，但要满足云上的技术和工艺要求，升级设备所需要的费用，由他们自行承担。二、再和云上续签三年合同，保证三年内优先供货给云上，如果和其他品牌合作，供货量不超过产能的20%。三、积极配合云上的产品升级改造，满足云上对于原料多样化的要求。

尽管有些苛刻，好在协议也没有太具体的强制性条款，管达久和艾良枫只能同意。作为回报，夏陌上保证不对外透露视频。

临走时，管达久上下打量了何初顾半天，冷冷一笑："何总，如果沈总知道你以星河副总的身份帮夏陌上做事，暗地里挖星河的墙脚，你觉得沈总会放过你吗？"

"我和沈总的事情，就不劳你操心了。"何初顾拍了拍管达久的肩膀，"走好，外面天黑路滑，小心摔跤。年纪大了，都会有点骨质疏松，一摔就会骨折。"

回去的路上，何初顾开车，夏陌上坐在副驾驶位，昏昏欲睡。到了夏家的小区门口，何初顾靠边停车。

"你就没有什么要说的吗？"何初顾等了一路，见夏陌上还没有丝毫表示，忍无可忍了。

第十六章　事业上的下属，爱情中的家属

"说什么？没看我正在醒酒正在犯困？你怎么这么直男！单身不是你的错，也不是你的选择，而是你必然要承受的后果。"夏陌上快语如珠。

"……"何初顾受不了了，"夏陌上，我今天给你当免费司机，当陪衬，关键时候挺身而出英雄救美，你不感恩戴德也就算了，连一句谢谢都不会说吗？"

"当免费司机？不是请你吃饭了吗？关键时候挺身而出？是我要求了吗？你怎么不说你打乱了我的计划，破坏了我的行动？你觉得以我的身手对付不了那几个老年渣男？何初顾，你太高估自己的重要性了。"夏陌上故意气何初顾，"更不用说你其实在一旁偷听到了云上的商业机密，我没有要求你签保密协议就已经很不错了。"

"我……"何初顾气得不知道说什么好了，替夏陌上打开了车门，"请你下车。"

"还在下雨，你不能扔我在小区门口，可以开到楼下。"夏陌上关上门，得意地笑，"就不下车，气死你。"

谁让你第一次在初见咖啡见面的时候，你说不认识我，这就是你装腔作势的报应！夏陌上仰起下巴，盛气凌人。

只不过让她失落的是，何初顾生气的表情只持续了几秒钟后就消退了，他一脸平静地发动了汽车，将她送到了楼下。

不是说何初顾智商高情商不高吗？他怎么控制住了情绪？难道他提高情商了？夏陌上无比疑惑，并不相信以何初顾的木头人性格会变了性子。

何初顾不再搭理夏陌上，只用眼神示意她赶紧下车走人，一副送瘟神的表情。夏陌上哈哈大笑："你真好玩，一逗你就生气，以后要经常气你才开心。"

下了车，何初顾刚要离开，两个老人突然出现在了车头。

碰瓷？不太像呀，何初顾有几分纳闷，夏陌上所在的小区是高端小区，而且两位老人的穿着打扮明显是知识分子形象，不应该是碰瓷的人。

他连忙下车，虽然没撞上，但离得过近，估计也吓着老人了。

"你是谁？你是陌上的什么人？为什么要送她回家？"老先生上前一步，质疑的目光在何初顾身上扫了几眼，"啊，想起来了，你是何初顾！"

何初顾整理了一下衣服："叔叔好，您是？"

"我爸。"夏陌上从旁边冒了出来，挽住了夏想的胳膊，"爸，你别多想，他和我就是工作关系，正好顺路送我回家而已。"

顺路？何初顾一口恶气险些没有冲天而起。

"上家里坐坐吧小何。"夏想热情地拉住何初顾的衣服，"你小时候，叔叔见过你几次。现在长大了，比以前顺眼多了，我记得你以前又黑又瘦，跟个泥猴似的。"

"……"何初顾无语了，这真是不是一家人不进一家门，这一家人的性格一模一样的，他客气而礼貌地拒绝了夏想的好意。

"别不好意思，你又不是外人。自打你小学时起，你的名字就在我们家天天出现，频率比我家的锦上还高。"梅晓琳也热情洋溢。

"锦上是？没听说陌上还有姐妹。"何初顾表示惊讶。

"锦上是我家以前养过的一只金毛，可惜后来死了，唉。"梅晓琳的神情瞬间低落。

"……"我的错，就不该问，何初顾转身就走，"叔叔、阿姨，晚安。"

"哎，等等，小顾。"夏想拦住了何初顾，"我记得你和陌上第一次见面，是在她小学毕业典礼上吧？她因没有考全校第一，哭得很伤心，你过去给她递了手绢。"

"不是。"何初顾回答得很迅速，不假思索，"第一次见面是小学三年级时的一次校外活动，是在夏天的田间地头，她拿着一个捡来的果子问我能不能吃，我说能，她吃了，然后拉了一天肚子……"

夏陌上愣了一愣："何初顾，你不是说你不记得我吗？"

"记得和见过，是两回事！"何初顾上车而去。

"行，你有种！你等着！"夏陌上冲远去的车灯挥舞了一下拳头。

"都走远了，看不到了，闺女，别装了，回家吧，家里凉快。"梅晓琳一拉夏陌上，"你从小就是一个争强好胜的丫头，但就是一直输给何初顾。什么时候把他拿下了，让他娶了你，你就能一辈子把他踩在脚下了。"

"说什么呢妈，做人不能这么俗套不能这么斤斤计较。"夏陌上挽住了夏想的胳膊，"我要向老爸学习，在商业上收购他，在感情上征服他，让他成为我事业上的下属，爱情中的家属，看他还有什么可嚣张的。"

梅晓琳一撇嘴："还不是一个意思？不过我看悬，你拿不下他，他比你有主见，也更固执。你得好好想想，你有哪些值得他喜欢的优点？"

"你是亲妈吗？怎么向着外人说话？"

"你妈说得对。凡是你看上的不管是身高长相收入学历样样让你满意的，人家铁定看不上你。"夏想及时补刀，"闺女，你和何初顾认识快有 20 年了吧？他都记不住你，更没有对你有过表示，你就不想想问题出在了哪里？"

"他以前只知道学习，没有发现我的美。后来眼睛近视了，看不清我的美。"夏陌上强行挽回尊严。

"那现在呢？"夏想和梅晓琳异口同声。

"现在他一心扑在事业上，就想打败我，忽视了我的美！"夏陌上依然振振有词。

"这孩子……"夏想和梅晓琳一起摇头。

"老头子，要不是年纪太大了，咱们再生一个也能弥补一下受伤的心灵。"梅晓琳拉着夏想上楼。

"说得是呢，错过了最佳时机，要是早发现咱孩子是个傻子该有多好。"夏想痛心疾首地摇头，"陌上，你有时间多看看心理医生，不要讳疾忌医，要把病情控制住，要不发展起来就晚了。"

这是亲爹亲娘吗？她八成是从大街上捡来的吧？夏陌上只自怨自艾了片

刻，就追了上去：“爸、妈，等等我，我还有机会，可以抢救一下。”

天气越来越热了，本来应该进入销售旺季，但今年云上却一反常态，自从一个月前推出新品失利后，近期再也没有了任何动静。

市场瞬息万变，一家以产品制胜的公司，如果一两个月没有新品出现，很快就会被市场遗忘。

反观星河，以每月一款新品的速度继续进一步吞食市场，不但云上没有招架之功，就连锦图和新远也没有还手之力。

星河如日中天！

一早到办公室，刚坐下，才喝了一口管雨儿递来的红茶，就接到了何初顾的电话。

还是忍不住主动打电话给我了吧？夏陌上暗自得意，故意等铃声响了20秒后才接。

“两件事情，一是我下午到云上，继续和股东季虎谈云上调整岗位的事情，不出意外，三天内他就会同意。”

何初顾的声音一如既往的正式而刻板，公事公办。

“二是盛唐已经敲定了和星河的合作，正式投资星河，成为星河的股东。”

“什么？”夏陌上拍案而起，“盛唐入股了星河？他怎么没有告诉我？”

话一出口又后悔了，她忙掩饰地一笑：“忘了好几天前他就说过要投资星河，我说是好事，他成为星河的股东，一是当了你的老板，二是在云上收购星河时，他可以和云上里应外合，哈哈，呵呵。”

何初顾听出来了夏陌上笑声中的尴尬：“别这么安慰自己，小心憋出病来！”

“张德泉最近配合你的工作了吗？”

“好多了，基本上每次开会，他就算不积极赞成，至少也不是激烈反对了，有时是默许的态度。说起来，这事儿还得感谢你。”夏陌上不是很情愿地表示了感谢，主要是她还有求于何初顾，“现在主要是季虎和赵宣杰了。只要他们不再处处和我作对，云上就能彻底掌控在我的手中了。”

夏陌上是第一大股东不假，但张德泉、季虎和赵宣杰三个人的股份加在一起，超过了35%，虽然不能控股，却拥有了否决权。现在张德泉不再为难她，但季虎和赵宣杰却并没有和她站在同一阵营，不时挑她的毛病指责她的决定。

这让她很是被动。

新产品不管是原材料的供应，还是下游代理商的分工，都已经打好了基础做好了准备。只是在最新产品的改进方向上，张德泉中立，季虎和赵宣杰强烈反对，就导致工作推行不下去。

张德泉是常务副总，季虎是主管设计的副总，而赵宣杰是主管技术的副总。夏陌上的新产品改动过大，从原材料的工艺到成品的加工技术，再到设计风格，和之前的云上产品大相径庭，季虎和赵宣杰认为步子迈得太大，推翻了原先云上一直坚持的古风古韵，他们坚决不同意。

就连被何初顾说服的张德泉也一改凡事即使不支持但也绝不反对的态度，在此事上保持了中立的沉默。

沉默其实就是另一种形式的反对。

这也正是最近云上没有新产品推出的主要原因，夏陌上并没有完全掌控云上，她受到了公司元老们的极大掣肘。

当然，还有一个重要的原因是上次夏陌上试水推出的新品失利，就让几大股东失去了信心，不敢再冒险改进产品风格。

第十七章　总结型人才

刚放下何初顾电话，一脸笑意的盛唐就推门进来了。

"天阳路新开了一家射箭馆，设施很齐全，人也不多，有空一起比试一下？"

夏陌上喜欢竞技运动，比如射箭，比如拳击，再比如实弹射击，盛唐说她有暴力倾向，她不承认，觉得自己是德智体美劳全面发展的五好青年。

"最近哪里有时间玩……"夏陌上心里痒，"感觉都手生了，肯定不如以前技艺高超。"

"不会，只要在靶子上贴上你讨厌的人的照片，你肯定可以靶靶 10 环。"盛唐拿出几张何初顾的大头照，"要不要试试？肯定过瘾。"

夏陌上眼前一亮，随即又黯淡了："别以为你转移主要矛盾就可以蒙混过关，解释一下吧，别非让我问出来就没意思了。"

盛唐讪讪一笑："投资星河，其实是一步长远规划，为的就是以后在云上收购星河时，我可以投下赞成票。而且我打入了星河内部，可以更好地学到星河先进的管理经验和对市场风向的判断。"

"花言巧语！巧言令色！"其实夏陌上并没有真的生气，她也知道不管从哪个出发点来说，她都没有资格要求盛唐做什么，只不过她是想知道盛唐的真实想法。

"真的只是为了生意而不是为了沈大小姐？"夏陌上抿嘴一笑，"我倒觉得你和沈葳蕤挺般配的，不如你再趁机拿下沈大小姐，不就让何初顾人财两空了？"

盛唐假装生气："你又不是不知道我的心思，我喜欢的是你，和沈大小姐不是一路人。"

"进入星河之后，有什么心得和收获？"夏陌上及时转移了话题，虽然嘴上不断强调要收购星河，但现实却很骨感，云上依然面临着生死难关。

盛唐摇头："也没看出什么与众不同的地方，星河就和其他新兴的公司一样，氛围轻松活泼，运转也算健康……"

"就这？"夏陌上大感失望，盛唐好歹在星河也算待了一段时间了，竟然没有发现星河的优点，他是眼神不好还是压根儿就不会观察、不懂运营？

任何一家成功的公司，必然有其优点和特质。

就连她也能区分云上和星河的主要不同在于，云上重工艺和技术，星河重设计和渠道，举个不恰当的例子，云上就像是一个认真读书一板一眼的理科生，而星河则是一个注意包装喜欢自我推销夸夸其谈的文科生。

夏陌上曾经和何初顾认真分析过两家公司的特点和所长。

她认为一家公司要想赢得消费者，就得靠质量和口碑，就必须从工艺和技术上下功夫。何初顾坚持现在是快消时代，现在的消费者对于产品的质量和耐用性，远不如以前的消费者那么在意，他们更喜欢视觉冲击力强、能带来直观愉悦的设计产品。

并且他们对任何一款产品的喜欢程度都不会长情，所以不用过于在质量和耐用上下功夫，只要设计好，销售渠道畅通，新产品源源不断，就可以占领市场，成为胜利者。

尽管现在的形势对云上很不利，并且星河不断推出的新品确实继续大受欢迎，攻城略地，但夏陌上还是不改她的看法——最终消费者还是会意识到产品的生命是质量是工艺是技术，而不是华而不实的设计。

盛唐没有察觉到夏陌上的失望，笑道："别把星河看得太高深有多厉害，论历史，不如云上。比底蕴，也没多少。只要努力，云上一定可以反败为胜，不，一定可以收购了星河。"

夏陌上做事情喜欢有自信，但不喜欢盲目的自信，盛唐的话空洞而无味，她不由得又想起了何初顾的话。

"盛唐对什么事情都感兴趣，什么都懂一些，但又什么都不精通。他不是综合型人才，而是总结型人才。"

又让这家伙说中了，盛唐……确实不那么靠谱，夏陌上微感头疼。

下午一上班，何初顾就准时出现在了夏陌上的办公室。

"你要怎么说服季虎和赵宣杰？想好策略了吗？"夏陌上开门见山，她现在被季虎和赵宣杰的反对卡得很难受。

"你可别告诉我你没有做前期功课，今天的见面只是试探……留给你的时间不多了。"

何初顾笑："是留给云上的时间不多了吧？如果我没算错的话，卖房子的钱快要烧完了，应该撑不过下个月了。"

"能不能别提这些糟心事？"夏陌上赌气地拿起盛唐留下的何初顾的头像，在上面画了一个眼镜。

何初顾愣住了："我的头像？你暗恋我！我可警告你夏陌上，我们只能是纯洁的工作关系，你千万别有什么幻想和不安生的想法，影响工作。"

"想好怎么说服季虎和赵宣杰了吗？"夏陌上不动声色，直接就转移了话题。她才不和何初顾做无谓的口舌之争，只要能笑到最后，现在让何初顾先胜几局又有何妨？

她要学以前的何初顾，在决胜局一决胜负。

"已经约好他们一起去射箭。对了，还有葳蕤和盛唐。"何初顾转身就走，"时间到了，我去和他们碰头了。"

"为什么是射箭？"想不明白不要紧，但这样的好事不能错过，夏陌上忙追了上来，"那个，这个，何总，我能搭你的车一起吗？我的车去维修了。"

何初顾不留情面："没车就说没车，干吗这么虚伪说谎？"

"说话委婉一些你会死吗？不管是没车还是拿去维修，我的目的是搭便车。只要成功了就行，又不是坑蒙拐骗！"

"在我看来，你不说真话就是坑蒙拐骗，不管你的目的是什么。"

"你的意思是，你什么时候都会说真话？"

"当然！"

"谁上次说不记得我来着？"

"不记得和认识是两个概念。认识，是过去式。记得，是现在式。我过去认识你，不代表我现在就记得你。"

"何初顾，你记住你说过的话！"夏陌上咬牙切齿。

"现在记得，是现在式。以后是不是记得，是未来式，我不敢保证未来。"

"你……"夏陌上恨不得打人。

一共三辆车，夏陌上、何初顾、沈葳蕤、盛唐、季虎和赵宣杰，再加一个管雨儿，一共七个人。分配车辆时，盛唐抢先拉夏陌上上了他的车，管雨儿也跟了上去。

沈葳蕤和何初顾一车，季虎和赵宣杰一车。

路上，沈葳蕤微有疲惫之意，揉了揉额头："爸爸又逼我相亲了，这次是一家上市公司老总的儿子，叫于小星，长得倒是不错，谈吐也风趣，但我就是对他提不起兴趣……"

"是他哪里配不上你吗？"

"倒也不是，怎么说呢，就是没感觉吧。"

"有一个恋爱定律不知道你有没有听过？"

"嗯？"

"如果有一个人，他的长相、身高、谈吐、家世、学历、智商和情商等等，样样都符合你的要求，你放心，他肯定不喜欢你。"

"能别这么扎心吗？"沈葳蕤气笑了，"聊天就是为了聊一些轻松的话题，而不是为了让对方不开心。"

何初顾愕然而懵懂："我是实话实说，我以为你会尊重事实。"

"你是想说在我眼里样样符合要求的人是你吧？"沈葳蕤忽然含情脉脉起来，"初顾，知道我为什么喜欢你吗？"

"不知道，也不想知道。不管你喜欢我什么，都没用，我是天生这个样子，不是因为你的喜欢才改变的。"

"我就喜欢你对我不屑一顾的臭脾气！"

"……"受虐体质？天生喜欢被鞭挞？喜欢被拒绝被蹂躏？姑娘，你的爱好很特殊呀，何初顾张了张嘴，"请继续，您随意，我无所谓。"

"你告诉我，有没有喜欢夏陌上？"沈葳蕤咬着嘴唇。

何初顾有几分不耐烦："这个问题已经问过无数遍了……"

"我就想听你再说一次。"

"如果有变化了，我会通知你的。"何初顾认真地开车，紧闭嘴唇。

沉默了大半天，沈葳蕤还是忍不住又问："你到底有没有……"

"能不能不谈私事？"何初顾面露不悦之色，"葳蕤，我们现在是合作伙伴，不是同学关系，更不是恋人。"

沈葳蕤也不生气，嘻嘻一笑："我就是要问你公事，目前在云上的计划进展顺利吧？"

"你说呢？"说到工作，何初顾才自得地一笑，"已经摆平了张德泉，只要季虎和赵宣杰也被拿下，云上就指日可待了。"

"如果夏陌上察觉到你明里是帮她，其实是在暗中为星河布局，她会不会杀了你？"沈葳蕤掩嘴而笑，三分得意七分开心。

"犯法的事情她不会做，不过恨我骂我甚至打我，都有可能。但又有什么用呢？商场之上，本来就是一场你输我赢的较量，她技不如人，只能怪自己太笨。更不用说，其实也不是我暗中去挖她的墙脚，而是她的墙脚要倒了，我过去扶了一把而已。"

第十七章 总结型人才

第十八章　毫无感情的机器

沈葳蕤不说话了，眼睛闪亮了几下。她最喜欢也最欣赏何初顾在商业上的冷静判断，以及超过常人的观察力与分析力。他虽然是文科生，却有着比理科生更有逻辑的思维，以及更严谨的做事风格。

当然，最主要的是，他极有内涵，且英俊帅气。自从第一次见到他喜欢他之后，几年来，她在心里从未将他放下。

为什么恋爱非要两个人同意，而失恋却只要一个人同意就足够了？如果恋爱也只需要一个人同意就可以开始就好了，她就可以命令何初顾当她的恋人。

人都有求而不得的心理，也许何初顾顺从了她，反倒会让她索然无味。也正是何初顾对她不冷不热的态度，才激发了她的征服欲。

也许是她身边有太多人追求的原因，让她不习惯有一个敢于无视她的容貌、身世和优秀的男人对她视若无睹。除了好胜心之外，和何初顾在一起让她觉得放松和自在也是原因之一。

尽管何初顾不怎么会说话，在他面前，她不用伪装，也不用高高在上，只需要做回真实的自己就行。

只是不知道何初顾到底不喜欢她哪里，如果能知道就好了，她改掉何初顾不喜欢的部分，只保留他喜欢的样子，他们不就可以在一起了？

胡思乱想中，目的地到了。

平昌射击场位于市郊，虽偏远，却景色不错。正是夏末秋初的季节，微风送爽，天地青翠，站在空旷的射击场中，让人心旷神怡。

何初顾爱好射箭，以前常去室内场地，第一次在露天射击场，感觉截然不同。

"今天不乱射，要比赛。"夏陌上拿着一张40磅的弓冲何初顾晃了晃，"和我打擂台，敢不敢？你玩多少磅的？"

何初顾挑了一个35磅的弓拿在手中掂量了几下："够了。"

"不是吧，才35磅？"夏陌上咧了咧嘴，见沈葳蕤拿了一张16磅的弓，笑了，"沈总在旁边参观就行了，别伤了自己。"

沈葳蕤不甘示弱："我是以前没玩过，所以先从最基础的开始练起，相信不用多久，就可以和你一样能拉开40磅的弓。"

何初顾冷冷说道："女孩子不要拉40磅的弓，又不是专业运动员，不用这么摧残自己的身体，更不用证明什么。"

"你再说一遍？"夏陌上生气了。

"余所交游善射之友，有能引满数十力弓者，其所常习无过九力之弓，所以养勇也……"何初顾又说，"明代李呈芬《射经》中的一句话，送给你。没有意义地拉高磅数，纯属装腔作势，没有必要。不要觉得弓箭也是力量流，不，射箭其实是技术流。"

"何总的话，我就不赞成了。"盛唐就及时出现为夏陌上打气了，"所谓一力降十会，在绝对的实力面前，技术毫无意义。"

"是吗？"何初顾似乎不屑于和盛唐争论，"等练多了你就明白了，射箭不是一项蛮力运动，不是一力降十会，而是一会降十石。"

"十石，懂？是古代的一种计量单位。"何初顾拉起了弓弦，虚射了一箭，"光说不练有什么用，手底下见真章。"

"我和你比，你别欺负陌上。"盛唐感觉受到了轻视。

"不不不。"何初顾连连摇头，"你适合和葳蕤比，她是新人，这样才公平。我不想开车欺负走路的。"

夏陌上大笑："盛唐，不是我说你，你真的不是何初顾的对手。这家伙别看是文科生，在体育运动上简直就是一个变态，很多人都栽在了他的手里。也就是我有机会赢他一局，来，一人五箭，比环数。"

其他几人在随意射了几箭后，要么脱靶，要么二三环，就失去了兴趣，围观在了夏陌上和何初顾的比赛现场。

夏陌上先开弓。

站正、瞄准、调节呼吸、射出，一气呵成，准确地命中 10 环。

众人欢呼。

夏陌上得意地扬了扬下巴："该你了。"

何初顾不动声色，姿势标准姿态稳定，第一箭射出了 9.8 环。

落后 0.2 环。

沈葳蕤微有焦虑："初顾，你别紧张，后面还有四局。"

季虎和赵宣杰笑而不语。

第二局，何初顾先开弓，9.8 环。夏陌上也射出了一个 9.8 环。

第三局，夏陌上射出了 9.7 环，何初顾依然是 9.8 环。

差距缩小到了 0.1 环。

第四局，夏陌上射出了 9.7 环，何初顾还是稳定的 9.8 环。

打平！

决胜局。

夏陌上紧张了，突然就想起以前考试的事情，何初顾虽然很少有超常发挥的时候，但他胜在可怕的稳定性，简直就像一个毫无感情的机器，严丝合缝，毫无差错。

夏陌上深呼吸,暗中告诫自己一定要射出 10 环的成绩。只要她上了 10 环，何初顾除非 10 环，否则必输。以她对何初顾的推测，他基本上在 9.8 环左右徘徊，很难再前进一步。

由于有过数次在最后一局被何初顾战胜的经历，夏陌上的最后一箭是在犹豫和不安中射出的，并且由于她的弓磅数过大，最后一箭力气不足，稳定性不够，只射出了 9.5 环的成绩。

何初顾不慌不忙，很平静地射出一箭，9.9 环！

以前的事情再次上演，在最后的决胜局，何初顾再次翻盘，赢了夏陌上。

夏陌上气恼地扔了弓："不比了。不公平，我力气没你大，你非要用比我的磅数还小的弓，到最后我没力气保持不了稳定性，你靠力气大赢了我，你胜之不武。"

"愿赌服输，夏总。是你自己挑选了40磅的弓，又不是何总。"季虎呵呵一笑，和赵宣杰交流了一下眼神，"很精彩的一场比赛呀，让人受益匪浅。一个人只有真正地了解自己的优势和不足，才能始终立于不败之地。一味地为自己加担子，却没有相应的能力，最终会输在自大上。"

夏陌上本来快要生气了，季虎的一番冷嘲热讽又让她清醒了，她嘻嘻一笑，若无其事地说道："季叔叔说得对，我就是太年轻气盛了，有时也喜欢强出头。不过年轻人最大的优势就是年轻，还有改过的机会。"

"中场休息一下，等下再比一次，何总不会觉得我输不起吧？"

何初顾面无表情："建议再比的时候，你用30磅以下的弓。"

"记住了。"夏陌上调皮地笑了笑，似乎季虎的暗讽和何初顾的建议，完全没有影响她的心情。

沈葳蕤和盛唐对视一眼，二人都暗暗佩服夏陌上的心理素质强大，情商高。能够迅速调节自己情绪的人，往往都是厉害角色。

"别光看着夏总和何总比，盛总，你也和沈总来一局？"季虎是看热闹的不嫌事儿大，反正他今天的目的明确，就是要在两队之间选择一方。

"我以前没有练过……"盛唐原本还觉得自己有几下子，在看到夏陌上和何初顾标准的射姿后，有点退缩了。

"我也是新手。"沈葳蕤却没有放过他，"新手对新手，也算公平。来，试一把，反正不押注。"

"我和宣杰还真要赌一把了。"季虎笑眯眯地伸出右手，"我出50块赌沈总赢。"

"我也赌沈总赢。"赵宣杰也拿出50块。

"你们就这么看不起我？"盛唐怒了，"都是新手，我好歹是男人，比她有力气也比她更稳定。我就不信了，我自己出200赌自己赢。"

夏陌上和何初顾也加入了进来。

"我赌盛唐赢。"夏陌上拿出100块，"事先声明，这可不是赌博，谁赢了谁请客，没问题吧？"

众人都没有异议。

"你怎么不下注？"见何初顾没有表示，夏陌上催促，"赶紧的，没钱可以借，但必须下注。"

"如果平局了呢？"何初顾笑了，"你们忘了第三种可能。我下注 100 赌平局。"

"你输定了，不可能平局。"盛唐被激怒了，"女士优先，沈总，你先射第一箭。"

"好。"沈葳蕤也不推让，歪歪扭扭地拉开弓，射出了第一箭。

脱靶！

季虎和赵宣杰痛苦地闭上了眼睛。

盛唐哈哈大笑，屏住呼吸也射了一箭，也是脱靶。

沈葳蕤做着鬼脸哈哈大笑。

第二箭沈葳蕤射中了 1 环，盛唐先笑，然后也射出了 1 环的成绩。

两局过后，打平。

第三局，盛唐射出了 3 环的好成绩，沈葳蕤脱靶。

形势顿时严峻起来。

第四局，沈葳蕤在何初顾的教导下，射出了 4 环的成绩，而盛唐一时着急，只有 2 环。

决胜局来了。

盛唐先射了一箭，4 环。压力就全部转移到了沈葳蕤身上，她只有射出 5 环以上的成绩，才能获胜。

沈葳蕤很紧张，何初顾笑着点了点头："可以想象你要射出的一箭是丘比特之箭，想要射中的人就在靶心，只有射中了，才能收获爱情。"

"不许作弊！"夏陌上冲了过来，挡在何初顾和沈葳蕤中间，"新手对新手，不能有老师。"

沈葳蕤咬了咬牙。

第十九章　谁是猎手，谁是猎物

拉开弓，瞄准靶心，沈葳蕤屏住呼吸。

想起了以前她和何初顾的种种，她的求而不得，何初顾的不冷不热。她的热切追求，何初顾的一再逃避。

在沈葳蕤的视线中，靶子的中心变成了何初顾冷漠的脸和淡定的眼，她心中有气，一箭射出。

5 环！

所有人都震惊了，久久鸦雀无声！

沈葳蕤也惊呆了，是她有生以来最好的成绩，她愣了半晌，忽然一下跳起："哇，平手！我太厉害了，不，初顾你太厉害了，你居然猜对了。"

"你是唯一的胜利者！"

沈葳蕤激动地抱住了何初顾。

众人鼓掌。

夏陌上用力拉开了何初顾和沈葳蕤："大庭广众之下，搂搂抱抱不太雅观。打平就打平吧，把钱都交给何初顾，吃饭去。"

她又拍了一下何初顾的肩膀："等下你请客，多退少补。"

盛唐的眼神在夏陌上身上跳跃几下，想说什么又闭上了嘴巴。沈葳蕤一脸不快，拉了何初顾一把："干吗要听她的？她凭什么管你？我才是你的老板好不好？"

何初顾夹在二人之间，回身看了一眼盛唐："盛总，今天输给了沈总，不发表一下感想吗？"

"我不在意，只是游戏，又不是商业上的收购和感情上的征服。"盛唐意味深长地看向了夏陌上，"夏总觉得在射箭上面的输赢有意义吗？"

"有！"夏陌上对在最后一局又输给何初顾耿耿于怀，"每一步都要赢，每一次都要做到最好，是我的信条。"

然后她又冲何初顾挥了挥拳头："何初顾，总有一天我会打败你。"

"不用等总有一天，等下你就可以打败我一次。"何初顾摸了摸肚子，"比饭量，我肯定不是你对手。"

吃饭的时候，沈葳蕤想和何初顾坐在一起，何初顾却坐在了季虎和赵宣杰的中间，她只能坐在了盛唐的旁边。

夏陌上坐在了何初顾的对面。

何初顾一直在小声和季虎、赵宣杰交流，射箭只是开场白，和二人的谈判才是重头戏。沈葳蕤和盛唐也不时说着什么，只有夏陌上一个人努力地埋头吃饭。

还真让何初顾说对了，在饭量上不但他不是她的对手，所有人都不是对手，夏陌上同学荣获了吃饭大赛第一名的好成绩。

等夏陌上吃饱喝足，何初顾和季虎、赵宣杰的谈判也到了尾声，并且接近完成。

夏陌上环顾四周，发现杯盘狼藉，众人拿起筷子准备吃饭时，都惊呆了。在众人震惊加怀疑的目光中，她泰然自若："看什么看，没见过不挑食好养活的姑娘呀？反正是何初顾请客，你们再点一桌子菜不就得了，至于嘛！"

回去的路上，夏陌上和盛唐依然同车。夏陌上开车跟在何初顾车后，盛唐坐在车上，目光中有几分阴郁："总觉得哪里不对，陌上，你没觉得何初顾在帮你说服几个股东的同时，还夹带了私货吗？"

夏陌上不以为意："夹带私货正常，不夹带才有问题。他又不是圣人，怎么会全心全意地帮我？除非他暗恋我想得到我！"

"如果他明修栈道暗度陈仓呢？"对夏陌上的心大，盛唐有些无语，"你就不怕到时候何初顾挖了你的墙脚，和张德泉、季虎、赵宣杰他们达成私下的协议，收购了他们的股份，到时你哭都没地方哭去。"

"你真以为我有这么傻？"夏陌上白了盛唐一眼，"张德泉、季虎和赵宣杰三个人的股份加在一起是 35%，如果全部被何初顾收购，星河就成为云上的第二大股东，离控股只有一步之遥了……"

"不管是正面收购还是私下收购，反正星河收购云上之心不死，总会有一些明里暗里的手法，无论是哪一种，最终都得我同意才行。首先，我是控股大股东，其次，股东协议中规定，股东如果有意转让股份，需要事先经董事会同意，并且要优先转让给公司其他股东。"

夏陌上胸有成竹地笑了："只要何初顾敢开价，我就敢加价，一直加到星河承受不起的高价。"

盛唐愕然："你哪里有钱收购他们的股份？"

"我只是哄抬物价而已，又没说一定要买。"

"明白了，原来你一直不答应我的追求，宣称是单身主义者，原本就是为了哄抬物价。"盛唐叹息一声，"陌上，我觉得差不多就得了，有些东西是时间越久越值钱，比如古董。但有些东西时间越久越贬值，比如青春……"

"又扯远了，打住！"夏陌上叫停了盛唐，"我可没有坐地起价的意思，单身就是单身，不是有什么目的。"

"接下来你要怎么办？"盛唐笑了笑，"什么时候允许我入股云上了，就说一声，我的资金随时到位。"

"既是星河的股东，又想当云上的股东，脚踏两只船不符合你的人设呀，盛总。"夏陌上戏谑地笑。

"商业上可以追求共赢，恋爱就只能有一个胜利者了。"盛唐自信地扬了扬下巴，"如果你想恋爱的话，我是最佳的唯一的选择。"

"唯一的选择永远不是最佳的选择，因为没有对比就没有伤害。"夏陌上突发奇想，"如果我现在和何初顾飙车，会不会赢他一次？"

"你别这样，陌上，危险。"盛唐大喊，却已经晚了，夏陌上开始加速。

"减速！刹车！停，停！"盛唐大叫，"夏陌上，你着魔了，你太想赢何初顾，就让自己变成了愤怒的小鸟……"

在盛唐的呐喊声中，夏陌上一脚油门超过了何初顾的车，还挑衅地别了他一下，轻轻踩了下刹车，意思是有种来比比。

何初顾却没有理会夏陌上的行为，轻蔑地一笑："幼稚！"

等了半天没见何初顾跟上来，夏陌上也轻蔑地一笑："尿包！"

回到星河，已经是下午，到了喝咖啡时间，何初顾冲了一杯咖啡，刚喝两口，沈葳蕤推门进来了。

换了一身职业女装的沈葳蕤，比射箭时的休闲打扮多了几分知性与优雅，她也端了一杯咖啡。

"初顾，季虎和赵宣杰答应了我们的条件？"

"基本上谈妥了，接下来就是细节问题了。"何初顾喝了一口咖啡，"季虎和赵宣杰是想套现走人，张德泉还有想法，想要进入星河。他是做设计出身，想要在产品上展现自己的才华。"

"张前辈虽然德高望重，但毕竟年龄太大了，设计出来的产品不再符合现在年轻人的审美，他来星河会变成累赘。"沈葳蕤很不客气地下了结论，"当个顾问可以，但不能具体管事，否则会影响星河的大局。"

何初顾点了点头："不过我总觉得事情太过顺利了，夏陌上似乎一点儿也没有察觉，不应该。她可是当年的理科学霸，逻辑思维非常厉害，应该可以推测出来我在背后所做的一切。"

"你的意思是她已经知道了，但现在隐而不发，是要欲擒故纵？"沈葳蕤微微沉思，"你和她，到底谁是猎手谁又是猎物？"

何初顾淡定地笑了："都是猎手又都是猎物，我在布网，她在挖坑，看最后是她先掉到我的网中，还是我先掉进她的坑里。既然是较量，就各凭本事了。"

"我相信你，你一直是一个稳定的天才。"沈葳蕤开心地笑了，"星河一定可以成功收购云上，成为行业内的独角兽。云上有些独有的技术和工艺，到了星河手中，才可以发扬光大，然后生产出来更有市场竞争力的产品。"

"今晚有一部很好看的电影刚上映……"

"今晚没空。"何初顾立刻毫不犹豫地回绝了沈葳蕤，"今晚要加班弄一下收购张德泉、季虎和赵宣杰名下云上股份的方案，同时还要准备预案，一旦收购失败或是出现其他变数，要如何应对。"

"就在公司加班好了，我陪你。"沈葳蕤咬了咬嘴唇，眼睛亮了亮。

何初顾没法拒绝了："好……吧。"

下午，盛唐在云上满负荷工作。他是先和张德泉聊了半个小时，又分别和季虎和赵宣杰聊了一个小时，差不多摸清了三人的诉求。

张德泉的态度很坚决，他想出售名下股份，不仅仅是为了套现，他是想更好地实现自己的才华，所以他会坚持将股份卖给星河，并且星河也同意他到星河任职。

季虎和赵宣杰的诉求相对来说就简单了，他们就想套现走人。星河开出的价格很诱人，并且他们也相信夏陌上出不起同样的价格，就算夏陌上反对，他们最终还是会把股份卖给星河。

除非夏陌上溢价收购。

盛唐心中有数了，快下班的时候，他又单独找了季虎一趟。

"老哥，现在没外人，我就实话实说了。"盛唐在季虎的办公室中转了一转，摸了摸他养的秋海棠，"我在星河出价的基础上加 10% 收购你名下的股份。"

第二十章　重要的是认识的节点

季虎愣了愣，随即明白了："哈哈，你一直想入股云上，陌上不答应，你现在从何初顾的运作中找到了突破口，想截他的胡？没问题，只要钱到位，什么都好谈。"

"我从来不是一个跟钱过不去的人。"

"就知道能和老哥聊得来，今天射箭的时候我就看了出来老哥是性情中人。"盛唐不失时机地夸了一句，"我可以给老哥开一个高价，但有一个附加条件。"

季虎闻弦歌而知雅意，立刻明白了："你是想让我为你打配合？"

盛唐笑得很灿烂："没错，在我随后收购赵宣杰名下股份的谈判中，老哥旁敲侧击地告诉赵宣杰如果不接受我的收购，可能会被何初顾摆上一刀，最终会落一个一无所有的下场……"

"帮你说话可以，但价格就必须得再提一提，作为我的报酬。宣杰和我一起打的天下，他对我很信任，我不能因为一点点的蝇头小利就背叛他不是？"季虎痛心地揉了揉拳头。

钱少了就叫背叛，钱多了呢？真会演，也够贪，盛唐暗中骂了一句。之后又问："老哥的意思是？"

"除了提价 10% 之外，再多加 10% 作为我保证说服宣杰以及为你保密的费用。"季虎笑眯眯的表情像是要吃绵羊的老虎，"怎么样盛总，我很有诚意吧？"

老狐狸，真黑心，简直是狮子大张口，盛唐恨不得一拳砸在季虎的蒜头鼻子上："10%……太高了呀老哥，我给赵宣杰的价格，可是比你的价格低了 25%，你这就有点欺负人了，不但欺负我，还欺负赵宣杰以及陌上。"

"谈不上，言重了，不能说是欺负，是谈判技巧，还有商业策略。"季虎老谋深算地哈哈一笑，"我还有一句话没有说完，除了帮你说服宣杰之外，还包括帮你追到陌上的费用，盛总，你还觉得溢价 20% 不物有所值吗？"

一句话命中了盛唐的软肋，他当即呼吸为之一滞："老哥有办法让陌上答应我的追求？"

"太有了。"

"物有所值，完全不贵！加价 20%，包括股份的转让、说服赵宣杰把股份原价卖我以及保证陌上在感情上接受我，如果其中任何一项没有达到要求，就降价 10%……"盛唐伸出了右手，"老哥，我开出的条件还算公正吧？"

季虎犹豫一下，握住了盛唐的右手："公正公平，自由平等，成交！"

盛唐有几分迫切："不知道老哥怎么帮我攻克陌上的防线？"

"正面突围不行，就从侧面包抄。听我的，没错的，今天就行动。"季虎拍了拍盛唐的肩膀，"盛总年轻有为，样样拿得出手，完全配得上陌上。"

盛唐兴奋得直搓手："行，我听老哥的安排。"

下班后，夏陌上正要下楼时，季虎敲门进来了。

"陌上，有一段时间没见你爸妈了，怪想他们的。刚才和他们约了晚饭，走，一起回家。"

夏陌上微有为难："季叔怎么不早说，我刚约了设计师讨论新产品的定位问题，要不您和老夏、老梅吃？"

"不行！季叔有多久没去过你家了？你不陪我怎么行？设计师可以约明天，也可以晚饭后再约嘛。"季虎倚老卖老，拿出了长辈的姿态，"要不我帮你和设计师说一声？"

夏陌上无奈，对于和老爸同辈的公司元老，她只能既敬又怕。

到了楼下，夏陌上以为要坐季虎的车，却发现季虎居然没有开车。

"年纪大了，懒得开车，家离得近，就走路上班了。"季虎假装四下看看，"要不你叫个车吧，网上叫车我不太会用，跟不上时代了，哎。"

夏陌上不好意思让季虎和她一起坐公交，只好叫车，刚拿出手机，一辆保时捷就正好停在了身边。

车窗打开，盛唐探出头来："这么巧，去哪里？要不要带你们一程？"

"没你的事儿，赶紧走。"夏陌上不假颜色。

"没问你，我是问季叔。"盛唐悄悄地笑。

季虎看了看表："你要是顺路，就送我们到陌上家。要是不顺路就算了。"

"顺路。只要心里有爱，千山万水都是顺路。"盛唐赶紧下车，殷勤地打开车门，"陌上你别多想，我是为了送季叔，捎带送你。"

夏陌上无话可说了，总觉得哪里不对，看了看盛唐，又看了看季虎："你们好像认识了很久一样，一个眼神一个动作都透露着默契。"

盛唐吓了一跳，忙要解释什么，季虎呵呵一笑："男人之间的友谊，陌上，你体会不到。所谓高山流水遇知己，一见如故胜过相识多年。"

"服，大写的服。"对季虎张口就来的文采，夏陌上是真正的心服口服，当年和老爸创业的三个元老中，论能说会道，张德泉和赵宣杰加在一起乘以3也不是季虎的对手。

不多时到了楼下，停好车，盛唐假装要走，季虎就顺水推舟挽留。

"择日不如撞日，既然来了，就上来认认门不也挺好，是吧陌上？我出来得急了一些，忘了带礼物，小盛你车上有没有烟酒什么的，先借我用用。"

"有，茅台和中华。"盛唐从后备厢拿出东西，左手抱着酒右手搂着烟，可怜巴巴地望着夏陌上，"就不上去了吧，怕打扰了你们的聚会。"

夏陌上此时再看不出来盛唐和季虎在配合演戏，她就太傻了，不过情商极高的她不但没有生气，反倒把眼一眨，笑了："这么见外，盛唐你是不是欠揍了？走，今晚我下厨，好好给你们露一手。"

盛唐喜出望外，朝季虎投去了得意而欣慰的一瞥。

夏想和梅晓琳对季虎的到来并没有表现出意外和惊喜，毕竟是老朋友了，却对盛唐的出现格外热情。忙前忙后地招待不说，梅晓琳还特意为盛唐剥了橘子。

夏陌上果然亲自下厨，夏想打下手，梅晓琳和季虎就陪着盛唐在客厅聊天。

"你也是陌上的同学呀？以前没怎么听她说过你，只听她一天天说那个何初顾了。"梅晓琳哪壶不开提哪壶，"你和陌上是大学同学，比何初顾还差了好多年，他们打小就认识了。"

"认识的早晚和长短都不重要，重要的是认识的节点。"盛唐不想被何初顾比下去，"在最合适的时候遇到合适的人，就是幸福的人生。"

"哟，你还是个哲学家。"梅晓琳笑了笑，"小伙子，有女朋友了吗？"

盛唐腼腆地一笑："还没有，一直喜欢陌上，可惜她总是看不上我。"

"看出来了，你是喜欢我家姑娘。我家姑娘也不是不喜欢你，她是单身主义者。"梅晓琳笑得很含蓄，"你想让她喜欢上你，得先让她放弃了原则才行。"

盛唐搓了搓手："我一直坚持一个观点，世界上没有真正的单身主义者，如果有，是还没有遇到真正动心的人。就像世界上没有完全的直男一样，遇到真心喜欢的女孩，再钢铁的直男，也会有温柔体贴的一面。"

"你还真是个哲学家。"梅晓琳又乐了，"你这个小伙子有点意思，比何初顾那个木头强。如果陌上非要在你和他中间选择一个的话，我站你。"

"谢谢阿姨。"盛唐开心得快要跳起来。

"别光说不练，谢我得拿出实际行动来。"梅晓琳指了指在厨房中忙碌的父女二人，"他们父女俩，一个爱吃咸一个爱吃甜，都太爱吃肉，饮食习惯都不健康。你看他们今天做的菜，没什么青菜……"

盛唐立刻明白了什么，当即站了起来："我去买点青菜，马上回来，阿姨。"

"你是客人，这多不好意思呀，我去买吧……"梅晓琳故作客气。

话未说完，盛唐已经出门了。

季虎就笑："为了支开人家，你犯得着编这样一个不着调的理由？我非常以及特别的不解。"

"老季，又不是认识一天两天了，别装了，说吧，为什么要撮合他和陌上？是不是拿了他什么好处？"

"嫂子想哪里去了，我只是单纯地认为盛唐比何初顾更适合陌上，作为她的长辈，我也希望她能有一个好的归宿不是？"季虎嘿嘿一笑，喝了一口茶，"而且盛唐比何初顾更懂事更有钱，也更包容陌上。"

　　梅晓琳不动声色地为季虎续水："何初顾对陌上没那种心思，陌上对他也一样。你总提何初顾干吗？是不是小何和小盛是商业上的竞争对手？"

　　季虎老脸微微一红。

　　梅晓琳淡淡一笑："老季呀，我们都认识几十年了，你是什么狐狸我是什么神仙，谁还不清楚谁的斤两？你和盛唐有什么私下的交易我不管，但你别拿陌上当筹码。当然了，如果陌上真的喜欢盛唐，怎么都行。她不喜欢，怎么都不行。"

　　"你明白我的意思吗？"

第二十一章　也是工作需要

季虎老脸大红："明白，明白，嫂子我是真心为陌上好，你得信我。是，我承认我和盛唐有点关联交易，但不会损害云上的利益，更不会拿陌上交换。"

"你又不是不清楚，你都这么厉害了，陌上比你还精明，她会上我的当？她不把我卖了我就谢天谢地了。"

梅晓琳才又舒心地笑了："你总算说了一句真心话，陌上是比我和她爸都聪明。她长这么大，方方面面就没有输给过谁，除了何初顾……"

"怎么又提他了？"梅晓琳自责地一笑，"感觉这些年来何初顾就像一座大山一样的阴影笼罩在陌上头上，陌上总想摆脱他的笼罩，却总是失败。"

"这一次肯定可以彻底打败何初顾，以后陌上就是他的阴影、笼罩在他的头顶之上了。"季虎心想夏陌上一个女孩子家，不以温柔动人非要争强好胜凭本事服人，不单身才怪。

她不是主动单身，是凭本事被动单身。

不过也不对，盛唐就非常固执地喜欢夏陌上，如果夏陌上公开宣布要恋爱，喜欢她的人不在少数。怪了怪了，现在的年轻人想法都千奇百怪，让人猜不透。季虎索性也懒得多想了，他只想大赚一笔然后退休。

半个小时过去了，夏陌上和夏想已经做了一桌子菜，却还不见盛唐回来，季虎暗暗责怪盛唐在关键时候不靠谱掉链子，买个青菜居然要这么久，不是笨就是蠢。

饭菜刚摆满桌子，门铃响了。季虎正要去开门，夏陌上系着围裙冲了过来："季叔，我来。"

飞奔过去，门一打开，季虎、梅晓琳和夏想都愣住了。

门口站着两个人，每人手里提着一袋子青菜，左边盛唐，右边显然是……

何初顾。

"小何……你怎么来了？"梅晓琳颇感意外，随即明白了什么，"陌上，你不早说小何也来吃饭。他喜欢吃青菜，赶紧再多炒几个菜。"

何初顾一脸茫然，他爱吃青菜的习惯怎么梅晓琳都知道了？他们还知道多少关于他的事情，而他一无所知？

盛唐微有不快，向夏陌上投去了一个不满的眼神。

出去买菜，以为不过是举手之劳的轻松的小事，也确实，他很快就买好了青菜，迈着轻松的步伐返回时，却发生了意外——和何初顾不期而遇！

最关键的是，何初顾手中还有一模一样的青菜。

并且还比他多了萝卜。

萝卜青菜，各有所爱，何初顾是两样都要，太贪心了吧？

挺好挺难得的一次家庭聚会，何初顾为什么偏偏不合时宜地出现？盛唐很生气，质疑何初顾。

何初顾很诚实很无奈地拿出手机，微信聊天记录显示是夏陌上强烈要求何初顾必须尽快赶来，并且还要求他带来青菜和萝卜，商谈星河收购云上事宜。

如果何初顾没能在 1 个小时内赶到，她就会改变主意。

盛唐的气就更大了，夏陌上到底在玩什么花招？

本来想怼何初顾几句，不料何初顾连吵架的兴趣都没有，直接就上了楼。盛唐不甘落后，紧跟在后面，不想让何初顾抢了先。

何初顾一进门才发现气氛不对，人有点多，再看到季虎也在，立刻明白了什么，敢情夏陌上是在拿他当支点，今天的宴多半是鸿门宴。

不过也好，季虎和盛唐都在，多半还是云上股权变更事宜，对于对云上志在必得的他来说，就算被夏陌上算计，也是工作需要。

吃饭的时候，梅晓琳特意安排夏陌上坐在了何初顾和盛唐的中间，结果就出现了有趣的一幕——盛唐不停地为夏陌上夹菜，而夏陌上却一再地为何初顾夹菜。

何初顾却只顾埋头吃饭，对夏陌上的夹菜动作没什么表示，不过也没拒绝，照单全收，来多少吃多少。

饭桌上，夏想没怎么说话，目光在何初顾和盛唐身上扫来扫去，最后落在夏陌上身上，意味深长地笑了。

饭后，几人坐在客厅喝茶。

夏想亲自泡茶，他手法娴熟，动作流畅。

"都当在自己家里，别客气，都不是外人。"夏想先给季虎来了一杯，第二杯犹豫了一下，给了夏陌上，第三杯和第四杯，都放在了夏陌上面前。

夏陌上才不迟疑，先给了何初顾一杯，再给盛唐。

自从何初顾出现后，盛唐感觉他就被忽视了，心中极为不满。既生唐何生顾的怨念就不断地滋生，他一口喝干杯中茶，不留神烫了一下，一咧嘴。

"咳咳……"盛唐咳嗽几声，"何总第一学历和硕士，都是名牌大学，是真正的高才生啊。现在在星河当副总，年薪至少得有百万起吧？"

盛唐还真不知道星河的薪酬，他也私下问过沈葳蕤，沈葳蕤避而不答。以他对星河规模的推测，何初顾虽然身为星河第一副总，仅次于沈葳蕤，年薪也达不到百万起。

"没有。我拿的不是单纯的年薪，是年薪加股权分红。"何初顾立刻猜到了盛唐的用意，"盛总是想嘲笑我奋斗了这么多年，到现在年收入还不如你一年的零用钱，是吧？"

"话不能这么说，虽然是事实，但我也从来没有觉得有钱是多了不起的事情。"盛唐故作谦虚，却又掩饰不住得意之色。

"毕竟，我总不能拒绝自己生来就是富二代的事实吧？都说投胎是一门技术活，但我要说，出身的好坏，也有一个人是不是得到上天眷顾的原因。"

"你说得对。"都以为何初顾会反驳盛唐，不料何初顾只是淡然一笑，"我也羡慕生得好的人，但只是羡慕。生得好只是决定了你的起点，而不是过程和终点。先不说形而上的一些理论，只按照最经济最直接的投入和回报比来计算，盛总，你从小到大，应该至少花费了父母几千万了吧？"

盛唐一脸自豪："不敢说有 5000 万，3000 万总归有的，注意，不包括父母放在我名下的别墅和汽车，还有公司股份。"

"就按 3500 万计算。"何初顾拿过来纸笔，"我大概算了一下，我从小到大父母对我的投资是 35 万左右。从上大学后，就没有再要过家里一分钱。生活主要来源是家教、奖学金和兼职。在英国留学期间，我拿了一个设计大奖，奖金是 5 万英镑，基本上覆盖了父母为我投入的全部费用。"

"也就是说，在工作前，父母对我的投入已经回本，达到了收支平衡。"

"毕业后到今天，我在工作和设计上大概赚了 70 多万，不算未来的预期收入，算一下 25 年来，父母对我的投入回报比是 200%，扣除物价上涨因素，也有 20% 以上的年化收益。"

盛唐越来越觉得不对劲了，想要停止为时已晚，何初顾的话题就回到了他的身上："现在算算盛总……投入了 3500 万，以盛总现在的业绩来看，投资三家公司，失败三家，损失 300 万。目前投资的新的公司，暂时没有业绩，先不算。在家族公司任职，年薪 300 万起，现在还没有业绩，也算是有收入了，和损失抵销。"

"这样算下来，在你身上的投入和回报比，加上通货膨胀的因素，是 0 了？"

夏陌上就迫不及待地插话了："不不不，应该是 −30% 比较合理。"

"盛唐，你一个垃圾股有什么好自豪的？信不信现在你离开父母，你连一份像样的工作都找不到？"

"过分了呀陌上，还说人家盛总，也不看看你自己是什么情况。"夏想脸色一沉。

"现在就说我自己，我没说我要逃避问题。"夏陌上一脸自得，毫不生气，"我以前也经常拿奖学金，也获过奖，还有兼职打工赚钱。也差不多是在大学期间就自力更生了，同样是富二代，为什么我们的差距这么大呢？"

盛唐镇静自若，笑得很坦然。

"因为你太优秀，而我相当普通。正是因为你的非同一般，我才喜欢你这么多年。"盛唐还趁机表白。

"少来！少拍马屁，没用。"夏陌上不吃这一套，"我虽然大学期间的表现比你优秀，但在毕业后，接手了云上，至少到目前为止，也不比你强多少，唉……"

叹息一声，夏陌上故作深沉："虽说也不能怪我，毕竟我接手的就是一个烂摊子。如果我能把云上起死回生，说明我天赋异禀。如果不能，也只能说明我只是比同龄人聪明了那么一丢丢，没强太多。"

"毕竟，让一个刚刚大学毕业还没有多少工作经验的年轻人一上手就经营一家大公司，也是赶鸭子上架，也是强人所难，对吧老夏？"

夏想咳嗽几声："外人在呢，就不能叫一声老爸？没大没小！"

第二十二章　战役和战争

"我在替你善后替你背黑锅呀老夏，你就不能放下架子平等地和我对话？"夏陌上撇嘴，"我一走出校门，你就扔了这么大的一座山让我背，也不考虑我的承受能力，就不怕我得了抑郁？你说说你是爱我还是恨我？"

"这还不算，和你一起打天下的几位叔叔，要么不配合我的工作，要么背地里另有打算，你说你们也好意思，这么多人联合起来欺负我一个小女孩，你们的良心不会痛吗？"

夏陌上慷慨陈词，既激昂又哀怨，何初顾暗暗发笑，如果不当云上的掌门人，她去当一名演员也饿不死。

不，何止饿不死，说不定还能拿一个影后。他算是明白了，表面上夏陌上是在诉苦，暗中却是在向季虎叫板，并且借势敲打张德泉和赵宣杰。这个姑娘不简单，在大大咧咧、胡搅蛮缠的背后，是隐藏在高情商之下的刀光剑影。

李虎老脸挂着尴尬的笑意，几次示意盛唐，盛唐却视而不见。

其实不是盛唐不想帮季虎，而是他的脚被夏陌上狠狠踩了一下，不敢开口。

夏陌上继续："先不提德泉叔叔了，他老人家是设计师出身，这些年没有好的作品，心里有想法也正常，没有不想留下传世作品的设计师。就说季叔叔和赵叔叔，一个是行政出身，心思细腻，事无巨细，没有一件事情不想得周到。"

"再说赵叔叔，销售出身，头脑灵活、能说会道、人脉广泛……两位叔叔都是我的榜样，是我学习的偶像。今天张叔叔和赵叔叔不在，我就以茶代酒，敬季叔叔一杯。希望季叔叔多多带带我这个后生小辈，要多提点多带领，要少下手少拆墙……"

"陌上，别乱说话！"夏想脸色一沉。

夏陌上一口喝干杯中茶："老夏你闭嘴！董事长发言没你说话的份儿。季叔，我是晚辈，又是女孩，喝茶可以，您是长辈，又是男人，还代表了张叔和赵叔，喝茶就说不过去了吧？"

他们和我又有什么关系？季虎暗暗叫苦，却又不得不应战，只能喝了满满一杯。

"本来今天是家宴，不该说工作上的事情，不过我醉茶，喝多了，可能会说醉话，大家伙别见怪多担待，毕竟保护妇女儿童是基本素质。"夏陌上又举起了茶杯，"啥都别说了，季叔，都在我茶你酒里了。我们连喝三杯，三杯之后，你就忘了我刚才说的话，以前的事情都翻篇儿，以后的事情，都按照规矩来，谁本事大，谁就吃得多。"

季虎举着酒杯，很尴尬，喝也不是不喝也不是。梅晓琳不理会他的目光，招呼何初顾："小何，吃菜，吃菜呀。"

夏想端起一盘子青菜递给盛唐："小盛，多吃点青菜，健康。"

一家人摆这么一个龙门阵，不是摆明了要逼他表态嘛，季虎心一横，一口喝干："既然大侄女话说得这么透彻了，我这当长辈的也不能装傻充愣不是？我的态度很明确，我是不打算再干下去了，手里的股份，谁出的价高就卖给谁。"

盛唐手一抖，筷子掉了。季虎也太怂了，这么快就交底了。夏陌上比他想象中还要厉害，高情商高应变能力，就连季虎这样的老江湖也被形势所迫而不得不缴枪投降。

"季叔就这么不看好云上的未来？是因为不看好我的能力吧？"夏陌上并不生气，嫣然一笑，"你是觉得云上吸引不了投资人呢还是没有办法东山再起？"

"我老了，干不动了，让出位置给你们年轻人，不是挺好吗？是该养老了。"季虎瞪了夏想一眼，"陌上，你爸都退休了，我为什么就不能退休呢？"

"能，退休没问题，我不会拦着季叔。"夏陌上又举起了茶杯，"第三杯，三杯过后，你就不再是季叔，而是季总了。"

季虎二话不说喝下了第三杯。

"老夏、嫂子，今天我就把话说清楚了，以后云上的事情我不拦着陌上，她爱怎么折腾就怎么折腾，只是有一点，允许我退股走人。"

"现在有两家想要买我的股份，不瞒你们，就是陌上左边和右边的两位。"季虎索性挑明了，"目前来说，我比较倾向于和盛唐合作，主要是他更有诚意更有钱，哈哈。"

夏陌上碰了碰何初顾的胳膊："你被盛唐截胡了，就没有什么要说的吗？"

"没有。"何初顾一脸平静，似乎刚才的一番较量根本没有触及他的内心，他波澜不惊，"商业上的事情，本来就是价高者得，既然季总决定了，我尊重他的选择。"

"你就不抬抬价格，再把水搅得浑一些？"夏陌上继续挑事，"你就不怕最终云上会落入盛唐的手里？"

盛唐忍无可忍了："陌上，你不能这样呀，哄抬物价、挑拨离间、朝三暮四……"

"停！打住！"夏陌上很是不满地哼了一声，"你们都用阴谋，我用阳谋，都摆在了桌面上，比你们光明磊落多了。"

"不，我已经放弃季总的股份了。"何初顾依然不动声色，"预祝你们合作成功。"

盛唐想不通："就这么认输了？不像你的风格呀何初顾。"

"我打的是战役，不是战争。不用在乎一城一地的得失，最终的胜利才重要。"何初顾淡淡地看了夏陌上一眼，"夏总很清楚我的战术一向是后发制人，在决胜局发力，一举定乾坤。"

盛唐气笑了："行，我等你最后发力，到时大势已去时别哭就行。"

"从小到大，我一共就哭过三回。"何初顾认真想了想，"第一次是小学考试，没考好，只考了全校第二名。"

盛唐险些没噎着："这逼装得给你满分。"

夏陌上一拍胸膛："第一名是我。"

"第二次是中考，虽然考了全校第一，但发挥失常，全区排名才前五。"

盛唐呛了一口："你……你继续，我选择性耳聋。"

夏陌上正要说话，何初顾冷冷地看了她一眼："你虽然是全校第二，但你全区排名第十，落后了我五个名次。"

"你……你继续。"夏陌上也受不了了，"一直以为你是木头人，才知道您老人家也是表演界的大师级人物。"

何初顾一脸懵懂："我不会演戏，听不懂你在说什么……第三次是高考，虽然还是全校第一，但由于一时疏忽，一道大题做错了，没能考上清华，只能勉强和你们同校了。"

"我受不了了！"盛唐站了起来，挽起袖子，"要不我们打一架吧，何初顾！"

"我们不是情敌也不是商业对手，更没有私人恩怨，为什么要打架？莫名其妙。"何初顾一脸不解加淡然。

"还真是委屈你了何学霸，和我们同校，是不是觉得很没面子很丢身份？"夏陌上也觉得何初顾过分了。

"没有呀，我只是觉得很对不起自己的才华。我从来不和别人比，只和自己比。"何初顾冷漠脸，"在学习这件事情上，我们就不在同一个赛道上，比试对你们不公平。"

"……"夏陌上一拍桌子站了起来。

"……"盛唐起身离开，"我不配和你坐一起。"

何初顾动也未动，抬头仰望夏陌上："你就算站着考试，也考不过我，别枉费心机了。"

夏陌上脸色由怒转晴，慢慢坐了回去，嘻嘻一笑："我是用起立表示对你的敬意。"

"不用客气，我只是实话实说而已。"何初顾依次看了几人一眼，"云上最终肯定还是会被我成功收购，不管你们怎么努力怎么反抗都没有用，因为我是用降维打击的手法在对付你们。"

"盛唐,就算你全部收购了季虎、赵宣杰包括张德泉的股份,也没什么,最大的控股股东是夏陌上,她才是决定最终成绩的最后一道大题。"何初顾自信满满,"只要解了夏陌上这道最难的题,所有事情就都迎刃而解了。"

盛唐更是气笑了:"你的意思是你不但要收购云上,还要追到陌上?"

"你的思想不纯洁,想法太复杂,我只是就事论事。"何初顾站了起来,"我是单身主义者,不会喜欢上别人的。"

等送走了几人,夏想和梅晓琳坐在客厅中,一言不发。

直到夏陌上洗澡完毕,头上裹着毛巾出来,夏想才突然一拍大腿站了起来:"我还是觉得盛唐合适。"

"不行,何初顾更合适!"梅晓琳当即反对,"盛唐目的不纯,能说会道,以后肯定会骗陌上。"

"你懂什么!"夏想不满梅晓琳对盛唐的评价,"盛唐喜欢了陌上这么多年,真的很难得。何初顾压根儿就不喜欢陌上,他还是什么单身主义者,你何必把自家闺女往火坑里推?不对,是热脸贴人家冷屁股。"

"话不要说得这么难听,盛唐是个不错的小伙子,他也是挺喜欢陌上,但又有什么用?恋爱是两个人的事情,得两个人都同意,陌上又不喜欢他。"梅晓琳冷笑,"陌上喜欢的是何初顾,何初顾对陌上也有感情。"

第二十三章　恋爱不在日程安排之内

夏想连连摇头："你不懂，你不懂！女孩子就要找一个喜欢自己的，这样以后他才会照顾你体贴你忍让你，而不是找一个你喜欢的。你喜欢他，你就会被动，就会让着他，就会被他左右。再万一——直暖不热他，不就白白浪费了青春和感情？"

"我不懂？我是妈妈会不懂自己的女儿？你一个大男人糙老爷儿们，懂什么爱情？"梅晓琳怒了，"反正我不能让陌上跟盛唐好，他不可靠，意志不坚定，遇到更好的立马就跑了。"

"你不能用没有发生的事情来阻挠当下，你这是有罪推定，是无理取闹。"夏想也急了。

"不和你吵，让闺女自己说喜欢谁。"梅晓琳一把拉过夏陌上，"孩子，你说。"

夏陌上擦头，努力挣脱了梅晓琳的魔爪："爸、妈，你们就别操心我的感情小事了，比起云上的未来，谈恋爱不在我的日程安排之内。"

"你就说盛唐和何初顾，你喜欢哪个多一些吧？不谈恋爱，就说感觉。"夏想急于得到夏陌上的认可。

夏陌上才不上当，转了转眼睛："老夏，你是说女孩应该找一个喜欢自己的人，而不是找自己喜欢的人，那么问题来了，你和老妈谁喜欢谁更多一些？"

夏想没留神有坑，张口就来："当然是她喜欢我多一些，当年是她非要逼着我结婚，要不我……哎呀，你别拧我耳朵，孩子还在呢，我还要不要面子了？"

梅晓琳拧着夏想耳朵不放："你的意思是这么多年过去了，我还没有焐热你是吧？说，我喜欢你多一些，你喜欢谁多一些？"

"哪有？你别胡思乱想，别胡闹！哎哎哎，疼，轻点。"

夏陌上悄然一笑，祸水东引，她安全了，踮着脚尖跑回了自己房间。

回到自己的公寓，何初顾打开电脑，重新整理了一下方案。

沈葳蕤的电话打了进来。

"你不是说要在公司加班，我出门谈事，回来你就不见了，去了哪里？"半是埋怨半是关心。

"去了夏陌上家里吃饭。"何初顾也没隐瞒，一五一十地说了事情经过。

沈葳蕤沉默了片刻："等我，我马上到。"

何初顾想要反对，却晚了一步。

半个小时后，沈葳蕤到了。

何初顾所在的公寓比较靠近市中心，周围有商场、超市以及咖啡厅，虽是晚上 9 点半的光景，依然人流涌动。

公寓楼下的动物园咖啡厅。

搅动杯中的咖啡，沈葳蕤微有抱怨之意："也不请我到家里坐坐，大晚上的，喝咖啡也不怕失眠。"

"家里没有收拾，多有不便。"何初顾不愿意在此事上过多纠缠，轻轻一提就揭了过去，将情况又说了一遍，"目前可以肯定的是，季虎和盛唐达成了私下的共识。"

"为什么不再加价让季虎把股份转让给我们？才一个回合就认输，不是你的风格。"沈葳蕤搅动几下，将咖啡赌气似的推到了一边，"不喝了，难喝得要死，还是你家里的咖啡机制出来的咖啡好喝。"

何初顾装作没听见："季虎不讲信用没有原则，我们加价后，他还要再向盛唐要高价，反而会打乱我们的部署。"

"问题是，你就一定能保证夏陌上不会被说服？万一她也决定让盛唐收购她名下的股份，云上可就是到手的鸭子又飞走了。"沈葳蕤握了握拳头，"我一定要收购云上，除了为了云上的独家技术之外，也为了给老爸出一口气，让他为我感到骄傲。"

"商业归商业，别用情绪来左右判断。"何初顾试探地一问，"能不能告诉我当年你爸到底和夏想有过什么恩怨吗？"

"不能！"一提及此事，沈葳蕤和以前一样顿时警惕而敏感，"你不要再问了好不好？除非成功收购了云上，否则你永远不会知道当年发生了什么。"

何初顾不以为意地撇了撇嘴："别激动，我并不关心当年到底发生过什么，既不感兴趣也不是八卦。只是如果知道了一些真相，也许有助于收购……算了，当我没说。"

沈葳蕤沉默了片刻，又恢复了几分平静："对不起初顾，我不是针对你……"

何初顾摆手："别说了，过去了。你要做好张德泉和赵宣杰最后都不跟我们合作的心理准备，盛唐初战告捷，很有可能如法炮制，再先后攻克张德泉和赵宣杰。"

"我才不担心，不是有你吗？只要有你在，盛唐没那么容易得手。"沈葳蕤又开心地笑了，"你就是上天派来保护我、帮助我并且成就我的福将。"

何初顾淡淡一笑："我是一个坚定的唯物主义、无神论的单身主义者，从来不相信缘分和上天，只相信自己的智商和双手。"

"我就喜欢你这股又贱又傲慢还牛哄哄的自信的做派。"沈葳蕤笑得更灿烂了。

何初顾嘴角咧了咧，没说话。

三天后，季虎主动找到何初顾，提出他还在考虑和盛唐的合作，如果何初顾可以给出更好的价格，他也可能会改变主意。

何初顾却没有直接回答季虎，只说让季虎直接和沈葳蕤联系。

沈葳蕤提高了报价，比盛唐给出的价格高了 10%，季虎一面答应，一面又找盛唐坐地起价。盛唐一听之下勃然大怒，当即又加价 5%。

沈葳蕤再加 5%，盛唐再加 5%，就在季虎还等沈葳蕤继续加价时，沈葳蕤却突然叫停了。

盛唐最终以比原定多出了20%的溢价敲定了对季虎名下股份的收购事宜。

季虎正式向云上董事会提交了出售名下股份的动议，并提议召开董事会讨论。

董事会如期召开，夏陌上主持了会议。

参加会议的除了夏陌上、张德泉、季虎和赵宣杰之外，还有梅晓琳。

季虎颇感意外："嫂子……梅总？"

梅晓琳一身职业装，落落大方："夏想名下的股份转到了陌上名下，我的股份还在我的名下，虽然只有5%，是小股东，但还是有资格参加董事会的，对吧？"

季虎尴尬　笑："当然，必须得有。"

夏陌上先是通报了云上的最新动向，新品正在设计阶段，供货商和代理商危机暂时解除，而线上渠道的拓展也取得了不小的进展，有望进一步扩大市场规模。

"但是新品的推出还是遇到了一系列的阻力，阻力主要来自内部。张总不认可我的设计理念，赵总觉得我新品的定位思路不对，在此，我希望二位多问问你们的孩子以及孩子的朋友，了解一下他们喜欢什么，毕竟，现在的主力消费者是他们，而不是你们的同龄人了。"

夏陌上的话就带了几分火气和不满，如果不是张德泉和赵宣杰的一再阻挠，云上的新品已经上市了，说不定新品大爆，可以扳回一局，有利于云上口碑的提振。

偏偏二人说什么也不肯同意夏陌上的再一次尝试，理由是上次的新品推出之后，反响平平，已经让云上损失惨重。如果短时间内再仓促推出新品，再不能满足市场需求的话，云上的品牌会遭受重创。

其实张德泉和赵宣杰也不是不想推出新品，只是在产品设计上和夏陌上的审美大相径庭，别说达成共识了，思路南辕北辙，完全不在一个维度之上。

夏陌上虽然也可以不理会二人的看法强行推出新品，但在现在的节骨眼上，和两大股东闹翻不是理智之举，更不用说外面还有星河虎视眈眈，以及盛唐心怀叵测，等于是内忧外患。

再算上市场风云变幻的话，夏陌上现在说是四面楚歌也不为过。

对夏陌上的话，张德泉仰面望天，不置可否。赵宣杰翻看手机，不以为然。季虎且微微坐立不安，完全没有听进去，他的心思已经不在云上了。

"新品肯定还会推出，如果三个月内云上再也没有新品问世，我们就会被市场遗忘，就会休克。"夏陌上环视了众人一眼，"都有什么事情，都说说吧。"

季虎迫不及待地第一个发言："我转让云上股份的事情，私下已经和夏总、张总、赵总交流过了，也征求过你们的意见，今天就摆到明面上拿出一个决策。按照公司章程，股东转让名下股份，要经董事会同意，并且其他股东拥有优先收购权。"

"我就想问问你们，第一，是不是同意转让。第二，有没有接手意向。"季虎咧嘴笑了笑，"只要你们能开得出和盛唐一样的价格，我更愿意转让给你们。"

"认识一场，从创业走到今天，不容易。天下没有不散的宴席，我想退休回家抱孙子了，老朋友老伙计们，你们多担待。"季虎起身抱了抱拳。

"我没意见。"赵宣杰冷冰冰扔了一句，"聚是一团火，散是满天星。当年创业的时候，我们和老夏都说得明白，能走多远走多远，中间谁走累了不想走了，别人不要勉强，要由他去。"

"股份合作就像婚姻，总不能说只允许结婚不允许离婚吧？老张，你是什么意见？"

第二十四章　有点儿蹊跷值得琢磨

张德泉眼睛斜向了天花板："我没意见，天要下雨娘要嫁人，还能非拦着不可？挡人财路如杀人父母！现在的年轻人不懂，我们当长辈的，得让他们知道规矩。"

"这话我就不爱听了，谁说陌上不懂了？"梅晓琳蔑视了张德泉一眼，"老张，你一把年纪了，说话别这么阴阳怪气好不好？陌上还没有表态呢，你夹枪带棍地敲打，有意思吗？"

张德泉在梅晓琳面前不敢过于托大，忙坐正了几分。

夏陌上暗暗一笑，老妈的余威还在，还能帮她镇住场面。

"我不反对季总退休，也没有接手他的股份的想法，只要他和盛唐的交易不危害公司利益，我举双手赞成。"夏陌上掷地有声，"现在表决吧。"

"我同意！"

她高高举起了右手。

张德泉和赵宣杰对视一眼，二人愕然。还以为夏陌上叫来梅晓琳助阵，会制造麻烦阻挠季虎转让股份，不想她这么爽快地就同意了，到底她是想继续壮大云上，还是想也跟季虎一样卖掉云上？

二人都迷惑了。

"同意。"准备充分想要在会上和夏陌上来一番正面对决的张德泉有力无处使，只能有气无力地举起了右手。

赵宣杰也举手同意。

就这？别说张德泉和赵宣杰了，就连季虎也没有想到会这么容易就通过了表决，他早已做好了据理力争、唇枪舌剑、拍案而起、大吵大闹四部曲的心理准备。

夏陌上变了性子，为什么不阻拦他？季虎有点迷糊了，难不成夏陌上也对云上失去了信心，不打算用心经营了？

不管夏陌上是什么想法，既然她没有阻拦，自然是求之不得的好事，张德泉和赵宣杰、季虎三人随后也都举手表示了同意。

最后轮到梅晓琳了。

梅晓琳笑了笑："其实我不管是同意还是反对都没有意义了对吧？你们几个大股东都没有意见，我的一票根本就没有分量。不过既然出席了股东会，就得表态。我也同意季虎出售股份的提议，但是呢……"

微微一停顿，梅晓琳缓缓站了起来，目光坚定语气沉稳："作为股东，同等价格的前提下，我拥有收购季虎名下股份的优先权。我正式向季虎提出收购他名下云上股份的提议！"

众人皆惊。

就连夏陌上也是震惊得不知所以。

散会后，夏陌上回到办公室，胸膛起伏不停："气死我了！吓死我了！惊死我了！今天算是开了眼界长了见识了，连死三回！"

"头儿，别这样，您得好好活着，还得长命百岁。您就是我的太阳，没有了您，我从哪里寻找阳光？我围绕谁运转？您就是我存在的意义。"管雨儿忙递上了咖啡。

"滚！"夏陌上笑骂一句，又脸色一沉，"上午喝茶不喝咖啡，怎么不长记性？"

"啊？啥时候改了习惯，我咋不知道呢？"管雨儿一愣，眼珠转了三圈，小声嘀咕，"头儿，您记错了吧，这分明是何初顾的习惯，您这是何初顾附体了吗？"

夏陌上假装没听见，靠在窗户前发愣。阳光明媚而忧伤，远处的大楼光亮无比，近处的人群行色匆匆，她忽然想通了什么，又笑了。

"头儿，您的何初顾牌红茶。"管雨儿笑意盈盈地递上了一杯茶，"今天的会是不是开得惊心动魄，虽一波三折，但最终有惊无险平稳过关？"

第二十四章　有点儿蹊跷值得琢磨

"再准备一杯红茶，等下恭迎母上大人。"夏陌上笑容古怪，拍了拍管雨儿的肩膀，"你现在立刻马上通知何初顾来公司一趟，我在办公室等他，限他半个小时之内到达，否则他的计划就会落空。"

"怎么我听不明白头儿在说什么？"管雨儿狡黠地一笑，想要刨根问底。

"滚！麻利儿的。"

"得嘞。"管雨儿转身就走，速度之快犹如脱缰野马。

几分钟后，梅晓琳现身夏陌上办公室。

"母上大人辛苦了。"夏陌上递上红茶，"尝尝女儿亲手泡制的孝心红茶。"

梅晓琳没接茶，上下打量夏陌上一眼："说吧，藏了什么心思打的什么主意？少跟我耍心眼，我从小看着你长大，还不知道你的花招一共就 36 式？"

"哎呀老妈，我都不知道我有哪 36 式花招，聊聊呗。"夏陌上乐了，还有这等好事？

梅晓琳没好气地推开她："你不就是想问我哪里有钱能买下季虎的股份吗？我拆借的钱不行吗？"

"妈、老妈，我认识您也有 20 来年了，3 岁之前没有记忆的那一段不算，您是什么品种什么性格，我都门儿清。"夏陌上拉着梅晓琳的手坐在了沙发上，"咱们母女有多久没有谈过心了？现在就好好谈半个小时？"

梅晓琳想走，夏陌上不允许。母女二人在办公室你来我往过招十几次，夏陌上还是没能套出梅晓琳的话。

"不记得老爸还有另外的产业呀，说，老妈，你们是不是还有一家市值超百亿的集团公司，为了锤炼我历练我，才没有告诉我，只让我接手一家快要倒闭的小公司。"夏陌上很清楚家里已经山穷水尽，卖房之后再难拿出一分钱了，哪里还有足够庞大的资金收购季虎名下溢价将近一倍的股份。

这事儿，有点儿蹊跷并且值得琢磨。

"您看您事先也没和我商量，连老爸也和您配合团伙作案，就把我一人蒙在鼓里，你们凭良心说，对得起对你们无比信任和崇拜的女儿吗？"夏陌上翻看了一眼手机，"老妈，您还有最后的机会，要是再不说，就别怪我六亲不认了。"

"怎么个六亲不认法？"

"以后不叫你老妈，叫你老梅！"

"就叫老梅好了，亲切、不见外，显得我们母女亲密无间。"梅晓琳坚持原则，不为所动。

管雨儿敲门进来了，后面跟着何初顾："头儿，何总来了。他对你的召集令很不满，还骂了我半天。我强烈要求精神赔偿，我幼小的心灵受到了一万点的伤害。"

"出去的时候记得带上门，还有，给何总也来一杯红茶。"夏陌上直接无视了管雨儿的无理要求，"门快坏了，如果你太用力的话，可能需要你一个月的工资用来维修。"

"新时代的高配版的女黄世仁！"管雨儿只能用低低的声音发泄心中的不满。

何初顾脸色平静目不斜视，只冲梅晓琳微一点头，径直来到夏陌上面前："夏总，我要对你提出最强烈的抗议！首先，我不是你的员工或下属，我们只是合作关系，你无权对我呼来喝去。其次，我的时间很宝贵，没有时间陪你玩什么游戏。最后……"

"先坐下，别冲动，冲动是魔鬼。"夏陌上把何初顾按在沙发上，正好坐在梅晓琳的身边，她仔细端详几眼，"你别说，还真像母子，不管是眼神还是肢体语言，都特有默契。真羡慕你们，我都怀疑我是抱养的而你才是我妈的亲生儿子。"

何初顾忽地站了起来："夏陌上，你够了！发神经去找别人，我没时间陪你疯。"

夏陌上拦住何初顾的去路："想走？没门儿！不交代清楚，你别想走出我的办公室！既然来了，就得留下点什么。"

何初顾终于怒了，用力一推夏陌上："你太过分了！"

夏陌上一错身闪过，抓住何初顾的胳膊，一拉一送。她以为凭她的身手，一招之内就可以拿下何初顾。

不料何初顾身手之敏捷远超她的预料，他一反手反倒拿住了她的胳膊。她不肯束手就擒，当即反击。二人迅速交手数下。

"别打了，都怪粮食产量太高让你们吃得太饱了。"梅晓琳忙过来帮忙。

她不过来还好，一过来，夏陌上和何初顾反而投鼠忌器，为了避免误伤她，二人束手束脚，不敢再大开大合。

梅晓琳逼近一步，二人后退一步，三步后，二人一同跌倒在沙发上，还是夏陌上在上，何初顾在下。

夏陌上压在何初顾身上，哈哈大笑："服不服？就问你服不服？小何子，快叫姐。"

梅晓琳圆睁双眼："闺女，你骑在男人身上的样子很像女流氓呀。"

夏陌上才反应过来，确实她的姿势不太雅观，且很主动且强势，脸一红，翻身跳到了一边："好女不跟男斗，先饶你一马。"

何初顾站了起来，冷静地整理了几下衣服："夏陌上，今天我没有输给你，是为了不伤及阿姨才让着你。在考试上你是我的手下败将，在动手能力上，你也一样是。"

不说话会死吗？夏陌上气得翻了翻白眼，想再和何初顾唇枪舌剑一番，又一想不行，还是正事要紧，她强迫自己微笑，要以理服人以德服人以爱服人。

"随你怎么说，反正刚才我在你的身上……咳咳！"夏陌上才意识到表述有些暧昧，忙收了回来，"请你过来不是逗你玩，我也没那么闲，说吧，为什么要借我妈的手来收购季虎的股份？"

"最气人的是，还不告诉我，打了我一个措手不及！"夏陌上越说越气，"妈，你还是我妈吗？你当他妈算了，跟外人合计骗我，以后不吃你做的饭。"

第二十五章　吉祥物

何初顾才明白过来到底发生了什么，摇了摇头："我没做过，不知道这事。"

"骗人。"夏陌上不信，"妈，你快承认吧，别磨叽了，事情很严重，你不能胳膊肘往外拐不是？"

"不是他，真不是他。"梅晓琳无奈地一笑，"这事儿你不知道，小何也确实不知情，是我和沈葳蕤联手做的局。"

何初顾一脸震惊，慢慢坐了下来。

夏陌上也是莫名惊讶，难道她真的猜错了？

梅晓琳缓缓道出了真相。

沈葳蕤早就认识梅晓琳，来往不多，却是多年的相识。沈葳蕤有几次私下邀请梅晓琳一聚，都被她拒绝了，直到夏想卖掉了别墅。

在沈葳蕤又一次邀请梅晓琳时，告诉了她真相——别墅的幕后买家正是她。梅晓琳才和沈葳蕤见了一面，沈葳蕤表示目前云上的危机非常严重，内忧外患，与其让云上落入别人的手中，还不如由她在背后助夏陌上一臂之力，或许还有一丝生机。

梅晓琳自然不相信沈葳蕤所说，目前对云上最感兴趣的就是星河，沈葳蕤才是云上最大的对手，谁知道沈葳蕤到底安的什么心？

沈葳蕤和梅晓琳聊了很多，从她对丝绸行业的看法和热爱，到她为什么一心想要收购云上，并不是为了吞并云上以及雪藏云上的品牌，而是为了更好地整合行业，让行业更健康有序地发展。

尽管沈葳蕤的说法很高大上，并且听上去很像那么一回事儿，梅晓琳却没有信她多少，她只是想知道沈葳蕤为了收购云上到底愿意付出什么样的代价。

"不惜一切！"沈葳蕤的回答让梅晓琳心惊。

后来二人又陆续见过几次，聊的不是生意，而是家庭和感情。沈葳蕤告诉梅晓琳，她非常喜欢何初顾，为了何初顾她可以做出巨大的牺牲。她不希望何初顾喜欢夏陌上，更不想看到夏陌上对何初顾的垂涎。

再后来，从沈葳蕤口中得知了盛唐正在暗中和云上的几大股东接触，有意以高价收购他们手中的股份，并且已经达成了共识时，梅晓琳才认识到了事情的严重性。

固然盛唐收购股份进入云上的因素中有很大程度是为了夏陌上，但只是为了爱情而花费如此昂贵的代价，梅晓琳觉得盛唐要么不可理喻，要么另有目的。

她早就过了认为一个男人会为了一个女人而不顾一切、放弃所有并且玩命的年纪。

更不用说以盛唐的条件来说，他又不缺女孩喜欢。

事出反常必有妖。

沈葳蕤很明确地说，盛唐既然已经说服了几大股东，那么云上只有三个选择：一、筹集资金回购股份。二、任由盛唐一步步吞食股份并且坐大，最终掌控云上。三、让星河进入云上，成为云上的股东。

三个选择其实只有两个选择，自筹资金此路不通，云上如果还有钱也不会卖房子。那么是让盛唐这个外行成为股东还是让星河进来，就全在一念之间了。

经过一番慎重的对比和考虑，梅晓琳答应了沈葳蕤的条件——她愿意帮助星河入股云上，条件是必须保留夏陌上的控股权！

沈葳蕤答应了，她保证在两年的期限之内，顶多只持有35%的股份，也就是说张德泉、赵宣杰和季虎三人股份的总和她拿下之后，就不再有所举动。但两年以后是不是会继续收购云上，到时再说。

为云上争取到了两年的缓冲期，梅晓琳心里踏实了许多。

"……"夏陌上沉默了半天，一连喝了好几口茶，抬头问何初顾，"这件事情你真的不知道？"

何初顾摇头，心中既震惊又无语。沈葳蕤表面上对他无比信任，声称全权委托他负责此事，暗中却横插一手，也不知道她到底是什么心思？

"是不是可以说，你被你女友劈腿了？"夏陌上还有心思开玩笑，"可怜呀，你对她忠心耿耿，她对你暗中提防。你们可真是一对同床异梦的合伙人。"

何初顾脸色平静："一、她不是我女友，劈腿的说法极不恰当。二、她是我的老板，我是她的合作伙伴，不是合伙人。三、她有她的自由和空间，我也有。她所做的事情并不算是提防，只是商业手段的一部分，无可厚非。"

"你还真护着她。"夏陌上生气了，"从现在起，你没茶喝了。"

何初顾没听见一样："殊途同归，沈葳蕤的做法，也算是阳谋。不过就是代价太高了一些，反正是她的钱，只要她乐意，我无所谓。"

夏陌上嗤之以鼻："但愿你真这么想，别是打碎牙齿往肚子里咽，脸上笑，心在滴血。"

"心肯定是在滴血，如果不滴血，心脏就停止工作了，人就死亡了。"何初顾较真道。

"……"夏陌上翻了一个大大的白眼，"服，大写的服！"

"好吧，现在算是真相大白了，对不起，我冤枉你了。"她郑重其事地朝何初顾鞠了一躬，"希望你能原谅我的莽撞，虽然出发点是好的，但过程不太美好。"

何初顾无动于衷，仿佛不管是夏陌上冤枉他还是赔礼道歉都对他毫无影响一样。

梅晓琳笑了："要我说，你们也别总是一副敌对的姿态，要联起手来，别被沈葳蕤和盛唐耍了，他们都不是省油的灯，都有盘算。就怕你们不是对手，你们再聪明再有头脑，在强大的实力面前，也是没用。"

"你所说的强大的实力，就是数量庞大的金钱了？"夏陌上点了点头，"有钱确实了不起，说有钱没什么了不起的都是没钱人。我也鄙视有钱人，但我

第二十五章　吉祥物

还想当有钱人，每个人都想活成自己讨厌的人，是不是有病？"

"还有事吗？"何初顾站了起来，"我还有事，就这样，先走了。"

"等下，等下小何。"梅晓琳慌忙拦下了何初顾，"能不能帮阿姨一个忙？"

何初顾愣了下，点头："只要不是太麻烦并且不用花钱就行。"

夏陌上一脸嫌弃。

"帮帮陌上。"梅晓琳用上了恳求的语气。

"我其实一直在帮她，只是她不接受我的建议罢了。"

"她会接受的，或者说，我会让她接受的。"梅晓琳很认真很肯定，"除了在事业上帮她之外，我还希望你能够保护她，在感情上……"

"这个我做不到，阿姨您就不要强人所难了。"何初顾不假思索。

梅晓琳叹息一声："其实你不知道，在陌上的心目中，你一直就是吉祥物一般的存在……"

"嗯？？"听听这是人话吗？何初顾眼睛都直了。

"也许是我形容得不恰当，怎么说呢，你是她心中始终过不去的一个坎！她从小争强好胜，从不服人，就服你一个，因为每次你都是在最关键的时刻打败了她，让她连还手的机会都没有。"

"妈！"夏陌上脸红了几分，矢口否认，"我不是，我没有，别乱说！何初顾是我人生中的绊脚石拦路虎，不是坎，更不是吉祥物，连宠物都不配。"

"你忘了你以前养过的花狗和花猫，一个叫小何，一个叫初顾……"梅晓琳无情地揭穿了夏陌上。

"这是人干的事儿吗？"何初顾满腹不满。

"咳咳，妈，说正事，别扯陈芝麻烂谷子的陈年往事，人得往前看。"夏陌上的脸更红了。

你还知道脸红？还有羞愧心？何初顾的心理稍微平衡了几分。

"反正这么说吧，初顾，你在陌上的心中就像是一座纪念碑……"

"妈，丰碑，丰碑，人还活着呢，纪念碑不吉利。"夏陌上忙纠正梅晓琳。

"一个意思。"梅晓琳也不计较那么多，"每当她遇到困难时，不管是小困难还是天大的困难，她总会说一句话——比起何初顾，这些困难算什么玩意儿？连个屁都算不上！只要能忍得了何初顾的一张臭脸和烂脾气，就算天塌下来也能挺过去。”

“我……”何初顾很绝望，绝望中透露着无辜，他招谁惹谁了，这么多年来原来他一直在以恶魔的形象激励着夏陌上前进，是不是应该收费？

梅晓琳笑得很含蓄很暧昧，拉住了何初顾的胳膊：“所以小何、孩子，你能明白你的形象有多高大了吗？”

何初顾摇头，他没有感觉到自己的形象在夏陌上心目中的高大，相反，他像一个手持凶器的恶魔，始终在鞭策夏陌上前进。

“陌上表面上不说，其实内心还是挺佩服你认可你的，你如果真心帮她，她一定会听你的话，在你的鼓励下带领云上走出困境。而且你有没有发现你们其实挺般配的……”

“没有！”夏陌上和何初顾异口同声，第一时间否认。

第二十五章　吉祥物

第二十六章　有心算无意

"你们是当局者迷。"梅晓琳一副过来人的淡定，"你是文科，高智商高学历高颜值，三高男生。陌上是理科，高智商高情商高颜值，三高女生。你们文理互补，智商和情商互补，联合在一起的话，就像武侠小说里面说的一样，珠联璧合，天下无敌。"

"妈，您要再不回家给老爸做饭，他又要出去喝酒了。他一喝酒就醉，一醉就哭，一哭就后悔，一后悔就喝酒……您能忍？"夏陌上想赶紧赶走老妈，省得她丢人现眼个没完。

"别撵我，说完了我就走，不用你催。"梅晓琳推开夏陌上，"小何，我是说真的，阿姨没跟你开玩笑，你好好想想，帮助陌上重振云上的辉煌，你不但实现了抱负，还能赢得陌上的心。到时陌上嫁给了你，你不就是在帮自己的忙吗？"

"妈……"越说越离谱了，夏陌上二话不说把梅晓琳推到了门外，并且锁上了门，"老妈您好，老妈再见！"

突然少了一人，房间的气氛就有几分暧昧和尴尬，尤其是梅晓琳的话还犹在耳边。

"我妈有时不着调，她可能是喝茶喝醉了，醉茶……你懂的，人不仅有醉酒，还有醉茶、醉可乐、醉水、醉人……"夏陌上手足无措，觉得浑身燥热。

"你有没有想过另外一种可能……"何初顾打断了夏陌上的话，仿佛丝毫没有受到梅晓琳的影响，"盛唐前期的动作，其实是在为沈葳蕤铺垫，他表面上是想自己入股云上，暗中是在帮沈葳蕤？"

"怎么可能！你这也太阴谋论了吧？"夏陌上才不相信，"且不说盛唐对我的感情有多认真专一，就说他和沈葳蕤也没有利益共同点，没有合作的基础。他们之间又没有感情，他为什么要帮沈葳蕤？"

"我也不知道。"何初顾双手一摊，"我只是提一个设想，信不信由你……走了。"

"等等。"夏陌上觉得还是有必要强调一下，"我妈说的话，你别当真，她年纪大了，脑子有点糊涂，想到什么说什么，完全不了解我们其实是两座冰山……"

"我早忘了。"何初顾冷冰冰扔下一句，转身走了。

"跩什么跩？"夏陌上气得冲何初顾的背影拳打脚踢，结果过于投入，被推门进来的管雨儿看了个清楚。

"头儿，这是干吗？吃多了做做减肥运动吗？"

"滚！"夏陌上不假颜色。

"别价，我真有事儿。"管雨儿嬉皮笑脸地凑了过来，"你猜我刚才看到了什么？"

"有话快说，有什么快放！"

"我看到盛唐开车，车上有美女，美女是沈葳蕤……"管雨儿一副八卦的嘴脸，"头儿，会不会是你拒绝盛唐太久了，他失去了信心，转身去追求沈葳蕤了？"

夏陌上才不关心盛唐是不是在追求沈葳蕤："他和沈葳蕤是合作伙伴，又是星河的股东，他们在一起开车、吃饭，就算是恋爱，都正常，用不着大惊小怪。我问你，设计方案的调查工作，进展得怎么样了？"

管雨儿摇了摇头："一说到感情问题你就说工作，等盛唐再跑了，头儿，你的爱情可该怎么办呀？哎呀，别打我，调查好了，马上汇报。"

新款产品虽然推出受阻，但相关设计工作却没有停止，夏陌上委托管雨儿通过问卷和网络在线调查两种方式，征求新品的三种设计方案的市场反馈。结果管雨儿共发放了几千份问卷，并且在线有几万人参与回答，效果很不理想。

第二十六章　有心算无意

127

……三款新品的设计方案，无一受到欢迎，不是被评论太丑太土，就是被认为风格太保守陈旧。

管雨儿苦着脸："头儿，三款新品，一款是您设计的，两款是张德泉老师设计的，都收获了满满的差评，世界对你们的审美充满了恶意。您说您和张老师是该反思一下自己，还是该批驳消费者的审美太低级趣味了呢？"

成心气人是不是？做产品又不是搞艺术，可以孤芳自赏可以自以为是，产品是要有市场的，没有市场的产品，自己再欣赏也是死路一条。

不应该呀，夏陌上想不通哪里出了问题，她会没有审美？她年轻、漂亮、高智商有学历，又不缺心眼，为什么设计出来的产品就不被市场认可呢？难道说何初顾一直强调云上不应该在工艺和技术上下功夫，而应该提高设计与审美，是金玉良言？

夏陌上想到做到，当即拿起电话打给了何初顾。

拒听。

夏陌上再打。

又拒听。

夏陌上不服，打了第三遍，何初顾终于接听了电话。

"从小没学过礼貌吗？打电话不接听或是被拒听，就不要再打了。对方要么有事在忙，不方便接听电话；要么压根儿不想接听你的电话，你一遍遍打过来，很失分知道吗？"

"别讲大道理，少废话，我找你有要紧的事情。"夏陌上当即顶了回去，"你能不能现在过来云上一趟？我有几个问题想……咳咳，向你请教。"

"没空！"何初顾很生气，刚从云上离开就又让他回去，当他是什么人了？他又不是云上的员工！

"何总、何哥、何叔叔，求求你了。"夏陌上瞬间变身，呆萌而可爱，"我是想在设计思路上做一些改变，但你也知道，我是理科生，缺少你们文科生应有的形象思维和开阔的想象力，你不是也答应我妈要帮我吗？"

"没空！"何初顾依然冷冷地回了一句，"等有空我再联系你。"

"用不了你多少时间……我去你的，敢挂我电话，信不信下次摔你一个后背翻？"夏陌上气得扬起了手机。

"头儿，息怒！止怒！手机不要了可以送我，我不介意是二手的，但请你不要摔了它好吗？它是无辜的。"管雨儿可怜巴巴。

"谁说我要摔手机了？"夏陌上秒变笑脸，"帮我约下盛唐，说我请他吃晚饭。"

"都几点了头儿，这不太好吧？别人一看就知道你是临时抓瞎，显得很没诚意呀。现在人约饭，谁不得至少提前一两天通知？"管雨儿还想再说什么，见夏陌上神情不对，忙举手投降，"立刻、马上、NOW！"

不出夏陌上所料，片刻之后管雨儿回话。

"头儿，盛唐说他没时间，在忙。他很抱歉，希望明晚可以请你吃饭。"

夏陌上若有所思地点了点头："连我的晚饭都拒绝，可见他和沈葳蕤的见面很重要，肯定在商量非常要紧的事情。看来，是该改变策略了。"

"雨儿，你约一下何初顾，明晚我要请他吃饭。明晚不行就后天，后天不行就大后天。只要他拒绝就一直约，约到他答应为止。"

"头儿，这种没脸没皮的事情我做不来，要不您上？"

"真没用。"夏陌上笑骂，"滚滚滚。"

"马上滚。"管雨儿兴高采烈地跑了。

夏陌上先是给何初顾发了信息，没回。又打了电话，没接。她就留言说要请何初顾吃饭，最好明晚，越快越好。

以为何初顾还是一样没有回音，出乎意料的是，过了几分钟何初顾回了语音："明晚可以。地点你定，因为是你请客。我在开车，不再回消息。"

"小气鬼。"夏陌上开心地笑了。

"小气鬼大魔王"何初顾此时正在开车，他目光专注，紧盯着前车不放。

前车的副驾驶位，坐着沈葳蕤，开车的人正是盛唐。

何初顾并非有意跟踪二人，他要请人吃饭，无意中发现了盛唐的汽车以及车中的沈葳蕤。

对于沈葳蕤和盛唐的互动，何初顾并未多想，沈葳蕤家世显赫，盛唐青年才俊，也是豪门子弟，他们就算恋爱也在情理之中。但联想到梅晓琳所说，沈葳蕤暗中借梅晓琳之手拿下了季虎的股份，那么盛唐到底是蒙在鼓里被利用的角色，还是和沈葳蕤早有默契里应外合呢？

何初顾认为他有必要弄个明白。

也是巧了，沈葳蕤和盛唐吃饭的地方是漠然居，和他约人吃饭的地方是同一处。好吧，他可不是有意一路跟踪至此，只是凑巧罢了。

好在沈葳蕤和盛唐去了雅间，何初顾只在大厅。

"哥，你怎么才来？次次迟到！"一个女孩出现在何初顾身后，捂住了他的双眼，"猜猜我今天穿了什么衣服？"

长发、长裙、娇小可爱，是一个年约 20 岁的女孩，她戴一副又大又萌的眼镜。

"别闹，小浦。"何初顾露出了罕见的溺爱的笑容，"快坐下吃饭。"

"不嘛。你猜不对我穿什么衣服，我就不吃饭。"小浦耍赖。

"你穿了米黄色的长裙，没束头发，没化妆，没涂口红。"一向冷漠的何初顾在小浦面前毫无办法，只好妥协。

"讨厌！真没情趣，次次让你猜中。"小浦松开何初顾，噘着嘴坐到了他的对面，"哥，今晚能不能不吃鱼只吃青菜？"

"不行！你还在长身体，要多补充营养。要不智商跟不上，就没办法成为一个优秀的人了。"

"我才不要那么优秀，我只要有一个宠我爱我的哥哥就足够了。"小浦一脸幸福。

第二十七章　执迷不悟并执迷不悔

"不要把自己的幸福建立在别人的身上，最可靠最不会背叛你的，还是你自己。"何初顾点了几样菜，又要了米饭。

"不喜欢哥哥讲道理。"小浦不情愿地吃饭，在何初顾的监督下，吃了一碗米饭。

"等下我们去看电影好不好？"

"不好。等下哥哥要回去工作，你回学校，不许乱跑，听到没有？"何初顾耐心十足。

"不，就不。你不陪我看电影可以，但必须得陪我散步，否则我就捉弄你。"小浦快速眨了眨眼睛，正好服务员过来加水，她大声说道，"妹夫，我们总是背着妹妹约会，要是被她发现了，你会不会承认是你先勾引的我？"

服务员波澜不惊，镇静地加了水。

"你为什么不惊讶？"小浦见没有捉弄成功何初顾，有点不快，觉得是服务员反应不够机智，"你是不是没有弄明白我和他的关系？"

服务员轻笑："小妹妹你年纪太小了，一看就是大学生。你如果喊他姐夫、姨夫、大夫什么的，我还能信几分。你叫他妹夫，我一不近视二不傻，信你才怪。"

好吧，装傻充愣失败，小浦只好瞥了服务员一眼："那你觉得我和他是什么关系？"

"你喊他哥，他又像你叔……如果我没猜错的话，萝莉养成？"

等服务员走了许久，小浦还笑个不停。

"哥，不，叔，你觉得他说得对吗？"小浦逗何初顾，"他挺厉害的，居然看了出来我是你带大的。"

"吃完没有？吃完回去。"何初顾起身结账，带着小浦离开。

他没有注意到的是，他和小浦的一举一动，被斜对面雅间的沈葳蕤和盛唐看得一清二楚。

"怪不得何初顾说他是单身主义者，原来他金屋藏娇。没看出来，何初顾的爱好还挺独特的，看小女孩的年龄顶多 20 岁，应该还是大学生，啧啧，我挺佩服他的手腕。"盛唐的话半是嘲讽半是攻击。

"先别忙着下一个结论，只看表面，你能知道背后的故事？"沈葳蕤表面上镇静，内心却是大起波澜，她从未见过何初顾和别的女性如此亲密，而且她也从来没有听说过何初顾有一个妹妹。

她应该是他的妹妹或是什么亲戚吧？沈葳蕤安慰自己。

何初顾的家庭她是清楚的，他出生于普通人家，父母都是工薪阶层，无钱无权。何初顾是独生子，他能有今天的成就，全靠自己的努力和拼搏。

"不追出去看个明白？"盛唐戏谑地笑笑，"沈总你苦心追求何初顾多年，如果何初顾早有女友，隐恋，你不是被他骗得好苦？"

"别说了，我相信他不是渣男。"沈葳蕤恢复了几分镇静，"何况他也没有骗我什么，自始至终都是我一厢情愿。"

"要不要我帮你打听一下她是谁？"盛唐拿出了手机。

"不用，如有必要，我自己会处理。"沈葳蕤制止了盛唐，"我和他的事情，我自己有分寸，不必你操心。我们只谈我们之间的事情就好。"

盛唐放下电话，微微一笑："刚才让我产生了一个错觉，何初顾也不是直男，他对她挺温柔体贴的。知道为什么你和夏陌上都觉得何初顾很直男吗？"

"因为他宁愿让你们觉得他多么不善解人意，也不愿意花半点心思去理解你的言外之意去迁就你的情绪。"盛唐叹息一声，"说明他是真的半点也不喜欢你们。"

"别拿我和夏陌上相提并论！"沈葳蕤生气了，"我样样比她强比她好，好不好？她又是何初顾的手下败将，何初顾对她完全没有感觉。"

"好，不提，不提。"盛唐见好就收，"我怀疑我们的双簧有可能让何初顾和夏陌上产生了怀疑，说不定什么时候他们就会发现我们的联手。"

"应该不会，他们怎么可能知道我们的秘密？你别疑神疑鬼了。"沈葳蕤坚定地摇头，"何初顾跟我这么熟，他也不知道我到底为什么非要收购云上。他是一个很自律很有职业操守的人，从来不过问超出界限的问题，他不越界。"

"如果，我说是万一有一天他和夏陌上有了感情，你觉得他还会一心一意帮你吗？"盛唐冷冷一笑，"再如果让他知道了你和夏家的恩怨以及你利用他的真相，你认为他会是什么反应？"

沈葳蕤沉默了一会儿："他会理解我的，我虽然利用他，但没有害他的心思。"

"也许他不这么想。"

"不，不会的，他不会喜欢上夏陌上，你也要不惜一切代价阻止他。"沈葳蕤有几分焦急。

"我是喜欢夏陌上，也很努力地追求了她几年。现在看来，我和她的可能性应该不大。也许不用多久，我就会放弃了。"盛唐嘿嘿一笑，"就像投资一个项目，一直看不到回报，为什么还要浪费时间和精力？我劝你也别这么固执，不要把爱情的赌注都下在何初顾身上。"

"我放不下他。"

"执迷不悟。"盛唐撇嘴。

"不，我是执迷不悔。"

"如果我再帮你拿下张德泉和赵宣杰的股份，你真的有办法让夏陌上爱上我？"盛唐喝了一口茶。

"我从不食言。"

"除了和我合作之外，你是不是还和别人有什么私下的协议，比如梅晓琳？"盛唐不用想就能猜到梅晓琳在董事会上的突然出手，背后肯定有沈葳蕤的影子。

沈葳蕤也没隐瞒："抱歉没有事先告诉你，我是和梅晓琳有合作。不过你放心，我和她的合作，不会影响我们之间的事情。"

"我还是不明白，你为什么非要收购云上？为什么梅晓琳愿意相信你帮助你？"盛唐笑得很得意，"肯定不是因为我，梅晓琳会看不出来我对云上的危害没那么大？她可是一个厉害角色。表面上夏想是云上的创始人，但知情人士都知道，她才是灵魂人物。"

沈葳蕤微微一笑："我和梅阿姨的事情，你就不必知道了。"

"你们真复杂，我就简单了，人生两大乐趣：一是赚钱，二是喜欢夏陌上，纯粹而单纯。"盛唐起身，"吃好了，今天你买单，下次我再请你。"

盛唐走后，沈葳蕤又一个人坐了一会儿，打了几个电话。等她走出来时，门口已经停了一辆宝马。

沈葳蕤上车，懒洋洋地说了一句："回家。"

司机是一个打扮新潮穿着另类的年轻人，他安静地开车。半个小时后，汽车缓缓驶入了紫玉庄院。

车停在了7排7栋。

"姐，到了。"司机轻声呼唤。

"星星，你跟我一起见见爸妈吧。"沈葳蕤睁开惺忪的双眼，微有疲惫之意，"是时候让他们知道我们的关系了。"

"嗯……"于小星沉默片刻，"听姐的。"

客厅中，沈星河和史见微正在争论什么，沈葳蕤和于小星进去时，二人才停止争吵。

"爸、妈，给你们介绍一下，于小星……我的朋友。"沈葳蕤微一停顿，眼神复杂地望向了沈星河。

沈星河没什么反应，淡淡地点了一下头："来，坐。你好像是葳蕤的相亲对象，是吧？不错，不错，看起来有进展。"

史见微暗中打量于小星几眼："小于，你是和葳蕤确立恋爱关系了？"

于小星没说话，默默地坐到一边，沈葳蕤不动声色地笑了笑："妈，你想多了，我和他不可能确立恋爱关系。"

"为什么？"史见微愣住了，"看你们的样子挺亲密的，不是恋人吗？"

沈葳蕤的笑容中透露出一丝悲哀："因为他的妈妈是于双双。"

沈星河蓦然一惊，手中茶杯失手落地，他霍地站了起来："你真是于双双的儿子？"

"嗯。"于小星低头，双手不安地搅动，"上次相亲时，姐说你是我爸……"

史见微也站了起来，一脸震惊："你妈……她还好吗？"

"她不在了，好多年了。"于小星缓缓站了起来，"我是不是不该来？姐，我得走了。"

"你别走，你没错。"沈葳蕤拉住了于小星，"爸、妈，事情过去那么多年了，当年爸爸犯下的错误，现在结了果子，是该视而不见，还是要妥善处置，你们自己决定。"

史见微知道沈星河在外面有一个私生子，这么多年也原谅了他，但在哪里、长什么样子，她不知道，沈星河也不清楚。于双双在得知沈星河无法娶她之后，毅然决然地离去，从此再也没有出现在沈星河的生命中。

是一个刚强的女人。

没想到，人生无处不相逢，沈葳蕤竟然和她的儿子因相亲而相遇，史见微无法形容自己的心情。

更激动的是沈星河。

第二十七章 执迷不悟并执迷不悔

第二十八章　不想记起就会忘记

原本自己只有一个女儿，现在突然冒出一个儿子，沈星河的内心既兴奋又绝望。兴奋的是，他后继有人了。绝望的是，不管是沈葳蕤还是史见微，都不会接纳于小星。

并且根据他的观察，于小星性格内向，恐怕也是受单亲家庭的影响。

"女儿，你是什么想法？"沈星河决定将最难的部分交由沈葳蕤来解决。

沈葳蕤不上当："我想先听听妈妈的意见。"

史见微叹息一声，坐回了沙发上，半天无语。

一向镇静的沈星河坐立不安，不断地朝沈葳蕤投去求救的眼神。沈葳蕤抓住了他的胳膊："爸，自己犯下的错误，要自己承担后果，你不能逼妈妈，要想想怎么样才能让她以后对你事事放心。"

沈星河立刻明白了沈葳蕤的言外之意："见微，我保证以后什么事情都听你的，家里的大事你做主小事葳蕤做主，是大事还是小事，你说了算。"

史见微被逗乐了："算了，都这么多年过去了，要是不原谅你，早就不和你过了。于小星回来可以，一是他得改姓沈，二是在沈家，他只能辅助葳蕤……能做到以上两点，我就没有意见。"

沈星河按捺不住激动之意："小星，你能答应吗？"

于小星低头看脚尖："我、我听姐姐的。"

沈葳蕤拍了拍于小星的肩膀："你回去先好好想想，别急着答应。你也可以提提你的条件，毕竟你被抛弃了这么多年，总得有些补偿才行，对吧？"

"好的，姐，我听你的。"于小星对沈葳蕤近乎言听计从。

于小星走后，三人先是沉默了一会儿，史见微最先开口："如果他真的认回了沈家，你打算怎么安排他？"

虽然沈葳蕤目前是星河丝绸的掌门人，但沈氏集团规模庞大，星河丝绸只是其中很小的一部分。

沈星河搓了搓手，再也没有平日里叱咤风云的气度："听你的，都听你的。"

"我听女儿的。"史见微对沈葳蕤十分满意，不仅仅因为她举止得体，在处理大事小事上，也十分周到。

"你们让我想想，我还没有完全想好。"沈葳蕤揉了揉额头，"20年都过去了，也不在乎多一两个月。等我先处理好了云上的事情好不好？"

"好，好，还是女儿懂事。"沈星河露出了讨好的笑容。

"不过我也有一个条件……"沈葳蕤图穷匕见，才抛出她的真正用意，"我帮你们处理好了小星的问题，你们答应我不再干涉我的婚姻。我喜欢谁，想嫁给谁，你们不许管！"

"除了何初顾！"沈星河立刻明白了沈葳蕤的所指。

"为什么？除非你告诉我说何初顾也是你的私生子，和我有血缘关系，我不可以喜欢他。除此之外，你别想用任何理由阻止我对他的爱。"沈葳蕤态度坚决。

"何初顾也是？"史见微吓着了，"沈星河，你到底还瞒了我多少事情？"

"不是，他不是。"沈星河想说什么，话到嘴边又咽了回去，态度不再那么坚决，"我不明白，何初顾有什么好？要家世没家世，还傲慢得跟二百五似的。"

"不许你说他！"沈葳蕤甩身上楼，"我也不是威胁你，爸，你不同意我和何初顾的事情，我也不会帮你处理好于小星的事情，你看着办。"

沈星河气笑了："学会威胁自己老爸了是吧？行，你厉害，老爸怕你还不行吗？好，我不干涉你和何初顾的事情，只要你能拿下何初顾，我就没有意见。"

"你说的，别反悔。"沈葳蕤开心了，"反悔是小狗。"

反正何初顾还欠我一个承诺，到时就算逼他，他不答应也得答应，沈葳蕤的心情飞翔了起来。

"葳蕤，收购云上的事情，进展怎么样呀？"沈星河冲沈葳蕤的背影喊了一声。

"一切顺利，等我好消息好啦。"沈葳蕤头也不回。

夜，渐渐深了。在江边散步的何初顾几次劝小浦回学校，都被她拒绝了。夜风渐凉，小浦的长裙就显得单薄了。

"回去吧，再晚宿舍就关门了。"何初顾拿小浦没办法，他比她大 5 岁，像亲妹妹一样宠她。

"除非你答应做我男朋友，否则我就不回去。"小浦的长发逆风飞扬。

何初顾尴尬地笑："你再闹，我以后就只打钱不见你了。"

"不见我，我就告诉所有人你对我始乱终弃。"小浦仰着脸，一脸倔强，"如果不是你资助我，我不会从一个贫穷的重男轻女的地方来到一个繁华的人人都有机会的大城市，也不会见识世面。是你带我领略了世间的繁华，你就得继续带我在世间四海为家。"

何初顾一脸黑线："小浦，你再任性，哥哥就真的生气了！你现在还是学生，要好好学习，不要胡思乱想。毕业之前，不许谈恋爱，听到没有？"

见何初顾真的生气了，小浦收敛了几分："真没意思，什么都管，也不知道宠我！哥，我不谈恋爱可以，你也得答应我不谈恋爱。"

"我本来就是单身主义者。"

"为什么呢？是因为遇到了我吗？"小浦咬着舌尖偷笑。

"不是。"何初顾毫不委婉。

"是因为夏陌上夏姐姐吗？"小浦嘴巴噘起老高，"你在我面前提过夏姐姐快有一万遍了，每次提到她，你都是一脸的期待，满心的欢喜。"

何初顾神情一滞："瞎说！乱说！我没有！"

"你就有！你自己不知道而已！"小浦紧咬牙关，"你肯定一直在暗恋夏姐姐，可是她不喜欢你，所以你备受打击，从此立志单身。"

为什么他要资助一个小女孩让她上大学见世面，为的就是让她怼他？不

138

是自己找不自在吗？何初顾有点后悔当初的举动。不过他还是坚决不肯承认自己在暗恋夏陌上。

"和她没有丁点关系。"

"那你为什么总是在我面前提她？"

有吗？他真的总是在小浦面前提夏陌上？何初顾感觉他的记忆有些混乱了。也许是吧，在他的生命中，夏陌上始终是一座绕不过去的高山，是一个横亘在他心中的大河，波涛汹涌、惊涛拍岸，毕竟，还有谁会始终贯穿在他的童年、少年和青春岁月之中？

仔细回想起他和小浦认识以来的点滴，也许真的在有意无意间总是提及夏陌上……对了，肯定是了，何初顾想明白了什么："提她是让你拿她当榜样，不是因为我暗恋她。她学业优秀、认真踏实、活泼可爱、不骄不躁，确实有许多值得你学习的地方。"

"她很漂亮，对不对？"小浦眼神黯淡了几分，"最主要的是，她很漂亮，对吗？"

何初顾诚恳地摇了摇头："是的，她是很漂亮，但是……"

"不用但是了……"小浦眼神中的光亮闪了一闪，"她是既聪明又漂亮，我也不差不是？现在的女孩，都是又聪明又漂亮的综合体，更不用说我比她还年轻。"

"回去！"何初顾的语气不容置疑，"再不听话，哥哥真的不理你了。"

"好，回去就回去。不是我怕你，是我担心你气坏了身体，是关心你。"小浦挽住了何初顾的胳膊，"哥，你和夏陌上真的从初中到大学，一共没有见过几次面？"

何初顾想了一想："应该是没见过几次，当时谁也不服谁。也可能是见过，但又忘了。"

"为什么要忘了？"

"不想记起就会忘起。"

"为什么不想记起？"

"……"何初顾耐着性子，"也许是觉得没必要也没有意义吧。"

"不是。"小浦语气很坚定，"你就是不敢面对自己内心对夏陌上的认可，对她的崇拜，对她的喜欢，所以就强行说服自己去遗忘。其实就是逃避，就是瓜尿，就是草包……"

真的是这样吗？何初顾不相信自己当年就对夏陌上有好感甚至是喜欢，在他的记忆中，有关夏陌上的形象就是一个争强好胜总是考试第一的女学霸，并且数次挑战他的地位和权威。

为了维护自己的地位不受到威胁，他只有拼命学习，不敢有丝毫的懈怠，憋了一口气，一定要在最重要的考试中打败夏陌上，恢复自己的荣光。

只是他从未认真想过他当年的举动，到底是出于力争第一的想法，还是有另外的心思，到现在他都不敢承认或是不愿意深想。

这么多年来，小浦一直陪伴在他的身边，不是亲妹妹胜似亲妹妹，也许，她才是身边最了解他的异性。何初顾想了半天，终于憋出了一句："你真觉得我是因为喜欢夏陌上，才有意忽视或者说忘记了和她的许多次见面？"

"在心理学上这叫作选择性遗忘。"小浦连连点头，"人类的大脑有一个特性，对于过于痛苦的回忆，或是不敢面对的难题，都会启用选择性遗忘机制……别忘了，我可是学心理学的。"

第二十九章　固执地喜欢一个人

真是这样吗？何初顾摇了摇头，他不相信他是因为喜欢或是害怕夏陌上，才有意忘记了他们见面的许多细节。

回到自己的公寓，何初顾没有开灯，在黑暗中静坐了一会儿，也不知道在想些什么。过了许久，他才打开灯，打开电脑，开始继续整理方案。

"关于调整收购云上思路的方案！"

"鉴于目前市场上的变动以及云上内部矛盾的加剧，个人建议对云上的收购计划暂停，以进一步评估收购云上对星河的收益以及负面影响……"

何初顾决定抛出全新的思路来测试沈葳蕤的反应。

第二天一上班，何初顾就将方案递交给了沈葳蕤。

出乎他意料的是，沈葳蕤并没有看方案，先放到了一边，然后饶有兴趣地打量起了何初顾。

"初顾，你说为什么一个人会一直固执地喜欢另外一个人，到底是求而不得的不甘，还是真心的爱不释手？"

何初顾并不想和沈葳蕤讨论感情问题，就想转移话题，话未开口就被沈葳蕤打了回去。

"必须回答我的问题，否则不和你谈正事。"沈葳蕤半是撒娇半是命令。

"不知道。"何初顾无奈之下只好作答，"我又不懂感情，怎么会清楚感情世界里面的门道？你问错人了。"

"不，我没有问错。"沈葳蕤来到何初顾的背后，双手放在他的椅背上，"一个人一直固执地喜欢一个人，和一个人固执地不喜欢一个人，其实是一样的心理。我想不明白为什么我会一直喜欢你，也不知道你为什么会一直不喜欢我？"

何初顾有些头大："沈总，我是单身主义者，是固执地喜欢一个人！"

"是吗？"沈葳蕤以为何初顾还在假装，意味深长地笑了笑，"昨晚你和谁在一起吃饭？"

原来沈葳蕤怀疑他和小浦？何初顾也笑了，他还没有问及沈葳蕤和盛唐的事情，沈葳蕤反倒先问他了。

想了想，何初顾还是没有正面回答："和一个女性朋友，怎么，有问题吗？"

"没问题。"沈葳蕤继续追问，"我可以问问是什么关系的异性朋友吗？是比我重要还是比夏陌上认识更久？"

要说重要，都比不上小浦在他生命中的分量，至少目前。要说认识时间长，就更是了，何初顾也不隐瞒："是像亲人一样的异性朋友，她比别人都重要。"

沈葳蕤眼中闪过一丝失落："你们认识多久了？"

"差不多有十多年了吧……"何初顾眯起眼睛，想起了多年以前的那个午后。

当时他陪同父母去山区支教，应该只有 10 岁。在山村的一棵大树下，他遇到了正在玩泥巴的 5 岁的小浦。

小浦脏兮兮的样子像个泥猴，正和一群同样脏得不成样子的小伙伴玩得不亦乐乎。何初顾心念一动，觉得小浦既亲切又可怜。

他加入了他们的队伍，在和他们玩熟之后，他哀求父母帮帮因为家穷而没有学上的小浦。

小浦父母早逝，和奶奶相依为命。奶奶年迈，无力供她上学。父母怜惜小浦，就通过正当途径办理了收养手续。

从此小浦改名为何小浦。

奶奶去世了，小浦跟随何初顾一家来到了市里，慢慢适应了城市生活。从小学一路到大学，她学业优秀，乖巧听话。

唯一让何初顾不解的是，在 18 岁时，小浦自作主张改回了原来的名字——叶小浦，说什么也不肯再姓何。还是妈妈明白小浦的心思，悄悄告诉何初顾，小浦不想再当何家的女儿，而是想当何家的媳妇。

何初顾对小浦的关爱中，只有兄长对妹妹的兄妹之爱，没有儿女之情。

"怎么从来没有听你说过你还有一个收养的妹妹？"沈葳蕤听了事情背后的真相后，心情舒展了几分。

"对我来说，收养的和亲生的没有区别。"

"不对，应该说从来没有听你说过你还有一个妹妹。"

何初顾呵呵一笑："你家里的情况我也从来没有问过，也不想知道。我也不希望外人知道家里的事情。"

"可见你还是一直当我是外人……"沈葳蕤微有嗔怪之意，"昨晚我和一个男人去吃饭了，你想知道是谁以及我们在谈什么事情吗？"

"不想知道。"何初顾一口回绝，"沈总，现在可以谈工作了吗？"

沈葳蕤气得用力一推何初顾的椅子："你真无趣！连木头都比你强，木头至少还能发芽，你就是一块铁疙瘩。"

何初顾波澜不惊："既然沈总已经通过梅晓琳拿下了季虎的股份，下面就该对张德泉和赵宣杰下手了。我建议改变策略，借梅晓琳之手打别人一个出其不意的手法，只能用一次……"

沈葳蕤点了点头："这件事情瞒着你，不是对你的不信任，而是想要达到奇兵的效果。实际上我也清楚，通过梅晓琳借势，是在玩火，很有可能她会反手出卖了我。好在我还有后招，并且知道夏家已经没钱了，才敢这么做。"

见何初顾低头不语，沈葳蕤以为他被她的高超手腕镇住了："你是不是想不明白为什么我既然能说动梅晓琳，还需要盛唐在明面上配合我演戏，并且还有意抬高了季虎股份的价格？"

何初顾原本没想问个清楚，他恪守身为下属的本分，不过沈葳蕤主动透露，他就当仁不让了："我一开始也没有想明白你的策略，如果说盛唐是一步明棋，那么梅晓琳就是一着暗棋，也是险招。不，应该说盛唐和梅晓琳都是险招，他们都有随时失控的危险。"

"两个险招叠加在一起，就增大了保险系数，反而形成了相互制衡的局面，沈总，我很佩服你的冒险精神。为了拿下云上，你可真是煞费苦心啊！"

"说，接着说，我就想知道你到底有多了解我。"对何初顾半是恭维半是置疑的话，沈葳蕤不但不生气，反而笑得很开心，"好吧，算你猜对了一半。但为什么我非要抬高季虎股份的价格呢？我完全有理由也有手腕可以压价拿到股份的，没有人愿意高价买进同样的东西。"

何初顾确实是真心佩服沈葳蕤的商业头脑，有一股以柔克刚的杀气："表面上看，高价收购季虎的股份，似乎是吃亏了。但从长远看，其实沈总是布了一个长局，是在钓大鱼。毕竟，季虎的股份只比梅晓琳多一点点，真正的大头是张德泉和赵宣杰，以及夏陌上！"

"高价吃进季虎的股份，会让张德泉和赵宣杰产生错觉，以为他们手中的股份也值这么多钱，他们就会迫切地想要卖掉。而此时沈总你再按兵不动，表现山不再对他们的股份感兴趣，他们就会主动降价。你再放出风声说是每过一周，云上的股份就会降价 10%，到时候，张德泉和赵宣杰就会争先恐后地向你示好，希望你优先收购他们的股份……"

沈葳蕤呵呵一声："他们为什么非要降价也要卖掉手中的股份呢？留在手里不香吗？"

"因为……"何初顾脸色平静，"你不会再给云上多少时间了，以云上目前的资金量，也支撑不了多久了。云上的销售持续下滑的话，大船要沉没时，除了船长夏陌上之外，没有人愿意陪着一起沉入海底。"

沈葳蕤点了点头，有赞赏之色："分析得不敢说 100% 正确，也有一半以上接近了真相，你真的很厉害，初顾。你的头脑这么冷静、缜密，为什么当时非要学文科？"

"既然我天生有严谨的逻辑思维，我就必须学文科来弥补我在形象思维方面的不足。"

"什么时候开始放风？"何初顾忽然觉得沈葳蕤远比他认识中的可怕和缜密。

"已经在放了。"沈葳蕤笑得灿烂，"就在刚才，我先后接到了张德泉和赵宣杰的电话，他们表示愿意向我出售名下的股份，价格可以协商。"

果然犀利，步步为营，打得夏陌上几乎没有还手之力。在绝对的实力面前，所有的技巧都是花招，不堪一击。

不过有一点何初顾还是想不明白："云上的品牌固然有价值，以及云上的特有技术和工艺也有独到之处，但以目前的市场来判断，星河完全可以走一条创新之路，沈总为什么非要不遗余力地收购了云上？除了商业上的考量之外，多半还有个人因素吧？"

沈葳蕤俏皮地笑笑："在我们确认恋爱关系之前，我不会告诉你。事关沈家的家事，外人不方便知道。"

"明白了。"何初顾站了起来，"作为沈总的下属，我的职责就是完成沈总交代的任务，其他事情与我无关，过问是越界，也是自讨苦吃。"

"所以我建议在下面的工作中，一是在市场层面加快对云上的围堵，继续推出新品吞食云上的份额；二是在资本层面进一步围剿云上，让云上无法融资，最终只能卖掉。还有，星河需要提名一个代表作为董事进入云上的董事会。"

第二十九章　固执地喜欢一个人

第三十章 是文科生的形象思维

"你的两点提议很及时，就按你的方案执行。董事人选，你有推荐吗？"沈葳蕤有意试探何初顾。

"盛唐比较适合，他同时也是星河的董事，再兼任了云上的董事，不是更好？"何初顾说得很真诚，"从长远来看，星河和云上合并为一家，需要提前布局一些熟悉两家业务的人。"

"这个人为什么不能是你呢？"沈葳蕤微有不快加不满，"莫非你会认为我更看重盛唐而不是你？何初顾，我很生气。"

见何初顾无动于衷，沈葳蕤更生气了，又加了一句："哄不好的那种。"

"哄不好就不哄了，省得白费力气。"何初顾笑笑，转身就走，"我也可以，只要沈总不担心我会背叛你就行。"

"我才不担心呢，如果你敢背叛我，我会让你百倍偿还。别忘了，你还欠我一个承诺。"沈葳蕤又得意地笑了，"就这么说定了，你很快就会正式成为云上的董事，接替季虎的位置。"

此时的云上，已经乱成了一团。

季虎在收拾东西，准备离开。他已经办理好离职手续，等股份正式交接之后，就和云上全无关系了。

而伴随着季虎的离职的同时，又有风声到处散播——星河不再对云上感兴趣，收购云上的意图在降低。

而张德泉和赵宣杰听到的传闻则是星河还有意收购他们二人名下的股份，不过由于星河已经持有了进入董事会所必需的份额，对于后续股份的需求不再强烈，如果他们有意出售，可以在季虎报价的基础上降低 10% 协商。

每过一周，星河的报价就会再降低 10%……

二人慌了，连忙通过不同的渠道来接触星河，了解具体情况。

如果说高层的风声与动向还不足以影响到中层和普通员工的话，那么同时针对云上全体员工的传闻，就如无所不在的冷气一样，冰冻了几乎每一名员工的心。

"云上除了面临着现金流断裂的危机之外，还有股东的临阵脱逃，以及管理的僵化、设计上的审美匮乏和产品后续乏力等困境，可以预料的是，不用多久，云上就会倒闭。现在夏陌上之所以还在坚持，就是面子问题，而不是出于对员工的人文关怀……"

尽管有些员工也清楚传言的背后，是有人精心策划的动摇军心的宣传战，但还是有不少员工信以为真。一时云上上下，人心惶惶，大有树倒猢狲散的态势。

管雨儿急得不行，找了一圈也没有找到夏陌上。不会是没有上班吧？她打夏陌上手机，关机。发微信，不回。

难道是想不开要跳楼自杀？管雨儿被自己的想法惊吓出一身冷汗，忙一路小跑跑上了楼顶天台。

她气喘吁吁在天台上东找西找没有发现夏陌上的身影，心一横，来到了天台的边缘，朝下望去……

"管雨儿，你可别想不开！你可千万别跳！摔下去会死得很惨，面目狰狞，死无全尸！"

冷不防夏陌上的声音从身后传来，一只强有力的手猛然抓住了她的胳膊，朝后一拉。

"死的方法有几百种，最惨最难看的就是跳楼。我劝你善良，要死也别死在云上。大马路上有的是车，东边有的是河，西边有的是山。电线杆有的是电，药店有的是安眠药……"

"头儿，别说了，我恶心。"管雨儿作势欲吐，"是不是我死了你就省了好几个月的工资很开心？"

"瞎扯淡！我能这么无情吗？你死了，欠你的工资就算烧纸，也会多加上亿倍烧给你。"嘴上这么说，夏陌上身体很诚实地拉着管雨儿离开了危险地带，"你干什么着急忙慌的？"

"我是怕您想不开……"管雨儿话一出口就后悔了，就凭头儿的心理素质和厚脸皮，她会想寻短见恐怕得等到世界末日，"不是，我是想请您回办公室开会。"

"开会？开什么会？今天没有会议日程。"夏陌上抱着管雨儿的肩膀一起下楼，"你别瞎操心了，我死不了。上天台也就透透气，看看远方的风景想想现在的人生，到底是什么原因束缚了我飞翔的翅膀，现在，我终于想通了。"

"想通什么了？"

"是设计，是审美，是文科生的形象思维。"夏陌上嘻嘻一笑，"今晚和何初顾共进晚餐，订好餐厅了吗？"

"订好了，信息等下就发您。"确认夏陌上没有因为遭受重大打击而沮丧，管雨儿一是开心她的心大，二是欣慰她的坚强。

"头儿，你确定你还有心思谈恋爱……不，还有心思和何初顾吃饭？你想过怎么渡过眼下的难关了吗？"

"哪里有什么难关，不过是一道又一道的风景罢了。"夏陌上轻松地挥了挥手，"管它风吹雨打，胜似闲庭信步。眼有星辰大海，心中似锦繁花。"

"头儿，该吃药了。"管雨儿好心加不怀好意地提醒了一句。

"吃什么药？"夏陌上怔了片刻，又笑了，"哈哈，是该吃药了。什么时候谁能发明一种药，女人只要吃了就永远不再痛经，他不但能获诺贝尔医学奖，还能成为世界首富。"

"这都不是一个患者应该操心的问题……"管雨儿在心里想。

下午，夏陌上在办公室里分别和张德泉、赵宣杰谈了一次。

对于季虎的离职，夏陌上在表示了惋惜的同时，又强调她很感谢当年三人和老爸一同创立了云上，现在云上面临生死存亡的危机，想要弃船逃生是人之本能，她无意阻拦也不想挡人财路。

所以，如果张德泉和赵宣杰有意转让自己名下的股份，她也是同样开放的态度，只要有利于云上的发展，她会举双手赞成。但有一点，希望他们事先和她打个招呼。如若不然，到时她会动用一票否决权拖延成交。

张德泉和赵宣杰面面相觑，第一次见识到夏陌上咄咄逼人的气势，心中都有凛然之意——以前的小女孩，到今天终于长大了，并且也有了决断力和魄力。

随后夏陌上宣布，她会精简云上的管理与设计团队，还会将所有的决策权都收归于她一人之手。除了大刀阔斧地调整高层人事之外，还会改变设计思路，一改云上之前稍显沉闷与传统的产品风格，要大胆地拥抱新时代适应新变化。

以前强烈反对改变设计思路的张德泉和赵宣杰，这一次都沉默了。二人的心思受季虎高价套现离场所影响，不再专注于云上的内部事务，一心想要脱身。

夏陌上正是借二人心思动摇之际，乘虚而入，一举扭转了被动的局面，彻底掌控了云上的大权。

谁说夏陌上完全是在被动应战？

下班时，盛唐突然出现，说要请夏陌上吃饭。

"有事说事，吃饭就免了，晚上我有约了。"夏陌上笑意盈盈，"盛总，你觉得星河会派谁来担任云上的董事？"

盛唐挺起胸膛："肯定是我！我既是星河的董事又是云上的董事，会不会太嚣张了？哈哈。陌上，我不明白你为什么宁肯让星河买走季虎的股份，也不愿意我入股云上？"

"星河高价买走季虎的股份，影响不到我的控股地位。你想入股云上，会稀释我的股份。这么简单的道理你会想不明白？"夏陌上收拾东西，"你又是外行，云上不需要外行的股东。"

盛唐故作叹息："人都是由陌生到熟识的，同样，由外行到内行，也需要一个过程，你别太苛求我了，要给我进步的时间。"

"行，现在我就交给你一个任务，如果你能通过了，我会考虑让你入股云上。"夏陌上笑眯眯的样子像是哄小孩的外婆，"敢不敢接下担子，盛总？"

"只要你答应以后不再叫我盛总，叫我盛唐或是小唐，我就接任务。"

"妥了，小唐。"夏陌上用力一拍盛唐的肩膀，"今晚加班，设计三款产品方案出来。记住，必须是自己的创意，别抄袭，不管是抄袭星河还是锦图等别的公司产品。"

"明白，完全 OK ！"盛唐喜滋滋地走了。

"头儿，要是我有您一半，不，四分之一的本领，我也不用单身至今无人问津。教教我，怎样才能做到脚踏两只船而不被发现？"管雨儿一脸谄媚。

"滚远点。"夏陌上笑骂，"在感情上，我专一而认真地当一名单身主义者。在事业上，合作伙伴多多益善。你不要把感情和事业混为一谈。"

"我想应该止是头儿坚定不移地执行单身主义的姜太公策略，才能吸引更多优秀的有征服欲的男人，对，我以后也这么办。"管雨儿自以为学到了精髓，乐呵呵地走了。

坐上车夏陌上才留意管雨儿发来的订餐信息，赶紧叫停了车，向司机师傅道歉，下了车，回到了公司楼下。

第三十一章　依赖和喜欢的区别

管雨儿订的餐厅就在公司楼下，是一家名叫细语的私家厨房菜，以湘菜为主，辛辣而浓烈。

这丫头也太过分了，明知道她不爱吃辣却订一家湘菜餐厅，故意的吧？而且还就在楼下，害得她上了出租车才知道上错了车。要是开出去老远才看信息，不得绕一个大弯？

不过又一想，也是自己太笨，订餐信息早就发过来了，她没有细看而已。

还好没有迟到，夏陌上舒了一口气，在卡座中等何初顾，结果半个小时过去了，何初顾居然还没有到。

夏陌上打电话给何初顾，关机。难道何初顾这家伙耍她？夏陌上越想越气，又打了何初顾办公室电话，还是没人接。

就在夏陌上气得要原地爆炸时，何初顾出现了。他没有满头大汗，也没有行色匆匆，脚步稳健、神情平静，仿佛他迟到了将近一个小时是题中应有之义。

夏陌上本想发火，话到嘴边又变了味道："鉴于你迟到了，今晚由你请客，算是你抱歉的诚意，没问题吧？"

"有问题。我迟到是有原因的，而且还是因为你，所以，还是得你请客。"何初顾坐下，点了几个菜，将菜单递给夏陌上，"点你爱吃的就行，我只点了我自己喜欢的。"

"……"你狠你有种，等下如果不能说服我，要你好看，夏陌上狠狠地瞪了何初顾一眼，只点了一个菜花。毕竟是花自己的钱，得省着点。

"快下班的时候，临时开了个会。"何初顾解释原因，"会议有两方面的内容，一是星河决定任命我出任云上的董事，当然，还需要云上的董事会批准。

二是星河将会推出春夏秋冬系列产品，扩大产品线，同时继续大幅招收加盟商，并且会同时采取直营店和加盟店并行的模式……"

直营店的优势是受控于总部，是总部的全资子公司，不足之处是需要占用大量的资金。加盟店的优势是灵活，不需要太多自有资金。不足在于随时可能会被竞争对手挖走，或者阳奉阴违，在代理自家品牌的同时，暗中输送竞争对手的产品。

夏陌上摇头叹息："有钱就了不起呀？没错，有钱真的了不起！我也想开直营店，可惜没钱。"

何初顾就笑："有多少钱办多少事，你应该清楚自己的定位，现阶段不是和星河比拼实力，而是要以巧取胜。利用现有优势，以点破面，打好狙击战而不是包围战。"

"说得好听，怎么打，你倒是说说呀。"夏陌上伸出了右手，"忘了代表云上的董事会欢迎你了，何董事。"

何初顾没有和夏陌上握手："别装了，你心里指不定在骂我什么。"

"真没有，你怎么以小人之心度君子之腹呢？"夏陌上双手托腮，一脸期待，"说呀，我等你的高见呢。"

"云上现在虽然落魄了，但品牌基础还在，在不少消费者的心目中，依然是丝绸第一高端品牌。只不过现在跟不上时代，设计思路落后了。只要改变了设计思路，在产品款式上大做文章，就一定可以突出重围。"

"你的意思是学习星河俗艳而用力过猛的产品风格？杀了我吧。"夏陌上夸张地捂上了眼睛，"你别告诉我星河的产品都是由你设计的。"

何初顾难得地叹息一声："只有一小部分是我的设计，大部分设计都是由沈葳蕤来定。可以说，星河的产品代表的是沈葳蕤的审美。"

"明白了，我总算明白了。"夏陌上猛然一拍桌子站了起来，"何初顾，你是想借云上来实现你在设计上面的思路，来证明你的天才，对不对？"

周围的客人吓了一跳，纷纷朝夏陌上投来了异样的目光。

何初顾拿夏陌上没办法，示意她赶紧坐下，他可不习惯当众人的焦点，尤其是当众出丑。

夏陌上就不坐下："你先承认我说得对，我才坐。"

"对，你说得对。"

"好，给你个面子，我先坐下。但你必须告诉我实话，你到底是代表星河来收购云上的，还是代表自己想借云上的平台来展现自己的设计才华……"

"如果你不说实话，信不信我还会站起来嚷你，说你是我闺密的男友，背着女友约我……"夏陌上威胁何初顾。

何初顾简直无语了，夏陌上太无赖了，不过他还真怕她乱来，忙说："并不矛盾呀！于公，是代表公司来收购云上；于私，是代表自己来展现设计才华。最主要的，还免费。"

"这样啊……"夏陌上拉长了声调，"好吧，信你一半，放心三分之一。"

"可问题是，我刚推出的几个设计方案，让管雨儿去做市场调研，结果全部被否定了。太伤自尊和自信了，你有好的方案让我学习一下吗？"夏陌上开始施展进攻大法。

不料却被何初顾识破。

"你不用套路我，我会免费提供设计思路给你，但有一个前提条件……"

"还有条件呀？做好事不是不留名不求回报吗？"

"少来！你再演我可就不配合了。"

"请讲，我洗耳恭听。"夏陌上立刻一脸严肃了。

"饭后再说，饭间不宜说公事。"何初顾又故意卖关子了，"古人讲，食不语寝不言！"

"喊，卖弄。"夏陌上也识趣，说不说就不说，埋头吃饭，很快就吃好了，"吃好了，条件呢？"

"我有一件事情需要咨询你一下，应该涉及我的知识盲区。"何初顾的表情很艰难，他生平第一次开口求人，脸都红了。

"哟，脸红了，是不是感情上的事情？说吧，我知无不言言无不尽。"夏陌上表面上满不在乎，内心却突然紧张了起来，连话都说不利索了，"你、你、你不会恋爱了吧？"

"如果恋爱只需要一方同意的话，我可能已经恋爱几百上千次了。还好，恋爱的公平在于，必须双方都点头才行。"何初顾得意扬扬地昂起了头，"所以当一座冰山和一个直男的好处就是，可以省去了许多拒绝别人的烦恼。"

"嘚瑟不是你的人设，你不应该是冷漠、刻板、钢铁侠的代名词吗？"不知何故，夏陌上心中莫名轻松了许多，"说，是谁暗恋你而你想拒绝又拒绝不掉，我帮你想想办法出出主意。打击别人的喜欢拒绝别人的追求，我也是高手高高手。"

"是我妹妹。"

"超纲了，打扰了，告辞。"夏陌上震惊得张大了嘴巴。

"你想多了误会了，是没有任何血缘关系收养的妹妹。"何初顾知道夏陌上是故作夸张，却还是解释道，"她比我小 5 岁，从小被我爸妈收养，一直带在身边。原本以为她会一直当我是亲哥哥一样，不料越长大越依赖，越依赖越喜欢……"

"有时，女孩子分不清依赖和喜欢的区别，她们总是以为能为她们带来安全感和安定感的适龄异性就是适合她们的人，其实不是。"

"停，停！你先别讲形而上的大道理,我先捋捋。"夏陌上转了转眼睛，"从小一起长大的异父异母的妹妹，长期相处后爱上哥哥，哥哥对妹妹却只有兄妹之情没有男女之想……这完全是以前电视剧常见的狗血情节呀，何初顾，你这活得也太没有新意了吧？"

何初顾哼了一声："太阳底下没有新鲜事！你以为你自己的人生会有多丰富多彩多与众不同？其实你的人生前人都经历过，真正属于你的绝无仅有的部分，不到亿分之一。"

"你闭嘴吧，活该你单身，就你这样，下辈子也别指望脱单了。"夏陌上又意识到了不对，"不对不对，你妹妹是真心喜欢你，还是错将依赖当成爱？"

"多半还是她分不清爱和依赖的区别。"

"告诉你一个好办法，保证你很快就能放弃幻想认清现实，别以为真有人喜欢你，其实不过是在最合适的人没有出现之前，你只是一个替代品而已。"夏陌上时刻不忘嘲讽何初顾。

何初顾明白了夏陌上的言外之意："你的意思是，如果小浦遇到了真正喜欢的人，就会明白她其实并不喜欢我？"

"对，你还不算太傻嘛。你给她介绍一个更好更优秀的男生，你就会被无情地抛弃了，啊，不，你就解脱了。"

是被抛弃还是解脱并不是何初顾的关注点，他点了点头："你说的倒也是一个办法，只是我不认识和小浦般配的男生。"

"小浦长什么样子，又是什么性格，你告诉我，我来负责为她匹配最心仪的男生。"夏陌上狡黠地一笑，"作为报答，你得负责为我免费设计三十款以上的新产品。"

"成交！"何初顾几乎不假思索。

饭后，二人回到夏陌上的办公室。

夏陌上拿出新设计的几款产品图案，却被何初顾全盘否决。

第三十一章　依赖和喜欢的区别

第三十二章　如何才能更快地结束单身

"不行，这款花色太老，纹路太完美。天然的花朵哪里有这样弧度的花瓣？拜托，你设计的是工艺品，不是线路图，别用你理科生的思维非要讲究对称、结构力学，让自然的归自然，别强加太多人为的因素。"

"你这设计的是线条是要流线型的艺术感，还是严谨的直线？别说平行直线不能相交，物理现象不能应用到艺术上面！"

"说过多少遍了，你设计的是工艺品是具有艺术美感的产品，需要讨好的是消费者，而不是你自己，更不是你展现自己理科知识和专业素养的平台！你要始终牢记一点，消费者的喜爱就是你设计的初心，你的表达如果不能和消费者共鸣，毫无意义！"

终于夏陌上忍无可忍了："何初顾，你能不能别争执了！"

"你给我闭嘴！"

"我要杀了你！"

"啊啊啊！我要疯了！我要撕毁和你的约定，我后悔了，现在我们就互相拉黑，从此谁也不认识谁，好不好？"

何初顾也生气了，转身就走，但才走到门口就被夏陌上拉回来了。

夏陌上满脸笑容："你看看你太没涵养太不大度了，我就是故意刺激你一下，你就接受不了了。如果是消费者指责你的设计不符合他的审美，你是不是会疯掉？"

"对，要学会制怒！要学会控制情绪！要放松、呼吸、听话……"夏陌上哄孩子一样哄得何初顾又心甘情愿地为她工作了。

尽管一番争论以及争吵之后，何初顾全部否定了夏陌上的最新设计。作为报复，夏陌上也对何初顾带来的设计方案嗤之以鼻，并且声称比起她的设计差了十万八千里。

又气得何初顾想要走人。

结果还是夏陌上故技重演，又连哄带骗将何初顾按回了座位。

"你的设计不能这么随心所欲，是，你可以说是美学，是艺术感，但也不能违背自然规律吧？你有没有学过力学？得符合基本的物理规则，对吧？"夏陌上被何初顾不按常理出牌的设计思路气得肝疼。

"何初顾，我怀疑你没有学过设计，懂不懂设计的基本原理！行，你可以以艺术美为理由来掩盖你设计上的不遵守基本规则，但你也要符合现实不是？单子叶植物的花瓣一般是3的基数，双子叶植物的花瓣一般为4或5的基数，你这花朵的花瓣数量就不对……"

"不行不行，线条可以流线型，也可以波浪型，但不能是混合型。不是我不接受新鲜事物，这是错误事物好不好？你能不能讲道理，别总用艺术来掩盖你对科学原理的无知。"

之前何初顾否定了多少夏陌上的设计，现在夏陌上就要原封不动地全部报复回来，不对，还变本加厉。

不过被气走过一次的何初顾，却不再生气，耐心地为夏陌上解释，哪怕解释不通，夏陌上听不明白或是无理取闹，他都不气不恼，等夏陌上心平气和之后，再阐述他的观点。

反正他始终坚持他的看法，丝毫不妥协，要的就是用时间来消磨夏陌上的坚持。

后来夏陌上也发现了何初顾的策略，心想这家伙原本只是智商高情商却很低，现在学会了迂回，提高了情商，就不好对付了。

不行，不能输给何初顾，在她眼中，何初顾必须是她的手下败将，永远不能再赢她一次。

二人你来我往较量不断，不知不觉时间飞快，等敲定下来第一个设计方案时，已经是凌晨一点钟了。

"办公楼晚上12点会封闭，出不去了。你就在我办公室凑合一晚上得了，沙发归你。"夏陌上打着哈欠，头发也乱成一团，再也没有白天时的靓丽形象。

"我睡沙发，你呢？"

"我当然睡床了。"夏陌上得意地一指里间，"里面还有一个休息间，里面有床。"

"为什么不是我睡床你睡沙发？我是在义务帮你设计产品。"何初顾一副公事公办的模样。

"我是女生。男人不是应该让着女人吗？"夏陌上拍了拍何初顾的肩膀，"虽然我不是什么女权主义者，但我也是为你好，是在培养你如何和女生相处，如何才能更快地结束单身。"

"第一，一定要有礼貌，要绅士。第二，一定要有担当，要有魄力。第三，一定要谦让，要会照顾女性。"夏陌上嘻嘻一笑，"能够做到以上三点，你差不多就能赢得 1% 女生的喜欢了。现在，就是你开始社会实践的第一步，所以，你明白我睡床是多用心良苦多为你好了吗？"

何初顾被气笑了："似乎很有道理呀。可是，我是单身主义者，并不需要女朋友。现在，我能睡床了吗？"

"不能！"夏陌上险些没有被气哭，"我的床从来不允许被男人睡。"

"我睡沙发好了。"何初顾突然不再坚持，默默地倒在了沙发上，"根据你的性格和日常习惯判断，你的床肯定又乱又脏，还是睡沙发舒心。"

"你要不单身就没有天理了。"夏陌上气呼呼地甩上了门，"你别打什么坏主意，我一个打你三个。"

何初顾会心地笑了，笑得意味深长。

半夜时分，何初顾被一阵细微的响声惊醒。迷迷糊糊中睁眼一看，差点没有惊跳起来！

昏暗中，夏陌上穿着睡衣，双手前伸，脚步虚浮，正一步步挪着向前，动作僵硬、身体绷直，像是传说中的僵尸。

这是诈尸了？不对，夏陌上活得好好的，怎么会是尸体！那是梦游？也不像，梦游应该是闭着眼睛吧，她睁着一双大眼睛，圆得像铜铃，而且还转来转去，分明很清醒。

何初顾抱紧抱枕，大气都不敢出。

夏陌上悄悄摸到了茶水间，打开冰箱，翻出里面的泡面。然后烧水、切火腿，动作轻柔，唯恐惊动别人。

奈何办公室并不大，又是夜深人静时，稍微有一点响动就格外刺耳。

不多时，泡面的香气传来，夏陌上耸了耸鼻子，口水都快流出来了。

夹起一筷子面，正要吃时，忽然里间传来了手机声。她忙扔下筷子跑回了里间，大意了，草率了，忘了静音，真是智者千虑必有一失。

可问题是，这么晚了谁会打电话给她？夏陌上扑到床上，抓起手机一看，来电显示居然是何初顾。

不好，上当了！

意识到不对后，夏陌上没有丝毫犹豫，从床上一跃而起冲了出去……却还是晚了一步，茶水间的泡面盒子还在，但里面空空如也，连一滴水都没有。

偷吃我的面，给我剩口汤不行吗？夏陌上欲哭无泪，怒吼一声："何初顾，我咒你单身三生三世！"

"谢谢，我会十里桃花的。"何初顾抹了抹嘴巴，"别说，你泡面的技术还是挺好的，颠覆了我对泡面的想象。从来没有想过一碗泡面会这么好吃，还有没有？"

"有你个大头鬼，最后一盒了！"夏陌上眼泪都快下来了，"我都快要饿死了，你还抢我的面吃，呜呜，你赔我的面，我跟你没完。"

"你还是不是男人？"

一碗泡面上升到了是不是男人的高度，何初顾头大了，忙翻出手机点了外卖。

"好啦，给你点了外卖，就当补偿了。"他有些想不明白，"为什么不直接点外卖，而是要偷偷摸摸地自己煮面？"

"我是怕惊醒你。我半夜饿了，不知道你饿不饿，惊扰了你的睡眠，不是罪过了吗？"夏陌上可怜巴巴的样子，既委屈又自责，"我不怪你了，怪我自己。早先应该多买几盒放在冰箱里，不至于因为一碗面而闹得不愉快，毕竟你是在帮我。"

这一下轮到何初顾不好意思了，他挠了挠头："我也是为了捉弄你，其实没那么饿。三下两下吃完了面，烫了嘴撑了胃，现在有点不舒服。"

"你活该！"夏陌上哈哈大笑，"等下外卖到了，你不许和我抢。"

外卖到了，却因为大楼关闭无法上来，何初顾自告奋勇下去取。却无论怎样也打不开大门，情急之下，他抄起东西打碎了玻璃门。

惊得外卖小哥下巴都快掉地上了："哥，你这是快要饿死了吗？"

回到办公室，听说了何初顾的英勇事迹后，夏陌上连竖大拇指表示敬佩。

"你砸玻璃时，捂住头了吗？"

何初顾以为夏陌上是关心他的安全："放心，保护措施很到位，没有伤到我，也没有伤到外卖小哥。"

"那我就放心了，来，吃，别客气，反正是你请客。"夏陌上啃着鸡腿，形象不太雅观，"你觉得是现在的我好看，还是白天时正经八百的我好看？"

"一个是真实版，一个是人设版，都好看。"何初顾难得地夸人。

"总得有些区别吧？不行，你说说不一样的地方在哪里。"

第三十三章　快编不下去了

"如果一个人看上了人设版的你，只能说是喜欢。如果他欣赏真实版的你，才是爱。"何初顾吃了几口就不吃了，"不一样的地方就是，真实版的你，才是你想成为的自己。人设版的你，是社会责任和家庭责任共同打造的你，未必就是你自己喜欢的你。"

夏陌上忽然不吃了，停了下来，直直地盯着何初顾。

何初顾吓着了："噎着了，中毒了，还是休克了？"

"就不能说点好听的？"夏陌上赌气地扔了鸡腿，"如果我不是单身主义者，我说不定真会喜欢上你。"

"谢谢啊，能让你喜欢，我很羞愧。我是得多平凡多普通，连你都觉得可以喜欢。"

"我……"这一下夏陌上真的噎着了，"当我没说，我也很后悔刚才说的话，你都忘了吧。"

"晚安。"何初顾不为所动，回到沙发上，倒头就睡。

"等下再睡。"夏陌上又想起了什么，"我们从小学到大学，一共见过几次面？"

"……两次吧！"何初顾不是很肯定的语气，"第一次是在夏天的田间地头，是学校组织的郊游。当时你穿了一个碎花裙子，一双米黄色的凉鞋，在我面前跑来跑去，像一朵向日葵一样土得发光。"

"向日葵才不土好不好？你还有没有审美？"夏陌上大翻白眼。

"然后你不小心摔倒了，没人扶你，你也没哭，自己起来。胳膊上擦破了皮，你来到我面前，问我有没有带创可贴。我说没有，谁知道你立马哭了，说很痛。"

"没办法，我从同学那里借来创可贴，替你贴上，你才又不哭了。当时我就想，这个又土又瘦的黄毛丫头，确实和她的名字挺贴切，陌上，不就是田间地头的意思吗？"

"哼，我可记得你说过不记得我，原来我们第一次见面的情景你记得这么清楚，骗子！"夏陌上气呼呼地将垃圾扔到了垃圾桶，"说，你是不是第一次见我就暗恋我了？"

"呕……"何初顾作势欲吐，"大晚上的，刚吃了东西，别说这么让人没有希望会失眠的话，晚安。"

"你等着。"夏陌上气得踢了垃圾桶一脚。

管雨儿昨晚睡得早，一早起来，赶到办公楼时，被大楼门口破碎的玻璃惊呆了。

昨晚这是发生了什么激烈的事件，玻璃被砸出这么大一个洞，谁干的？带着疑问和不解，管雨儿上楼，来到了办公室。

像往常一样，她泡了一壶茶，推开了夏陌上办公室的门。

似乎哪里不对？管雨儿刚进门就觉得办公室中弥漫着一股混杂着泡面、炸鸡、烤串、啤酒、汽水以及香水等各种气味的暧昧气息，再看茶水间堆了满地的垃圾，联想到被砸的大楼玻璃，她惊呼一声："啊，不好了，公司招贼了。"

"别嚷，没贼。"夏陌上穿着睡衣披着头发含着牙刷从里间出来，"敢乱说，封了你的嘴。"

"乱、乱说什么？你住在办公室不是常事吗？哎呀，怎么有男人？啊，还是何初顾！"等管雨儿看到从夏陌上身后闪出的何初顾时，惊吓得茶杯差点扔到地上，"你们昨晚在一起？为了省钱没去酒店，居然在办公室……"

"天啊！让我原地爆炸吧！"管雨儿痛苦地捂上了眼睛，"你们不是一再标榜自己是单身主义者吗？为什么要让我看到这样不堪入目的一幕？我到底做错了什么要这么惩罚我？"

何初顾有几分尴尬，他起来后去洗漱，夏陌上让他来里间刷牙，她有备用的牙刷，不料刚进去，管雨儿就进来了。

"管雨儿，如果我说我和夏陌上还是坚定的单身主义者，我们昨晚是住在了办公室，但各睡各的，井水不犯河水，你肯定会相信，是吧？"

夏陌上就没有这么委婉了："第一，你什么都没看见。第二，看见了也什么都不知道。第三，知道了也什么都不说，明白没有？"

"明白！"管雨儿心领神会地点头，"说了也不会乱说！"

"想死是吧？"夏陌上恶狠狠的样子，好凶好凶。

"头儿，喝茶，喝茶。"管雨儿挤眉弄眼朝何初顾笑了笑，"何总，等下我给你叫一份早餐，多给你加两个鸡蛋好不好？"

何初顾不解其意："不好。为什么？"

"以前我们老家的风俗，新女婿去丈母娘家，吃鸡蛋都要比别人多一个，要补补。"管雨儿一吐舌头，兔子一样溜了。

夏陌上气得跺脚。

何初顾一脸懵懂："她跑什么呀？"

"她怀疑我们昨晚……"夏陌上说不下去了，"你是笨呀还是傻呀？"

"昨晚我们什么都没有发生呀，她怀疑是她的事情，我们自己行得正而坐得端，何须屈尊畏谗言……"

夏陌上接不下去了，何初顾有时笨得一根筋，有些事情不是行得正坐得端就没有风言风语的，正要再教导他几句，不想他又说了一句话，顿时让她哑口无言。

"以前我们说是单身主义者，就已经让许多人猜测我们不是身体有病就是心理有病。现在如果因为晚上共处一室而需要再向他们解释我们什么都没有发生，不是等于屈就了世俗的压力？"

行吧，你说的都对，夏陌上表面上是默认了，但还是催促何初顾赶紧洗漱完毕，离开她的办公室。

九点钟一过，沈葳蕤就来到了云上。按说要等季虎的股份转让协议正式生效以及工商变更之后，星河再派人入驻云上也不迟，但她等不及了，想第一时间和夏陌上协商此事。

出人意料地，原本以为夏陌上会反对星河提前入驻，不想夏陌上举双手欢迎，并且热烈期盼星河早日提出董事人选。

"不知道星河会派谁担任云上的董事？"夏陌上打扮之后，恢复了白领丽人的气质，淡然而优雅。

沈葳蕤更是精致和光彩，她笑着反问："你希望谁来云上，盛唐还是何初顾？"

"难道星河就没有别人了吗？"夏陌上才不接沈葳蕤的试探，虚晃一枪，"以星河的规模，派一个更符合云上需要的董事不是难事吧？"

沈葳蕤停顿了一会儿："你的意思是不欢迎盛唐和何初顾任何一人了？"

"希望是可以为云上注入活力的新人。"

沈葳蕤微微一笑："我已经正式提名何初顾为云上的董事人选，夏总是不是会动用一票否决权？"

星河收购了季虎名下的股份后才持有云上6%的股权，是有提名董事的权力，但任命权还在夏陌上手中。如果夏陌上非不同意的话，星河也只能换人。

"我会……"夏陌上故意停顿以观察沈葳蕤的脸色，"动用一票赞成权欢迎何初顾成为云上的新董事。"

沈葳蕤微微一怔，她以为夏陌上会反驳何初顾的任命，她暗中观察夏陌上的表情，试图发现夏陌上的回答是出于真心还是假意。

不过让她失望的是，夏陌上脸上的笑容如同永不凋谢的塑料花一样鲜艳而美好，她只好点了点头："最难的部分就这么容易解决了，好，我现在通知初顾过来一趟，让他先办理一下交接手续。"

"他的上任和季虎的股份交接同步进行。"

"不急，明天也行……"夏陌上想要阻止沈葳蕤打电话已经晚了一步，沈葳蕤一键拨号，快速打通了何初顾的手机。

沙发上响起了华为保时捷手机的专属铃声，沈葳蕤脸色为之一变，快步走到沙发，从缝隙中拿出了何初顾的手机。

"初顾的手机怎么会在你的沙发上？"沈葳蕤直视夏陌上。

164

夏陌上口干舌燥，片刻之后又镇静下来："忘了和沈总说了，何总比你先来一步，他在沙发上坐了一下就出去了，可能手机就掉在沙发上了。"

"是吗？"沈葳蕤半信半疑，"他没说今天一早要来云上办事……"

"我也不知道他是有什么事情，我到时，他已经到公司了，只碰了一面就匆匆出去了。"夏陌上忽然觉得哪里不对，她平常挺淡定的一个人，怎么现在有一种做贼心虚的感觉，她又没有偷别人什么东西，她到底在怕什么？

快编不下去了。

"沈总！"何初顾推门进来，暗中和夏陌上交流了一下眼神，他从沈葳蕤手中拿过手机，"找了半天才想起来手机应该是落在夏总办公室了。我一早过来，在她的办公室坐了一下，就出去和季虎碰了碰。"

沈葳蕤将手机还给何初顾："我刚才和夏总说了，星河提名你为云上新任董事人选，夏总也同意了。"

"从今天起，你就可以正式入驻云上了。"沈葳蕤起身就走，"我是正好路过云上，就上来看看，现在跟我回公司，初顾，我们还有个会要开。"

何初顾点头，见夏陌上欲言又止，暗暗摇了摇头。

才一出门，两个保安进来了，径直来到何初顾身前。

第三十四章　奋不顾身的男人

"就是他！"

"就是你！"

"你跟我们走一趟！"两个保安上前一左一右抓住了何初顾的胳膊。

"你们干什么？放开！"沈葳蕤大怒。

"他昨晚砸了大楼的玻璃，必须赔偿。"

"昨晚？"沈葳蕤立刻敏锐地抓住了其中的关键点，"你昨晚就在云上？"

在监控室，当沈葳蕤看清砸碎玻璃的人果然是何初顾时，脸色都变了。

"夏陌上，你欠我一个解释。"沈葳蕤质问夏陌上，气势汹汹。

夏陌上心里懊恼，当初应该是她下去拿外卖才对，就算砸玻璃也应该蒙着头，何初顾太笨太傻了。不过看到何初顾为拿外卖英勇无畏的样子，心里又充满了温暖。

应该是第一个为了她的温饱而奋不顾身的男人吧？这么一想，夏陌上心中忽然动念，其实有一个男友倒也不错，至少可以帮她干一些粗活……

"夏总，你们员工砸坏大楼的玻璃，你欠我一个解释。"大楼保安队长赵之豪脸色铁青。

"何初顾，你为什么三更半夜砸坏大楼玻璃？你欠我一个解释！"众目睽睽之下，夏陌上先是一愣，随即掉转方向，对准了何初顾。

何初顾："……"

听听，这叫人话吗？他愣了愣，见夏陌上朝他挤眉弄眼，心知夏陌上应该是编不下去了，好吧，他来圆场。

"事情是这样的……"何初顾清嗓子的同时，也在快速调动大脑，要现编一个逻辑严谨没有漏洞的故事可不是件容易的事情，好在他是文科生，"我昨晚在云上加班，后来饿了，就叫了外卖。外卖来了，但大楼封锁了，就只能砸碎玻璃。"

见众保安都对他怒目而视，何初顾就知道他的理由没能说服人，只好又说："我叫的不全是外卖，还有甜品，因为我有低血糖症，如果不及时补充糖分，就会有生命危险。"

"一共多少钱，我赔钱。"何初顾的态度很诚恳。

"他确实有病，而且病得不轻。"夏陌上及时反击，"他昨天下班时来到云上，说要借云上的办公室加班，我也没有多想，就同意了。后来才想起来忘了给他钥匙，也忘了告诉他办公大楼晚上是要封锁禁止出入的。本来想着让人送钥匙给他，后来太困就睡着了。"

"何初顾，你也太过分了。我没有门户之外立场之分，不嫌弃你是星河的高管让你在云上加班，好吧，虽然你也被提名为云上的董事，但毕竟还没有正式上任，也算是对你网开一面格外照顾了。这也是看在沈总的面子上，你却砸了大楼的玻璃，你像话吗你？"

"丢了云上的人也就算了，你知不知道你的举动是在打沈总的脸？你有低血糖症，不吃甜品会有生命危险，可以理解，但你为什么不打电话通知沈总？或者打给我也行，就算半夜三更，我也不会眼睁睁看着你生命垂危不管你不是？你干吗非要砸玻璃？"

"玻璃是不值几个钱，万一伤了自己，我怎么向沈总交差？"

"玻璃的钱，公司出了。但你的行为很失身份，你必须向保安部道歉。"

夏陌上振振有词，表面上是指责何初顾，实际上是在借有病为他开脱，并且拉沈葳蕤下水。

沈葳蕤脸色迅速多云转晴："还以为是多大的事情……这事儿确实怪你，初顾，谁让你这么不爱惜自己身体，非要加班？工作永远也做不完！下次没有我的允许，你如果再加班，我扣你奖金。"

一众保安面面相觑，还有这样的领导？他们怎么没有这么好命！

"玻璃的费用我出了，夏总你不要和我争，初顾毕竟是我、我公司的人。"

第三十四章　奋不顾身的男人

沈葳蕤大手一挥,"列一个详细的损失清单给我,一天之内解决。"

"怎么好意思让沈总破费,我来好了。"夏陌上一挽袖子,装模作样地想争一争,却被沈葳蕤挡住了。

"于公于私,都应该由我负责。"沈葳蕤态度坚定。

保安们都目瞪口呆,两大美女争相维护何初顾,这玻璃砸得太值了。最气人的是,何初顾没事儿人一样,完全没有受宠若惊的感觉。

渣男!

不过,这样的渣男他们也想当。

事情算是顺利解决了,沈葳蕤加倍赔偿了玻璃费用,并且带走了何初顾。

夏陌上站在办公室的落地窗前,楼下,何初顾上了沈葳蕤的车。

车快速驶离,很快就消失在车水马龙的大街之上。

"头儿,别看了,你的心上人爱情鸟已经飞走了……"管雨儿递来一杯热茶,"来,上午茶,下午咖啡。"

夏陌上眼睛一瞪:"我什么时候定下的上午茶下午咖啡的规矩?胡闹!从今天开始,我偏要上午咖啡下午茶,哼,我就是我,不一样的灯火。"

"不管是灯火还是烟火,都是火气。"管雨儿小声嘀咕,"而且还是不该冲我发的火气,头儿,不如多喝点酱油,酱油可以中和醋的酸味。"

"还说自己是单身主义者,屁嘞,自欺欺人,看你失落加不甘的样子,就像是最喜欢的玩具被别人抢走一样。有本事你去当面告诉何初顾你喜欢他呀?拿出当年考第一的气势,征服何初顾,让他对你心悦诚服。"

"冲我横算什么本事……"

管雨儿一边嘟囔一边腹诽,才走到门口,又被夏陌上叫住了。

"你通知一下何初顾,下周和我一起去上海出差,考察市场见见客户。"

"你干吗不自己通知?何初顾可是公司的董事,我一个小小的助理,哪里有资格通知他?"管雨儿强烈地表达了自己的不满和对夏陌上的鄙夷,"现在有危机感了?想要主动征服了?好事是好事,但得要自己主动邀请才显得真诚。"

"怎么废话这么多？下个月奖金还想不想要了？"夏陌上怒目而视。

"不要了，反正已经大半年没发过奖金了，别用空中楼阁来诱惑我，没用。"闹归闹，管雨儿还是得站在夏陌上的立场，"头儿，你这么主动，会不会太不矜持了？"

"想什么呢你，我和他出差是工作，又不是别的。而且现在什么年代了，女人要平等要自立要自强，不但要在事业上不输给男人，在感情上也要主动出击、勇敢表达，为什么非要分出主动和被动呢？难道非要等到商机和爱情都被别人抢走了，才痛哭流涕！"

"不，不知道别人怎么想，反正我从来都是事事勇争第一。"夏陌上一挥拳头，"我是考试第一事业第一爱情也要第一的第一公主。"

"不奉行单身主义了？"管雨儿及时反击，"自己打自己脸了？"

"形势比人强，此一时彼一时嘛。何必非要揪着过去错误的认知不放？你小时候不是还认为地球是方的，长大才知道，方的是自己。"夏陌上哈哈大笑。

"完了完了，以前是工作狂，现在是爱情狂，我怎么这么命苦，遇到这样的老板。"管雨儿夺门而逃。

接下来的一周，先是交接了季虎的股份，星河正式入股了云上，并且云上也通过了对何初顾的任命，何初顾成为云上的董事。

为此，盛唐很是郁闷了一段时间，找到沈葳蕤诉苦，又冲夏陌上大发牢骚，希望夏陌上同意他收购张德泉和赵宣杰的股份。

夏陌上一改以前坚决反对的态度，表示她没有意见，是盛唐收购还是沈葳蕤收购，他们各凭本事。

盛唐喜出望外，他并不知道夏陌上态度的转变和她的心态有关，现在她因为何初顾的原因，决定以开放包容的姿态来打造一个全新的云上。当然，也是她将计就计，借此来离间盛唐和沈葳蕤的关系。既然他们联手杀了她一刀，她要是不还他们一枪，她就不是夏陌上了。

盛唐立马去和张德泉、赵宣杰谈判。

正被沈葳蕤压价压得喘不过气的二人，对盛唐的介入大为欢迎。有人抢的生意才是好生意，有人竞拍的拍卖品才能卖出高价。

沈葳蕤对盛唐突然成为她的竞争对手而大为光火，盛唐的回答很公事公办："一出是一出，公是公，私是私。以前是以前，现在是现在。"

在盛唐和沈葳蕤因为竞价张德泉和赵宣杰股份之事愈演愈烈之际，夏陌上和何初顾的设计方案，经过一周来的密切讨论和心平气和的争论，最后敲定了三款新品，分别命名为平潮、清晨和赋雨，其中平潮是夏陌上的设计，清晨是二人思路平衡与妥协的产物，而赋雨则完全是何初顾审美的体现。

"去上海出差的事情，考虑得怎么样了？"让夏陌上郁闷的是，除了在设计上和何初顾斗智斗勇之外，对于上海的出差，何初顾也表现出了兴趣不大可有可无的冷漠，她必须得拿出足够的诱惑说服何初顾。

此时华灯初上，繁华的城市街头，人流潮涌。夏陌上和何初顾并肩走到沿江路上，他们要去一家新开业的丝绸专卖店实地考察销售情况。

第三十五章　手中有牌可打

"时间上不凑巧，我早早就答应了小浦要陪她去看牙，她的牙齿需要矫正……"何初顾微有为难之色，他说的是实话。

夏陌上可不是知难而退的人，她转念一想："不如带上小浦一起去上海，上海的牙科更好一些，我也有熟人。"

"出差是工作，哪里有时间处理私事？"何初顾摇头。

真是死脑筋，夏陌上笑了："多待半天就足够了。你别管了，我来安排牙医。"

堵死你的路，看你还有什么借口。

何初顾还在犹豫："葳蕤还约我周日和她商量盛唐收购张德泉和赵宣杰股份的事情……"

"你转告她，只要你跟我去上海出差，我会在股份出售的事情上，倾向于星河。"夏陌上得意地仰起下巴，她现在不像开始那么被动了，手中有牌可打。

何初顾其实也不是不想去出差，他对待工作一向认真，只是觉得夏陌上是借出差的名义行个人之事，多半有什么企图。

男人在外，时刻要有保护自己的意识。

夏陌上比以前成熟了不少，懂得借势借力了，并且越来越熟练地运用不同人不同诉求的手法了，何初顾就想再考验考验夏陌上："如果你能说服小浦和我们一起去上海，我就没有问题了。"

真不容易，何初顾总算答应了，虽然还抛出了一个新的难题，但对夏陌上来说，不足为虑，她一口答应："一言为定。谁反悔谁是小狗！"

参观完了新开业的丝绸专卖店，夏陌上对云上即将推出的三款产品更有信心了："我设计的平潮，肯定会大卖。我们共同设计的清晨，也会有不小的市场。最差的应该就是赋雨了，最好的结果就是销量惨淡，最坏的结果就是无人问津。"

对夏陌上的结论，何初顾不置可否："一切以市场的销售为导向，现在下结论为时尚早。"

"真没意思，就不能和我先赌一赌？"

"不赌。"何初顾大义凛然，"你必输无疑，怕你输得太惨到时会哭。"

"你……"夏陌上哭笑不得，"不气人会死是吧？"

"我没气你，实话实说而已。"

"为什么你这么没有趣味？"

"什么是趣味？"

"……"夏陌上翻了翻白眼，"当我没说。"

说话间，二人不知不觉走到了一条僻静的小巷。青石路，两侧都是低矮的楼房，安静而宜人。

仿佛是从繁华的都市一步迈入古老的小镇，除了二人的脚步声和呼吸声之外，一切都沉没不现。

"还有这种地方？"何初顾很吃惊，好奇地左右看看，还不忘拍拍斑驳的墙壁，"记得小时候我经常想，如果长大后当一名作家的话，就找一条深邃幽静的小巷住在里面，不管外面的世界风起云涌，也不管季节的春夏秋冬，只管自己的内心世界是不是波涛汹涌……"

"什么时候成诗人了？"夏陌上突然大笑一声，随即压低了声音，"知道我为什么非要转到小巷子里面吗？有人跟着我们，半天了，引他们到没人的地方，好下手。"

何初顾一脸紧张："哪里？人在哪里？"

他正要回头东张西望，被夏陌上按住了脑袋。

"别乱看，吓跑了他们就不好玩了，得等鱼儿上钩。"夏陌上顺势拍了拍何初顾的肩膀，"别怕，臭弟弟，姐罩你。"

"我比你大半岁好不好？"何初顾不服气。

"在动手能力方面，你是不是臭弟弟？"夏陌上嚣张地一抹鼻子。

"君子动口不动手。"何初顾嘴硬。

"等会儿动手的时候，你有种站着不动，光挨打不还手。"夏陌上突然站住了，警惕地靠在了墙壁上，"糟糕，大意了，草率了，来的人有点多。"

话未说完，四五个人影从黑暗中闪了出来，将二人团团包围。

"你、你能打过他们吧？"何初顾的声音都颤抖了，他是见过夏陌上的身手，但对方人太多了，而且黑暗中又看不清长相，无形中增加了难度。

只从体形上来看，个个五大三粗，都是跑马的汉子。夏陌上再厉害，也是一个女孩。

"打不过。"夏陌上老实地承认，"但能跑过没问题，就怕你跑不过。"

"……"何初顾一哆嗦，"你能不能和他们说说，你是你，我是我，他们找的是你，别连累我。"

"你觉得他们会信吗？"夏陌上鄙夷地笑了，"没看出来你这么尿，不过不要紧，尿得可爱，姐罩定你了。"

"你们是谁？要干什么？"夏陌上将何初顾藏到了身后，"谁派你们来的？"

为首一人满脸横肉，三角眼鹰钩鼻，面相十分凶恶，他握了握拳头："夏陌上，你得罪人了知道不？有人出 10 万块要你一条大腿。"

"不给不给，我的大腿那么漂亮那么长那么直，给你干嘛！"夏陌上数了数人头，"一共五个人，10 万块，平均每个人才 2 万，你们也太廉价了吧？"

凶恶大汉愣住了："你这账算得不对呀，是你太廉价了，不是我们好不好？"

"这样，我出 20 万保住我的大腿，你们接不接？"夏陌上见对方脑袋有点不灵光，乐了，"你们每个人平均 4 万，是不是一下多赚了一倍？"

凶恶大汉挠头想了一想："不对不对，我们是要打断你的腿而不是保护你的腿，你差点把我绕迷糊了。兄弟们，上！"

"等等，等等。"何初顾从夏陌上身后冒了出来，"不如这样，你们一共5个人，我每人给你们10万，一共50万，要她的一条大腿，这活儿你们接不接？"

凶恶大汉的大脑再次频率不足，他认真地想了想："多赚了好几倍，可是我们是受魏传会委托，不能再接受你的委托了。"

夏陌上直勾勾瞪向何初顾，嘴巴一张一合，无声地向他抗议："你是认真的？你真的要落井下石趁火打劫？"

何初顾得意地笑着点了点头，算是回答了夏陌上的疑问。

"原来是魏传会，我和他是老朋友了。"几句话就问出了幕后黑手是谁，何初顾更淡定从容了，"魏总只委托了你们要一条大腿，我再委托要另一条，不就可以了。一个人可是有两条大腿。"

这……夏陌上无法形容自己的心情了，何初顾太无耻太流氓太不要脸了！

"这个倒是可以，真的可以。"凶恶大汉喜形于色，"反正卸一条腿是卸，两条也是卸，多赚几十万，好事。这活儿，我们接了。"

"兄弟们，上！"

完了，夏陌上眼睛一闭，真要被何初顾坑死了不成？

"等等，等等！"何初顾再次制止了凶恶大汉，"先别急，我再帮你们算一笔账，要保证收益最大化。现在平均下来，你们每人都有12万了，也算是一笔不小的收入了。但是你们想过没有，对付夏陌上这样一个小姑娘，肯定用不着这么多人，两三个就足够了。"

何初顾嘿嘿一笑："你们自己算算，如果只有3个人的话，就合每个人20万了。你们是想要12万还是20万呢？"

"当然是想要20万了，我们又不傻。"凶恶大汉哈哈一笑，"可是我们就是5个人，怎么会变成3个人呢？"

"打跑两个，不就变成3个了吗？"何初顾悄悄地将夏陌上拉到身后，关键时刻他挺身而出，毫无退缩之意，"难道你觉得3个人都打不过夏陌上吗？"

至此夏陌上算是猜到了何初顾的心思，虽然对他的做法并不是十分赞同，但却对他没有扔下她不管还勇敢面对歹徒的行为，心中无比温暖。第一次被人呵护，心中充满柔情。

虽然她并不怕歹徒，就算打不过也能跑得掉，但还是很享受被人保护周全的感觉。她故作紧张地抓住了何初顾的手。

应该是第一次牵手。

既没有浪漫的氛围，又没有应有的情调，而且环境也不搭，却依然可以感受到被温柔以待。原来，牵手的感觉如此美妙，原来何初顾的大手如此厚实和温暖。

正当夏陌上还想感受何初顾大手的柔情时，却被何初顾毫不留情地甩开了。

何初顾向前一步，对凶恶大汉身后的 3 个人说道："对你们来说也一样，我不认识你们任何一个人，我只想留下 3 个人帮我解决了夏陌上。只要打跑了另外两个，留下来的 3 个就可以每个人拿到 20 万了。"

本来离何初顾稍远的 3 个人已经充满了警惕，他这么一说，3 个人对视一眼，都缓缓摇头，意思是不要上何初顾的当。

何初顾继续火上浇油："当然了，如果只剩下两个人也能完成任务，每个人可以分 30 万。30 万啊，多大的一笔钱，差不多可以回老家买一套房子了，是不是？"

他一边说，一边靠近离他最近的一名尖嘴猴腮的歹徒，用力一推："先下手为强，后下手遭殃，打呀！"

尖嘴猴腮没有防备，一头撞在了凶恶大汉的怀里。凶恶大汉以为对方动手了，当即一个过肩摔将尖嘴猴腮摔出 3 米多远。

尖嘴猴腮立刻失去了战斗力。

第三十六章　喜欢是势均力敌，爱是认输

"好！"何初顾大声叫好，"只剩下 4 个了，人均 15 万。再打倒两个，就是人均 30 万了。"

"打呀！"

局势就像是被扎破的气球，顿时引爆了，几名歹徒抱在一起打成一团。

"还不快跑，傻丫头。"何初顾二话不说转身就跑，才跑几步感觉不对，回头拉上看热闹正看得津津有味的夏陌上，"你是不是二呀，还有心思看人打架？"

"你文韬完了，就该我武略了，我们加在一起就是文韬武略。"夏陌上还不想走，"我打他们五个打不过，打两三个没有问题的，你又不是不知道我的身手……"

"能智取就不要武力，上兵伐谋，其次伐交，其次伐兵，其下攻城……懂不懂？"何初顾用力拉住夏陌上的手，"快走，听话！"

夏陌上立刻不倔强了，感受到小手被大手包裹的安全与幸福，立刻乖巧得由老虎变猫，温顺地跟随在何初顾身后，一路小跑。

二人手牵手，跑得飞快，直到跑出了小巷，气喘吁吁地站在车水马龙的大街上，不顾周围人群异样的眼神，夏陌上高高举起和何初顾十指相扣的右手，哈哈大笑："我成功了！我们成功了！"

周围人群忽然静止下来。

一个戴眼镜的女生突然鼓掌："祝贺你们牵手成功！祝你们幸福！"

人群立刻响起了热烈的掌声。

不好，误会了，夏陌上立刻吐了吐舌头，小声解释："何初顾，你千万不要多想，我是说我们逃生成功。我可不是向你表白，你一定要打消你胜利

176

的念头，明白？"

回答夏陌上的是何初顾松开了她的手，分开人群大步离去。

"记得想办法收拾了魏传会。还有，你得说服小浦。"何初顾的背影很洒脱很嚣张，他头也不回地挥了挥手，"你没有多少时间了。"

夏陌上愣在当场，何初顾也太跩了吧？这分明是完全对她没感觉呀，她有几分失落和难受。

戴眼镜的女生慢慢靠近，碰了碰夏陌上的胳膊："别伤心难过，你男友就是比你更会装而已。你没看见，他刚才急着离开是他快绷不住要笑出来了，他不想让你看见是不想认输而已。"

"喜欢是势均力敌，爱是认输。谁先爱上谁，就是谁先认输。"

夏陌上慢慢地露出了笑容，她挥舞了一下拳头，暗想，何初顾，你跑得再快，也跑不出我的手掌心。

一天后，歹徒落网，供出了幕后主使魏传会。魏传会被抓，交代了因为对夏陌上不满而报复她买凶伤人的事实。

夏陌上当机立断，换掉了魏传会，将他的代理权和渠道转交了她信任的宋加。

周五晚上，何初顾接到夏陌上电话。

"我已经说服了小浦和我们一起去上海，你现在可以收拾行李了，明天一早的航班。"

何初顾很惊讶："你是怎么说服的小浦？"

小浦个性倔强，她决定的事情轻易不会更改，有时就连何初顾也拿她没有办法。

"暂时保密，上了飞机你就知道了。明天早上 8 点，机场见。要是敢迟到，小心揍你。"

什么时候夏陌上变得这么暴力了？何初顾有些不适应。

下班后，何初顾谢绝了沈葳蕤的邀请，一个人回家。路过沿江路的时候，又想起和夏陌上散步的情景，嘴角不知不觉上扬，露出了会心的笑容。

不对，不应该有这样的情绪，他不可能也不会喜欢上夏陌上，绝对不会！何初顾告诫自己，在每一次和夏陌上的较量中，他必须是获胜的一方，不管是感情还是事业。

包括这一次的设计比赛，他有充分的自信，三款产品推向市场后，他主导设计的赋雨肯定会大卖，而夏陌上主导的平潮，必然会失利，再次！

到时希望夏陌上放弃幻想认清现实，知道自己在设计上面并没有天赋，而他的产品也必然会因大受市场追捧让她输得心服口服。

半夜时分，睡得正香的何初顾被夏陌上的电话吵醒。

何初顾气得不行："才几点？你别告诉我改签了红眼航班，我拒绝！"

"不是，没改签。主要是我刚想起你去机场时正好路过我家，记得捎上我。不管你是开车还是约车，听到没有？"夏陌上也知道她有些过分，忙挂断了电话，"别忘了呀，晚安，好梦。"

还好梦个屁，离起床时间不足 3 个小时了。向来生活规律的何初顾被吵醒后，再也无法入睡，只好强打精神起床。

算了，做方案吧，何初顾带着对夏陌上的怨气，开始继续调整星河收购云上的方案。

新的方案中，星河的切入点从围剿和打垮云上变成了从内部入手，在收购了张德泉和赵宣杰的股份后，再一步步吞并云上。在这个过程中，要先帮助云上走出困境，逐步恢复昔日荣光。

形势一变，策略就要改变。最主要的是，人和人之间的关系一变，敌我立场就变了。

敌我立场一变，感情倾向也会为之一变。

天亮的时候，方案做好了，何初顾通过邮箱发给了沈葳蕤。

接上夏陌上时，朝阳升起，天地清朗。何初顾驱车前往机场，路上还算畅通。

夏陌上打着哈欠："你好好开车，注意安全，我再睡一会儿，太困了。昨晚没睡好……"

"为什么没睡好？"

"想事情。"

"想什么事情？"

"吃河水长大的，管那么宽？"话刚说完，夏陌上就一秒入睡。

沈葳蕤的电话打了进来。

"初顾，今天我要和盛唐谈判，你也一起吧。"沈葳蕤的声音听上去有几分慵懒。

何初顾一愣，才想起他忘了告诉沈葳蕤他要出差。不过一想今天是周六，不是工作时间。

"我出差了，你自己去就好。"

"啊，出差？公司没有出差任务呀。"沈葳蕤很惊讶，"你是和谁一起出差了？"

女人的直觉往往准得吓人。

"是不是和夏陌上？"沈葳蕤又补了一句。

"是。"何初顾老实地回答，"要去上海考察一下市场以及最新的原材料、制造工艺。"

身为云上的董事，做好云上的工作也是分内之事。

"好……吧。"沈葳蕤咬了咬嘴唇，想说什么又怕让何初顾觉得自己过于敏感了，"就你们两个还是还有别人？"

"还有小浦。"

沈葳蕤忽然轻松了许多："好吧！回来后记得带小浦见见我，我想认识她一下。还有，出差中遇到什么困难也及时和我沟通。"

挂断电话，何初顾眼睛的余光发现夏陌上的眼睛动了一下，不由得笑了："别装睡了，你肯定都偷听到了我和沈葳蕤的通话。"

"能叫偷听吗？你说话声音那么响，我听不到就是聋子了。"夏陌上睁开了双眼，"不装了，摊牌了，我根本就不困，刚才装睡是不想和你说话。"

最后一句真是多余了，何初顾不以为意。

"沈葳蕤喜欢你有多久了？她够痴情的。你说她挺好的一个女孩，是什么时候瞎的？"

"盛唐不也一样。"

夏陌上就笑："你说他们都专一而长情，努力且不放弃，到底是求而不得的不甘，还是真心实意的爱不释手？"

"不重要。"何初顾摇头，很冷漠很酷，"爱没用，相爱才有用。"

"你可真绝情，就不怜悯一下沈葳蕤这么多年来对你的坚持和不离不弃？"

"我在工作上努力回报她的信任，但在感情上，做不到违心地勉强自己。"

"是不是在整个星河，都知道沈葳蕤对你的感情？你是她明目张胆的偏爱，是她众所周知的私心！"

何初顾点头："真正的爱是互爱，而不是偏爱。"

夏陌上沉默了半晌，快到机场时才又突然冒出一句："有生之年，狭路相逢，终不能幸免……知道我在说谁吗？"

何初顾停车，摇头："不知道，也不想知道。"

"你是我见过的仅有的随时都能把天聊死的天才！"夏陌上恨得牙根直痒。

"谢谢夸奖。"

候机大厅，小浦已经到了。休闲打扮、戴一顶绿色帽子的她格外引人注目，路过她身边的人纷纷对她指指点点。

她毫不在意。

小浦不是一个人，身边也有一个殷切的男生。微瘦、个子挺高、笑起来很憨厚老实。

"你到底是如何说服小浦答应一起去上海的？"何初顾又问夏陌上。

夏陌上就不说："你自己问她。"

小浦扑了过来："哥，姐姐邀请我去上海，我说要带于小星一起，她同意了。"

"姐姐还答应要送我一个包……"

带一个男生外加一个包作为交换条件，夏陌上可以呀，何初顾打量于小星几眼："于小星？你同学？"

"他是我学长，刚进大学就认识了。他现在毕业了，对我特别照顾，人很好。"小浦为几人互相介绍，又将何初顾拉到一边，"哥，你觉得于小星和夏姐姐是不是挺合适的？我要撮合他们！他们在一起了，夏姐姐就不会纠缠你了。"

"胡闹。"何初顾被气笑了，"我和夏陌上就是工作关系。"

"信你才怪。信她才是傻子。"

第三十六章　喜欢是势均力敌，爱是认输

第三十七章　在意就是一种约束

何初顾要去头等舱贵宾厅，却被夏陌上告知她买的是经济舱。何初顾无语，联想到云上目前的现金流状况，也没再多说什么。

飞机落地上海，当地的代理商派人前来接机，来的是一辆 5 座汽车。一行 4 人，夏陌上坐在副驾驶，何初顾只好和小浦、于小星 3 人挤在后座。好在都不胖，勉强可以坐下。

夏陌上也不觉尴尬，推卸责任："管雨儿安排工作不细心，不知道让人派一辆 7 座商务车吗？真是的，回去就扣她奖金。"

到了酒店才发现不但地处偏僻，还十分破旧，最让人无语的是，只剩下 3 个房间了。

何初顾原本想和于小星一个房间，这样可以让夏陌上和小浦每人一个单间，不料小浦非要和夏陌上一个房间。

何初顾有午睡的习惯，草草吃了午饭就睡下了。迷迷糊糊刚睡着，又被电话吵醒了。

是沈葳蕤。

"太气人了，盛唐是要造反！"沈葳蕤的声音带着七分火气。

熟悉沈葳蕤的何初顾就知道，她是真生气了。

一早，沈葳蕤就和盛唐约在了星河谈判。说是谈判，其实开始时的气氛还算不错，有说有笑，先扯了一些闲篇，开了几句不咸不淡的玩笑之后，就切入了正题。

"之前我们合作得还算愉快，我也要谢谢盛总的配合。为了表示诚意，我决定再向盛总转让星河 5% 的股份。"沈葳蕤开出了条件。

盛唐却没有接招："沈总是要改变对云上的策略了？"

"万事开头难，最难的部分已经过去了，星河入股云上相当于恋爱的开始，下面很快就会进入热恋阶段，那么结婚不就是早晚的事情了？"沈葳蕤含蓄地一笑，"谁会再围剿自己的恋人呢？"

"你不再围剿云上，也不允许别人插手云上，是这个意思吧？"盛唐岂能不明白沈葳蕤的心思，他很清楚现在的局势和以前大不相同了，"以前夏陌上坚决反对我和星河入股云上，现在她改变了主意，允许星河入股，那么允许我入股，也是顺理成章的事情，我为什么要放弃机会呢？"

"这么说，盛总是非要和我竞争了？"沈葳蕤脸色微微一寒，"你进入丝绸行业，只是因为喜欢夏陌上，是为了讨好她追求她。可惜，夏陌上不喜欢你，你又何必还大费周章非要入股云上呢？"

"别到头来竹篮打水一场空，浪费了感情又耽误了时间。"

沈葳蕤很清楚盛唐的实力，如果盛唐一意孤行，非要和她竞争，确实是非常强有力的对手，她感受到了压力和危机。

"彼此彼此，沈总不也一样痴情于何初顾而得不到回应？"盛唐冷笑，"我是外行，但内行都是由外行练成的，相信不用多久我也可以成为业内资深人士。我也看到了行业的前景十分广阔，即使是从纯生意的角度出发，现在入股云上也是最好的时机，为什么要放弃？"

"更不用说沈总收购云上，也不完全是出于商业上的考量，也有私人原因，不是吗？你就别用商业说事了，都是人，谁还没有一个喜爱偏好和喜怒哀乐了？"

沈葳蕤克制怒气："是，我收购云上有私人原因，现在还不便透露，但星河和云上是同行业，两家公司有互补之处，云上有星河需要的技术力量……"

"别解释了，偏爱没用，相爱才有用。你想收购云上，是求爱；我想入股，也是求爱，就看谁更有诚意更能打动美人心了……我们战场上见！"盛唐下定了决心。

"到底什么条件才能让你放弃入股云上的想法？"

"不好意思，我想要的条件你给不了，你没有我想要的东西。"盛唐摆了摆手。

"你就想得到夏陌上的偏爱？"沈葳蕤气呼呼地一拍桌子，"如果夏陌上到最后喜欢上了何初顾也不选择你呢？"

"不会的，我有把握让陌上爱上我，哈哈。"盛唐狂放地大笑，"就算夏陌上最终选择了何初顾，沈总，你不也是人财两空吗？恐怕到时你会比我输得更惨。"

"所以，你就没有想过我们联手的可能？"沈葳蕤及时抛出了诱饵，"我们联合吞掉云上，你得到夏陌上，我拿下何初顾，我们皆大欢喜，多好。"

"可惜，我只关心我和夏陌上的感情，不在意你和何初顾的结局。而且，凭我的实力和能力，也没有必要和你联手。"盛唐不领情，"问题是，就算我们联合收购了云上，谁主谁次？你肯定想控股，想说了算。我也不想屈居人下，听你的命令，所以，我们没有合作的基础……"

沈葳蕤怒气渐盛："一点儿可能也没有？"

"也不是完全没有可能，但可能性应该比世界末日还小，除非是我们相爱了，才能联手吞并云上并且干掉夏陌上和何初顾……"

"我不会放弃夏陌上，你也不会不要何初顾，所以……"盛唐站了起来，双手握拳，"沈总，我们现在虽然在云上的事情上是竞争对手，不过在星河，还是合作伙伴，别忘了，我还是星河的股东。一出是一出，一码归一码，希望沈总能分清轻重缓急，公私分明，我们战场上见。"

沈葳蕤气得胸口起伏不定，都没有站起来："走好，不送！"

"不用客气，老朋友了，迎来送往的虚头巴脑的礼节，就不必了。"

沈葳蕤冷笑了："有件事情恐怕你还不知道吧？夏陌上和何初顾去上海出差了，他们现在的关系进展迅速。有以前的基础在，说突飞猛进就突飞猛进了，你可要小心了。"

盛唐在门口站住，身子一滞。

"多谢沈总告知。不过同样的话我也要送给你，小心何初顾移情别恋，不对，应该是重新和夏陌上擦出爱情的火花，到时你可就惨了。"

……听完沈葳蕤的倾诉，何初顾有几分头大。不是头大盛唐立场的改变，而是因为沈葳蕤对他在感情上的过于在意。

在意就是一种约束。

和沈葳蕤在英国同学期间，沈葳蕤就对他明确了喜欢的态度。他也直截了当地回复他不喜欢她，而且他是单身主义者。

沈葳蕤从小追求者无数，从来都是她拒绝别人，只有何初顾拒绝了她，而且还是毫不犹豫，她既生气又不甘，决定一定要拿下何初顾来证明自己的魄力。

毕业后回国，何初顾本来已经找好了一份不错的工作，却被沈葳蕤动用家族力量搅黄，她一心希望何初顾能进入她的家族企业，帮她一起经营星河丝绸。

最终在她的数次邀请下，何初顾还是加盟了星河丝绸。除了高薪和应得的待遇之外，沈葳蕤还赋予了何初顾很大的权限，是他动心的原因。

当然最重要的一点是——沈葳蕤曾经救过他一次，他欠她三个承诺。

谁都想实现自己的抱负一展自身才华，何初顾对自己的设计与审美颇为自负，一心想要成为一名优秀的设计师。

但进入星河之后他才发现，比起欣赏他的才华，沈葳蕤更喜欢他本人，希望他们能够成为一对。在设计方案上，她也更愿意采纳自己的设计，并不是很认可他的思路。

如果不是沈葳蕤对他的商业布局还算认可，委托他负责收购云上事宜，他说不定已经从星河辞职了。

"……"沉默了一会儿，何初顾斟酌着语言："沈总，商业上的事情不能用感情衡量，更不用说盛唐对星河也没有什么感情，只是相互借势罢了。你也不用生他的气，正面较量的话，他未必就会是星河的对手。"

"我生气不全是因为盛唐，还有夏陌上。"沈葳蕤深呼吸几口，努力平复心中的不满，"你有没有发现，夏陌上从一开始竭力不同意星河的收购以及盛唐的入股，到现在忽然改变了主意，不再明确反对星河收购，也不再阻拦盛唐入股，像是她早就布置好的一步棋局……"

现在才察觉到夏陌上的商业布局，沈葳蕤也不算太笨，何初顾咳嗽一声："你有你的战术，她有她的策略，再正常不过了。"

"别人的事情都好说，不管是拼商业策略还是拼实力，尽量放马过来就是……"沈葳蕤又开始耍赖了，"主要是你，对我永远是一副冷冰冰的面孔，从来不知道安慰我哄我开心，就算我不是你的女朋友，至少也是你的上级和同学对吧？"

"不，不是上级，就是同学，还是漂亮的女同学，你就从来没有一丝怜香惜玉的想法吗？"

何初顾最是吃不消沈葳蕤随时随地的身份转换，主要是他没有其他身份可以转换以对应沈葳蕤的出招，在沈葳蕤面前，他是下级是同学，但不是情侣。

"沈总……"何初顾艰难地说道，"回去后，我会整理一套如何和盛唐过招的方案。在云上争夺战中，我们有七成的希望获胜。"

第三十八章　世界上没有直男

沈葳蕤不接何初顾的话："你会不会喜欢上了夏陌上？夏陌上是不是喜欢你？"

"我们能不聊此类的话题吗？我和她是工作关系，况且就算我和她互相喜欢，也是私事，沈总你不要总是公私不分好吗？"

"我公私不分，是你公私不分好不好？"沈葳蕤突然提高了声调，"你不过是假借出差的名义和夏陌上谈恋爱去了，别以为我不知道。"

何初顾也被激出了火气："是又怎样？我还没有恋爱的自由了？"

"你别忘了你是单身主义者！"

"我每次承认自己是单身主义者都有一个前提，是现阶段。不代表以后也会一直是。"

"何初顾，你记住了，你还欠我一次承诺！"沈葳蕤大喊一声，挂断了电话。

何初顾睡不下去了，起身洗脸，望着镜子中自己英俊而充满朝气的脸庞，摇了摇头，难道帅也是一种错误？他只不过脾气好一些长得帅一些又有才华，招谁惹谁了，非要让沈葳蕤这么执迷不悟痴迷不悔？

下午的安排是考察上海的丝绸市场，3点多，车到了，何初顾一行4人上车，前往市区。

"能不能换家酒店？条件差是一方面，主要是离市区太远了。"何初顾向夏陌上提出了建议。

小浦连连点头："就是就是，购物太不方便了，姐，要不调一下？"

"我也想啊，有心杀贼，无力回天。有心无力的感觉，你们不会明白。"夏陌上摇头叹息，痛心疾首。

"什么意思吗？"小浦一时没明白过来。

"她的意思是她没钱。"何初顾毫不留情地撕破了夏陌上的伪装，"不要让你资本家的嘴脸影响了你人美心善的形象。"

"我不。人美心善是已经存在的事实，没钱也是事实，两者并不矛盾。"夏陌上坚决不上当。

"算了，我来安排吧。"何初顾无奈之下只好自掏腰包。

"不用了，我已经订好了酒店，离市区近一些，位置很好。"于小星扬了扬手机，微带腼腆，"不过今晚没房了，要明晚才能过去住。"

明晚就明晚，总算有希望了，何初顾没说什么，夏陌上看了酒店名称一眼，大惊："小星星你是什么来路，怎么这么有钱？姐像你这么大的时候，吃泡面还得讨价还价呢。"

丁小星低头嘿嘿一笑："姐，我和你一样人，就是生日比你小。"

上海的丝绸市场规模不小，高中端产品都有不错的销量，毕竟人口基数大，消费能力强。

一连走访了数家丝绸专卖店，夏陌上和何初顾收获不小，小浦和于小星哈欠连天，毫无兴趣。不过最让夏陌上羡慕的是小浦一会儿挽住何初顾的胳膊，一会儿又抱住于小星的脖子欺负他，左右逢源。

她就不一样了，一个人要么在前面带路，要么在后面断后，像是全体的领队，又像是保安。回想起从小到大的经历，夏陌上得出了一个结论——她之所以单身至今，是因为自身能力太强了，能文能武、坚强独立、凡事能自己动手绝不求人，所以在男人眼中，她不可怜不娇小不楚楚动人是吧？

男人就喜欢柔弱的女生？夏陌上想了想，否定了要改变自己的想法，反正她立志单身，是不是有男人喜欢有什么打紧？更不用说她其实也不缺少追求者，盛唐就固执地喜欢了她很多年。

说明有眼光有品位的男人都喜欢她这种款式。

那么是不是可以说何初顾没有眼光和品位呢？

晚饭时，小浦非要和何初顾坐在一起，却被于小星好说歹说拉到了他的身边，最后夏陌上坐在了何初顾的右边。

"今晚我请客，随便点，喜欢什么就下单，不用客气。"于小星豪气地一挥手，脸微微涨红，"反正别替我省钱，我花的也不是自己的钱。"

"你被富婆包养了？"夏陌上单刀直入。

"没、没有！"于小星连连摆手，脸更红了几分，"我、我是突然发了一笔横财。有钱了，就要和朋友们分享，就要为喜欢的人带来欢乐，要不钱再多也没有意义不是？"

夏陌上碰了碰何初顾的肩膀，小声说道："有问题，你有没有发现于小星喜欢小浦？"

"不能吧。"何初顾立刻充满了警惕的目光，"小浦还小，还不能谈恋爱。而且……于小星来历不明，看上去不像渣男，谁知道他到底是什么人呢？"

事关小浦，何初顾有几分乱了阵脚："更不用说他还突然发了横财，说明他很有问题。"

"你不是傻就是笨。如果于小星不喜欢小浦，干吗大老远来上海一趟？还对她照顾得这么无微不至？"夏陌上悄悄拧了何初顾一下，"你就是一块木头，千年的木头。"

"拧我干吗，疼着呢。"何初顾推开夏陌上的手，"我不同意小浦和他在一起。"

"你真是傻到家了，知道小浦为什么要带着于小星吗？"夏陌上为何初顾分析，"小浦很清楚于小星喜欢她，她就算不喜欢于小星，至少也不讨厌，所以才会允许他跟她一起出行。"

"就像你说的，她喜欢你，而你拒绝她。她带一个喜欢她的男孩在你面前晃来晃去，是让你知道她的价值，提高你的危机感……可惜了！"夏陌上摇了摇头，"虽然你们才算是真正的青梅竹马，可小浦还是不够了解你，因为对你这样的木头来说，你根本就发现不了她的暗示。"

何初顾认真地想了想："还真是这么一回事儿……"又停顿了片刻，"这么说，小浦之所以答应你要一起来上海，是你们达成了什么默契？或者说，你负责把她的暗示传递给我，省得我 GET 不到，对吧？"

"你有时傻得呆，有时又傻得可爱。"夏陌上大笑，"饭后你陪我散步，我就告诉你全部真相。"

"为什么你们女人总是喜欢强迫别人去做不喜欢的事情，不是用威胁就是用诱惑？唉，人心不古，世风日下。"何初顾故作深沉地摇了摇头。

席间，于小星不断地为小浦夹菜，小浦却把最好吃的全部夹给了何初顾。何初顾来者不拒，只顾埋头吃饭，并不照顾身边的夏陌上。

于小星摇了摇头，小声说道："小浦，你哥单身是有原因的，他太直男了，一点也不温暖。"

"你懂什么！"小浦不允许任何人说何初顾的不是，"我哥就是太优秀了，为了拒绝一些乱七八糟的女孩的追求，故意变成了钢铁直男。你想呀，如果什么女孩都敢喜欢我哥，都觉得有机会拿下他，他得普通成什么样了？"

"就这样，他也不缺追求者。沈葳蕤你知道不？天生富二代优质白富美，喜欢我哥好几年了，我哥就是不喜欢她。她也是犟，就是不放弃。"

于小星正为小浦夹菜，手一抖，菜掉到了桌子上："沈葳蕤喜欢你哥？你骗人。"

"才没骗人，星河上下都知道沈葳蕤是我哥的迷妹。"小浦仰起头，一脸骄傲，"当然了，我也是。现在，我哥又多了一个迷妹，看……"

夏陌上开始为何初顾夹菜了。

何初顾受不了了，摆手拒绝："不用了，吃饱了，吃不下了。"

夏陌上却依然不管不顾地将许多菜一股脑儿地夹给了何初顾："吃，吃死你！有本事都吃完，不吃完我看不起你。"

又哪里不对了？凭空发什么无名火？何初顾一嘴菜，愣愣地看着夏陌上："是因为我没有照顾你你就发火了？"

"不应该吗？"夏陌上确实有几分生气，"你是有多宁愿让人觉得你多么不善解人意，也不愿意花半点心思去理解别人的言外之意去迁就别人的情绪。"

"我知道，其实世界上根本没有直男这种生物，他在你面前之所以直男，是因为他对你没有半点喜欢。但凡他喜欢你，再直，他也会有绕指柔的温情。"

"吃饱了，谢谢你的菜。"何初顾继续装傻。

"行，你有种，你继续装，我看你能装到什么时候！"夏陌上又不生气了，她打定了主意，"世界上的事情都有一个共性，开始的时候难，后面就会顺。现在是我用心，是我在努力，等到手后，就该你珍惜你努力你在意了。"

饭后，小浦提议到外滩走一走，何初顾只好答应。一行4人到了人潮涌动的外滩，小浦和夏陌上要拍照，于小星当摄影师，何初顾就只能勉为其难地充当了拎包者。

他很纳闷为什么女人对于逛街、拍照总是有用不完的精力、消耗不尽的乐趣，一个地方非要在不同角度拍上十几张还不肯罢休，明明不买任何东西，也要进到路边小店欣赏一番，还要试戴、试穿、试玩。

不需要的东西、没有购买计划的商品，为什么要试一试？不是浪费感情和时间吗？

第三十八章　世界上没有直男

第三十九章　没有输赢，只有心甘情愿

　　和何初顾相比，于小星就如同一个尽职尽责的随从，不离小浦和夏陌上左右，做好服务和收尾等各项工作，大受小浦的认可和夏陌上的夸奖。

　　直到晚上 11 点多，在何初顾的一再催促下，小浦和夏陌上才勉强收了性子，准备回酒店。结果叫了几辆出租车，都不肯去他们的酒店，说是太偏远了，回来拉不上客人，得空跑，不合适。

　　最后好不容易通过网约车平台约了一辆车回去，不料走到离酒店还有 1 公里时，车子抛锚了。司机呼叫救援，少说也要一个多小时后才有救援车赶到。

　　何初顾提议步行回去，反正 1 公里的路程也用不了多久。

　　白天还好，晚上才发现道路两侧居然没有路灯不说，路面还不平，坑坑洼洼。几人拿手机当手电照亮，才走不远，夏陌上、小浦和于小星的手机都先后没电了。

　　何初顾的手机是华为，由于白天打电话过多，多坚持了十分钟左右，也没电了。

　　四下漆黑一片，不时传来不知名的怪声，夏陌上和小浦吓得一左一右紧紧抓住何初顾的胳膊。

　　还好，于小星还算镇静，他在前面带路，不时提醒大家提防砖头和坑。走不多时，他忽然想起了什么："不对，我记得何哥出门的时候带了充电宝……"

　　夏陌上和小浦同时朝何初顾投来了质疑的眼神。

　　何初顾平静地点头："没错，我是有充电宝，打算过一会儿再用。夏陌上安排我们住在这么偏远的地方，明知道她手机的电量支撑不了一天，还不带充电宝。作为此次活动的主办方，安排得既不周到又不周全，所以，有必

192

要惩罚她，让她走一段夜路。"

"……"夏陌上气得甩开了何初顾胳膊，"变态！从未见过如此厚颜无耻之徒！何初顾，你也太鼠肚鸡肠了吧！"

"一个大男人这么斤斤计较，真是少见多怪！"

"不，我不是斤斤计较，是希望你长一个教训。"何初顾拿出了充电宝，为手机充电，"超级快充充电宝，40分钟就差不多能充满，足够支持我们一路照亮回到酒店。"

"现在充电，因为我们是朋友。刚才不充电不点亮，因为我们是合作伙伴。作为朋友，我有必要也有义务帮你照亮回去的路。但作为合作伙伴，我对你的考虑不周深感失望。商场之上，细节决定成败。"

"要不要这么严肃认真一板一眼？"夏陌上撇了撇嘴，"就你懂大道理？就你面面俱到？哼！"

她从包中拿出另一部手机："直男就是直男，怎么会懂女孩子的心思？我们怎么可能在没有备机的前提下不带充电宝？"

于小星腼腆地一笑："何哥，有些女孩子本来不敢看恐怖片，偏偏要去看，就是想借机抱住你……走夜路不点灯，也是一样的道理。"

何初顾情商不高，智商却超出常人，他笑了："我当然知道她们的心思，点破她们，是告诉她们别耍小心眼，要用真情和真心。"

"想多了你！就你这样的，傻子才喜欢你，才对你用真情和真心。能敷衍你，已经是你人生的高光时刻了。"夏陌上打开备机，愣住了，"啊啊啊，昨晚事情多，忘了给备机充电。"

又忙翻出了充电宝，也是没电，她彻底蔫了："完了完了，真是智者千虑必有一失，我可从来没有这么疏忽大意过，肯定是你和我在一起影响了我的智商。"

何初顾嗤之以鼻，冷笑连连。

"借你充电器给我用用。"夏陌上动手就抢。

"插头不对，不能通用。"何初顾拒绝，"我的华为，你的苹果。"

于小星就又及时提醒："夏姐，何哥的华为手机有反向无线充电功能，可以用手机背靠背给你充电。"

"快打开反向无线充电功能，借我点儿电。"夏陌上继续不放过何初顾。

最后何初顾还是没能逃脱夏陌上的魔爪，被抢走了手机。当夏陌上的苹果和他的华为背靠背的一瞬间，苹果的屏幕被点亮，提示在无线充电中。

夏陌上乐了，高喊一声："哇，以后带着何初顾就等于多带了一个移动的人形充电宝，太棒了……"

话未说完，脚下一歪，人要摔倒时，手一扬，二人的手机扬手飞出，飞向了路边深不可测的田野之中。

"啊！对不起，我不是故意的，真的不是。"夏陌上低下头，一脸认错和忏悔，"何总、何哥、何先生，你原谅我好不好？也只有你身手敏捷，可以找回手机。"

路边是田野，公路和田野之间，还有一条小水沟。水沟有多深，看不清，但能看到水光闪动。手机扔到了哪里，也看不到，只能推测大概的方位。

何初顾无语望苍天，夜空中，星光点点，倒是别有一番情调，寻常在城市之中看不到的景象，尽情展现在眼前。

最后仅有的希望被夏陌上扔到了黑暗之中，何初顾的充电宝还在，但没有合适的线，没有办法为小浦和于小星的苹果手机充电。

"我去！"于小星自告奋勇要下河去寻找手机，也是为了在小浦面前表现自己。小浦没意见，夏陌上不反对，何初顾却不同意。

"不行，太危险了！就算你会游泳，能游过去小河，你也不知道手机到底掉到了哪里。退一万步讲，你很幸运地找到了手机，手机有没有摔坏也不好说。好吧，再侥幸没有摔坏，还能用，你怎么带过来？带在身上游过来，手机进水又是一个坏。"

"如果隔空扔过来，接不住摔在地上，也是一个坏。综合下来，你找到手机再完好地带回来的概率不足1%，不值得冒险。"

"更不用说……"何初顾手指前方，"你去找手机花费的时间，我们足够走回酒店了。从经济学的角度出发，不及时止损就会造成更大的损失。许多公司一败再败的原因就是在关键时刻，不够坚定地放弃幻想认清现实。"

"说什么呢你？"夏陌上听出了何初顾的言外之意，不干了，"阴阳怪气、冷嘲热讽、指桑骂槐，别以为我没听出来你是在攻击我。"

何初顾没理夏陌上，背着双手走了："我带路，你们跟在后面，别跟丢了。如果跟丢了，后果自负。"

小浦第一个跟了上去，于小星没怎么犹豫，也跟在了小浦的身后。夏陌上左看看漆黑的田野，右看看越走越远的何初顾几人，一跺脚跟了上去。

"何初顾，算你狠！等着，不报此仇，我跟你姓！"

眼见何初顾几人的身影越走越快，故意要甩下她，夏陌上怕了："等等我，我明天赔你一部新手机还不行吗？"

以为何初顾几人会等她，不料他们几人的身影迅速消失在了浓重的夜色之中，夏陌上觉得汗毛都立了起来，仿佛四周全是飘来飘去的恐惧，她的声音带着哭腔："何初顾，你能不能做个人，别吓我成不？我真的好怕。"

只有风声和不知名的虫叫。

"何初顾！"

"小浦！"

"于小星！"夏陌上真的要哭了，"你们在哪里，快出来好不好？我快不行了。"

深一脚浅一脚，夏陌上从小到大第一次一个人走夜路，而且还是完全漆黑绝对陌生的夜路，她的惊恐到了极点，只差一点就虚脱了。

但在没有人帮忙也没有人陪同下，只能靠自己。慢慢地，夏陌上的勇气和信心被激发了，从小到大从来不肯认输的性格让她心中的恐惧和不安平息了几分，多了镇静和平和。

怕什么，不就是黑吗？又没坏人又没鬼，她也从来没有做过亏心事，怎么会怕黑？只要坚信黑暗中没有可以加害你的东西，就不用自己吓唬自己。

夏陌上深呼吸几口，双手握拳在胸前一挥："加油夏陌上，你能行的，你是最棒的！没有人可以打败你，除非你自己放弃！"

十多分钟后，远处终于露出了灯光。夏陌上喜极而泣，她终于活过来了，又想到何初顾的无情无义，更是下定了决心，以后不要对何初顾这样的绝缘体男有任何幻想。

他是比钢铁直男更直比渣男更无情的钛合金男！

酒店门口，站着小浦和于小星。

夏陌上没好气，推开二人："真有你们的，也不怕我丢了？你们的心还是肉长的吗？"

走了两步才意识到了什么："何初顾呢？"

小浦想要说什么，被于小星制止了。

于小星连连摇头："不知道，他后来也跟我们走散了。不知道是回房间睡觉了还是没有回来！"

小浦接连瞪了于小星好几眼，于小星假装没有看见，眼神飘忽不定，不时地朝夏陌上身后张望。

夏陌上哼了一声，上楼而去。

"为什么不告诉她真相？"小浦不解，拧了于小星一把。

于小星一咧嘴，却不敢躲闪："何哥不让说……他们两个人真有意思，明明都喜欢对方，却又不敢承认，好像谁先承认谁就输了似的。在感情里面，哪里有输赢，只有心甘情愿。"

第四十章　一个故作冷漠，一个有意矜持

"夏陌上配不上我哥，她喜欢也白搭。我哥才不喜欢她，你别乱说。"小浦心里不舒服，也不服气，"她是觉得不管什么事情都可以胜我哥一头，其实她是处处不如我哥，不管是智商还是情商。"

"在爱情里面，如果谁在意输赢谁认为智商和情商可以决定一切，谁就已经输了。"于小星嘻嘻一笑，"你看我在我们的爱情中，从来不在意输赢，只管付出，不问回报。"

"随便你，你愿意，我又没要求你。我喜欢的是我哥，就不喜欢你。"小浦见何初顾的身影出现在灯光和黑暗交界的地方，兴奋地叫了起来，"哥，陌上姐已经回房间了，你的任务完成了。"

何初顾默默地来到她的面前，冲于小星点了点头："夏陌上没有发现我跟在她身后吧？"

"没有，没有。"于小星连忙摇头，"我们也没有告诉她你一直在暗中保护她，不过她很生气的样子，估计是记仇了。"

"何哥，你为什么不让她知道你不放心她一直在她后面跟着她呢？"

"有些事情只需要做，不需要说。"何初顾很认真地点头。

"不，何哥，追求女孩子，一定要又做又说，不说出来，她理解不了你对她的爱护和付出。"于小星嘿嘿一笑，腼腆而世故，"好马出在腿上，好人出在嘴上。"

"如果你对一个人的好，她感受不到，就没有必要非要说出来让她知道。"何初顾却有不同的看法，"她连你的好都感受不到，说明她根本就不在乎你，眼里就没有你。"

"不对不对，我不同意何哥的说法。"于小星立刻辩解，"有时可能是你

的方法不对，或者是你的时间不对，总之爱一个人就要大声说出来大胆表露出来，别藏着掖着，有可能错过一次机会，就错过了一生，就永失我爱。"

"所以，我会坚持在小浦面前表现出来我对她的爱，永远不吝啬自己的表达，不管做什么想什么，都要告诉她。"

"可是如果我不想听不想知道呢？"小浦反驳。

"我只管我的表达我的付出，你是不是想听是你的事情。但我做了，就不会不留下痕迹。念念不忘，必有回响。"于小星越说越激昂，"何哥，我真的不理解你的做法，如果夏陌上不知道你为她所做的一切，那你的付出不就没有意义没有回报了吗？"

何初顾半天没有说话，忽然叹息一声。

"不是什么事情都要有意义都要有回报的。"

"你不懂，你太肤浅，我哥是想从反面成就夏陌上，是想帮她成长助她成功。"小浦替何初顾说话，"爱护一个人方法有很多种，肤浅的人用肤浅，深刻的人用深刻。"

于小星温和地笑了："肤浅和深刻并不重要，重要的是只要能和喜欢的人在一起。我喜欢你，哪管是什么肤浅还是深刻。只要你喜欢我，我可以肤浅也可以深刻。"

平心而论，何初顾对于小星的印象还不错，他拍了拍于小星的肩膀："在小浦面前，别刻意肤浅或深刻，她都不喜欢。"

于小星无比激动地搓了搓手，能不能赢得小浦的喜欢，何初顾的态度至关重要："哥，你说，我都记下来。"

"随时肤浅，随时深刻，随时在肤浅和深刻之间摇摆，说不定就能让小浦喜欢上你。"

"真的吗？"于小星更激动了，脸红通通一片，"谢谢哥，真要是成了，到时请哥喝喜酒。"

"瞎说什么呢，我不管嫁谁，我哥能不参加婚礼喝喜酒吗？"小浦推开于小星，"我要嫁给我哥，你和其他人都没有机会。"

于小星嬉皮笑脸地又凑了过来："哥，我站夏陌上夏总，沈总不适合你。"

"我挺沈葳蕤，她比夏陌上漂亮，还比夏陌上有钱。她嫁给我哥，我哥才幸福。"小浦立刻忘了自己想要嫁给何初顾的初衷，和于小星针锋相对，"哥，你必须娶沈葳蕤，知道不？"

夏陌上在二楼的窗户前，将楼下几人的举动看得一清二楚，对话也听得清清楚楚，她刚洗过脸，脸色红润而散发光泽。

目光落在何初顾坚毅而棱角分明的脸上，她心满意足地笑了。不信还治不了你，你以为我是害怕，其实我也确实害怕，但在害怕之外，我也发现了你跟在我的身后。你小心翼翼的样子虽然狼狈，但却让人温暖而安心。

一个故作冷漠而小心翼翼，一个有意矜持而装腔作势，不过从今晚起，两座冰山的相遇，开始起了小小的化学反应。

水面以上的冰山，依然坚挺，而水面以下的部分，却在开始慢慢融化。

第二天一早，一行几人退房。本来想要先买手机，何初顾却因为刚出的新款还没有到货，有意等一两天，他一向喜欢只买最新款的电子产品。

同时他也觉得丢了手机，失联一两天，正好可以和外界隔绝联系，专注于工作。

对此，夏陌上无比赞成，也主动关了备机，声称要陪何初顾一起失联。小浦却是看了出来，揭发夏陌上，说她其实是不愿意赔何初顾一部新手机，就是为了省钱。

夏陌上装没听见。

先是到了市区参观走访了几家专卖店，又到各大商场的专柜进行实地对比，发现依然是星河的产品最受欢迎，其次是锦图和新远，最后才是云上。

原本市场占有率第一的云上，现在已经沦落为最末流的品牌，夏陌上却丝毫没有尴尬，没事儿人一样问东问西，还觉得顾客不买云上的产品是眼光不够品位不高。

何初顾却是看了出来，夏陌上只是故作坚强罢了，实际上她备受打击，云上的产品被直接接触消费者的销售员说毫无新意、审美落后，虽然质量还算不错，但理念已经不再适应时代的变化，她的内心应该是崩溃的。

以前他对她多次提到过云上的设计思路出现了问题，夏陌上不听，不以为意，这一次直面最终端市场，夏陌上的确是受到了强烈的冲击。

尽管她表现得不动声色。

随后，几人又考察了代理商和供货商，通过他们又了解到了最新的工艺变化和染色技术，以及原材料的改进。

还接触了一家名叫千誉的美体内衣厂家，和他们商谈了最新原料的合作事宜，并达成了共识。

夏陌上受益匪浅，何初顾更是增加了信心。

考察结束，明天就要返程了，于小星提议庆祝一下，虽然不知道有什么好庆祝的，并且好像也没有什么值得庆祝的。

小浦同意了，夏陌上也点头了，何初顾就没有反对。

晚饭由于小星安排在了外滩的一家很有情调的餐厅。

夏陌上特意叫了4瓶红酒："小星，你今天非要表现请我们，我不跟你抢，但今天的红酒，得我买单，听到没有？"

"这……不好吧？"于小星还想坚持，见何初顾冲他连使眼色，只好应下，"行，听夏姐的，菜随便点，我包了，酒随意喝，夏姐兜底。"

"酒不能随意喝，差不多就行，谁喝多谁难受。"夏陌上心虚，忙找补，"明天早上还要赶飞机，喝醉了起不来算谁的，是不是？"

何初顾知道现在夏陌上一分钱当成两分钱花，今天主动承担红酒的费用也是面子上挂不住，几天来，不管是住宿还是吃饭，基本上都是于小星在花钱。

作为一个外人，于小星的表现完全超出了他的义务，包括何初顾在内，都对这个微有腼腆却周到细心并且大方的男孩好感十足。

夏陌上对于小星更是赞不绝口。

于小星点了不少菜，几杯酒后，他有了几分醉意。

"哥、姐，你们都在，我就大着胆子说几句心里话。我喜欢小浦，喜欢她很久了，从见到她第一眼起直到今天，对她的喜欢从来没有停止过一分一秒。"

小浦撇了撇嘴："有什么用？我又不喜欢你，自作多情！"

于小星不管小浦的态度："我总在想，喜欢一个人是不是一定要得到她的回应？还是说只要喜欢她就好。我也一直认为，喜欢是有条件的付出，想要反馈和回应。而爱是无条件的付出，爱就行了，不管有没有反馈和回报。"

"我现在郑重宣布，我对小浦的喜欢已经上升到了爱的高度。从现在起，我一心一意地爱她，不管她是喜欢我还是讨厌我，也不在意她是不是会回馈我的爱。爱就是了！"

夏陌上鼓掌："为你的爱的宣言喝彩，干杯！"

何初顾举杯："如果你能对小浦始终如一，我觉得小浦会考虑给你一个机会的。"

第四十章　一个故作冷漠，一个有意矜持

第四十一章　没有开始，就没有现在

　　"不，我不会考虑。我倒是觉得小星挺适合陌上姐姐的，你们一个大方，一个会过，珠联璧合。"小浦玩了几天才想起她此次来上海的目的是想撮合于小星和夏陌上，这样一来可以避免夏陌上对何初顾的纠缠以及于小星对她的不离不弃。

　　夏陌上和何初顾相视一笑，二人共同举杯："我们是单身主义者，不考虑结婚。"

　　"好吧，我也要当单身主义者。"小浦举杯回应，"小星，你不许学我们。"

　　于小星憨厚一笑："我不是单身主义者，我是坚定的恋爱至上主义者。我的目标是，消灭每一个单身主义者。"

　　几杯酒后，小浦有了几分醉意，嚷嚷着要回去，好说歹说被于小星劝住。很快，于小星也醉了几分。还好他趁还清醒时，先结了账。

　　小细节大文章，何初顾对于小星又多了一分好感。一个人能够将承诺视为至关重要的事情，就是一个可靠的人。

　　小浦不多时就醉倒了，伏在桌子上说要睡一会儿。于小星也顶不住了，也趴了下来。

　　"要不要决一死战？"夏陌上晃动杯中红酒，挑衅的眼神落在了剩下的一瓶红酒上面，"除了我们每人一杯之外，还有一瓶，钱都付了，不喝肚子里就浪费了！"

　　"宁肯喝多喝倒，不能浪费一分，对吧？"何初顾哑然失笑，"在你看来，钱比身体重要，是不？"

　　"少废话。喝还是不喝，给个准话，别整有用没用的。"夏陌上一口喝干杯中酒，"反正我先喝了，你看着办。是男人就别尿。"

何初顾也被激起了火气："怕你！方方面面我都不输给你，学习、拳击、游泳、跑步，就算是喝酒，你也不是我的对手。"

一口喝完，何初顾让服务员打开了酒，也不讲究什么仪式感，一人倒了满满一杯："都是年轻人，也不用讲武德，干就是了。"

"你说的，别后悔。"夏陌上握紧了酒杯，"马上就会让你知道什么叫冲动的惩罚！"

她运了运气，然后一口气喝下半杯，气吞山河："先喝一半，省得吓死你。喝，不喝的话直接认输也行，我不勉强你。不和瓜尿一般见识，是文明人的基本素质之一。"

何初顾冷笑一声，一口气喝下了三分之二："我不一口气喝完，是想让你，怕你连比下去的勇气都没有……"

话未说完，夏陌上已经喝完了一杯。

何初顾眨了眨眼睛，确认没有看错，也喝完了剩下的三分之一，然后又倒满了两大杯。

"现在认输还来得及……"何初顾感觉酒往上涌，意识有几分不清，他勉力支撑，"我可以高抬贵手放你一马，就当我们打了平手。"

"怕你是小狗！不行，今天一定要分出一个胜负来，不是你死就是我活，我们不可能平手。"夏陌上再次举杯，一口喝了三分之二，"还是我先，你来接招。"

何初顾愣了愣，缓缓端起酒杯："分三次喝完，也可以吧？"

"十次也没问题，我不和你计较这些细枝末节。喝就是了。"夏陌上一拍桌子，意气风发。

何初顾端起酒杯，喝了一口，一脸痛苦的表情，放下了酒杯，连连摇头："不行了不行了，喝不动了，醉了。"

"真多了？"夏陌上伸出三根手指在何初顾眼前晃动，"这是几？"

"五。"何初顾伸手要抓夏陌上的手指，"我没醉，还能再喝两瓶。"

夏陌上轻巧地躲开，悄然一笑："是，你没醉，你怎么可能喝醉。你是多优秀的何初顾，不管是学习还是别的方面，都不会输，更不可能输给一个叫夏陌上的女孩，是不是？"

"是，我从来没有在夏陌上面前输过一次。"

"所以，你不敢承认你喜欢她，因为你要是先承认对她的喜欢，等于是你输了一局。"

"是，你说的都对……"何初顾舌头大了，忽然愣住，又摇了摇头，"不，不，我没喜欢夏陌上，是她一直暗恋我，我对她冷漠，假装不记得她，是想打消她的念头，别以为她可以得到我就能弥补她以前输给我几次的遗憾。"

"这么说，你记得她？记得有多清楚？"夏陌上嘴角带着得意的笑，一切都进展顺利，何初顾被她灌醉，又在她的循循善诱下一步步说出内心的秘密。

"从小学到大学，你和她一共见过几次？"敢说不记得她是谁，还说没有见过她，夏陌上对第一次见面时何初顾的话耿耿于怀。

"一共见过……好几次吧，具体几次，忘了，不记得了。"何初顾醉眼蒙眬，"只记得第一次是夏天的田间地头，她就是一个柴禾妞。第二次见面是中考之后，当时我考了全校第一，她不服气过来找我，我没理她。"

是吗？夏陌上感觉记忆有几分模糊不清了，她是记得中考后她找到了何初顾，因为她既不服气输给了他，也有几道大题想和何初顾对对答案，结果好像何初顾跩得跟二百五一样，根本不想和她讨论答案，只说以后他还会考第一，然后就毅然决然地走了。

也确实是没理她，夏陌上本来还觉得灌醉何初顾有几分愧疚感，想起当初顿时又释然了，该，就该收拾他，谁让他当年那么不可一世，在她面前总是以胜利者和不可战胜者自居。

"不是一共四次吗？"夏陌上决定继续捉弄何初顾，让他说实话，"第三次和第四次，分别是什么时候的事情？"

"有吗？不记得了。"何初顾双手抓住头发。

看来还得再加一把火才行，夏陌上碰了碰何初顾的酒杯："看来酒没到位，喝，继续喝。"

何初顾端起酒杯端详几眼："这不是我的酒杯吧？好像是你的。你跟我换酒杯了，不行，我不上当。"

说不上当，他却喝了一大口："该你了，一人一口才公平。"

夏陌上也喝了一大口。

何初顾继续喝，夏陌上只能接。二人你一口我一口，不知不觉就喝完了一瓶酒！

夏陌上感觉头有些昏沉，胃里有些难受，不好，她真喝多了。再看何初顾，似乎比刚才还清醒了几分。不对，难道又上何初顾的当了？

逻辑分析的念头只在夏陌上脑中一闪而过，立即就被奔涌而来的酒意淹没了，她硬撑着问："真的不记得第三、第四次见面了？"

何初顾头摇得像在跳摇头舞："什么第三、第四次，你不要这么较真好不好？从我负责星河收购云上的工作以来，我们见面没有上百也有几十次了，以前有限的几次，又有什么意义？"

"当然有意义，你不懂！"夏陌上据理力争，"没有开始，就没有现在。你是不是记得我们之前一共见过几次，关系我们两个人谁先喜欢上谁的重大命题。"

何初顾愣了愣，神秘地一笑："你的意思是，你承认喜欢我了？"

"我没有……"夏陌上咬了咬嘴唇，决定以退为进，"好吧，我承认现在是有点喜欢你，但肯定是你以前就喜欢我，是你喜欢我在先。那么问题来了，何初顾，你是什么时候开始喜欢上我的？"

"让我想想……"何初顾眯着眼睛似乎在认真地想，"你是现在才喜欢上我，好吧，就算是刚刚喜欢上我也没问题，问题是，我以前没有现在也没有喜欢上你，以后会不会，就不知道了。"

"你！"夏陌上以为可以问出何初顾早在高中就暗恋她的事实，不料何初顾虚晃一枪，又胜了她一局，她颇有几分气急败坏，"何初顾，你无耻！你要赖！你不敢承认对我的喜欢，屄包！瓜屄！窝囊废！臭男人……"

越说越气，越气酒意越汹涌，一阵强烈的呕吐之意翻腾而至。

何初顾其实压根儿就没有喝醉，他只是将计就计在假装而已。见夏陌上真的要醉了，当即慌乱了："别！你可千万别乱吐！"

"坚持住！我马上带你去洗手间！"

何初顾搀扶着夏陌上，摇摇晃晃间还没赶到洗手间，就被夏陌上吐了一身。他只好一脸嫌弃地为夏陌上清洗，然后再收拾干净自己。

还好小浦恢复了几分，他和小浦一人一个，带着夏陌上和于小星回酒店。原本说夏陌上要买单的红酒，因为她醉得不省人事，只能由何初顾代劳了。

到了酒店，于小星迷迷糊糊中不停呼唤小浦的名字，让小浦不要离开他。小浦无奈，只好安抚他。

夏陌上还好，倒在床上呼呼大睡，不吵不闹，保持了优良的酒品。

何初顾一直在房间中照顾夏陌上，直到她睡熟为止，才悄悄离开。他刚离开，夏陌上就睁开双眼，从床上一跃而起。

在门口偷听了片刻，确认何初顾确实不在外面，她拍了拍胸口，长出了一口气。

"好险，差点儿丢人丢大发了。本想套出何初顾的话，没想到又被他骗了，让他又赢了一局。这货到底有多大的酒量，深不可测呀。"

夏陌上渴得不行，喝了一大杯水，自言自语："这家伙技能满满呀，只要我会的，他全都会，还比我做得好，真是见了鬼了，他就是我天生的克星吗？"

第四十二章　内在联系和生活逻辑

"为什么每一步都被他算计？他不是文科生吗，我是理科学霸，在逻辑运算上还不如一个文科生，太没面子了。不，肯定不是因为我是女性的原因，也不是因为何初顾人强大太厉害，而是他太了解我了。"

"也说明了一个问题，何初顾肯定在暗恋我，就是没有勇气承认罢了，屄货！一个男人如果不是暗恋一个女人，才不会用心了解她的一切。"

"是，肯定是。"夏陌上又说服了自己，"还好虽然在谁先谁后的事情上失利一局，但总算逃单成功，也不算太亏。"

一想起4瓶红酒也要不少钱，她又省了一笔，夏陌上就忍不住笑出声来。

躺在床上，夏陌上翻来覆去睡不着，何初顾的缺点到底是什么呢？他最不擅长的事情又是什么？不行，一定要打败他一次，否则难解她的心头之恨！

对，要和小浦好好聊聊，交交心了，小浦才是何初顾真正的青梅竹马，她肯定知道何初顾的最大不足和缺点，就这么定了。

次日一早，几人顶着熊猫眼打着哈欠赶到机场，纷纷埋怨夏陌上订的机票时间太早。夏陌上其实原本想订半夜12点的红眼航班，毕竟便宜，后来考虑到容易激起众怒，才改成了早班。

早班不是因为便宜，而是回去后才上午10点，可以省一顿午饭。

夏陌上来不及解释，盛唐的电话就打了进来。

是夏陌上的备用手机。

"你的手机怎么总是关机？还好我知道你的备用号。也该回来了吧，好几天了，乐不思蜀了是吧？"盛唐干笑了几声，"我不知道你和何初顾在上海发生了什么，你不说，我也不问，我选择相信你。但我会主动告诉你我和沈葳蕤发生了什么，就这两天的工夫，我和她的关系发生了不可逆转的质变。"

你相不相信重要吗？我又不用对你负责，夏陌上腹诽了一句，不过还是问道："你和沈葳蕤要结婚了？恭喜呀，祝百年好合，白头偕老，早生贵子，多子多福。"

"……"盛唐被噎了一下，"还能不能行了？说正事！我和沈葳蕤反目成仇了，现在我和她是最直接的竞争对手，最不可能握手言和的敌人。"

"你们两个到底发生了什么？"夏陌上一愣，随即想明白了什么，笑了，"不就是在收购云上的事情上，你们不再合作了吗？至于说得这么悲壮这么夸大吗？"

"你是什么态度？支持我还是支持她？"盛唐试探夏陌上的态度。

"我无所谓了，你们都是豺狼，谁进来都一样。只要你们的持股比例不超过张德泉和赵宣杰的股份之和，我都没有意见。"夏陌上的想法很简单，只要动摇不了她的控股权，其他股东是张德泉和赵宣杰，还是盛唐和沈葳蕤，都没有多大区别。

当然，也是因为她现在无力回购张、赵二人的股份。

"你总得有个态度才行。"盛唐微有几分不满，"就算装也要装作支持我，是不是？你难道现在只关心何初顾了？"

"不，我关心的是何初顾的设计，对于你和沈葳蕤的资本，暂时先放到一边。资本固然重要，但对于一家产品公司来说，产品的销量，才是生存之本。"夏陌上对即将推出的新品信心满满，在以产品为导向的企业中，一款成功的产品拯救一家企业的事情，屡见不鲜。

只要新品大获成功，就有可能阻止盛唐和沈葳蕤收购云上的脚步。

"沈葳蕤一直觉得你喜欢何初顾，是不是真的？"盛唐对夏陌上和何初顾一起出差一事，耿耿于怀。

"怎么说话的，为什么是我喜欢他，为什么就不是他喜欢我？"夏陌上哼了一声，"不和你说了，要飞了。"

"还没过安检就说要飞了，夏姐骗人也是一套一套的。"于小星小声嘀咕，"小浦，你们女孩子说假话是不是想都不用想，张口就来？"

"不会呀，还是要想一下理顺一下逻辑的，总不能胡编乱造吧？"小浦很诚实，"就像上次我去洗澡了，实际上是不想和你聊天的假话。当时虽然没有洗澡，却是去洗头了，看，骗是骗你了，但也有一定的内在联系和生活逻辑，不是吗？"

夏陌上见何初顾在一旁发呆，就拉住了小浦的胳膊："小浦，等下我们逛逛免税店好不好？我打算送你一支口红，你喜欢什么颜色的？斩男色？初恋红？"

"夏姐，你想问什么就直说吧，送口红太没意思了，要送就送包。显然以你目前的经济状况，又送不起。"小浦毫不留情揭穿了夏陌上的意图。

夏陌上丝毫没有尴尬之意，她一直信奉的就是只要自己不尴尬尴尬的就是别人的理念。

"你哥何初顾，从小到大，你就没有发现他的缺点是什么吗？"想了想，语气又委婉了几分，"不，也不能说是缺点，应该说是不足或者说他最不擅长什么？"

小浦眯着眼睛想了想："他最不擅长泡妞了，钢铁直男，从来不会在女孩子面前表现自己。别的……没啦。"

这不是缺点是优点好不好？夏陌上有几分郁闷。

于小星悄悄说道："夏姐，据我观察，何哥最不擅长的事情好像是游泳……"

"不能吧！"夏陌上不信，"何初顾每周有一天是固定的游泳之夜，他挺喜欢游泳的。以我对他的了解，只要是他喜欢的事情，肯定要做到最好。比不上专业选手，至少也要超过大多数人。"

何初顾走了过来，冲于小星挥了挥手："借你手机用一下。"

前晚主力机丢了之后，夏陌上还有一部备用机，何初顾却没有，现在何初顾处于失联状态。按理说夏陌上应该赔何初顾一部新手机，可是实力不允许，她就只能拖一时算一时，假装没发生。

被何初顾意味深长的眼神瞥了一眼，夏陌上敏感地跳了起来："别这么看我，你手机丢了也不全是我的原因，而且我也陪你丢了一部手机，我们扯平了对吧？"

何初顾回应了夏陌上一个自己领会的眼神，到一旁打电话去了。

"其实你应该赔何哥一部手机的，夏姐，你想呀，手机是现代人时刻必带的物品，你送他的手机片刻不离身，他会无时无刻不想起你。"于小星摇了摇头，已经充分领会了夏陌上抠得精明抠得离奇的他，实在不想说什么了，"如果有机会，你可以邀请何哥一起去游泳，到时你就知道他到底是真会游泳，还是在逼自己游泳。"

前晚夏陌上和何初顾的手机飞到了田野之中，何初顾有那么一瞬间是想要过河去捡，迈出几步后，他在河边犹豫了片刻，摇了摇头，又收回了脚步。

于小星离得近，将细节看得清清楚楚。小河很窄，不足 5 米，以他的泳技，三两下就过去了。而何初顾的表现明显是怕水，不符合一个经常游泳的人的正常反应。

只能说明一点，何初顾就算经常游泳，也很怕水，或者说水给他带来过痛苦的回忆。

夏陌上见于小星说得笃定，眼珠转了几转："小星，这事儿你得帮我。事成之后，姐有重赏。"

"赏就算了，姐，要钱，你没有。要人，我对你又没有兴趣，我只爱小浦一个。"于小星不忘随时表白一下，"帮你可以，让你和何哥成了，小浦就死心了。"

"问题是要怎么帮？"

夏陌上用力一拍于小星的肩膀："好兄弟，够哥们儿。就这么说定了。下周我会组织一个游泳比赛，奖品是一部最新款的华为手机，你帮我邀请何初顾参加。"

何初顾打完电话回来了，把手机还给于小星："有件事情我得声明一下，葳蕤已经为我买了一部新手机，但是，夏陌上你欠我一部手机，别忘了。"

一部手机才多大的事情，非要强调出来不行？真小气！夏陌上假装不动声色："行，记住了，回去就还你手机。下周吧，下周华为新款手机上市，电子产品买新不买旧，是吧？"

飞机落地。

沈葳蕤出现在几人面前，她接上了何初顾、小浦和于小星，只扔下了夏陌上一人。

"车上没有座位了，不好意思夏总，你自己打车吧。"

好像谁没人接似的？夏陌上接了一个电话，得意地冲几人扬手："不用打车，盛唐来接我了。"

半路上，沈葳蕤放下于小星和小浦。

"于小星到底是什么来历？这么年轻，却很有钱的样子，又不像是富二代。"何初顾注意到了沈葳蕤见到于小星时惊讶的目光和微有变色的表情，猜测她可能认识于小星。

沈葳蕤确实对于小星追求小浦一事很是震惊，之前也没听于小星说过。不过她倒是乐见此事，听何初顾的意思，他并不知道于小星的真实身份。

第四十三章　夏陌上的策略

"我以前见过他一次，但不熟。"沈葳蕤知道打消一个人疑虑最好的方法是一半真话一半假话，半真半假最是让人难以分辨，"忘了是在哪个聚会上认识的。他确实不是天生的富二代，但好像听说他是一个私生子，正在被有钱的亲生父亲收回家里，说不定会继承一部分家产。"

"他倒是挺适合小浦的。"沈葳蕤暗中观察何初顾的反应。

何初顾没有正面回答："只要小浦开心，一切都好说。她不喜欢的，再优秀，也不行。"

"你的手机到底是怎么丢的？"昨天沈葳蕤一直联系不上何初顾，非常担心，如果不是今天一早何初顾借于小星手机打来电话，她就差点报警了。

不过当时她见是于小星的号码，差点上来就说漏嘴。还好平常她习惯等对方先说话，听到是何初顾的声音后，她还是吃了一惊，才知道于小星说是去上海玩，原来是和何初顾、夏陌上在一起。

"就是走夜路的时候，不小心脚下一滑，手机没拿稳就飞了出去，找不到了。"何初顾也没隐瞒，但只拣了最重要的部分说，忽略了细节。

"是不是当时夏陌上也在一起？"沈葳蕤不肯放过细节。

"是，她在，小浦和小星都在。我们一直是四个人一起行动。"何初顾回应了细节，并且补充了关键部分。

为什么他要强调他不是单独和夏陌上在一起呢？以前他可是从来不在乎他是单独还是和一群人一起与夏陌上相处，之所以解释清楚，是怕沈葳蕤误会，还是想急于择清自己和夏陌上的关系？

何初顾审视内心，发现了一些微妙而敏感的变化正在发生。

"手机就算摔在地上，也不至于找不回来吧？而且如果当时不是特别晚，也能马上买一部的。"沈葳蕤继续抓住细节大做文章，"是不是玩到特别晚，然后手机丢在了不该丢的地方，也找不回来了？"

何初顾皱眉："沈总是要审问我吗？我觉得工作之外的事情，都没有必要说得那么详细，会耽误时间。"

沈葳蕤生气了："不嘛，我就要你说。我觉得你和夏陌上有问题，就是故意失联，你们是不是在谈恋爱？"

何初顾被气笑了："我从小就认识她了，要是谈早就谈了，还用等到现在？"

"你不许和她谈恋爱，听到没有？"沈葳蕤加重了语气，半是嗔怪半是不满，"要谈也必须跟我谈，我才是最适合你的人！如果你背叛了我，后果很严重。"

何初顾反倒轻松地笑了："有多严重？是要开除我？"

"除了开除你之外，还要在行业内封杀你，让你无路可走！哼！"沈葳蕤猛然一踩刹车，"信不信到时我和你同归于尽。"

何初顾吓了一跳："葳蕤，你别激动……"又笑了，"你会采用什么样的方法和我同归于尽？"

"我……"沈葳蕤一时语塞，"我还没想好，反正不会让你好过。"

到了公司，沈葳蕤从办公桌上拿出一部手机递了过去："本来不想给你了，看在你除了恋爱还一心工作的分儿上，你先拿去用。"

"好。"何初顾也没客气，接了过来，"记得从我的工资里面扣出来。"

"我个人送你的，为什么要扣你工资？以后每次用手机你都会想起我，这钱花得值。"沈葳蕤摆了摆手，"说说上海之行的收获吧。"

上海之行确实收获满满，除了和夏陌上的关系更进了一步之外……何初顾吓了一跳，为什么脑中总是出现夏陌上的身影？他忙收回想法，正色道："进一步考察了丝绸行业的市场，深入一线了解了高端消费的需求，对于未来的丝绸原材料、工艺和技术的改进，有了初步的想法。以及如何拓展市场，更好地开发出来适应年轻消费者的新产品。"

在和沈葳蕤交流了对未来趋势的看法之后，沈葳蕤开始向何初顾抱怨盛唐的反水。

"我能理解盛唐对云上的野心，他想入股云上的理由也很充足，但我不喜欢他的做事方式，简直就是不讲道理没有规矩。前一刻还是合作伙伴，下一秒就翻脸无情，完全变成了竞争对手，连一点儿缓冲都没有。就像是……

一对恋人刚刚还恩爱缠绵，转眼间就恩断情绝，成了生死仇人，他做事情从来不考虑后路的吗？"

何初顾其实能理解盛唐的所作所为，沈葳蕤再优秀再厉害也毕竟是女孩子，总觉得不管是合作伙伴还是朋友，做事都会讲究人情和感情，实际上对于大多数商场男人而言，在事关切身利益时，很少顾及情面。

"现在是什么战况了？"何初顾不在意盛唐的态度，只关心战局。

沈葳蕤脸色不太好看："盛唐先和赵宣杰达成了共识，正在争取张德泉。张德泉还在犹豫，不过明显倾向于和盛唐合作……我约了张德泉和赵宣杰几次，他们都推托有事。"

盛唐下手挺快，这么说，就快要大功告成了？如果真让盛唐得手了，沈葳蕤之前所做的一切，都是为盛唐做了嫁衣裳。

原本夏陌上不想出售股份，几个股东也意愿不大。沈葳蕤经过一番努力，说服了梅晓琳和盛唐里应外合，才好不容易拿下了季虎。

季虎转让了股份之后，夏陌上也顺势而为，改变了主意，对于三大股东出售股份不再持反对态度，正是因此，才让盛唐觉得有机可乘了。

不过……何初顾又一想，这未尝不是夏陌上的策略，先抑后扬，有意为云上拖延时间，并且成功地让盛唐和沈葳蕤成为对手。

随即他又否定了自己的设想，夏陌上真有这么厉害就不是她了。

何初顾想了想，打定了主意："现在夏陌上的心思全在产品上，似乎对公司的内部事务听之任之了，也可以理解，她现在控制不了张德泉和赵宣杰，本着天要下雨娘要嫁人的想法，任由他们转让股份，也在情理之中。只要抓住了关键点——产品，只要产品在市场上大受欢迎，她就拥有了绝对的话语权。"

"更不用说她还始终牢牢掌控了云上的控股权。"

"至于张德泉和赵宣杰，就由我来对接，我有把握说服他们把股份转让给星河。不过……"何初顾微一停顿，神秘地一笑，"如果你告诉我你为什么非要收购云上的真相，也许会更有利于我说服他们。"

"时机还不成熟，时机一到，你会知道所有的秘密。"沈葳蕤又开心地笑了，"等有一天我们成为一家人，你会更加清楚事情背后的来龙去脉。"

这个就算了，他不喜欢设置前提的答案。

何初顾先是在星河忙了一天，下班的时候，盛唐敲门进来了。

虽然盛唐现在在收购云上股份的事情上和沈葳蕤针锋相对，但他毕竟还是星河的股东，在星河也有自己的办公室，是不是常来不重要，重要的是必须保留办公室才能彰显他的发言权。

"晚上有事吗？聚下？"盛唐笑眯眯的样子。

何初顾一脸不耐烦："一般到了饭点才叫人吃饭的，都是临时抓瞎顶包的。请人吃饭，至少要提前一到两天约好时间。"

"自己人，没那么多讲究。"盛唐居高临下地打量何初顾几眼，"我有很重要的事情要和你说，是关于夏陌上的。"

临江仙餐厅位于湖边，至于为什么不叫望海潮、观湖阁而非要叫临江仙，就不得而知了。或许是因为老板的个人喜好，从混杂了中西风格以及古典与简洁风的装修就可以看出，老板是一个品位复杂爱好多变的人。

何初顾挑了一个靠窗的位置，可以看到波光闪烁的湖面。灯光映照，湖水泛波，在夜色之下，既深邃又黝黑。

"不用为我省钱，两个人也可以要包间，不就是最低消费1500块吗？我平常吃饭每顿都要两三千。"对何初顾非要坐在大堂，盛唐有几分不满，"而且房间里面好说话，大堂太吵了。"

其实周围并不太吵，一是人少，二是餐厅布置得幽静而有氛围，再加上弥漫的古筝曲，没有人好意思高谈阔论。

"一、我们没有什么见不得人的事情要谈。二、大堂亮堂，方便说一些亮话。三、我不喜欢封闭的空间，尤其是和你在一起。"何初顾随便点了几个菜，"晚上我吃饭少，越随意越好。"

盛唐咧嘴笑笑，点了几道大菜："有人讲究食无求饱居无求安，有人认为食材必精，非精不吃。人和人的差距，真的太大了。"

"我对吃饭的理念是，爱吃的，多吃点。不爱吃的，少吃点。想吃时，放开了吃。不想吃时，别勉强。随遇而安。"何初顾喝了一口水，"说吧，想聊什么。"

第四十四章　何初顾的承诺

"要不喝点酒？"盛唐不等何初顾有所反应，就点了一瓶清酒，"清酒劲儿小，不上头。"

"非公事不喝酒，不好意思。"何初顾一口拒绝，"而且我也从来不喝日本清酒和韩国烧酒等勾兑的酒。"

"没关系，你不喝我喝。喝点小酒，方便说话。"酒上来后，盛唐连喝三杯，有了微醺的感觉，"酒壮尿人胆一点儿不假，我在大部分时候都不尿，就是在夏陌上的事情上，有点底气不足。"

"我就明说了吧，初顾，你和陌上不合适，我才是她命中注定的人。你别捣乱好不好？别跟我抢她，你有沈葳蕤了。"

何初顾不说话，只顾埋头吃东西。他喜欢后发制人，要等盛唐说完。

盛唐本来对夏陌上和何初顾一起出差上海一事没放在心上，只是当成了一次正常的商业活动。后来他发现了不对，夏陌上回来后，心情大好不说，还不时地哼着小曲，迈着轻快的步伐，像是在期待什么好事的到来。

更像是一朵鲜花将要开放时的状态，含苞待放，欲说还羞，就让盛唐心中大为震动，不好，夏陌上是要谈恋爱的征兆。

再推算近期她接触的适龄、单身、优秀的男人中，除了何初顾再也没有第二个人选。再联想到他们刚从上海出差回来，盛唐立刻得出了结论——在异地他乡，夏陌上和何初顾的频繁接触产生了化学反应，点燃了爱的火花。

毕竟，他们以前就有认识多年的基础。

为了保证夏陌上专属于他，盛唐决定要将夏陌上的爱情火花扼杀在火苗阶段，一旦星火燎原就来不及了。

"想要什么条件，你尽管提，我不会讨价还价，甚至还会加倍答应你。

对我来说，夏陌上就是我的全部，我不能失去她，承担不了没有她的后果。"
盛唐动之以情许之以利，"何初顾，你开个价。"

何初顾吃得差不多了，擦了擦嘴："夏陌上不是物品，没有办法用价值
衡量。她是一个有自我意识自我决定权的人，她选择谁，你说了不算，我说
了也不算。"

"我就想问个清楚，你一定要说真话，真心话！"盛唐又喝了一杯酒，"你
到底喜不喜欢夏陌上？"

何初顾愣住了，这个问题问得犀利，他到底喜不喜欢夏陌上？说不喜欢
是自欺欺人，说喜欢又似乎总觉得哪里不对，在他的潜意识里他就不应该喜
欢她，而要始终当她是竞争对手，是他前进道路上的鞭策。

但要说他不喜欢夏陌上，他也说不出口，他不是一个撒谎的人。

"请实话实说，别骗我，也别欺骗自己的内心。"盛唐继续喝酒。

"喜欢。"何初顾咬了咬牙，第一次认真地承认了自己对夏陌上的感情，
"可能是好感多一些。喜欢是一种很复杂的情感，包含了好感、亲近、亲切
和占有。但在没有产生占有的欲望之前，喜欢还是处于纯粹的层面。"

"意思是，你对夏陌上只有纯粹的好感和亲近，而没有占有的想法了？"
盛唐似乎很满意何初顾的回答，抿嘴笑了。

何初顾点了点头："第一，至少现阶段是，或者在内心更深处有不安分
的想法，我还没有发现。第二，至于夏陌上对我有没有征服和占有的想法，
就不知道了。"

"只要你没有就行，在男女关系中，向来是男人占主动。你不去主动招
惹夏陌上，她就不会爱上你，放心，你没有那么大的魅力。"盛唐开心地举
起酒杯，"祝你和沈葳蕤百年好合，早生贵子。"

何初顾不举杯："我和沈葳蕤没有感情上的关系，连喜欢都没有，你不
要乱说。我倒是觉得，其实你和沈葳蕤挺般配，你们在一起挺适合也挺互补。"

"我不管你以后和谁在一起，只要你答应我不去追求夏陌上，作为补偿，
我会答应你一个条件……"盛唐转动酒杯，笑得很得意，"我是一个事事讲

究公平的人，不会让你平白无故地为我牺牲。"

何初顾哈哈大笑："你错了，盛唐，我不是为你牺牲，我只是按照自己的想法规划自己的事业和感情而已。不过我接受你的提议，我保证不去主动追求夏陌上，前提是，你答应我在收购张德泉和赵宣杰股份的事情上，让步。"

只要他不主动去追求夏陌上就行，如果夏陌上主动追求他，他就没有办法了，也不算违规，何初顾暗暗发笑，他可不是坏，而是实事求是。

盛唐思索了一会儿："让步多少？"

"一家一半。"何初顾提出了条件，"你也不是真心想要在丝绸行业大有作为，只是想收购云上，在商业上收购和感情上征服夏陌上。如果你全部拿下了，反倒会引起夏陌上的警惕，甚至是反感。不如分一半给星河，这样一来，还能分散夏陌上的注意力。"

"毕竟，你想要的是夏陌上的人，而不是她的公司和事业，对吧？"

盛唐沉默了一会儿："以前我确实是只想征服夏陌上，收购她的公司也是基于喜欢她的前提。但现在我改变主意了，收购了她的公司，再把公司做大做强，更能证明我的能力。以后我和陌上在一起了，她还是会继续她的丝绸事业，我也要跟上她的脚步才行。"

"最近我恶补了不少相关的知识，也了解和熟悉了市场，现在差不多也算是半个行家了。不如这样……"盛唐似乎下定了决心，"我让出三分之一的股份给星河，到时我们一起帮陌上做大做强云上。我的目标是，云上收购星河。"

"三分之一就三分之一，成交。"何初顾举起酒杯和盛唐碰杯，"一言为定！预祝我们合作愉快！"

"一定会合作愉快。"盛唐笑得很灿烂很开心，"你就不怕我抢走沈葳蕤？怎么不提提不让我追求沈葳蕤的条件？"

"女孩不是追求来的，是吸引来的。不管是沈葳蕤还是夏陌上，只要你能追上，就是你的。追不上，就什么都别说了。"何初顾拍了拍盛唐的肩膀，"天生富二代、长得又帅、深情且专一，都是加分项。但在爱情的世界里，有时不按常理出牌，想要取得最后的胜利，除了先天的条件之外，后天的努力也至关重要。"

"你在教我怎么练习爱情？哈哈。"盛唐开心地大笑，"你一个木头人，一个单身主义者，一张从来没有过恋爱经历的白纸，还要教我怎么去爱？就像一个乞丐教亿万富翁怎么赚钱一样可笑。"

"晚安！"何初顾起身告辞，既不争辩也不解释，脸色平静如水。

一周后，云上的三款新品同时上市。

夏陌上从未像这次一样感到紧张和不安，焦急地等待市场的销售反馈。何初顾却不慌不忙，似乎对结果完全不关心，或是胸有成竹，认定自己会是最终的胜利者一样。

一天后，初步的销售结果出来了，夏陌上主导设计的平潮销量暂时领先二人共同设计的清晨以及何初顾主导设计的赋雨。

夏陌上很开心，正好何初顾也在云上，就直接来到了何初顾的办公室。

"我赢了，说吧，你服不服？"夏陌上见何初顾还在埋头工作，敲了敲桌子。

何初顾头也不抬："别烦我，还在做方案。才一天就着急下结论，就像考试一次，第一天只是小考，一周后是中考，一个月后才是大考。"

"首战告捷先庆功、孤芳而自赏、得意而忘形，是商场上的三大忌，你全有了。"

夏陌上愣了片刻，仰头大笑："最喜欢逗你玩时你认真的样子，又傻又可爱，像个天真的孩子。"

"能闭嘴吗？"何初顾脸色虽然不善，嘴角却有一丝压抑不住的笑意。

"行，你小你说了算。"夏陌上妥协了，坐到一边，静静地等何初顾工作。她沉迷在何初顾时而沉思时而皱眉时而微笑的表情中，阳光透过落地窗打在何初顾的脸上，他的侧面怎么这么好看呢？鼻梁高挺、嘴唇紧抿，天啊，睫毛这么长，是不是假睫毛呀？

"做完了，找我什么事情？"何初顾假装没有发现夏陌上对他的偷看，忍着笑，"如果是三款新品的销量问题，我建议你等一个月后再下结论。"

"不过总体来说，新品比之前推出的所有产品销量数据都要好，从上升的趋势来看，应该会有不错的销量。"

"行啦，知道啦，再给你一个月的幻想时间，到时我的平潮肯定会超过你的赋雨很多倍。"夏陌上掩饰不住笑意，"找你有两件事情，一是小浦提议，我和小星积极响应，我们成立了一个游泳队，决定每周举行一个游泳比赛，特意邀请你也参加。"

"二是关于云上下一步的管理层优化调整，以及产品设计思路的调整，我都需要听取你的意见，毕竟你除了是公司的董事之外，还是我妹妹的哥哥……"

"什么？你妹妹是谁？"何初顾被绕晕了。

第四十五章　事业上征服，爱情上收服

"小浦呀。哎呀，忘了告诉你，这一周我和小浦见面三次，我们特别聊得来，不但成了闺密，还认了姐妹。以后她就是我妹妹，我是她姐姐。"

"……"何初顾无语了，身为哥哥的他不但毫不知情，还有一种被抛弃的感觉，他随即想到了什么，"夏陌上，你别想通过小浦接近我，我们之间是不可能的，是没有结果的。"

夏陌上回来后不久就想通了，这么多年来她一直坚持单身主义原则，不是真的喜欢单身，而是心里始终放不下一个人——何初顾！

他是她的童年阴影、少年英雄、青年对手和现在的商业伙伴以及良师益友，在她的心目中，何初顾既是她无法翻越的高山，也是她人生理想中最需要实现的目标，更是一个符号。

一个激励她前进引导她奋发向上让她永不停息的符号。

正是因为何初顾，才让她认为不管在生理还是心理以及智商、情商层面，女人从来都不弱于男人，甚至比男人还强大。尽管男人在大事、大考面前，更冷静更能沉得住气，但只要认真学习努力提升，女人也一样不管是小考还是大考，都可以和男人并驾齐驱，甚至超越男人也很正常。

如果不是何初顾，也许就没有现在的夏陌上。夏陌上的优秀和努力，与何初顾的强大与伴随密不可分。有时在人生的道路上，有一个始终无法战胜的竞争对手也是一件幸事，会时刻提醒你必须警醒必须兢兢业业，否则就会落后就会输得很惨。

也许就是在不断较量的过程中，她不知不觉就喜欢上了何初顾。何初顾占据了她感情世界的全部，他就如高山上的一朵雪莲，虽清冷且高高在上，却始终在她的视线之内，让她时刻不敢懈怠，并且跑步前进。

谁说女人就得依附男人？女人想要强大想要真正的自立，就得做出和男人一样的成绩，而不是凭借性别弱势来获取利益。夏陌上最欣赏的就是何初顾在对她的激励和鞭策中，从来没有因为她是女性而谦让她。

在事业上不谦让女性才是对女性觉醒的最大尊重！

不管是盛唐还是以前遇到的众多追求者，夏陌上之所以拒绝并且完全不给对方机会，就是因为在下意识里她会拿何初顾当成标杆来和对方对比。只要对方其中一项不如何初顾优秀，就会被她过滤掉。

怎么还会有比何初顾更优秀的人呢？也许有，但她没有耐心和信心再花同样的时间去了解他，在她的生命中，再也没有任何一个人可以像何初顾一样走进她的心里，影响了她生命的进程十几年之久！

十几年来，何初顾就像是一道光，从来未曾离开片刻！

上海之行彻底打开了夏陌上的心扉，让她明白了一个道理，既然女性在学习上可以和男性一争高下，在事业上可以和男性平起平坐，那么在爱情上为什么还要被动地等待男性追求？

总是认为在爱情的世界里男人就该主动而女人应该等待，不也是女性自我矮化的一种心理暗示吗？

不，她就要打破一切陈规，只要是她可以争取的，就要努力争取。否则等何初顾喜欢上别人，自己再后悔不就晚了？

不要后悔当初没有做过，只有做过了，哪怕没有成功，也算是对自己有一个交代。夏陌上下定了决心，以前在考试上，她没有最终胜得了何初顾。现在的事业上，她要打败何初顾，并且在爱情上，她更要征服何初顾。

"真的没有可能吗？不试过怎么知道？不努力就说不可能，不是我的风格。"夏陌上大方地承认了，"何初顾，我现在郑重其事地通知你，我看上你了，从今天起，我要追求你，直到追到手为止。"

"在我追求你期间，我们要约法三章。"

何初顾笑了："你要追求我，还要跟我约法三章？太霸道了吧？"

"要的就是霸道范儿。你听好了。"夏陌上背起双手仰起小脸，既得意又嚣张。

"行，你说。"何初顾饶有兴趣地抱起双手。

"第一，我们要明确一点，是我主动追求你，不是你追我，所以是我主你次。"

"第二，虽然我没有权利要求你不能喜欢别人，至少在我们约定的期限内，你不能喜欢上别人。或者你如果有了喜欢的人，一定要告诉我，不要让我浪费时间。"

"第三，如果你喜欢上了我，请一定要告诉我。还有，你要给我一个进度条，别浪费我的时间又耽误你的事情，OK？进度条可以简单点，就三格，第一格是你不讨厌我，愿意和我接触。第二格是你对我有好感，喜欢和我在一起吃饭、聊天、看电影，喜欢和我互动。第三格是你喜欢上了我，期待与我有进一步的发展……"

夏陌上说了半天，见何初顾木头一样没有反应："喂喂喂，你别傻愣着没有互动，给个反馈，现在的进度条是第几格？"

何初顾不笑，一脸严肃很认真地想了一会儿："你就没有想过另外一种可能：我压根儿对你没有任何感觉，你根本就没有机会追到我？"

"没有，我从来不打无准备之仗。我认识你又不是一天两天了，你装得再像我也能看出来，你不讨厌我，对我也有那么一丢丢的好感。"夏陌上嘻嘻一笑，"对我来说这就足够了，只要不讨厌我，以我的优秀和才貌，哪个男人在面对我的主动追求时会不动心？"

"这么自信？"何初顾从容地笑了，"如果我现在就拒绝你呢？"

"这个……有这么直接不给面子的吗？"夏陌上假装有几分慌乱，"如果你现在拒绝了我，我明天再来试试。"

"扑哧……"何初顾被逗笑了，"你这么有毅力吗？"

"你以为呢？如果不是有毅力又厉害，这些年我能一直考第一？喊，以为都跟你一样平常不用功，就临阵磨枪，最后碰巧考个全校第一！"

"碰巧都能考个第一，说明你以前的努力得多没用，你有多无能！"何初顾收拾东西准备下班。

"先别走，我约了小浦和小星今晚一起去游泳。"夏陌上挡在了门口，"他们让我出面邀请你，我是觉得你应该不敢去，因为比赛规矩是谁输了谁请客。"

"我参加。"何初顾毫不犹豫地就答应下来，"我是因为小浦，不能让她一个人穿着泳衣在人多的地方，我得看着她！"

夏陌上得意地笑了，不管何初顾因为什么理由参加，只要参加，她就赢了第一局。

何初顾也会心地笑了，夏陌上的伎俩他都看得明白，看破不说破既是智慧，也是顺水推舟。主要也是因为他本来对夏陌上不排斥不讨厌有好感，如果他完全不喜欢夏陌上，他会愿意尽心尽力地帮她？

不知道夏陌上有没有察觉到他每一个方案的背后，都有意在帮她解决问题渡过难关，并且迈向更高的台阶。

既然要一起游泳，晚饭就肯定有足够的理由一起吃了。夏陌上和何初顾下楼，一出门就遇到了盛唐。

盛唐脸色很差，愣了一愣："出双入对，这是谈恋爱的节奏？"

夏陌上脸色一沉："要你管？有事说事，没事让开。"

"对自家的股东用这样的态度，不是正常的待客之道呀，陌上。"盛唐不敢对夏陌上假以颜色，却对何初顾瞪了瞪眼睛，"何初顾，你忘了你答应我什么了？"

"没忘。"何初顾回答得倒也干脆，"我和夏陌上是正常的来往，你总不会想要干涉我和夏陌上除了工作之外的任何私下接触吧？"

"不会不会，我没那么霸道，也没这么小气。"盛唐勉强一笑，将夏陌上拉到一边，"现在张德泉和赵宣杰已经决定全部转让他们名下的股份，我打算接手三分之二，三分之一由星河收购。这样算下来，加上之前季虎的股份，星河手里就有云上 15% 的股份了。"

"然后呢？"夏陌上瞪大一双无辜而天真的大眼睛，"星河 15，你 25，我60，依然是良性的股权架构，我保留了绝对控股权，你不会想和星河一起对付我吧？"

"不不不，我是想提醒你一下，星河的野心可不仅仅是云上15%的股份，他们的目标至少是要持股30%以上，甚至是控股。"盛唐的眼神扫向在一旁站立的何初顾，"我总觉得哪里不对，但又说不上来是哪个环节有问题。你不会觉得何初顾会背叛星河然后帮助你吧？"

"帮助我不一定非要背叛星河，商场上许多事情不是零和游戏，有可以双赢的结果。"夏陌上故作老成地拍了拍盛唐的肩膀，"凡事多想是好事，但事事想多，就是自寻烦恼了。"

"何初顾，别忘了你对我的承诺。"盛唐对何初顾的背影喊了一声，眼神中流露出怀疑和不安的情绪。

何初顾扬了扬手。

到了游泳馆，小浦和于小星已经到了。

夏陌上换好了泳衣，腿长，腰细，肤白，貌美，身材傲然的她当前一站，吸引了不少人的目光。和她相比，小浦脖颈更长、皮肤更紧致而有色泽。

第四十五章　事业上征服，爱情上收服

第四十六章　赢的人未必得到

何初顾身材也不错，虽然还没有练出六块腹肌，但浑身上下没有一丝赘肉。于小星就差了一些，胖是不胖，却明显缺少锻炼而没有足够的紧绷。

何初顾将小浦拉到一边。

"翅膀硬了是吧？总是和别人合伙来捉弄哥哥，说，你到底想干什么？"何初顾瞪眼皱眉，却没有他想要的气势，反倒是好凶的表情。

小浦被吓乐了："哥，你怎么会觉得我胳膊肘往外拐呢？不管什么时候我都是和你一队的呀。陌上姐说了，如果能请你一起游泳，她会送你一部手机，附带也送我一部。我主要是想你不是刚丢了手机吗？"

"一部手机就收买了你，小浦，你变了。"何初顾痛心疾首，"你是不是还告诉夏陌上我怕水？"

"没，绝对没有。"小浦眼珠转了几转，"不过……好像小星发现了你的秘密。"

"哼！就知道夏陌上没安好心。"何初顾气愤难平，"她是不是觉得我以前怕水现在和以后都会怕水？她打错了算盘。"

"哥，你觉得我的算盘又是什么？"小浦仰着头，笑得很烂漫。

"你是想撮合小星和夏陌上，然后你就没有了夏陌上的威胁。小星是想撮合我和夏陌上，然后他就没有了我的威胁。"何初顾思路清晰。

"那陌上姐的盘算呢？"

"是为了打败我，好赢我一次。也是为了让我喜欢上她，同时，她还想促成你和小星在一起。"

小浦点了点头："大人的世界好复杂，我不想跟你们一样累。那么哥哥，你又打的是什么算盘？我们 4 个人，人人都有自己的算盘，不管最后谁赢，总得有 3 个人输，对不对？"

何初顾愣住了，想了一想："我只是想让夏陌上知道，她不管怎么努力，都赢不了我。"

"是总得有一个人赢，但也未必会有人输。有时赢的人未必得到，输的人也不一定失去。"何初顾说了一句很哲理的话，"走，比赛去。"

比赛按照夏陌上的安排，分为三组：第一组是四人自由泳，第二组是她和何初顾仰泳，第三组是小浦和小星蛙泳。奖品由她提供，每组的第一名都是一部最新款的华为手机。

"最新款的华为手机要一周后才上市。"何初顾提醒夏陌上，"你要骗人也要用心才行，别用空中楼阁来蒙事。"

"你想多了，我答应的事情绝对会兑现。我又没说是现在，谁规定不能一周后再发奖，是不是？"夏陌上做了做舒展运动，"你别想了，不管怎么努力你都拿不到第一名。"

何初顾不以为然地笑了笑："在和我的每一次比赛中，你从来就没有在决胜局赢过。"

"历史即将被改写。"夏陌上跳入了水中，游了一圈回来，"马上开始，要热身的赶紧。"

结果让所有人都大吃一惊的是，第一组四人自由泳，何初顾第一名。

而在小浦和小星的蛙泳比赛中，小浦获胜。不过明显能看得出来小星暗中放水，就是故意要让小浦赢。

最后一组是夏陌上和何初顾的仰泳。

从第一轮的自由泳来看，夏陌上落后何初顾一个身子，明显不是何初顾的对手。于小星暗中提醒何初顾要适当放慢速度，毕竟爱情第一比赛第二。

却被何初顾鄙视了："爱情是吸引来的，不是追求来的。你越是步步退让，越会让她觉得你没有价值。"

"不是呀，我很照顾小浦，包容她纵容她，她就很开心，很享受被我无微不至的关怀。她可以不那么喜欢我，但只要她习惯了我的照顾依赖于我的关怀，我就成功了。"于小星嘻嘻一笑，"何哥，女孩不同，方法不同，要学会因地制宜因人而异。"

"所以，最后决胜局，你还打算赢夏姐吗？反正你刚才已经拿下了一局，就算输了这局，也不过打成平手。"

"肯定要赢的，在我的人生字典里，'输'字已经被我删除了。"

于小星痛苦地摇了摇头："也不知道夏姐什么时候瞎了眼，她偏偏就看上了你。你得感激她，何哥，像夏姐这样人美心好又眼瞎的女孩，你这辈子都不会再遇到第二个了。"

"你上辈子肯定拯救了银河系。"

何初顾才不理会于小星的牢骚，他和夏陌上并肩站好，等待着小浦的号令。

夏陌上昂首挺胸，故意秀身材："好看不？有料吧？"

何初顾目不斜视："集中精力，准备战斗。等下输了别哭就行。"

"傻子！"夏陌上气得翻了个白眼。不对呀，于小星不是说何初顾怕水，怎么刚才游泳的时候他生龙活虎，完全没有怕水的迹象，倒像是浪里白条很喜欢水一样。

难道是于小星观察有误？

真要是这样的话，今天的一局她就白费心机了，真是的，以她的聪明才智居然还会落空，太丢人了。不行，最后一局一定得赢了何初顾，否则他不知道要嚣张得意到几时！

"预备，开始！"小浦下达了命令。

夏陌上纵身一跃，如出海蛟龙跳入水中，起跳还算完美，没有落后何初顾太多。她用尽全身力气，脚蹬手划，很快就游完了第一轮。

一共四轮。

第一轮过后，何初顾领先3秒。

第二轮过后，何初顾领先2秒。

第三轮过后，何初顾领先1秒。

第四轮，决胜轮。

按照夏陌上和何初顾数次交手的经验，第四轮是何初顾发力轮，因为是决胜轮。但她却惊奇地发现，何初顾不但没有加速，反倒越来越慢了。她追上了何初顾，超越了他，落下他半个身子，然后是一个身子。

领先他足有3秒了。

胜利在望，何初顾没有可能翻盘了，夏陌上大喜，她总算大大方方地赢何初顾一次了。

就在夏陌上的手触及终点的一刻，猛然听到小浦声嘶力竭的一声呼唤："哥，哥！你怎么了？"

紧接着于小星跳到了水中，扶起了正在缓缓下沉的何初顾。

何初顾紧闭双眼，脸色铁青嘴唇红紫，已经昏迷不醒了。

夏陌上惊得跳了起来："何初顾，你别吓我！算你赢了好不好？你别这样，我认输还不行吗？"

回答她的是何初顾痛苦的表情和紧皱的眉头。

被紧急送到医院后，医生检查了一番，很是不解地问夏陌上："你丈夫是心理障碍，应该是怕水引发的休克，可能是以前在水里受到创伤，才有了应激反应。你这个妻子不称职呀，怎么还能让他下水？"

人是没有大碍，就是由于过于紧张和恐惧导致的昏迷。

夏陌上忙辩解："我不是他妻子，连女朋友都算不上，顶多就是比朋友更密切比恋人有所不如的阶段。"

"什么什么？你说他以前在水里受过创伤？他总是说他喜欢游泳，不怕水。"

医生耐心地解释："有些心理素质强大的人，为了克服自己的心理障碍，会不断地挑战自己的极限。比如有人恐高，偏偏要站在高处；有人怕水，就总是游泳；有人怕火，就天天玩火……"

夏陌上一咧嘴："这不是有病吗？"

"你严肃点！你是医生还是我是医生？"医生生气了，一拍桌子，"这不

第四十六章 赢的人未必得到

是有病，这是治病。你既然不是病人家属，就离远点儿，别影响我工作。"

夏陌上也不恼，呵呵一笑："可是我是他的未来家属，他现在的健康关系到我们未来家庭生活的幸福……医生，他多久能好？"

"你离他越远，他就好得越快。"医生推开夏陌上，招呼小浦和于小星，"据我观察，她离病人越近，病人的心跳就越快，呼吸就越急促，说明病人在昏迷中对她依然有戒备心理。你们一定要保护病人不会受到她的骚扰……"

"我……"夏陌上急得团团转，"医生，他是因为我才昏迷的，我不能不管他，我想照顾他……"

不管夏陌上如何哀求和表演，最终还是被小浦和于小星连哄带劝地带离了病房。

夏陌上刚走，何初顾就睁开了双眼，长叹一声："总算走了！太尴尬了，居然在夏陌上面前晕倒了，我这一辈子不败的战绩算是破例了。"

何初顾其实早在刚送到医院时就醒了，之所以一直秘而不宣，是不愿意清醒着面对夏陌上，因为他觉得太丢人了。

在最后一局比赛中，何初顾原本开局不错中段领先，后来在最后冲刺时，他的恐水症发作，眼前一黑就失去了意识。

原本以为他已经克服了内心的恐惧，不再怕水，多年来一直坚持游泳，就是为了让自己勇敢起来。尽管在上海的夜晚，面对黑暗之中并不算宽也应该不深的小水沟时，他的内心挣扎了一下，最终还是借口由于夜太深环境太陌生而没有游过去寻找手机。

其实是内心深处恐水症的发作阻止了他的步伐。否则以他的性格，肯定会用尽一切方法找回手机。

第四十七章　人生出场的顺序

当时并没有深思，以为只是黑暗激发了内心深处的恐惧，所以何初顾对夏陌上邀请他来游泳不以为然。毕竟他游泳多年，在泳池中所向披靡的他，早就克服了在英国留学时的不幸事件为他带来的心理创伤。

却还是不曾想到，在最后一局时，他由于求胜心切，不小心呛了一口水，脑海中再次呈现当年的情景，无边的恐惧感袭来，他越是告诫自己不要害怕，事情已经过去多年，他早就不再是当年的他，却越是手忙脚乱，越是控制不住自己的思想，越是被恐惧淹没。没想到他用了几年的时间战胜的心魔，还是没有根除，在最关键的时刻发作，将他彻底吞没。

醒来后的何初顾第一个念头是自责，不应该，太不应该，他多年的努力就此功亏一篑，太让人伤心了。第二个想法就是坏了，当面输给了夏陌上一次，太丢人了，这事儿夏陌上肯定能记一辈子，以后会被她不断用来嘲笑他打击他。

"我没事了，我要回去。"何初顾挣扎着起来，"你们出去看看夏陌上走了没有？等她走了我就出院，别让她看见，也别让她知道。"

小浦愤愤不平："她太可恶了，害得哥哥差点儿出事，我要和她一刀两断，拉黑她！"

于小星劝道："先别冲动，夏姐也不是有意的，她也不是坏人，也是为了和何哥增进感情。对了，她刚才交了住院费用，还说要去买补品。"

小浦出去看了一圈，没有发现夏陌上的影子。在她和于小星的掩护下，何初顾溜出了医院。

夏陌上买了一堆营养品回来，发现人不见了，问了医生才知道何初顾出院了，当即大急。打何初顾电话，关机。打小浦电话，无人接听。打于小星电话，通话中。

故意不理她是吧？夏陌上先是回了公司，管雨儿说何初顾没来过。她就又去了星河，沈葳蕤说何初顾没回来。

又联系了盛唐，也说没有见过何初顾。

没办法，夏陌上只好冲到了何初顾的公寓。结果敲门半天，还是没人。

敲门声音过大，惹得邻居开门出来表示不满。

是一个打扮十分妖艳的女孩。

"拜托能不能有点素质，大白天的敲门这么响，不知道别人在睡觉？"

"不好意思打扰你睡觉了，真不知道有什么正经人会在白天睡觉。"夏陌上嘴上道歉语气上却没有一丝歉意，"下次晚上来再敲响一些，好不好？"

"你是他女朋友吧？"妖艳女孩上下打量夏陌上几眼，"头一次见有女孩敲他的门，我一直以为他有病来着，年少多金又酷，却从来没有带过女孩回家，不是有病是什么？"

"不过……他的眼光也不怎么样，怎么会选你？还以为他多有品位呢，喊，白高看他一眼了。"妖艳女孩打了一个大大的哈欠，"我要睡觉了，你别再敲门了，他白天从来不在家。"

夏陌上一个人走在大街上，神情恍惚，感觉一切都那么不真实。她没有回击妖艳女孩对她的评价，只是在想何初顾到底是怎么了，为什么要躲着她？

何初顾失踪了！

确定何初顾真的失踪的消息，已经是第二天下午了。夏陌上正在办公室处理事情，管雨儿慌慌张张地跑了进来。

"不好了头儿，好几个人闯了进来，不听劝不听拦，非要找你要人。"管雨儿吓得惊慌失措，"我顶不住了，再多坚持一秒估计就小命不保了。"

"滚远点儿，屁大的事情都会让你说成天大。"夏陌上笑骂了一句，还没有站起来，门就被人猛地推开了。

沈葳蕤气势汹汹地冲了进来。

"夏陌上，何初顾人在哪里？你到底做了什么让他躲了起来？"

夏陌上一头雾水："我不知道他在哪里，我也在找他！我没做什么呀，不对，你凭空指责我就是诬陷我。"

话音刚落，小浦和于小星也冲了进来。

"夏姐，你到底把我哥藏在了哪里，他不见了！电话关机、微信不回，一整天不见人影，他真的失踪了！"

小浦急得眼泪在眼睛里打转。

沈葳蕤抱住小浦的肩膀："小浦不怕，有我在，一定会找到他的。"

又看向了于小星："小星，夏陌上到底做了什么事情？"

于小星欲言又止。

夏陌上主动说出了事情的经过："应该是和游泳事件有关。医生说他只是应激反应，并没有什么大事，休息一下就好了，不知道为什么失踪了……"

"你可真行！"沈葳蕤狠狠地瞪了夏陌上一眼，"当年初顾在水里受过创伤，他自己花了几年时间才克服障碍，你却让他一夜回到解放前。"

"不好，他可能回英国了。"

"我又不知道他以前发生过什么……"夏陌上嘴硬，小声嘟囔了一句，猛然愣住，"他去英国了？他的创伤是在英国的事情？"

"不告诉你！"沈葳蕤骄傲地昂起下巴，"这是我和他之间的秘密。"

"你和他才认识多少年，有我和他之间的秘密多？他穿开裆裤时我就和他一起玩泥巴了，他有什么秘密是我不知道的？"夏陌上针锋相对。

管雨儿痛苦地捂住了眼睛，头儿的反击虽然犀利，但也太低俗了，甚至有几分恶趣味，不过……她喜欢就行了，管别人是不是适应。

沈葳蕤嫌弃地一咧嘴："夏陌上，你够了！我警告你，以后离何初顾远一点，我不允许你再伤害他。"

"你是他什么人？凭什么替他做主？呵呵！"夏陌上冷笑，"既然你非要挑衅，好，我就给你立个规矩。我已经正式决定追求何初顾，以半年为限。半年之内，我一定会拿下他，让他成为我的正牌男友。"

"你没有机会了，沈葳蕤！"

沈葳蕤怒极反笑："是吗？夏陌上，别以为你和何初顾算是半个青梅竹马，你就占了先机。你不知道在英国留学期间，我和他都经历了什么！我和他经历过生死，在生死难关面前，你和他提前认识的十几年只不过是小孩子过家家的把戏，对于感情的加深毫无用处。"

"我也正告你，夏陌上，我不但要收购了你的公司，还要从你身边彻底抢走何初顾！我要让你一无所有！"

沈葳蕤摔门而去。

"轻点，门挺贵的，摔坏了你可得三倍赔偿！"夏陌上非但没有生气，反倒嬉皮笑脸。

"头儿，戏过了，严肃点。"管雨儿左看看小浦右看看于小星，"你们到底是哪一边的？"

于小星拉住了小浦的胳膊："我永远跟小浦走。"

小浦甩开他："我只在乎我哥，他喜欢谁，我就站谁的一边。"

管雨儿点了点头："妥了，头儿，你现在唯一的也是最强有力的对手就是沈葳蕤，你得好好想想怎么和她过招吧。不管是商业上还是感情上，我觉得你现在的处境都不太妙。"

"据最新的可靠消息，盛唐只拿到了张德泉和赵宣杰名下股份的三分之一，另外的三分之二被沈葳蕤签下了。"

"真的假的？怎么可能？"夏陌上不信，盛唐之前还信誓旦旦地说他能拿到三分之二的股份，怎么一转眼就变了比例。

"是真的,事情……还是何初顾一手促成的。"管雨儿低低的声音,低着头,"张叔说，何初顾找他和赵宣杰长谈了一次，他和赵宣杰决定把手中的大部分股份卖给星河而不是盛唐。"

夏陌上感觉有些时空错乱了："什么时候的事情？"

"今天上午。"管雨儿一脸委屈，"我也是刚刚知道消息，现在合同都签了。"

"啊！"夏陌上愣住了，随即一想，"合同签了也没用，如果我不同意，还不是废纸一张？"

"何初顾！"盛唐愤怒的声音在外面响起，"你出来，你个浑蛋立刻马上出现在我面前！"

看来盛唐也是才知道，夏陌上无力地挥了挥手："让他别吵了，赶紧进来，丢人。"

盛唐一进门就大喊："陌上，何初顾是不是躲了起来？这小子背后说服了张德泉和赵宣杰，然后就不见了人影，行啊，玩失踪，看我不收拾他。"

夏陌上一拍桌子："你闭嘴！再嚷嚷就打跑你。"

盛唐立马声音低了三分："陌上，何初顾到底人在哪里？不行，我非得和他好好说道说道不可。我原本已经答应他让他三分之一，他倒好，直接拿走了三分之二，太不讲究了吧？"

夏陌上时刻不忘自己的立场："你答应让给何初顾三分之一的股份，何初顾有没有答应你只拿三分之一呢？"

盛唐顿时语塞："我……这倒没有。"

"也许这三分之二还是他凭本事拿下的，你再把剩下的三分之一让给他吧，这样他就拿到了全部，圆满了。"夏陌上心里担心何初顾的下落，表面上却不动声色。

"这是耍赖！是偷换概念！是诡辩！"盛唐气坏了，"陌上，你不能总是这么偏向何初顾，我才是对你最好的人。"

第四十七章 人生出场的顺序

第四十八章　说最温柔的话，办最硬的事

夏陌上摆了摆手："我和何初顾的事情，不需要别人来管。你和他的事情，我也不想插手。反正我的态度很明确，不管你们是谁说服了张德泉和赵宣杰，我都不会阻拦。"

"啊？"盛唐大为惊讶，"陌上，你变了。不再是以前天真烂漫的女孩了，你变得有心机有手腕顺应时势机智多变了。我都快要不认识你了。"

"你从来就没有真正认识我。"夏陌上坐回了座位，微微一笑，"我是一个远比你认识的复杂得多的人，盛唐，你把我想得太简单了。"

"哈哈，是吗？真正复杂的人从来不会说自己复杂。"盛唐又笑了，"你放心，我不会放弃的，我会继续努力，争取扳回一局，不让何初顾的阴谋得逞。"

"他人呢？"

"不知道。"夏陌上下了逐客令，"你让我静静，我想些事情。"

"陌上，不如你把你名下股份的一部分转让给我，只要你持股比例超过51%就行，我肯定不会在价格上亏待你。"盛唐试图打动夏陌上。

夏陌上微有疲惫："让我好好想想。"

盛唐一走，小浦和于小星也在管雨儿的劝说下，离开了。夏陌上一个人静坐在办公室里，翻看何初顾的朋友圈。

这家伙到底去了哪里？好吧，就算沈葳蕤说对了是去了英国，可是英国那么大，他具体是在哪里？

一个人的所思所想，多少都会在朋友圈中体现出来，就看你是不是细心有没有观察力了。何初顾的朋友圈没有设置多久可见，可以看到全部的内容。也是因为他基本上很少发朋友圈。

几年来，总共才几十条而已。

夏陌上从头翻起。

凭借她理科学霸严谨的逻辑思维和缜密的推理能力，从何初顾有限的几十条朋友圈中抽丝剥茧，终于被她发现了蛛丝马迹。

何初顾发朋友圈很有规律，要么是重大事件的记录，要么是庆祝毕业、找到工作、项目的完成以及升迁，除非是人生中的非常时刻，否则他不会无意义地发布。

在他的朋友圈中，根本就看不到食物、鲜花、风景照以及无病呻吟的文字。

夏陌上总结了一下，何初顾的朋友圈中，关于英国的有 10 条，所占比例大概有五分之一的样子。

对于他 26 岁的人生和几十条的朋友圈总量来说，已经不算少了。

英国的朋友圈中，三条是关于入学、考试和毕业的，四条是英国几个著名景点的定位，但没有游人照，只有几句感慨。

另外三条就很奇怪了，定位是泰晤士河、塞文河和特伦特河，除了一张河流的照片之外，上面分别有一句话。

三条河分别是英国的前三大河流。

泰晤士河——原谅归原谅，信任归信任。

塞文河——你越是在意的事情，越是你内心的渴望和欠缺。

特伦特河——害怕是最没用的情绪，克服恐惧，战胜自己，才能迎来新生。

……何初顾在英国到底经历了什么？夏陌上隐隐约约觉得她抓住了什么，她抓起了电话。

"雨儿，帮我订一张到英国的机票，立刻马上现在，最快的航班。"

管雨儿推门进来："头儿，去一趟英国要花不少钱，现在公司账上钱不多了。新推出的三款产品基本上花光了公司的现金流……"

"用信用卡买票。"夏陌上决定放手一搏，何初顾不但是她爱情的赌注，也是她事业的基石，"还有，再帮我订好酒店……只要安全就行，差一点儿没关系。"

"头儿，我劝你三思，劝你……"

"我劝你善良劝你赶紧的。"夏陌上打断了管雨儿的话，"如果我没猜错的话，现在沈葳蕤已经前往机场了，我不能落后她太多，要不就没有机会了。"

"机会得靠自己争取，不是等来的。"

管雨儿撇嘴："我从来没有觉得何初顾是什么机会，盛唐才是。你是捡了芝麻丢了西瓜。"

"何初顾是一吨芝麻，盛唐是一个西瓜，你说哪个更值钱？"夏陌上作势欲打管雨儿，"你要是跟我一样有眼光有魄力，就会你是老板我是助理了。"

"头儿，我错了，我立马照办还不行吗？"管雨儿吓着了，"求求你千万别让我当老板，我不配。如果我做错了什么让你觉得我能胜任老板，我改还不行吗？"

"滚你。"夏陌上气笑了。

去往英国的航班一天只有两班，夏陌上错过了第一班，第二班要等到晚上。

再打沈葳蕤电话，提示关机。又让管雨儿联系了沈葳蕤的助理丫然，果然是出差了，具体去哪里，她不知道。

丫然应该不是不知道，而是不说。

距离航班起飞还有五个小时，夏陌上在办公室安然如松，十分淡定，就连张德泉和赵宣杰同时前来和她谈事，她也镇静自若。

"既然张叔和赵叔都决定了，我也不勉强留您二位。你们转让股份的事情，我也不会阻拦，但我有一个前提条件……"夏陌上微微停顿，观察了一下二人脸色，"在同等条件下，尽量把股份转让给星河。"

"为什么？"二人异口同声，一脸惊讶。

相对来说，盛唐远比星河的威胁小，星河才是真正对云上虎视眈眈的人。而盛唐刨去对夏陌上的感情因素，他对云上的管理和经营也并没有太多想法。

星河是想控股云上并且要对云上进行全盘改造。

也可以说盛唐只想和云上结婚，而不会对云上指手画脚。星河则是想要娶了云上，并且要云上完全按照他的思路和方式来调整。

"不为什么，我希望这份功劳让何初顾拿到。如果二位叔叔到时非要不配合我的要求，说不定我也会否决你们的股份交易。是，我是没钱收购你们手中的股份，但拖上一年半载的，也可以做到，是不是？"夏陌上态度坚决语气却很委婉。

说最温柔的话，办最硬的事。

张德泉和赵宣杰对视一眼，二人都从对方眼中看出了惊慌和不安。

经过一段时间的相处，他们也算基本上了解了夏陌上的做事风格，和夏想不同的是，夏陌上做事更坚定更干脆，并且也更不讲情面。虽然年轻，却事事得体。就算有莽撞和失误，也能很快修正错误，并且迅速调整。

更让他们惊讶的是，自从何初顾以董事的身份进入公司之后，夏陌上的变化更加明显。如果说以前的夏陌上青涩大于成熟，现在的她，则是稳重大于草率。

似乎是何初顾的存在让夏陌上找到了自信和方向。

联想到夏陌上和何初顾一路的比试和较量，何初顾更像是一条鲇鱼，激发了夏陌上的激情和活力。

夏陌上在公司拥有绝对的控股权，她在无力回购他们股份的前提之下，是没有办法阻止他们的出售，但要拖延他们一段时间，也不在话下。

反正卖谁都是卖，既然何初顾前期做了大量的工作，现在夏陌上也倾向于星河，他们何不卖一个顺水人情？

二人同时点头。

夏陌上很满意二人的表现，好奇地问："何初顾到底是怎么说服了你们？"

张德泉先开口："何先生先是从大局出发，让我意识到只有星河才能真正地带领云上走出困境，并且进一步拓展市场。他又提出星河虽然想要收购云上，但并不是想要雪藏云上的品牌，而是想要把云上的品牌打造成高端品牌，星河品牌用来占领中低端市场。"

赵宣杰补充："何先生开出的价格并不高，和盛唐的一样。以我对星河的了解，对比之下，盛唐真的接手了云上，会是云上的灾难。虽然盛唐对云上可能更加放手，但云上这么多年来积重难返，需要强有力的外因才能打破固有的问题。"

张德泉点头："我们对云上有感情，就算卖掉了股份，也不希望云上倒下。经过和盛总、何先生的接触下来发现，还是何先生对于丝绸行业有热爱，并且对云上的规划更清晰。"

"所以经过权衡，我们决定把三分之二的股份卖给星河，剩下的部分再卖给盛总。毕竟答应了盛总。"赵宣杰嘿嘿一笑，"不过陌上说不妨再向星河倾斜一下，我就打算把手中 80% 的股份卖给星河。"

"我也是。"张德泉站了起来，"希望云上早日走出困境，迎来新的明天。"

"谢谢二位叔叔。"夏陌上笑得甘甜，"新推出了三款产品，和以前相比有了长足的进步。相信会进一步得到市场的认可，云上的未来前景一片光明。"

"不过我不明白的是……"张德泉忧心忡忡，"听说沈葳蕤是你的情敌，你们都在争何初顾，陌上，你还让我们多卖股份给沈葳蕤，你到底是想怎样？"

夏陌上笑得很自信很饱满："上学的时候，我经常考第一。有一个女生不服气，每次考试前都要挑衅我，说她要考中第一。我每次都不让她得逞，秘诀就在于每次考试复习时，我都会坐在她的旁边，和她一起大声复习。"

第四十九章　与其被动应战，不如主动出击

张德泉和赵宣杰再次对视一眼，二人都明白了夏陌上的策略——与其被动应战，不如主动出击。

"结果每次小考，都是我第一她第二。但在大考时，尤其是中考、高考这样决定人生命运的考试时，都是何初顾第一，我第二，而她，却跌到了十名开外。"夏陌上挥舞了一下拳头，"现在不过是在复习阶段，还没有到小考，更不用说大考了。"

"先和沈葳蕤近距离接触，一起复习功课，也是挺有意思的事情，不是吗？"

学霸的世界他们不懂，十名开外就算失败了吗？张德泉和赵宣杰回想起他们上学时的成绩，忽然感觉后背一阵凉意。

二人出了夏陌上的办公室，回到张德泉的办公室。忽然想到了什么，张德泉笑了："陌上自信过头了，现在不只是她和沈葳蕤的较量，她们争的不仅仅是事业，还有爱情，还有一个变数……"

"盛唐！"赵宣杰点头，"除了盛唐之外，小浦和于小星也是不稳定因素。还有，人生中的考试和学校的考试可不一样，难度更大，题量更多，不可预知的环节，也会影响最终的结果。"

收拾好东西，准备出发去机场时，老爸老妈的电话打了进来。

"闺女呀，你以前最不喜欢坐飞机，就怕掉下来。现在要坐十几个小时，你也不怕半路上没油了？"夏想语重心长。

梅晓琳也是很不理解："孩子，你从小就事事争强好胜，是好事，但在感情的事情上，不是应该男孩子主动吗？你为了何初顾，不怕坐飞机，妈也理解，爱情的力量是伟大的。但你想过没有，要是你折腾半天，何初顾不领情，

跟别人好了，你怎么办？"

"还能怎么办，拉黑他删除他，换一个目标呗。"夏陌上故作轻松地笑了，"爸、妈，你们别担心我了，我现在都不坚持单身主义原则了，想脱单了，你们怎么反而拖我后腿了？"

夏想咳嗽几声："我们在精神上支持你，但在财力上就不行了。不是非要拖你后腿不可，去一趟英国可得不少钱呢。如果新品再卖不动，云上可就真的破产了。"

梅晓琳的话就直接多了："不管你去英国的费用是从哪里出，你别想从我们这里拿走一分钱！我告诉你夏陌上，你主动追求男孩子我没意见，但是，你恋爱时的所有花费，你得自己挣，知道不？"

听听，这叫人话吗？又想让自己孩子脱单，又不给了金钱上面的支持，恋爱这种事情哪里有不花钱的？夏陌上算是服了老爸老妈了。

"敢情打半天电话就是为了提醒我不要从家里拿钱的事实，放心，我用的是信用卡，现在花的钱，最少也要50天后才需要还上。"

"好嘞，两个月后再联系，祝你幸福，孩子。"夏想毫不犹豫地挂断了电话。

家门不幸，有这样的爸妈也是她修来的福气，夏陌上接连告诫了自己三遍不生气就真的不生气了。

紧赶慢赶到了机场，以为赶不上飞机了，结果航班延误了三个小时，她不知道该哭还是该笑。还好在三个小时的等候中，收到一好一坏两个消息。

坏消息是，她设计的平潮销量在回落，而且回落的速度也挺快，市场终端反馈的结论是，平潮已经完全没有机会再掀起高潮了。

好消息是，何初顾设计的赋雨销量开始上升，比起之前的不温不火，突然就爆了，上升的势头锐不可当，像是起飞的飞机一样。

市场很看好赋雨以后的表现，认为销量至少是平潮的十几倍甚至几十倍起。

夏陌上备受打击。

何初顾一直嘲笑她没有设计头脑，她还不信，更不肯认输。平潮开始时远超赋雨的销量，让她信心爆棚。现在被打回原形，她心中既失落又苦涩。

为什么她这么聪明的脑袋就设计不出来大受市场欢迎的产品呢？一定是她的审美超出了市场上的平均水平太多，才导致无人理解她的深度和高度。

一定是了。

夏陌上拼命地安慰自己。

直到飞机起飞后，她还在寻找各种理由来抚平自己受伤的心灵，以至于由于过于用心而忘记了害怕。

其实夏陌上并不是完全害怕坐飞机，她是怕坐跨洋飞行的飞机，总觉得上面是无边无际的天空，下面是深不可测的海洋，上不着天下不着地，太没安全感。

天和地，总得靠一个才行。

就这么想着安慰着，夏陌上克服了一半的心理恐惧，没敢从机窗朝外望，硬是扛过了十几个小时的飞机。

一下飞机，整个人差不多虚脱了，感觉像是经历了一场浩劫。当时何初顾刚从水里被捞出来时，不就是她现在的状态吗？

取好行李，夏陌上先是不慌不忙地在机场咖啡馆喝了一杯咖啡，然后打电话给何初顾，依然关机，就给他的微信留了语音。

"何初顾，惊不惊喜意不意外，我也正好出差来了英国，现在在伦敦机场，等下会去酒店——和上海那次一样，是一家很小很偏远的酒店，名称是……"

"虽然偏远，听说落日很美，周围很安静。我敢保证你一定会喜欢我选的地方。"

随后，她又给沈葳蕤发了一个定位，并且留言："沈总，我在伦敦的希思罗机场，带来了张德泉和赵宣杰股份转让协议的合同，如果你现在过来见我，我能保证他们会将他们名下股份的80%转让给你，剩下的20%才给盛唐。"

果然不出夏陌上所料，半个小时后，沈葳蕤连人带车出现在了她的面前。

沈葳蕤居高临下，以审视的姿态："真的？你不怕引狼入室吗？"

"不，你这么好看这么优秀，怎么会是狼呢？姐姐不要这么说自己。"夏陌上满脸堆笑，心里却想只有引狼入室了，才方便关门打狗不是？

沈葳蕤不为所动："你突然来英国，是为了何初顾吧？我都找不到他，你更别想。"

"不如这样，我们合作起来。在没有分出胜负之前，何初顾的安全是第一位的。也只有他安全了，我们才能继续各显神通征服他，是不是？"夏陌上的心中不停地在打如意算盘。

沈葳蕤想了一想："有道理。不过我不觉得在英国你能帮我什么，反倒是你想借我在英国的人脉，对吧？"

见自己的小心思被识破，夏陌上也不觉得尴尬，嘻嘻一笑："都是为了何初顾嘛，谁让他这么不省心，非要玩什么失踪。我有七成的把握猜到他人在哪里。"

"如果猜错了呢？"沈葳蕤有几分犹豫，她虽然第一时间来到了英国，但对何初顾到底是不是在英国又在英国哪里，完全没底。

不过见夏陌上笃定的样子，她反而安定了几分，何初顾应该就在英国无疑。英国虽然才相当于中国广西壮族自治区的大小，但 24 万平方公里的面积确实很大，她不可能找遍每一个地方。

"如果猜错了，没有帮你在英国找到何初顾，张德泉和赵宣杰剩下的 20% 的股份，我补偿给你。"夏陌上一咬牙，舍不得孩子套不到狼，为了方便在英国落脚并且省钱，她决定加大赌注。

"好，一言为定。"沈葳蕤当即同意了。

找到了何初顾，固然好。找不到的话，比起用在夏陌上身上的在英国的花费，张德泉和赵宣杰二人 20% 的股份诱惑力更大。不管结果如何，她都是必赢的局面。

坐在奔驰车上，夏陌上自在地跷起二郎腿，笑得很开心："葳蕤，你在英国是不是也有房有车有产业？"

沈葳蕤专心开车："和你没关系吧？"

"有哇，关系大了。你想呀，如果你家的产业遍布世界各地，何初顾选择你的可能性就又大了几分，我失利的可能性又加大了不少。"夏陌上假装叹息，"你说何初顾会不会去了你在英国的房子？"

"不会。他没去过我在英国的房子，也不知道我在英国有哪些产业。"沈葳蕤不知是计，随口答道。

放心了……夏陌上暗暗窃喜，至少她一句话求证了两件事情：一是沈葳蕤确实在英国既有房子又有产业，二是何初顾在英国留学期间，和沈葳蕤的关系并不密切，至少没有发展到超过同学界限的程度。

"我在想，何初顾会不会去了你们一起旅游过的地方？我不是说著名的景点，是一些并不出名但比较有情调的僻静的地方？"夏陌上继续深入敌后，"我对英国不熟，不知道哪里有风景如画、与世隔绝、空谷幽兰、鸟语花香的类似世外桃源一样的地方？"

夏陌上的话倒是真的提醒了沈葳蕤，她沉吟片刻："我倒是想起来一个地方，就在塞文河畔。"

夏陌上又惊又喜又紧张："是不是你们以前经常约会的地方？"

沈葳蕤才察觉到什么，笑了："你很紧张我以前和何初顾的关系到底发展到什么程度，对吧？你尽管猜，猜到了算我输。"

第四十九章　与其被动应战，不如主动出击

第五十章　一个人的救赎

　　"如果不猜的话，是不是就是我赢了。"夏陌上不以为然地摆了摆手，"我才不在意他的过去，反正在他 26 年的人生里，最重要的 16 年一直和我形影不离。后来短暂的分离，也是为了更好的相聚。"

　　"如果我和他真的有过甜蜜的过去呢？"沈葳蕤挑衅的目光充满了战斗的意味。

　　夏陌上心跳加快，不过还是克制了情绪，风轻云淡地呵呵一笑："如果有，过去越甜蜜，现在回忆就越痛苦。而等我拿下了何初顾，对你的打击就越大。"

　　"喊！"沈葳蕤嗤之以鼻，"如果何初顾真的这么容易被拿下，我还用得着用几年的时间来守候他吗？别觉得就你魅力超群，人都会认为自己与众不同，其实在他眼中，不过是又一个价值不高过于自信的过客罢了。"

　　"说得是呢，我也希望自己魅力不够价值不高，不被何初顾喜欢。可惜的是，他现在已经对我动心了，我总不能掩藏自己的风华辜负他的喜欢而对他始乱终弃吧？我可是一个负责的人。"夏陌上自吹自擂起来，如行云流水。

　　"呵呵，你是我见过的脸皮最厚最迷之自信最无厘头自恋的女人。"沈葳蕤不知道怎么形容自己的心情了。

　　"你错了姐姐，我肯定不是，因为……"夏陌上仰起小脸自得地一笑，"我不是女人，我是女孩。"

　　"哧……"沈葳蕤再也忍不住，笑喷了。

　　塞文河畔的一个僻静的乡村，是典型的英式村落，傍晚时分，宁静而优美。老人和孩子相依而行，田野中有牛马，乡间公路上掩映在一望无际的绿色之中，心旷神怡，又清爽宜人。

　　一辆奔驰汽车飞奔而来。

夏陌上在开车，沈葳蕤已经疲惫地睡去。

"非让我开车，我没有国际驾照。万一被警察逮住了，你得替我摆平，否则，我和你没完，哼！"夏陌上小声说，冲副驾驶的沈葳蕤挥了挥拳头，"还是右舵车，让我适应了半天，总是开错道。"

"到了，别睡了。"经过一天多的驾驶，终于来到了传说中的名叫EDDGELERT的村庄。

有涓涓细流，有绵延的山谷以及沧桑的石头小屋和古朴雅致的石桥，是很多英国人心目中最美的威尔士村庄。

一下车，夏陌上立刻被美景吸引了，惊呼几声，抱住了路边的一棵大树不放。

"太美了，太震撼了。姐姐，我们别去找何初顾，就在这里住上几天度假，好不好？"夏陌上抱住了沈葳蕤的胳膊。

沈葳蕤甩开她，用一副看没见过世面的柴禾妞的眼神斜了夏陌上一眼："再好的美景，和不对的人在一起欣赏，除了糟心就是难受。"

"一样，一样。"夏陌上不过是试探沈葳蕤，她嘻嘻一笑，"我认为何初顾不会在这里。"

"还没问人就说他不在，你太主观太唯心了。"

"何初顾来英国不是为了散心，更不是为了度假，他是想挑战自己突破自己，这个地方太安逸太幽静了，不适合他想要做的事情。"夏陌上坚定地点了点头，"我太了解他了，他的心现在静不下来，他也不会逃避。"

"你的意思是这里适合逃避，不适合挑战了？"沈葳蕤不服气，"你凭什么了解他？我才不信！他就算不在这里，也肯定来过。"

"以前我和他第一次来这里的时候，他说这里太美了，以后有机会一定还会再来。"

沈葳蕤扔下夏陌上，迎上了一个村民。

一番对话之后，沈葳蕤回来了，沮丧地摇了摇头："村民说，最近几天都没有外人来过，我们是仅有的游客。"

村子很小，如果有外人，村民会一眼就认得出来。

夏陌上懂得见好就收的道理，她点了点头："不如我们都假装自己是何初顾，站在他的角度想一想，如果回英国，会去哪里？"

沈葳蕤认真地想了一会儿："如果我是他，我会先回学校，再去特别喜欢的几个地方，最后找一个安静的地方落脚，不和外界联系，待上几天。"

夏陌上摇了摇头："你这是富家女的心态，不符合何初顾的现状。现在的他，事业心熊熊燃烧，爱情之火刚刚点燃。他现在需要的不是独处，不是安逸，而是突破现在的困境。"

"所以如果我是他，我一回到英国，就会在自己曾经失利的地方故地重游，回忆当时失利的原因，总结经验教训。然后再到让自己恐水的地方，重现当年当时当地的情景，克服内心最深处的恐惧，让自己重获新生。"

"说到这里，姐姐，你当年是怎么救过他一次？他又经历了什么？你得告诉我，我才好判断他到底在哪里。"夏陌上又抛出了诱饵。

"这是我和他的秘密，也是私事，抱歉，无可奉告。"沈葳蕤没上当。

夏陌上感觉心里像是堵住了一样憋得难受："告诉我好不好，姐姐，好姐姐。"

沈葳蕤不为所动："接下来我们沿河而下，50公里的下游，还有一个村庄，也是何初顾当年特别喜欢的地方。"

"你这是在浪费时间！"夏陌上反对，"何初顾回英国，不是为了重温旧梦，他是为了战胜自我。"

"不，你不了解他。"沈葳蕤坚持自己的看法，"他就是为了故地重游，为了唤醒心中对我的爱，更是为了重新回顾我们当年的往事。"

"你们的往事不就是上课、下课、暑假、寒假吗？"夏陌上才不信沈葳蕤的话，对她的自我陶醉状态更是不屑一顾，"你才是真的不了解何初顾，怪不得这么多年你一直走不进他的心里，你们压根儿就不是一路人。"

"胡说。"

"要不我们打个赌？"

"赌什么？"

夏陌上笑了："如果下一个村庄还没有何初顾的话，你得告诉我你们之间到底发生了什么，并且要听我的指挥去找他。"

沈葳蕤迟疑片刻，咬了咬牙："我考虑一下。"

路况不好，天黑之后，车速又慢，开了一个小时才到下一个村庄。

一打听，倒是有一些游客来过，也有几个亚洲面孔，却是日本人。

沈葳蕤微有失望："不会的，不应该，他为什么不来我们一起去过的地方？他到底在想什么？"

夏陌上却没有添油加醋，而是微叹一声："女人和男人的思维是不一样的，姐姐，如果是你，你也许会故地重游，寻找以前的感觉。但男人通常不会这么感性，他们做事情，有着严谨的逻辑思维以及明确的目的性。"

"就如我们逛商场，突出的是'逛'字，是随性，是开心，是发现喜欢的东西的过程。男人不一样，他们的观念中商场不是用来逛的，是用来买东西的。如果不买东西，商场就从来不去。他们只在意结果，对于过程并不那么在意。"

"你还觉得何初顾会一个人重走你们当年走过的地方吗？"夏陌上的语气中既有不以为然又有嫉妒，不过她掩饰得很好，"就算你们两个人一起，他也未必有时间有心情重走当年路，何况是他一个人！他可不是一个你想象中那么多愁善感的男人。"

该死的何初顾，为什么从小学到现在，有一段时间要离开她的视线和人生？也不知道在他和沈葳蕤共有的一段时间里面，他到底又经历了什么？

不过又一想，说起来其实她也离开了何初顾的人生一段时间，只不过她自己的事情，自己清楚。

"别跟我讲大道理，要论道理，我比你懂得多。"沈葳蕤坚持她的看法，"如果不在塞文河畔，肯定是在特伦特河沿岸的某一个地方。"

"什么地方？"夏陌上承认她又酸了，异国他乡，一对男女在充满情调的英国乡村漫步，享受美景、落日、美食，该有多醉心多动人。

可惜，女主不是她！

"说了你也不知道，你又没来过英国。"沈葳蕤冷笑。

"谁说我没来过，我来过！"

"什么时候？"

"现在啊。"

沈葳蕤翻了翻白眼："别贫，没用。在我的地盘，坐我的车花我的钱，你就得什么都听我的。"

"执迷不悟最可怕，执迷不悔最可悲。"夏陌上痛惜地摇了摇头，"这样，姐姐，如果下一个特伦特河畔还没有何初顾的身影，你必须听我的指挥，我们调整思路，不能再兜圈子了。"

"如果我不同意呢？"沈葳蕤被夏陌上的自信气得来气，她不是不想相信夏陌上，是不愿意承认夏陌上比她更了解何初顾。

夏陌上凭什么？

就凭她早认识何初顾十几年？要知道在他们认识的十几年里，他们一共才见过四次面，说话都不超过十句，算什么认识？尤其是夏陌上还自以为是地声称他们是青梅竹马，谁见过如同陌生人一样的青梅竹马？

为了拿下何初顾，她也是够了，拼命往自己脸上贴金不说，还故意夸大她和何初顾的友情。

不对，他们之间压根儿就没有什么友情，有的只是竞争和敌对！

"如果你不同意，我就和你分道扬镳！不能拿你的情绪来耽误何初顾的事情！万一何初顾遭遇了什么危险呢？万一他正需要我们帮他一把，而我们走错了路还一路欣赏风景，最终导致没能赶上见他最后一面，你说是该怪你太武断还是该怨我太不坚持？"夏陌上知道不加大力度不会刺激到沈葳蕤。

沈葳蕤不受到强烈刺激不会改变主意。

250

第五十一章　两个人的追逐

其实沈葳蕤心中也早有动摇，只不过她不肯认输罢了，尤其是输给夏陌上。以前还好，夏陌上和何初顾是对头加有限合作关系，现在形势大变之下，夏陌上不但公开宣布要追求何初顾，而且还很有可能在商业上也收走何初顾。

可不能让夏陌上得逞，否则她就人财两空了。

"最后一个地方了，如果还没有找到何初顾，我就听你的。"相比个人的输赢，何初顾的安危更重要。

"好吧。"夏陌上咬了咬牙，现在她只能一点点地掌控主动，欲速则不达。

还有一点，她有足够的理由相信何初顾不会做出自杀的傻事，他是一个热爱生活并且自律坚强的人。但难免会钻牛角尖，万一陷在自己的情绪中不能自拔，非要不顾一切克服自己的心理障碍，说不定也会有危险。

第二天下午，赶到特伦特河畔的又一个村庄时，正是早晨。连夜开车的夏陌上和沈葳蕤尽管疲惫不堪，但当她们停在路边，望着远处山间冉冉升起的朝阳时，金光万道，又觉得人间值得。

只是让沈葳蕤失望的是，作为她和何初顾在英国期间曾经共同来过的第三个村庄，依然没有何初顾来过的迹象。

何初顾的手机继续关机，留言也不回。

沈葳蕤很沮丧，为何初顾的仍旧下落不明，为她还是不能猜对何初顾的所思所想。

她疲倦而无力地坐在一处山坡上，山风吹动她的秀发，飞舞不定。

夏陌上坐下，轻声安慰："别说你了，就连我认识了何初顾十几年，有时也猜不透他在想什么。你别自责了，怪就怪何初顾太木头了。"

"你……"沈葳蕤被气笑了，"你这是安慰我还是故意气我？你是想说你比我和他认识得更早，共同点更多，你比我更了解他，对吧？"

"也不完全是。虽说人生的出场顺序很重要，但有时在最合适的时候出现的人，才是最重要的人。"

沈葳蕤点了点头："你是说，我才是何初顾最重要的人？"

"不是，我的意思是说，如果出场足够早，又在最适合的时候再一次出现，叠加在一起，就是最般配最合适的人。"夏陌上气起人来，不着痕迹又不动声色。

"我不想和你说话！"沈葳蕤推开夏陌上。

"别跟小孩子一样说翻脸就翻脸。"夏陌上觍着脸又坐了回来，"说说你和何初顾到底经历了什么，或者说，你到底是怎么害得他落下了心理障碍？"

"我没害他！是我救了他！"沈葳蕤急急为自己辩解。

于是，沈葳蕤和何初顾的往事，在夏陌上攻心为上步步为营的策略下，终于展现在了她的面前。

沈葳蕤和何初顾相识于刚入学时，当时她在许多人的护送下到学校报到，而何初顾只有一个人，并且还没有带行李，只简单地背了一个背包，十分洒脱和自在。

沈葳蕤以为他是学长，问他路怎么走。何初顾也是初来，却还是凭借指示牌以及超强的推理分析能力，带着沈葳蕤到了报到处。

在完成报到手续后沈葳蕤才知道何初顾也是新生，并且和她同级同班。她很佩服何初顾的独立，为了感谢他的帮助，想请他吃饭。

结果连请三次都被他拒绝了。

一向都是众人围绕只有她拒绝别人没有别人敢拒绝她，何初顾的个性反倒激发了沈葳蕤的征服欲。再加上何初顾帅气而冷峻的面孔以及酷酷的样子，很符合她的审美，她就决定拿下何初顾。

一开始她以为何初顾不理她，是何初顾有女友了。后来发现不是，他对谁都是一副爱搭不理的样子。

也不是说何初顾为人淡漠，谁要求他帮忙，他一定会帮。但就是平时对人不够热情。慢慢地，大家也就习惯了何初顾的脾气，人是好人，就是不喜欢应酬和虚伪。

也许是有太多人喜欢的缘故，又或许是征服欲和好胜心作祟，沈葳蕤越来越喜欢何初顾了，在她看来，何初顾淡漠但不冷漠，冷酷但不是无情，做事得体处世有分寸，不拒绝别人的请求，也不吝啬自己的能力。

他在事业上会是一个可靠的伙伴，在感情上会是一个忠诚的伴侣。

事业或感情，不管哪一方面能够征服何初顾，就是很大的收获了。如果两者能够兼顾，就更完美了，沈葳蕤告诫自己，在英国读硕期间，一定至少要确定其中一项和何初顾的合作。

但让沈葳蕤失望的是，不管她如何努力，何初顾始终和她保持着正常的同学关系，从不单独出去，也不单独相处。即使在她强烈要求下一起吃饭，也会挑选在正式的餐厅，而不是有浪漫情调气氛暧昧的情侣餐厅。

一度让沈葳蕤怀疑何初顾是不是心中有人，有一个多年相恋的女友和他情根深种，在国内等他归来。

一问才知，何初顾并不是因为心中放不下谁而拒绝她，而是他坚持单身主义原则。沈葳蕤不服气，以她的优秀还不能打破何初顾的原则，她就太失败了。

在又经过了一段时间的努力而无果后，沈葳蕤再次坚定了她的想法——何初顾并不是天生的单身主义者，而是心中有人。不管这个人是不是喜欢他，或是他有没有向对方表白，肯定是她占据了他的全部内心，成为他人生中不可逾越的高山，他无法攀越，就只能选择以单身主义来安慰自己。

也可以说是说服自己，好让自己不去面对他无法得到的情感。

以何初顾的优秀，还会有人如此让他念念不忘？沈葳蕤又否定了自己的猜测，不管何初顾到底是基于什么原因，或是有什么心理障碍，她一定要征服他！

临近毕业前夕，何初顾准备了一次远行——决定独自一人去翻山越岭。沈葳蕤希望可以和他同行，被他拒绝了。沈葳蕤暗中跟在何初顾身后，为了不让他发现，她准备得很充分，从装备到求生工具。

从塞文河畔到特伦特河畔，沈葳蕤跟随在何初顾身后，经过了一个又一个村庄，又目睹了一次又一次日升日落。从来没有畅游过英国村庄的她才知道在英国的乡下竟有如此美景。

夏陌上忍不住插了一句："呀，这么说你和何初顾共同去过的村庄，并不是两个人同行，而是一前一后？吓我一跳，以为你们双宿双飞了。"

"有区别吗？"沈葳蕤反唇相讥，"至少我和他走过同样的路，路过同一条河，住过同一家民宿，你呢？"

"我呀……"夏陌上拉长了声调，"从小到大，我和他去过同一个厕所——别多想，是小时候有一次郊游，在野外，有一个厕所不分男女，男生女生轮流去。"

"我们还喝过同一个锅炉烧出来的热水，在同一个食堂隔着一张桌子吃饭。我们的宿舍隔着几十米远，可以看到对方的窗户。这样算起来，我比你和他的关系密切多了。"

"还想不想听？"沈葳蕤有几分生气夏陌上打断她的话，当然，最主要的是生气她认为她和何初顾的关系更近。

"听听听。姐姐你别动不动就生气，生气对养生不好，也会毁容，而且何初顾不喜欢爱生气的女孩。"夏陌上抱住了沈葳蕤的肩膀，"如果让何初顾知道有两个女孩此时正在谈论他的过去、现在和未来，他会不会幸福得昏倒过去？"

沈葳蕤推开夏陌上，白了她一眼。

……沈葳蕤以为何初顾一直不知道她跟在身后，还以为她事情做得很隐蔽，正暗自得意时，忽然发现把何初顾跟丢了。

而且很明显是有意甩掉了她！

什么时候被发现了呢？沈葳蕤无奈，只好拨通了何初顾的电话，先是坦诚地向他承认了错误，声称不经他允许就跟踪他也是因为关心他，不想他出现什么危险。

以为何初顾会很生气，不料他只是淡淡地说了一句："既然跟了这么长时间，像风追着云不问归期，明天我在下一个路口等你。"

第二天当沈葳蕤和何初顾相遇时，她激动得难以自抑，以为何初顾要接纳她了。不料何初顾只是很平静地说道："晚上我会在一个危险的地方跳水，是我远行的最后一站，也是最危险的一站，正好你在，希望你能在旁边做好保护工作。"

"不知道你愿意吗？"

沈葳蕤当然愿意。

但等她到了地点后，就又后悔了——是一处悬崖，足有十多米高，下面是波涛汹涌的海水。她劝何初顾不要冒险，如果被海浪卷走，她也救不了他。

何初顾不听，说是他在离开英国之前，有十个心愿。现在是最后一个，如果不完成，会留下终身遗憾。

知道何初顾一向固执的沈葳蕤没有再劝何初顾收手，而是做好了她认为近乎万无一失的防护措施——从救生衣到泳镜、泳帽和救生绳。

但后来发生的事情还是远远超出了沈葳蕤的预料！

第五十一章 两个人的追逐

第五十二章 不要当没用的好人

何初顾纵身一跃跳下了悬崖，以一个完美的入水姿势没入惊涛骇浪之中。等了一会儿，就在沈葳蕤以为何初顾被淹没而要跳下去救他时，何初顾却又突然冒出了头，冲她欢呼他成功了。

她永远忘不了何初顾欣喜若狂的开心，是她从未见过的奔放与兴奋！当时的何初顾像是另外一个人，他欢呼他飞跃，忘乎所以得像个孩子。

那一刻，沈葳蕤觉得她更加深深地爱上了他，爱上了表面上深沉其实内心藏有一团火焰的何初顾。她相信她是他唯一的点火人，只要点燃了他的激情，他就会向她释放全部的生命。

何初顾奋力游向岸边，就在他即将上岸成功地完成英国留学期间最后一个心愿时，异变陡起！

一个 10 岁左右的小女孩不知何时出现在岸边，正在忘我地玩耍。一个巨浪打来，她被卷入了海水之中。

何初顾几乎没有丝毫犹豫，转身就又跳入了大海。

如果是平时，他救人上岸并不是什么难事。但在刚刚经历了一次跳水之后，他已经精疲力竭。就在他拼尽全力将小女孩送到岸边时，再也支撑不住，淹没在了波涛之中。

沈葳蕤奋不顾身地跳入大海，她脑中就一个念头——必须救下何初顾！一定要救下他，不惜一切代价。

穿了救生衣绑了救生绳的沈葳蕤，接连被呛了几口水，就在她快要绝望时，终于找到了已经昏迷过去的何初顾。如果她来晚一步，何初顾就会真的葬身大海之中。

"原来何初顾是为了救人才差点出事儿，你虽然是救了他，实际上是救了小女孩。严格来说，你不能算是单纯地救了何初顾一命。"夏陌上得知了事情背后的真相后，觉得有必要厘清其中的因果关系，"何初顾是该感谢你，但最应该感谢你的是那个小女孩。"

"如果没有小女孩，也就没有你救何初顾的事情发生，他也用不着你救，对吧？"

沈葳蕤听出了夏陌上话里话外的浓浓醋意，笑了："随你怎么说，我救他一命，他欠我一份人情和三个承诺，是不争的事实，你作为后来者，什么都改变不了。"

"你才是后来者，我比你先认识何初顾。"夏陌上还想据理力争。

"有意义吗？没意义。"沈葳蕤忽然神情黯淡了下来，"不管谁先谁后，能走进他的内心的，才是最后的胜利者。"

"我以为救他一次，他就会和我谈恋爱，换了是我，我也会爱上救我的英雄。何初顾却不，他说可以答应我三件事情，在法律允许的范围之内，以及感情之外。"

"现在他已经兑现了两件事情，只差最后一件了，我决定留到最后。"沈葳蕤重重地点头。

"最后一件事情——你让他答应做你的男友？"夏陌上忽然紧张地屏住了呼吸，"强扭的瓜不甜，沈葳蕤，你要节制呀。别说你才不管瓜甜不甜，就想把它扭下来的歪理邪说，你可是一个善良、温柔，从来不强人所难的好人。"

"我才不要当什么没用的好人，我要和喜欢的人在一起。"沈葳蕤自信地一笑，"我不会这么直白地要求他，但一定不会让他离开我。"

"所以，你永远没有机会和他在一起，哪怕你公开宣称你要追求他，他就算真的喜欢你，也不能和你谈恋爱，因为他是一个信守承诺的人。"沈葳蕤哈哈大笑。

夏陌上沮丧地踢了一脚脚下的草丛："真气人！太气人！哪里有这样的道理，怎么会有要挟的爱情？"

"好啦，前因后果你都知道了，现在死心了吧？"沈葳蕤开心了，"说吧，你觉得何初顾躲在哪里？别告诉我说他在当初跳水的地方，太老套太没新意了，他肯定不会再去让他失败的地方。"

"不，你错了，他肯定去了当初跳水的地方。但是，他要做的事情不一定是再一次跳水……"夏陌上蓦然站了起来，"我们现在就去思过崖，一定可以找到何初顾。"

"什么思过崖？"沈葳蕤一时愕然。

"何初顾跳水的地方以后就叫思过崖了，我有命名权。"夏陌上拉起沈葳蕤，"快上车，来不及了。"

二人又足足开了大半天的时间，在傍晚时分才来到思过崖。

风急浪高，思过崖陡峭如刀。四下无人，只有风声浪声。

"哪里有？你输了。从现在起你要放弃何初顾，远离他，别再纠缠他。"沈葳蕤下了最后通牒。

"别急，肯定在。水里没有，岸上有。岸上没有，附近有。"夏陌上不慌不忙，四下寻找，放眼望去，除了海浪就是礁石，根本就没有人影。

"不要耽误我的时间好不好？"沈葳蕤急了，"不对，是耽误何初顾的时间。再给你10分钟，如果10分钟之内还没有发现的话，我们就去下一个地方。"

5分钟后，一无所获的夏陌上有几分不开心："下一个地方？你和何初顾还有一起去过的地方吗？"

又小声嘀咕了一句："感觉你们在英国上学就没有学到什么东西，一天天净玩了，哪里还有时间学习？还硕士呢？纯粹水硕！"

不料沈葳蕤却听到了，呵呵一笑："呵呵，再是水硕也好过本科。柠檬树上柠檬果，柠檬树下只有你……"

远处，一块大礁石上，突兀地出现了一个人影。他正努力地向上攀爬，海水阵阵，冲击得他的身影一再摇晃，眼见又要掉回海水中，他却顽强地一次又一次地前进。

就像一只缓慢的蜗牛，虽慢，却从不退缩。

沈葳蕤大惊大喊："快看，是他，是何初顾！"

随即冲了过去。

夏陌上愣了一下，跟了上去："别急，别跑！他不是何初顾，你认错人了。"

天色昏暗，只能看清远处人影的大概轮廓——依稀可见是一个男人。

等夏陌上追到沈葳蕤时，沈葳蕤已经接近男人10米之外，看清了他的长相——是一个高鼻子深眼窝的老外。

沈葳蕤大失所望，不忘好奇地问夏陌上："你怎么知道他不是何初顾？"

夏陌上挠了挠头："猜的。直觉告诉我，何初顾想要救治自己的不是跳水的过程，跳水对他来说是已经完成的过去，他需要拯救的是自己内心的恐惧，是对自身能力不确定性的担忧。"

"好好说话，别扯远了。你就说他现在在哪里吧。"

"你先问问他有没有见过何初顾……"夏陌上一指外国男子。

"你为什么不问？"沈葳蕤不服气。

"我又没有在英国留过学，以前在国内所学的英语，一半还给了老师，另一半口语又不是很过关，你确定还要让我问吗？"

沈葳蕤翻了翻白眼，上前和外国男子说了几句什么，突然就惊喜地抓住了夏陌上的胳膊。

"他说他见过何初顾，昨天他还在，下午就离开了，去了哪里他也不清楚。"

"我知道他去了哪里……"夏陌上兴奋地拉过沈葳蕤，"快，你当翻译，我说一句，你翻译成英语，保证可以从他嘴里问出何初顾的下落。"

"真的假的？你不是故意让我当你翻译吧？"

"都什么时候了，你还在意这些细节？就是当我一次翻译又怎么了？"夏陌上小声表达不满。

"行，你问吧。"沈葳蕤虽然还是不那么相信夏陌上，但也没有别的选择了。

"你问他何初顾是开车还是步行？是什么打扮，正常的西装还是运动装，有没有行李？"

沈葳蕤很想指责夏陌上的问题是浪费时间，但忍了忍还是问了出来。

答案是何初顾是开车，运动装，有行李。

夏陌上点了点头，又问："再问他何初顾停留了多久，有什么奇怪的举动没有？"

沈葳蕤虽不情愿，却也强忍着照办。

回答是何初顾停留了大概两个小时，一直在海水中游泳，没做什么奇怪的举动。

"不对，不应该呀，不是我认识的何初顾。"夏陌上低头喃喃自语，想了一会儿，又摇了摇头，"还是不对，姐，你再问问他，何初顾真的没有什么奇怪的举动？"

"没有就是没有，你是不是有病呀？"沈葳蕤终于愤怒了，大吼，"夏陌上，你够了！你其实什么都不知道，你一点儿也不了解何初顾！你就是为了指挥我摆布我，你就是想报复！"

夏陌上一脸无辜的懵懂表情："姐，你是不是受凉发烧说胡话了？你别这样，我心疼你……"

沈葳蕤一把推开夏陌上，转身要走，却被外国男子叫住了。

在外国男子说了一通之后，沈葳蕤的脸色才慢慢缓和下来，逐渐变得凝重并且严肃。

"怎么啦怎么啦？"此时此刻，夏陌上无比后悔自己当年为什么没有学好英语。

"他说他想起来了，当时何初顾不断地从水里搬上一块石头，再扔下去，再搬上来，反复了好多次。他以为何初顾是在练习深潜，现在一想不对……"

第五十三章　一定要做最强大的自己

"这就对了。"夏陌上开心地跳了起来，"你知道你们上次救过的小女孩住在哪里吗？"

"当然知道了，就在10英里开外的一个村庄。"

"找到他了，不出意外，他就在小女孩家里。"夏陌上飞速奔向汽车，"立刻马上现在就出发，再晚的话，可能就追不上他了。"

见沈葳蕤还呆呆地在原地不动，夏陌上大喊："快呀，别傻了。"

沈葳蕤才如梦方醒，急忙跟上了夏陌上："如果何初顾不在小女孩家呢？"

夏陌上咬牙："我立马订票回国，认输。"

沈葳蕤才点了点头："给你最后一次机会。"

认什么输，夏陌上可没说。

一路风驰电掣，让沈葳蕤体会到了夏陌上暴烈的车技。她才知道夏陌上以前开车温柔似淑女，真正撒野起来，也能狂暴如野兽。

很快一个优美而安静的小村庄出现在视线之中。

在沈葳蕤的指挥下，车停在了一家古典、雅致的院落前。院中有一棵大树，树冠遮天蔽日，在夜色之中，犹如巨人。

沈葳蕤的脸色不太好看："坏了，何初顾应该不在，门前没有车。"

夏陌上却依然是乐观态度："不到最后一刻，我不会放弃幻想，坚信我的猜测肯定正确。"

"迷之自信，简称迷信。"沈葳蕤嗤之以鼻，"不对，应该是变态之自恋。"

夏陌上嘻嘻一笑，泰然自若，上前敲门。

"吱哑"一声，门开了，一个中年男子出来。

沈葳蕤上前和他说了几声什么，他先是愣了片刻，突然惊喜地大叫一声，认出了沈葳蕤。

当年成功地救下小女孩后，沈葳蕤和何初顾一起将小女孩送回家中，她的爸爸和妈妈对他们无比感激。

夏陌上跟随沈葳蕤走进房间，房间中还有女主人，并没有小女孩和何初顾。

"何初顾人在哪里？"夏陌上用她仅会的几句英语问道。

"马上回来，出去买食物了。"中年男子用不太流畅的中文回答，"自从上次何救了我的女儿后，在女儿的带领下，我们全家都在学习中文。"

会说中文就好，夏陌上开心了："要不这样，你女儿免费教我英语，我无偿教她中文，我们互惠互利。"

"没问题，双赢。"

中年男子自称叫爱德华。

正说话间，门一响，进来两个人。前面是一个年约 15 岁的女孩，后面正是一身休闲打扮的何初顾。

何初顾见到沈葳蕤和夏陌上，神情淡淡："你们来了。先坐一下，我和艾达先做饭。"

沈葳蕤有很多话想问，见何初顾一脸漠然，又咽了回去："你没事就好。"

夏陌上问的却是："你以为你跑这么远就找不到你了？哼，就算是到天涯海角，你也逃不过我的推测。"

何初顾一脸平静："我知道。知道你来英国后，我就猜你能推理出来我的足迹，所以，特意留在艾达家里等你们。"

夏陌上点了点头，上下打量何初顾几眼："嗯，不错，不错，更稳重更淡然了，说明你已经脱胎换骨，完全解除了内心的羁绊，从此以后可以轻装前进了。"

"是，放下了许多。但未必就可以轻装前进了……"何初顾微微摇头一笑。

"为什么？"

"因为才下心头，却上眉头。"

夏陌上开心地笑了："我是眉头。"

沈葳蕤急了："你们到底在说什么？"

"没什么！"夏陌上和何初顾异口同声。

何初顾和艾达去了厨房，夏陌上和沈葳蕤陪爱德华夫妇在客厅聊天。沈葳蕤英语流利，和二人谈得投机，夏陌上坐在一边，静静地发呆。

窗外夜色深沉，在异国他乡的夜晚，又是在一处陌生人的家中，夏陌上却丝毫没有惶恐与害怕，心中流淌的是甜蜜和回忆。

刚才的对话，只有她和何初顾心里清楚，他们之间已经有了初步的默契。

是呀，谁不想和一个了解自己的人谈恋爱？爱情需要的是理解和支持，是体贴和默契，也是关怀与追随。

夏陌上开心的是，她知道何初顾的英国之行的出发点，清楚他的心结在哪里，又推算出了他的行踪和轨迹。而自以为了解他的沈葳蕤，和他只有过去而没有未来，她一直以为何初顾还是以前的何初顾。

她以前和现在，都从来没有真正地认识何初顾。

也不知道过了多久，饭香飘了过来。能在英国吃上一顿地道的中餐，绝对是一件值得庆幸的好事。

一桌子饭菜，都是何初顾和艾达的手笔。

沈葳蕤惊讶不已："初顾，你居然会做饭，还做得这么好？"

夏陌上替何初顾回答："他其实可以会很多事情，就看他愿不愿意去做，或者说，是不是想在某件事情上倾斜时间。我想，他的厨艺就是最近在英国期间练出来的吧？"

"是的。"何初顾点头承认，"以前也会做，但懒得做，也没时间琢磨。这次来英国后，忽然觉得做饭也不失为人生的一件乐事，就和艾达一起从零做起，我们同时学会了中餐。"

饭间，何初顾讲述了他来英国之后的经历。

游泳馆昏迷事件之后，何初顾越想越觉得他还是没有放下英国事件，决定要再来一趟英国，彻底克服自己对海水的恐惧。他是一个敢于面对困难的人，如果是在国内发生的事情，他早就解决了。只是英国过于遥远又耗费时间，来一次需要有足够的准备。

正好云上的新产品推出，在市场消化期间，他有一段空闲，就毫不犹豫地飞了过来。

到了英国，他没有去其他地方，直接找到了艾达。他找了一块和艾达差不多体重的道具，扔到了海里，一次又一次将道具从水中运到岸上。

期间就住在艾达家中，陪她读书，教她和全家说中文，还一起学习中餐。

在无数次成功之后，为了最后一次考验自己，何初顾选择了将一块石头扔到了海里。同样重量的石头比道具以及人难多了，因为比重不同的原因，石头在水里会比人重上许多。

艾达在岸上负责观察何初顾的安全。

第一次没有成功，第二次也没有……直到尝试了十几次之后，何初顾终于成功了！他确定在上次跳水之后的体力下，如果再遭遇艾达落水事件，他完全可以从容地救起艾达，心中的症结才算真正化解。

几天来，何初顾通过各方消息已经得知夏陌上和沈葳蕤来到了英国。

如果是沈葳蕤，他相信她找不到他。她猜不到他会去哪里又在做什么，却没想到，夏陌上居然会和沈葳蕤联手了，二人一起的话，只要夏陌上套出了沈葳蕤的话，知道他和沈葳蕤之间当年发生过什么，以夏陌上的聪明，多半也会猜到他的所作所为。

只不过让何初顾震惊的是，夏陌上远比他想象之中更了解他。不但很快从沈葳蕤嘴中得知了真相，还迅速地猜到了他的行程。不过应该是沈葳蕤的耽误，时间上晚了一天，他就特意在艾达家中多留了一天，等她们。

"你心里一直放不下的是当年你救下艾达后自己支撑不住的事情？"沈葳蕤不理解何初顾的固执，"又不怪你，你尽力了。"

"不，他放不下的其实是被你救了一次。"夏陌上算是真正猜到了何初顾的内心，"尤其是你后来用救过他一次来要挟他，让他答应你三个条件。何初顾多洒脱的一个人，三个条件像是三座大山，总是压在心头，谁也受不了呀。"

沈葳蕤叫屈："我当时只是开个玩笑，谁知道他一口就答应了。而且我想要的三件事情，都是基于喜欢他的出发点，绝对没有害他的意思，为什么要有负担呢？初顾，如果你觉得我在为难你，你完全可以说出来。"

"所以说，哎，你还是不够了解他。如果何初顾是出尔反尔的人，他也不会这么优秀！"夏陌上叹息一声，有怜惜有敬佩，也有得意，"他既然兑现了前两件事情，最后一件一定也会说到做到。"

"明天就回国。"何初顾淡然地笑了笑，"葳蕤，希望你的最后一件事情，早点提出来。"

沈葳蕤放下筷子："初顾，是不是我救过你的事情在你心里一直是一个心病？是耻辱是伤疤？"

"不，不是。"何初顾认真地回答，"是一次教训一个警醒，提醒我一定要做最强大的自己，任何时候都不要做出自不量力的事情。"

"你是不是已经有了决定？"沈葳蕤紧咬嘴唇。

何初顾点头。

"是什么？"

"回去再说，难得相聚在英国，我们只聊轻松的话题，不谈工作。"何初顾开心地笑了。

第五十四章　取长补短的天作之合

饭后，他和艾达载歌载舞，玩得特别嗨。别说沈葳蕤了，夏陌上也是第一次见到这样的何初顾，她也被感染了，为何初顾弹琴伴奏。

只有沈葳蕤闷闷不乐地呆坐在一边，心事浮沉而神思恍惚，也不知道在想些什么。

飞机落地国内机场，刚打开手机，夏陌上的微信就涌进来上百条信息。

除了日常的工作汇报之外，还有各地的代理商、经销商发来的信息，要求加大进货，因为新品在市场上大受欢迎，许多地方已经卖空了。

夏陌上大喜，还没来得及细问，管雨儿的电话就打了进来。

"头儿，好消息，天大的好消息，三款新品销量都还不错。当然了，其中的一款销量最好，现在各地要求补货的就是其中的一款，你一定猜不到是哪款最畅销！"

一天天的净整花招，夏陌上得意地呵呵一笑："还用猜？肯定是我设计的平潮。"

"不好意思，头儿，您设计的平潮目前在三款新品中，销量最低，现在何初顾设计的赋雨销量还不错，超过了平潮两到三倍……"

夏陌上听出了大概意思："你是说，销量最好的一款是清晨？"

"太聪明了，一猜就对。"管雨儿夸张地惊呼一声，"现在清晨的销量是赋雨的三倍多，也就是说，是平潮的 10 倍多……"

"不要总提平潮，我会乘法！"夏陌上努力咳嗽了一声。

如果说她设计的平潮不如清晨也就算了，为什么还不如何初顾设计的赋雨？好吧，何初顾是文科出身，在设计上面有比她更好的想象力以及拓展空间，也在情理之中。

不对不对，那么又为什么最受市场欢迎的是她的思路和何初顾的想法的折中设计的清晨？难道是说，她和何初顾的取长补短真的是天作之合？

这么一想，本来不太美丽的心情突然之间就又大好了，夏陌上哈哈大笑："赶紧让工厂加快生产，云上要打一个漂亮的翻身仗了。"

沈葳蕤接了一个电话，急匆匆走了，也没顾得上带走何初顾。何初顾就在夏陌上的邀请下，一起回到了云上。

当然，是他负责叫了网约车——为了省钱，夏陌上特意没让管雨儿来接。同样为了省钱，她以手机没电为由让何初顾叫车。

何初顾看出了她的小小伎俩，却没有说破。

回到公司，公司上下已经乱成了一团。

管雨儿满头大汗地跑了过来："头儿，你可算回来了，再不回来天都要塌了。"

"有我在，天塌不了。"夏陌上自得地笑了，"就算真塌了，也有沈葳蕤顶着。"

"为什么是沈葳蕤？"管雨儿一下没反应过来。

"她虽然并不比我高，但她喜欢穿高跟鞋，比穿平底鞋的我要高一丢丢，自然是要先砸着她了。"夏陌上笑了几声，见管雨儿没有要配合的意思，就不笑了，"马上开会。我不在，你们就知道偷懒是不是？"

管雨儿一脸委屈："何总，你也不说说你家夏总，没事找事的本事一流。你现在不把她得意忘形的苗头扼杀在摇篮里，以后在家里有你受的。"

何初顾一脸不解："我和她还没有正式确定关系，就算成了男女朋友，也未必能结婚。就算能结婚，也不一定非要谁强谁弱，你的说法很没有道理，也很奇怪……"

管雨儿怕了，举双手投降："我服了还不行吗？求求您别说了，我错了！你们两个人相爱，就是为民除害！你们一定要幸福呀。"

临时会议在会议室召开，夏陌上主持会议，除了张德泉、赵宣杰之外，与会人员还包括何初顾、盛唐和管雨儿。

原本盛唐一直在暗中打听夏陌上的回国日期，打算亲自到机场迎接。管雨儿不知道，夏陌上也不回他消息，他无奈之下，就只好每天都来公司。

今天总算等来了夏陌上的回归。

几天来，盛唐用尽手段费尽口舌，还是没能说服张德泉和赵宣杰将名下股份的大部分转让给他，最好的结果是二人答应将名下四分之一的股份以正常价格出售给他。

所谓正常价格是指沈葳蕤开出的价格，依然比市场估值高出了 30% 的溢价。

不过在云上的新品大火之后，云上再次被市场看好，估值大涨，张德泉和赵宣杰也有几分后悔合同签早了。如果现在再卖，说不定还可以再加价20% 以上。

会议室内，夏陌上坐在首位，看了几人一眼："我刚从英国考察欧洲市场回来，欧洲对中国丝绸的热爱热度不减。当年凭借丝绸之路，我们打开了通往西域的经济通道，现在，我们一样可以通过最新的丝绸产品，和欧洲建立起全新的桥梁。"

何初顾忍住笑，夏陌上在商业上更成熟了，说起假话来眼睛都不眨。不过也不算是毫无边际的假话，他确实在英国也考察了丝绸市场。

"把产品打进欧洲是后话，现在云上面临的问题很严峻，一是内部的股权变动危机。"夏陌上看向了张德泉和赵宣杰，"张叔、赵叔，听说你们已经和星河、盛唐签订了合同？我赞成你们的决定，感谢你们这么多年来为云上所做的一切！"

夏陌上起身朝二人鞠躬。

坐回座位后，她又说："二是新品的销量大爆，但产能却跟不上的瓶颈问题。"

开会前，管雨儿简单地向夏陌上汇报了一些情况。

新品大卖是好事，但相应地却出现了供应链问题——上游供货商无法及时提供原材料，导致产能滞后，面对市场上此起彼伏的要求加货的呼声，却无法及时供货。

如果再持续下去，热度就会迅速下降，有可能会影响云上的崛起之路。

"虽然张叔和赵叔即将不再是云上的股东，也不再负责云上的具体工作，但在新任管理层没有上任之前，希望你们能站好最后一班岗。"夏陌上目光平静中又带有几分犀利，"我和上游的供货商通过了电话，也通过特殊渠道了解了他们的存货情况，现实情况是，他们的货源充足，之所以不给我们及时供货，是有人在背后捣鬼。"

"用一个最简单的逻辑分析，如果云上现在受挫，谁会是最大的受益者呢？显然不是星河。星河即将入股云上，成为云上的第二大股东，之前他们非要围剿云上的立场也就变成了要推动云上有更好更快的发展。那么不用想，幕后黑手不是云上原有的股东、竞争对手，就是未来的股东……"

夏陌上的目光猛然投向了盛唐。

盛唐假装若无其事地玩笔。

"开会前，我和季虎季叔通了个电话，又从侧面了解了一些竞争对手的消息。由于云上的新品大卖过于突然，竞争对手都还没有来得及做出反应，原有的股东也无心于商业上的事情，那么幕后黑手毫无疑问就是盛唐了……"

盛唐猛然站了起来："夏总，说话要讲究证据，不能想当然。"

夏陌上的脸色慢慢缓和，又笑了："盛总别激动，我就是诈诈你。"

盛唐尴尬地笑了："不好玩，太吓人了，我可没有在背后黑云上，凭我对你的感情，我怎么可能做出这样的事情？"

"是吗？"夏陌上拉长了声调，"这年头，由爱生恨的多了。说不定盛总知道我和初顾确定了恋爱关系，盛怒之下，就要和我反目成仇了。"

盛唐的脸色瞬间铁青了。

如果说夏陌上和何初顾的上海之行，他心中还抱有一丝幻想的话，那么夏陌上追随何初顾去了英国，就让他知道他在恋爱的比赛中已经出局了。

他输了，输得一败涂地！

尽管他不愿意承认其实他从来都没有赢过，从一开始他就没有走进过夏陌上的心里。但由于夏陌上自称是单身主义者，让他心存奢望，并且夏陌上也确实在他们认识的期间内，从来没有喜欢过别人。

现在他才知道，他被夏陌上无情地欺骗了，她的所谓的单身主义只是针对何初顾之外的人！

同样，何初顾一直宣扬单身，只是他对夏陌上以外的女孩单身，对夏陌上却没有免疫力。

让盛唐生气的是，你们既然早就认识了，早先干吗去了？早早谈上恋爱不就得了，非要耽误这么多年，还非要对外宣称单身，误导了他这么久？

也浪费了沈葳蕤这么多年的感情。

一对败类！

其实如果深入想一想，夏陌上和何初顾不约而同地对外宣称单身，显然是心中放不下对方，容不了别人，本身就是对别人坚定的拒绝。他们并没有让别人喜欢上他们，别人的喜欢只是因为他们太优秀。

说到底，你喜欢别人，和别人真的无关。没有人要求你非要喜欢他们，所以不管你有多喜欢别人，并且为对方付出了多少，都是你自己愿意。

别把心甘情愿的付出当成必须要有回报的投入。

盛唐在接连遭受到了股权上面的失利以及感情上面的打击之后，失控了。以前有多喜欢，现在就有多痛恨和愤怒。

第五十五章　旧情复燃，喜欢多年

于是他在背后找到了云上的供货商，要求他们不要及时为云上供货，作为回报，他保证以更高的价格收购供货商手中的原材料。

他决定不惜一切代价也要阻止云上的崛起之路！

如果此次云上崛起成功，他不但再也没有机会收购云上，也永远失去了征服夏陌上的机会。

可惜的是，夏陌上太聪明了，才一个回合就猜到了幕后推手是他。

盛唐决定摊牌了。

"这么说，我的猜测是正确的，你确实和何初顾确立了恋爱关系？"盛唐冷笑连连，"既然如此，夏陌上，你也别怪我翻脸无情了。"

何初顾轻轻咳嗽一声："我和夏陌上的私事不应该影响到公司的事情，盛唐，你要冷静。"

"我冷静不了。"盛唐怒火渐盛，"我为夏陌上付出了那么多，到头来不但什么都没有得到，反倒成了笑话，你觉得我还能冷静地面对你们成为恋人，再微笑着祝福你们百年好合吗？"

"不可能！"

盛唐拍案而起："夏陌上，你记住了，从现在起，我要和你势不两立！"

夏陌上叹息一声摇头："这就太孩子气了！盛唐，你要明白一点，自始至终，我从来没有让你觉得有机可乘，也没有给过你任何暗示，你不要把你一厢情愿对我的喜欢当成一次必然会有回报的投资。我也早就说过，你对我抱有的期望越大，失望就越大。"

"好吧，你要怎么和我势不两立？"

见夏陌上依然一脸轻松，盛唐的怒火更加熊熊燃烧："我会在商业上打败云上。"

"好呀，云上欢迎任何竞争，不管是善意的恶意的正面的背面的。"夏陌上云淡风轻地笑了，"是吧初顾？我们从来不会退步，是不是？"

何初顾也是轻松地一笑："你理科，我文科，君子不器，文理一身，我们如果联手，天下无双。"

盛唐气笑了："行，你们有种，我们就战场上见！"

"等你哟。"夏陌上调皮地冲盛唐挥舞小手。

"不见不散！"何初顾镇静而坦然。

夏陌上任命管雨儿为总监，负责对接供应链事宜，又提拔了几名老员工充实到了管理层中，接替了张德泉和赵宣杰离开之后的空缺。

经过将近一周的协调与努力，夏陌上和何初顾重新组织了货源，确保了原材料的供应。而随着清晨热度的持续上升，云上的品牌价值得到了进一步巩固与提升。

又几天后，张德泉和赵宣杰的股份转让事宜，顺利完成交接，星河正式成为云上的第二大股东，而盛唐也接手了部分股份，成为第三大股东。

夏陌上和何初顾决定趁热打铁，继续推出下一波新品。为了更好地占领市场，二人扬长补短，不再独立设计，而是要联手设计三款新品。

夏陌上的理科思维加上何初顾的文科想象力，结合在一起，就迸发出了无比适应市场的火花。二人也意识到1+1大于2的效果，清晨的成功也验证了他们的互补性。

下班后，沈葳蕤正在公司加班，意外接到了于小星的电话。

"姐，回家一趟吧，我和爸妈在家里等你。"

沈葳蕤微微一怔，于小星的语气大有反客为主的意思，让她心里不太舒服："小星，你回到沈家是好事，但如果摆不正自己的位置，有时好事也会变成坏事。"

"姐，你放心，我不争不抢，只想安心地做好自己。确实有事要和你商量。"

回到家里，一家人整整齐齐地等候在客厅，除了于小星之外，还有小浦居然也在。

沈葳蕤心中突然有了不祥的预感。

"坐，葳蕤。"沈星河一脸凝重，"着急叫你过来，是有一件很重要的事情要和你商量，关系到为什么非要收购云上的初衷。"

"爸，有外人在，家事不方便说。"沈葳蕤不明白为什么对于沈家来说特别隐秘的事情，老爸要当着外人说，于小星还好，小浦怎么着也是无关人等。

"不是外人，都不是外人。"沈星河拉着沈葳蕤坐下，语重心长，"葳蕤，小星已经答应回沈家了，并且也同意改姓沈，但他有一个条件，就是希望爸妈同意他和小浦的事情……"

沈葳蕤一惊，这么快："小浦，你不是一直喜欢何初顾吗？"

小浦嫣然一笑："是呀，我以前一直以为我是爱哥哥的，后来才发现那不是爱，只是依赖和信任，是哥哥能给我安全感，而我错以为是爱。"

"直到我认识了小星之后，我才慢慢明白了爱和依赖的区别。我对哥哥是妹妹对哥哥式的喜欢，是依赖。而对小星，是情侣之间的爱。我决定以后和小星在一起，永不分开。"

"何初顾同意你们在一起吗？"沈葳蕤感觉事情的变化有些快，她一时无法消化。

"还没和哥哥说，相信他会同意的。现在他和夏姐姐也要谈恋爱了，沈姐姐，你怕是没有机会了。"小浦的脸上洋溢着天真。

沈葳蕤本想生气，转念一想又改变了主意："你和小星相爱，为什么要你哥同意？就算是你的父母，也没有权利干涉你爱的自由。"

"这么说，姐姐不反对我和小星在一起了？"小浦开心地抱住了沈葳蕤的胳膊。

沈葳蕤一时还没有弄清状况，就保持了沉默。

从何初顾的角度出发，小浦如果和小星在一起，她不再纠缠何初顾，也是好事。但如果她和小星在一起是为了贪图沈家的家产，反倒是增加了不安定因素。

不过又一想，小浦是一个简单的姑娘，她应该没有那么多想法，小星也是。

暗中观察了一下爸妈的神色，沈葳蕤心中基本上有了判断。

"爸、妈，你们是什么意思？"沈葳蕤以退为进。

沈星河微有愁容："我当然愿意了，多了个儿子加儿媳，沈家人丁兴旺是好事。可是你妈有顾虑，她总觉得小浦和小星的事情背后，有梅晓琳和夏想的影子……"

尽管多少也知道一些老爸为什么非要不惜一切代价收购云上的内幕，但沈葳蕤严重怀疑自己只知其一不知其二，因为在许多关键问题上，老爸语焉不详，老妈更是不肯多说一句。

"爸、妈，现在是该说出当年到底发生什么的时候了……"沈葳蕤坐在沙发上，摆出了长听的姿态，"形势比人强，现在云上大有翻身的可能。尽管已经拿到了云上近 30% 的股份，但距离控股还有不小的距离，现在的夏陌上依然是实际控制人。"

"不是说盛唐已经鼓动供货商不再供货给云上了吗？可以从根本上切断云上上升的势头。"史见微微一惊，"以盛唐的能力，还做不到这点儿小事？"

"如果夏陌上没人相帮，盛唐完全可以轻松地做到，只是……"沈葳蕤神色有几分落寞，"可以确认的是，何初顾喜欢上了她，现在正在全心全意地帮她。"

"其实他们是互相喜欢，是旧情复燃。"小浦补充。

"不对不对，不是旧情复燃，只是相互默默喜欢了多年。为了坚定自己喜欢对方的信念，都对外宣称是单身主义者。现在，他们不再矜持，向对方表白了心迹，都等来了心中花开的一刻。"于小星眯着眼睛，无比向往的神情，"真是让人羡慕的爱情呀，从小就认识，从来就没有分开，在确定关系的时候，依然是人生若只如初见的美妙……"

"于小星！"沈葳蕤生气了，"你到底站哪一边儿的？"

"我、我、我站爱情的一边儿。"

小浦点头赞许："我最喜欢的就是你的勇敢。说的是呢，两个骄傲的人，都在心底喜欢对方多年，却都不去第一个表白，因为他们都觉得喜欢是势均力敌，爱是认输，都不想当第一个认输的人。"

"那么，他们谁先向谁表白呢？"沈星河也被二人的故事吸引了。

于小星认真分析："表面上看，是陌上姐先公开宣布要追求何哥，第一局算是她主动认输了。但经过她的努力和追求，何哥被她拿下了，等于是她征服了何哥，她又是胜利者，又赢了第二局。最关键的第三局就是婚后谁当家做主的决胜局了。"

"挺像你当年追求梅晓琳的故事情节，老沈。"史见微阴阳怪气地笑了一声，"人都在，说说你当年都干了些什么吧。"

沈星河老脸一红，愣了片刻，又鼓起了勇气："都过去这么多年的事情了，说就说，怕什么？谁年轻的时候还没有犯过错？犯错不可怕，可怕的是犯错还不承认，更不悔改！"

当年，沈星河是梅晓琳的初恋情人，二人相知相恋，并且共同创业。沈星河想做贸易，而梅晓琳想做实业，最后沈星河迁就了梅晓琳，跟随她一起从事了丝绸行业。

浩瀚的星河本来就在云彩之上，所以公司被命名为云上。

相爱容易相处太难，尤其是创业的恋爱中的男女。又因为沈星河本身并不喜欢丝绸，也没有设计方面的天赋，二人在创业之路上分歧渐多，渐行渐远。

此时夏想出现在了二人的世界里。

第五十五章　旧情复燃，喜欢多年

第五十六章　往事不可回，也不必追究

　　夏想的许多想法和观点与梅晓琳一致，二人越走越近。后来沈星河心灰意冷，决定和梅晓琳切割关系，包括感情和事业。

　　梅晓琳同意了，却提出了一个苛刻的条件——沈星河必须无条件交出他名下持有的云上的股份。沈星河不同意，他毕竟付出了很多，感情上可以分手，事业上可以分开，但股份不能无条件转让。

　　经过几轮谈判，沈星河始终不肯让步，最后在夏想的提议下，沈星河、梅晓琳三人坐在一起，进行了最后一轮协商。

　　说是协商，其实算是逼迫。

　　夏想提出了新的建议，如果沈星河不肯让出股份，他也可以收购，以目前云上的体量来说，股份估值不高。

　　梅晓琳拿出了一张报表让沈星河过目，显示近几个月云上的流水不多，资金链接近断裂，销量停滞。

　　梅晓琳声称，现在的云上需要大量资金才能起死回生。沈星河不退股也行，必须重新注入资金才行。

　　沈星河其实就是气不过，觉得自己以前的辛苦白白扔掉，是对自己劳动的不认可。看了报表以及了解到了云上的现状后，他决定为了不连累自己的未来，全身而退，放弃了对股权的任何诉求，无条件转让给了梅晓琳。

　　但也不是完全的无条件，沈星河附加了一个条款——如果有一天他要从事丝绸行业，梅晓琳不但要提供技术上的帮助，还要提供渠道上的便利，并且他有权以同样的价格优先收购云上的股份。

　　梅晓琳一口答应。

　　当时出于对梅晓琳的信任，以及相关意识淡薄，只是有一个口头协定，并没有落实在文字上。后来沈星河创立了星河集团，从事贸易行业，并且逐渐做大，成就了一番自己的事业之后，他又忽然对丝绸行业产生了兴趣。

"他就是想借机再接近梅晓琳，圆他当年的梦！"史见微打断了沈星河的叙述，冷冷一笑，"别以为我不知道你打的是什么鬼主意，你们男人都一肚子坏水。"

"我没有，作为男人，我很老实的。"于小星忙自证清白。

沈葳蕤唯恐二人就此事无休止地争吵下去："都过去多少年的事情了，妈，你就别联想了。老爸和梅晓琳真没什么，和他有事情的是于双双。"

"爸，你这么一说我就明白了，你成立星河丝绸，一是确实热爱丝绸行业，二是也想一报当年的一箭之仇，对不对？"

"知父莫如女，葳蕤，老爸没有看错你。"沈星河差点热泪盈眶。

原来背后还有这么一出，沈葳蕤至此算是基本上明白了事情的始末："所以一开始你成立了星河丝绸，私下是不是找过梅晓琳，希望得到她的帮助，她完全忘掉了当年的承诺，把你拒之门外了？"

"倒也没有拒之门外，就是好话一大堆，却不办实事。当年所有说的话全部无效！都说男人善忘，其实女人比男人更健忘。"沈星河摇头叹息，一脸无奈。

于小星拼命点头："是呀，男人多情而长情，女人专情而绝情。也不知道谁更重情。"

"你闭嘴！"小浦呵斥。

"遵命。"于小星立马投降。

沈葳蕤不满地瞪了于小星一眼，接着说道："怪不得星河丝绸成立之初，业务进展缓慢，原来老爸是想借助云上的东风，却没有如意。后来云上的产品市场遇冷，老爸见机会来了，就想趁机收购了云上，拿回自己当年的心血，再将梅晓琳和夏想扫地出门，对不对？"

"商业的归商业，感情的归感情。"沈星河自嘲了一句，见史见微神情不对，又忙说，"你别用这种眼神看我，现在丝绸行业欣欣向荣，星河集团也正好需要拓展业务。以目前星河丝绸的发展态势来看，我当初的决定是绝对正确的。"

"别扯有用没用的了，赶紧说正事。"史见微不耐烦地打断了沈星河。

沈葳蕤望着大眼瞪小眼的于小星和小浦："爸，这么重要的事情，不避着他们，难道除了小星外，小浦也是你的私生女？"

"胡闹！"沈星河脸色一沉，没憋住，又笑了，"小浦以后嫁给小星，就是一家人了。一家人当然没有必要避开她了。"

沈葳蕤想起了什么："怪不得当初梅晓琳愿意帮我，也是为了还你一个人情，我还以为是我多有人格魅力呢，原来原因在你身上，气人。"

"本来我想差不多就行了，星河拿到了云上 30% 的股份，也不必非要控股了。可是梅晓琳太气人，居然打起了于双双的主意……"

"于阿姨不是不在人世了吗？"沈葳蕤大惊。

"他骗我们的，人还活得好好的！"史见微站了起来，颤抖的手指指向沈星河，"说，你到底还隐瞒了多少事情。"

沈葳蕤似笑非笑："老爸，这就是你的不对了……"

沈星河连连摆手："我也有苦衷，也是为了保护于双双。是这样的，于双双本来已经退休了，人在老家宁波，突然前段时间就来到了苏州，一问才知道，是梅晓琳请她过来在云上担任了财务。"

于小星点了点头："我也是问过才知道，妈妈早年就和梅阿姨认识。"

"何止认识，你妈就是梅晓琳介绍给我认识的。"沈星河脸色有几分古怪，"葳蕤，在和你妈认识之前，我最先认识的是梅晓琳。和她分手后，她介绍了于双双和我认识，说我和她性格相近，可以一起创业。才认识于双双不久，就又认识了你妈。"

史见微又想说什么，被沈葳蕤制止了。

"妈，你先别说话。"沈葳蕤基本上也可以猜到了一二，在认识了于双双之后不久，老爸就认识了老妈，以老妈的优秀，老爸肯定在刚刚喜欢上于双双之后就又爱上了老妈。

后来具体发生了什么，也不必细问，老一辈的事情，有他们的时代局限，也有个人性格的必然。往事不可回，也不用追究，她只关心现在。

"梅阿姨是想通过影响于阿姨来让星河放弃对云上的收购？也就是说，上次她帮我拿到了季虎的股份之后，她就认为还完了当年的人情，兑现了承诺？"沈葳蕤笑了，"梅阿姨挺有意思，做事风格和夏陌上截然不同。"

又想起了什么，沈葳蕤笑意盈盈地看向了于小星："小星，你妈是不是受梅晓琳影响，向你传输了什么想法？"

于小星点头："我妈说沈叔叔是坏人，要我打听沈家的秘密，告诉她。"

"呵呵……"沈葳蕤不屑地笑了，"手法太粗糙了，在绝对的实力面前，任何技巧都是无用功。"

"你是什么选择？"

"我的态度很明确，一是愿意回归沈家，二是要跟小浦在一起，其他的事情，我不想管也懒得管。"于小星嘿嘿一笑，"你呢，姐？"

沈葳蕤开心地点了点头："你呢，小浦？"

"第一，哥哥最大。第二，爱情至上。"小浦抱住了于小星的胳膊，"我还是希望自己做一个简单快乐的女孩，才不去想那么多乱七八糟的事情。"

"万一，我是说如果有一天我和初顾成了商业上的竞争对手，你怎么办？"沈葳蕤虽然仍然相信何初顾会在商业上和她同行，但信心不如以前坚定了。她很敏感地察觉到何初顾对夏陌上态度的微妙变化，似乎是一座冰山开始从内部消融了。

"这样呀……"小浦歪头想了一想，"商业上的事情我又不懂，反正在感情上我肯定倾向于哥哥，如果你伤害他，我不会放过你。但如果只是商业上的较量，只要哥哥觉得合情合理，我也没话说。"

"好。"沈葳蕤抱住了小浦，"放心好了，小浦，不管我和何初顾走到哪一步，我都不会伤害他。让商业的归商业，感情的归感情。"

"姐，你是要对付梅阿姨和我妈吗？"于小星心头一紧。

"不会，她们不是我的对手，她们和老爸的恩怨，是上一代的事情，已经都过去了。我现在要做的是如何打败夏陌上拿回云上。"沈葳蕤目光坚定，紧抿嘴唇，"不是为了老爸当年的退让，而是基于商业上的考量。"

"以前，是老爸和梅晓琳的较量，现在，是我和夏陌上的战争！"

沈星河连连点头，一脸喜色："女儿终于长大了，能放下个人的小小恩怨，只从商业利益的角度考虑问题，有大将之风。"

"你们父女俩都挺会演，装，接着装。葳蕤能真的放下何初顾，她才算长大了。"史见微不以为然地笑了。

沈葳蕤咬了咬嘴唇，没有说话，眼神中却有晶莹的东西在闪动。

第五十七章　人生真是滑稽

经过何初顾的努力推动，没用多久就基本上恢复了上游供货商的供货渠道，保证了原材料的畅通，云上的新品得以全速生产，源源不断地供应市场。

夏陌上将此次新品的胜利命名为夏何大捷。

何初顾不同意，非要以何夏大捷相称，并且说何夏大捷更好听。

二人争执不下，决定再联合设计三款新品推向市场，名字都已经想好了，分别叫：陌上初顾、春风玉露、人间无数。

与此同时，云上也迎来了一次大规模的股权变更和人事调整。

星河和盛唐的股份同时增加，星河跃居第二大股东，盛唐第三。星河在董事会拥有了三个席位，除了何初顾之外，沈葳蕤也成为云上的董事。

并且让人意想不到的是，于小星也以星河委派代表的身份成为云上的董事。

重组后的董事会，召开了第一次会议。

夏陌上主持会议。

议题有三个，一是继续推出新品，二是云上目前的品牌回升势头明显，下一步可以扩大产品线，三是作为奖励，夏陌上决定拿出个人名下5%的云上股份赠予何初顾。

沈葳蕤提出了反对意见。

何初顾是星河的高管，如果接受别人的股份赠予，需要事先经得公司同意。她并不反对云上继续推出新品，但必须要有一款新品交由星河来生产，否则她将不支持云上扩大产品线。

夏陌上没有生气，态度很端正："我能充分理解葳蕤的想法和建议，到时我和初顾会设计六款新品，云上和星河各三款，总可以了吧？"

"至于股份赠予，是我和他的个人私事，如果你非要反对的话，你是逼何初顾从星河辞职。"

夏陌上笑容很甜，语气却很清冽。

"是吗，初顾你真是这么想的吗？"沈葳蕤冷眼看向了何初顾。

何初顾不动声色："我怎么想的并不重要，重要的是，你们有了决定，我执行就是了。"

"如果让你在接受股份和留在星河中间选择一个呢？"沈葳蕤步步紧逼。

盛唐一脸讥笑，坐山观虎斗。

于小星玩笔。

何初顾心里清楚，沈葳蕤其实是让他在夏陌上和她之间选择一个。如果是以前，他肯定会留在星河，现在是该明确态度了。

"无功不受禄，我不会接受云上的股份。"何初顾一脸柔情地看向了夏陌上，"但我也会从星河辞职，然后以个人的身份加盟云上。"

"你的意思是，云上更适合你的发展了？"沈葳蕤脸色渐沉。

"至少我设计的产品在云上大获成功，而在星河，却没有机会推向市场。"何初顾站了起来，"我的辞职书已经发到了沈总的邮箱，即日起，我会从星河离职。"

"谢谢沈总一直以来的照顾。"

沈葳蕤万万没想到何初顾做事情如此决绝，她蓦然站了起来："何初顾，你真要这么做？年终奖、股权激励、分红，你都不要了吗？"

何初顾坚定地点头："以前留在星河，主要是为了事业，是为了兑现承诺。现在辞职来云上工作，是为了热爱，为了前程。"

沈葳蕤紧咬嘴唇："意思是，你留在星河是被迫，来云上是自愿了？"

"可以这么说。"何初顾一如既往地不会撒谎，"对不起，葳蕤，我不能欺骗自己，也不能骗你。"

"你就从来没有喜欢过我，是吧？"沈葳蕤终于发作了，"何初顾，你太绝情了。"

"你现在是不是喜欢上了夏陌上？"

此话一出，盛唐和于小星都紧张而期待地看向了何初顾。

何初顾脸色平静，深吸了一口气："我不是现在才喜欢上了夏陌上，而是敢于面对内心，发现了自己原来一直喜欢夏陌上！"

"我喜欢她很久了，久到从刚认识她时就喜欢了。只不过现在才发现才承认而已。"

"何初顾，我恨你！"沈葳蕤夺门而出，"我不会让你得逞的。"

盛唐直视夏陌上："夏陌上，你呢？"

夏陌上歪头想了想，笑了："我呀……我和他的感觉不太一样，其实我自始至终都知道我喜欢他，不承认不是不敢，而是想等他先表白，毕竟我是女生。"

"后来我想通了，男女平等是说不管是事业还是爱情，女生都可以掌控主动，所以我才公开承认我要追求他。现在你们看到了，我追到了，现在我们在一起了。"

盛唐脸色铁青："你不后悔？"

"我等了他十几年，他一直不表白。如果我再不主动，我们就老了。后悔？有什么好后悔的！如果我错过了过去还错过未来，才会后悔。"

"行，记住你今天说的话。"盛唐咬牙切齿，"希望有一天你会对我说，对不起盛唐，请你回到我的身边。"

"呵呵，盛唐你在演戏吗？"夏陌上忍不住笑了。

盛唐摔了文件："后会有期。"

追出办公室，到了楼下，盛唐见沈葳蕤一个人失魂落魄地走来走去，他上前抓住了她的胳膊："葳蕤，跟我走。"

沈葳蕤被盛唐拉到了一家花店，盛唐上前对店员说道："今天我包了花店，你现在出去，什么时候让你进来再进来。"

店员看着盛唐熟练地扫码转账，金额比一天的营业额还多时，开心地出去了，还带上了门。

花店不大，却布置得很温馨雅致。

沈葳蕤坐在了花间，被鲜花围绕，宛若百花之中最艳丽的一朵。

"要不我们联手吧。"盛唐为沈葳蕤倒了一杯水，"我们合伙把云上弄死，只要云上完蛋，夏陌上和何初顾的感情基础就不存在了，他们就会争吵、分歧，然后分手。"

"真的？"沈葳蕤的眼神中终于有了一丝光彩。

盛唐点头："当然了，没有经济基础的恋爱是空中楼阁。谁也不会喝着西北风谈情说爱，是吧？云上在事业上是他们的平台，在感情上是他们的港湾，拆了云上，他们就无处安身无家可归了。"

"怎么拆？"沈葳蕤清醒了几分，"现在云上新品大卖，再推出几款爆款的话，云上就重塑辉煌了。你觉得我们还有机会拆了它吗？"

"有，机会多的是。"盛唐神秘地一笑，"只要你不怕损失就行。"

"怎么做？"沈葳蕤微有迟疑。

"很简单，只要我们在原材料上做做手脚……"盛唐在沈葳蕤耳边耳语几句，"接下来的新品销量越好，云上的口碑就越崩塌。"

"这样真的好吗？"沈葳蕤还在犹豫，"云上崩盘的话，我们的损失也会很大。"

"这点儿损失算什么？到时夏陌上招架不住，她就会卖掉手中股份，云上就会被我们瓜分。如果我们再做得天衣无缝一些，让夏陌上误以为是何初顾的失误，再让何初顾觉得是夏陌上刚愎自用，他们之间就会产生嫌隙……"

沈葳蕤明白了盛唐的策略，微微点头："你得答应我，到时必须由我来控股云上，我至少要51%的股份。"

"没问题。我对云上兴趣不大，我只是因为喜欢夏陌上才投资了丝绸行业。别说控股了，你都拿走也可以。"

"好。"沈葳蕤心动了，她太喜欢何初顾了，不忍放弃，"我们空口无凭，要签一下协议。"

"你说了算。"盛唐从柜台上找来一张纸，写了几笔，签上了名字，"我做事情向来认真，和我合作的人，没有一个吃亏的。"

沈葳蕤看了几眼，签上了名字。

"何初顾真的会回到我的身边吗？其实，我可以让他留在星河的。"

"他不是还欠你一个承诺？你现在先别打出最后的底牌。就算你动用承诺让他留在星河，他待上一年半载，还是可以离开的。"盛唐信心满满，"听我的，没错的。你要等最合适的时机再抛出来，让何初顾不答应也得答应，而且只要他一答应，他就会永远离开夏陌上。"

"明白了。"沈葳蕤点了点头，"前些日子我们刚反目成仇，现在又成合作伙伴了，人生真是滑稽。"

"不是人生滑稽，是生活总是喜欢和我们开玩笑。"盛唐眼中闪过犀利的光芒，"我受够夏陌上了，从今以后，我不会再在她面前当小狗，我要当自己的主人，要虐待她折磨她。"

沈葳蕤快速眨动眼睛，因爱成恨可以理解，但盛唐的想法怕不是变态吧？

又一想，估计也是一时的气话。

下班后，夏陌上在办公室等了半天，迟迟不见何初顾过来接她，便主动来到了何初顾的房间。

"喂，以后下班记得送我回家。"夏陌上摆出了女友的姿态提出了合理正当的要求，心中微有几分不满，本该主动的事情，何初顾怎么还是跟个呆子一样？

何初顾正在低头工作，头也不抬："哦？好的。"

真气人啊，这样的男友怎么和转正前没有区别？夏陌上叉着腰在何初顾身前站立，故意气呼呼的样子。结果足足站了五分钟也不见何初顾抬头一眼，算了，她放弃了行使女友权。

"都下班了，我饿了，你不饿吗？"夏陌上的声音变回了温柔频段。

第五十八章　在直男的道路上一往无前

"不饿，一点儿也不饿。"何初顾直男依旧，抬起头来愣了一会儿，忽然才明白过来，"办公室有零食，你先垫垫肚子，我还有 15 分钟就结束了。"

"我从星河辞职，沈葳蕤必然会报复我们，盛唐也会和她联手，所以必须提前做好各种预案，未雨绸缪。"何初顾笑了笑，"你似乎一点儿也不担心即将到来的冲击，是不是早就想好了应对之策？"

"没想。车到山前必有路，船到桥头自然直。不是有你吗？有你在，我何必去想费心费神的事情，我只管今晚吃什么好了……"

"四川火锅还是麻辣火锅？"

"有别的选择吗？"何初顾面有难色，"火锅太费时间了。"

"四川火锅呀？行，就这么定了。"夏陌上眨眨眼睛，开心地笑了。

半个小时后，二人在火锅店刚刚坐下，何初顾的手机响了，是小浦电话。

又半个小时后，小浦和于小星坐在了何初顾和夏陌上的对面。

"哥，和葳蕤姐吵架了？"小浦小心翼翼地看了于小星一眼，"小星说让我过来哄哄你。"

何初顾轻松地哈哈一笑："让你过来哄我？怕不是你过来蹭饭的吧？"

于小星有几分不好意思："哥，大家的关系有点复杂，你也知道我和葳蕤姐是一家人，和小浦还有你，更是一家人，两边的一家人打架，我在中间是三明治，挺难受的。"

"不怪你。"何初顾摆手，"吃饭。有什么话，饭后再说。"

见何初顾不慌不忙的大将之风，于小星和小浦也就放下心来。

饭后，四人来到湖边。

人不多，微风吹拂，气温适宜，四人两两成对。

小浦推了于小星一把："说，你到底站谁的一边儿？"

不等于小星开口，夏陌上摆手一笑："他不用站队，他只要保护好你就行，别的事情，他只需要看着就行。"

"不，我有用的。"于小星听出了夏陌上的言外之意，"如果是都可以放到阳光下的手段，我中立。如果葳蕤姐和盛唐背后出阴招，我不知道还好，知道的话，一定会转告何哥和陌上，不能让你们老实人吃暗亏。"

夏陌上抿嘴一笑："骂谁呢？何初顾算是半个老实人，我可不是。不管他们用明招还是暗招，我都有招还回去。"

于小星如释重负："这我就放心了，我就说嘛，以陌上姐的聪明会治不了盛唐？就希望陌上姐和何哥手下留情，别伤害葳蕤姐和盛唐太多了。"

何初顾突然说道："以前还担心小星照顾不好小浦，现在看来，他是一个方方面面都能想得周到的人，基本可靠。"

"谢谢哥。"于小星激动了，"我以后如果对不起小浦，你把我扔湖里喂王八。"

众人大笑。

小浦不解："为什么是喂王八而不是鱼？"

"湖鱼都不吃肉，吃素。"于小星试图解释。

"不对，你看那些钓鱼的老头儿，都用蚯蚓、红虫钓鱼，如果鱼吃素的话，应该用面条钓鱼就行了？"

"这我就不知道了。"

"不行，你一定得给我一个满意的回答。"

"我……"

何初顾拉走了夏陌上，了解小浦的他很清楚一旦小浦问下去，会是一个没完没了的结局。

夏陌上挽住何初顾的胳膊，来到一处僻静的角落。

"记得不，高中时有一年学校组织春游，我们在这里见过第三面。"夏陌上就势坐在了椅子上，"当时你兴奋地在水里摸鱼，像个二傻子。"

"有吗？我怎么不记得了。"何初顾摇头，努力回忆，"是有这么一次春游，我们不是一个班，你怎么会注意到我？"

"什么？你的意思是我在暗恋你了？你当时完全没有在意我，是吧？"夏陌上不干了。

"你当时又土又瘦，谁会在意。和别的高中女生比，你发育得太晚了。"

"土怎么啦？没有土，爱的种子怎么萌芽？"夏陌上还是不信，"你当时肯定知道我，也会经常偷偷摸摸地关注我，是不是？"

"知道你肯定知道，但关注肯定没有了。对男生来说，漂亮才能吸引目光。"何初顾继续在直男的道路上一往无前。

"我当时也很漂亮好不好？我是集才华和美貌为一身的夏陌上！"

"好吧，我得承认你也不难看，虽然你当时穿的土黄色裙子确实很土，没审美又不合体，而且扎的麻花辫子也不符合你的气质，你应该留刘海儿的……"

"还说没关注我，连我当时穿的衣服留的发型都记得，何初顾，你太虚伪了，承认你从小喜欢我到现在就这么难吗？"夏陌上拧何初顾的腰，"是我先追的你，可以了吧？在我们爱情的较量里，第一局算我输了，我很大方的，不怕承认自己输。"

"输给自己喜欢的人，又何妨？我心甘我情愿我幸福我开心！"

何初顾被感动了："是，你说对了，其实从小我就一直喜欢你，但不敢和你说，怕被你拒绝。虽然每次大考我都能考过你，但在平常的考试中，我总是差了你几分。这么多年来，你是我遇到的唯一的总能压我一头的同学。"

"我怕让别人知道我喜欢你，是因为我没有办法打败你之后的妥协！"

夏陌上忍住笑："所以你就假装不认识我从来没有关注我，其实就是内心小小的骄傲和虚荣心在作祟，是不是？"

"喜欢是势均力敌，爱是认输。"何初顾很认真地回答。

"现在认输了吗？"

"还在挣扎。"

288

“说吧，你到底坚持到什么时候才会认输？”

“不知道，或者说，不告诉你。”

星空无限，天地旋转，曾经的少年再次相会在湖边，仿佛时光流转，冥冥中，相遇的人总会相遇，谁也无法独自远去。

几天后，管达久和艾良枫同时出现在云上。

夏陌上对二人的不请自来没有惊讶，请来何初顾一起和二人喝茶。

“听说何总要正式以个人身份加盟云上了？祝贺呀。从星河出来是英明的选择，沈葳蕤就不是一个值得合作的人，出尔反尔、斤斤计较，我以前和她合作过一次，闹得非常不愉快。”管达久上来就诉苦，对沈葳蕤一顿攻击，“我就发誓，以后就算卖不出去一米原材料，也不会卖给星河。”

艾良枫也是满腹牢骚：“就是就是，我身边凡是和星河合作过的供货商，都说沈葳蕤太精明太会算计，和她合作就没有赚钱的，能不赔钱就谢天谢地了……”

夏陌上打断了艾良枫：“今天不是沈葳蕤的批斗大会，你们找我，肯定有事情，有事说事。”

“是这样的，我们新进了一批料子，非常好，比以前的料子不管是质感还是工艺，都提升了许多，符合夏总精益求精的要求。”管达久和艾良枫交流了一个眼神，“正好云上的新品卖得很好，如果用上新料，会更加有持续的热度。”

“新品嘛，不但技术上有提升，而且价格也不贵，因为夏总人美心好，必须得优先供应给云上。”艾良枫也补充说道。

夏陌上开心地大笑：“哎哟，艾总过奖了，我是人美，但在心好上面还需要继续努力。”

“样品带来了吗？”

见夏陌上大感兴趣，管达久和艾良枫相视一笑，二人都拿出了样品。

何初顾接过，简单看了几眼，点了点头：“从手感和观感上来看，确实比以前的原料有了长足的进步，只不过毕竟是新品，还需要经过市场的验证。”

"更进一步的测试我们已经做过了，韧度、抗磨性还有亲水性，都比以前提升了至少 30% 以上。新品，要的就是抢先一步，如果等市场上普及了我们再上马，黄花菜都凉了，是不是夏总？"见何初顾有质疑的想法，管达久忙添油加醋。

艾良枫也乘机加大攻势："现在云上的三款新品销量都不错，如果乘机以最新原料制造，并且改进工艺，会成为引领先河者，让云上重新恢复到以前的荣光。"

夏陌上微有迟疑之色："初顾，你觉得呢？"

"我的意见是不要贸然改用新的原料，先由试验室进行各种常规化试验，确保不会出现问题后再调换也来得及。"何初顾依然是谨慎的态度，"现在云上的品牌刚刚恢复了一些市场认可度，如果因为原料问题而导致出现质量问题，得不偿失。"

管达久和艾良枫见夏陌上似乎被何初顾说动了，二人不免有几分焦虑。

管达久呵呵一笑："何总恐怕不知道的是，目前老原料基本上没什么库存了，以后再进来的原料都是新品，新品不但货源充足，而且价格比老料便宜 25%……"

"既然早晚要用新料，为什么不用？便宜 25% 等于是利润提高了 25%，以现在云上新品的销量计算，越早换上新品原料，利润空间越大，越能尽快弥补以前的亏空。"艾良枫微有几分不耐之意，"我是觉得和夏总合作多年，以前又有过对不起夏总的事情，才愿意第一时间供货给云上。"

第五十九章　人美心好夏陌上，大智若愚何初顾

"既然何总不接受我们的好心，我们也不必非要热脸贴冷屁股了，达久，不如我们供货给星河、锦图还有新远好了，他们不但打款痛快，还不挑剔。"艾良枫一拉管达久，做出了要走的姿势。

"艾总别生气嘛，初顾就是老成持重的性格，不管什么事情都会先往最坏的方面想。我就不一样了，我是积极进取的脾气，行，我先要一批。"夏陌上笑眯眯拦住了二人，"你们现在手里有多少货？"

二人眼睛一亮。

半个小时后，夏陌上和二人谈妥了价格和交货时间，以及付款方式。何初顾自始至终坐在一边，不发表意见，只顾低头生闷气。

就要签合同时，夏陌上才想起一样："哎呀，不好意思，忘了一个关键的问题了——初顾现在是云上的副总，采购归他负责，按照公司的流程，必须由他签字才能生效。"

管达久和艾良枫心中一跳，我有一句话不知道当讲不当讲，谈了半天你才告诉我非得何初顾同意才行？玩人不带这么没有节操的。

何初顾微微皱眉："虽然我还是持反对态度，但既然夏总都同意了，我再阻拦也显得过于固执了。要我签字可以，但我还有三个附加条款，同意的话，就没问题。不同意的话，我不会签字，夏总可以开除我，另请高明。"

什么玩意儿？管达久和艾良枫差点国骂出口。

夏陌上一脸不快："何总你也太不给面子了，这样以后真的没法合作。"

管达久忙打圆场："何总作为直接负责人，有想法是正常的。何总请说，凡事好商量嘛。"

何初顾面无表情，语气漠然："如果夏总现在不开除我，我就提条件

了……第一，由于是新品原料，未经试验室和市场验证，具有一定的市场风险，所以付款在三个月后比较合适。"

"第二，需要你们提供一份质量担保书。"

"第三，万一出现质量问题，你们必须承担全部责任。"

不得不说何初顾的条款很苛刻，将所有发生问题的可能之路都封死了。一旦出事，就得由管达久和艾良枫承担全部责任。

"何总完全没有诚意，算了，合同不签了。"管达久一拉艾良枫，"算我们看走了眼认错了人，好心被当成了驴肝肺。"

"别呀，初顾的意见是他的想法，不能完全代表我。"夏陌上很是不满地瞪了何初顾一眼，"初顾，生意是妥协的艺术，不能所有风险别人背所有利润自己独享，你这样会没有朋友的。"

"这样，去掉第三点，只留前两条，你们觉得怎么样？"夏陌上扳着手指，"延后三个月付款，也是行规。出一份质量担保书，也是正常程序。"

"还是夏总明事理有远见，行，就这么办。"管达久斜着眼睛，"只要何总没意见就行。"

何初顾气呼呼地摔门而去："你们既然都谈妥了，还要我何用？等下我签字就行了。"

"何总还真是脾气大，有个性。"艾良枫嘿嘿一笑，语气中尽显嘲讽之意，"年轻人年轻气盛可以说是有冲劲有未来，但也可以说是不识时务。"

"他的事情是云上的内部事情，我会处理好的。"夏陌上抓起了电话，"雨儿，你带法务过来一趟。"

签合同，送走二人，一气呵成，总共用时不超过一个小时。

"头儿，真和何哥生气了？"管雨儿见何初顾始终没有露面，就猜到了什么，她现在也跟着于小星叫何哥了，"其实你该让着何哥的，他优秀又专一，认真又踏实，你好不容易骗到手了，不好好珍惜万一飞走了可怎么办？"

"是吗？你还真担心何初顾会被人挖走？不管是事业还是感情上？"夏陌上笑得很得意，眨眨眼睛，"你以为我和他刚谈恋爱是吧？我和他已经谈了

15 年了。15 年都没有分开的一对，还有谁能撬走？"

"可是你们刚才明明分歧很大，何哥从你办公室出来时，特别生气，全公司的人都看到了。"管雨儿对夏陌上的迷之自信颇为不解。不过也可以理解，一个单身多年的人突然有了男友，会有不切实际的幻想也是正常。

"我和他之间的默契，你想都想象不到。"夏陌上发了一个消息，片刻之后扬起手机，一脸得意，"走，下楼，他在楼下的甜品店等我们。"

管雨儿亦步亦趋地跟在夏陌上身后下楼："头儿，适当的幻想可以提升生活质量，让触不可及的美好变得好像近在咫尺。但是呢，一定要有定力，不要认为假象会变成现实。你对何哥的印象还停留在当年你们第一次见面的田野上，他土得掉渣，而你是一个柴禾妞……"

"下个月的工资先发一半，奖金全扣。"

"头儿，兼听则明偏信则暗呀。"管雨儿叫屈。

"你闭嘴！"夏陌上抱住了管雨儿的肩膀，"等下让你看看什么叫身无彩凤双飞翼，心有灵犀一点通！学着点，好好回想一下还有没有从小学到高中的一起联系的异性同学，如果有，赶紧打听他是不是还单身。如果是，别犹豫，立马表白。"

"最美好的永远是最初的相遇。"

"头儿，咱能不能正经点儿？"管雨儿推开夏陌上，"好歹也是云上的董事长，正经八百的白富美，你克扣我的奖金也就算了，中午就打算请我吃土豆粉？"

夏陌上在姐弟土豆粉店门口站住不走了，里面的一张桌子旁，何初顾正冲她招手。

"不是说是甜品店吗？"管雨儿蒙了。

"初顾听说你要一起来，他说甜品店太贵了，就改成了土豆粉店。反正要吃午饭的对吧？你赚到了。"

"我现在回去还来得及吗？"

"也可以，只要你买单。"

"那算了吧。"管雨儿推门进去，大步流星，"何哥，你们真是天生一对地造一双，对外人的抠门和小气，配合完美手法一致。"

"谢谢夸奖。"何初顾拿着醋瓶，"要不要加点醋？可以提味。我没有要小菜，只要了三碗土豆粉。小菜还要收费，不卫生不说，也不好吃。"

"您别说了，等下我自己买一碟小菜成不？"管雨儿气笑了，"你们两口子简直了！"

三碗土豆粉，每碗 18 块，管雨儿差点流下幸福的泪水，她何苦来哉，还不如在公司吃工作餐呢。

就这，何初顾还将自己碗中几片菜叶夹给了夏陌上："你多吃点，又不胖，不用刻意减肥。要多吃蔬菜，对身体好。虽然说现在我们确实也没钱吃肉，但安慰自己做好心理建设，也是必需的。"

"不用，你比我消耗多，你才应该多吃一点。"夏陌上不但还了回去，还多夹了土豆粉，"等下我的汤你都喝了，很有营养的。"

"我不听，我不听。"管雨儿双手捂住耳朵，"拜托，能不能好好吃饭？头儿，我想不通为什么非要叫我过来陪你们？"

"别说话，听着就是了。看我们怎么继续秀恩爱。"夏陌上毫无怜悯之心，继续虐杀管雨儿，"初顾，你今天的表现特别好，不但管达久和艾良枫信了，公司的人也差不多都信了，就连雨儿也以为你是真生气了。"

"戏要做足，动作要做全套，要不也不会让他们觉得我们真的上当了。"何初顾温柔细心地喂夏陌上喝汤，"事实上当时我想到他们故意过来挖坑让我们跳，是真有几分生气，当我们是傻子吗？"

管雨儿的脸色慢慢变了："你们、你们刚才是演的？"

"要是换了演电视剧，我们肯定得上当受骗，毕竟电视剧里面喜欢演弱智的男主女主嘛。他们也不想想，我上学时是学霸，又从小在老爸的商业头脑的熏陶下长大，会看不出一些商业套路？觉得别人不够聪明的人，其实是自己太自作聪明了。"

"你说谁不够聪明？我还是管达久、艾良枫？"管雨儿立马警惕地竖住了耳朵，"我可是头儿一手带出业的徒弟，如果我还不聪明的话，说明有人教得不好。"

夏陌上和何初顾相视一笑。

"何止是你，何止是管达久和艾良枫，还有许多人。"夏陌上拍了拍管雨儿的肩膀，"反正今天的事情，你就当什么都不知道，我和初顾还会继续有矛盾，你就当中间人和事佬，懂？"

"不懂。"管雨儿用力摇头，"我不想当蒙在鼓里被人摆布的傻子。"

"傻了不是？什么叫蒙在鼓里，你是揣着明白装糊涂，是大智若愚，是唯一的配合我们演戏的知情者。"何初顾吃完了，放下勺子，"说不定会有人想方设法地挖你，或者说叫策反你，你怎么办？"

第五十九章　人美心好夏陌上，大智若愚何初顾

第六十章　没有承诺就没有辜负

"是吗？谁呀？帅吗？有钱吗？"管雨儿无比期待，"如果真有一个又帅又有钱的男人挖我，我坚持不了一分钟就会投降，就会背叛夏陌上。"

夏陌上作势欲打，何初顾摇头叹息："夏陌上，你的人缘太差了，管雨儿是恨不得立马抛弃你，只要有机会的话。没有机会也许她还会自己制造机会。"

管雨儿举手投降："头儿，别打。何哥不知道我们的姐妹感情，我一般情况下不会背叛你的，除非是你主动要求我背叛。"

何初顾也笑了，他看出来了二人从小到大的深厚感情。但有些事情还是得说在前面，省得到时打管雨儿一个措手不及："如果有人找到你，许以重利要求你配合他，你就故作为难地答应他，然后再将计就计。"

"谁呀？盛唐还是沈葳蕤？"管雨儿立刻猜到了什么，"还是他们一起上呀？"

"不过不要紧，只要主义真。管他来几个，我是头儿的人。"

"就你皮。"夏陌上开心地笑，"不闹了，说正事。如果他们或是他们其中之一真的找你，你知道该怎么做吧？"

"当然知道了，好处照拿，事情一件不办。"管雨儿一抹嘴巴，"头儿，你定个标准，超过多少就不能拿了？"

"你觉得呢？"夏陌上送了管雨儿一个大大的白眼，"差不多就行了，别人也不是傻子。演戏要自然流畅，生涩和过于娴熟，都不行。"

"这就难办了……"管雨儿故作叹息一声，"就像相亲一样，如果我太幼稚了，他们会认为我太小白，不喜欢。如果我太自来熟了，他们又会觉得我相亲无数，是老手，也不喜欢。我太难了。"

何初顾很认真地说道："你现在的状态就挺好，切换自如，让人摸不清状况，觉得你忽而小白忽而老手。"

"哥，你是夸我呢还是骂我呢？"

管雨儿见二人起身，十指相扣转身就走，急了："你们等等，买单了没有？"

"没有，谁最后谁买单。"夏陌上突然拉起何初顾加速奔跑。

何初顾边跑边说："她骗你的，快餐都是先买单。"

"天生一对活宝儿。"管雨儿摇头笑了。

刚出门，见夏陌上和何初顾的身影已经消失在了远处，管雨儿哼着小曲迈开脚步，手机就响了。

"够快的。"管雨儿看了一眼来电，笑着接听了，"盛总，有什么指示？"

"哪里有指示，就是有一件事情需要雨儿帮忙，不知道方不方便？"盛唐的声音很温柔。

"我就是一个小兵，能力有限，盛总有事情应该让头儿帮忙才对。"管雨儿以退为进。

"事情说大不大，说小不小，惊动了夏总，显得太兴师动众了。雨儿出面，倒是正好趁手。"盛唐步步为营，"可别小瞧自己，一个人的能力大小和平台有关系。有些人总是不出头，不是因为能力差，而是因为给她的舞台太小。"

"盛总是要给我一个更大的舞台吗？不怕我把你的台子弄塌了？哈哈。"管雨儿大笑。

盛唐也笑："是这样的，我一个朋友新开了一家花店，店不大，兼营咖啡和一些小工艺品。她很喜欢这份事业，但审美有限，想请你过来帮帮忙，指点一下。"

"当然啦，该有的报酬和感谢，都会有的。我也知道你不在乎这些，作为对你劳动的尊重，也必须要给。可能不多，比工资多不了多少。不过不会占用你多少时间，一周抽出两个半天就足够了。"

"嗯……"管雨儿故意沉吟，拉长了声调，"帮忙倒是没有问题，报酬就不用了，都是朋友，就是怕影响工作，被头儿发现就不好了。"

"我会和陌上说的，你不用管，她是一个大方大度的人，才不会介意。现在的问题就取决于你了，雨儿，这个朋友喜欢我好多年了，我不想辜负她的喜欢，想帮帮她……"

不得不说，盛唐的套路很娴熟，方方面面都替管雨儿考虑好了退路，甚至就连需要管雨儿帮忙的也是女孩，还是和他关系暧昧的异性，彻底打消了管雨儿的戒心。如果不是夏陌上和何初顾事先有过提醒的话，她还真以为盛唐真心要请她帮忙，而不是虚晃一枪。

"如果你答应我一个条件，我就帮你。"管雨儿不想这么快就妥协。

"说。"

"你以后别再纠缠头儿了，她不喜欢你，真的勉强不来。以你的条件，除了头儿，什么样的女孩追不到，是不是？"管雨儿故布迷阵。

"……"盛唐沉默了片刻，"陌上既然和何初顾确定了恋爱关系，我再不识趣地退出，就是无理取闹了。行吧，大丈夫何患无妻？天涯何处无芳草，我会尽快放下夏陌上，重新寻找真正适合自己的女孩。"

"行，就这么说定了。什么时候需要我出马，说一声就行。"

"现在有没有时间？"盛唐有几分迫切，"抽不开身下班后也行。"

管雨儿微一迟疑："下班后吧，上班时间溜出去不太好。"

放下电话，盛唐对坐在对面的沈葳蕤得意地一笑："怎么样，老将出马一个顶俩吧？我说能拿下管雨儿就一定能行。"

沈葳蕤竖了竖大拇指："服，有一套。我担心的是管雨儿会不会向夏陌上透露？"

"不会，放心吧，我还是很懂女人心的。"盛唐哈哈一笑，"管雨儿是夏陌上的发小不假，从小一起长大，但现在夏陌上要事业有事业要爱情有爱情，她却什么都没有。夏陌上又没有承诺她什么，她会没有想法？"

"我能给她想要的一切，她会慢慢地接受改变。人只有适应了改变才能活得开心。"

"大道理大多数人都懂，却还是过不好这一生，为什么？"沈葳蕤冷笑着，

298

"不过是不甘作祟罢了。你不甘被夏陌上抛弃，我不甘被何初顾甩掉，我们都想夺回自己失去的东西。"

"失去？我们从来未曾得到过，何谈失去？"盛唐无奈地摇头，"你说得对，我们只是心存不甘罢了。"

"何初顾不是还欠你一次承诺吗？"

"是，但我还不打算现在行使权利，最后一次了，要慎重。"沈葳蕤想起了什么，又笑了，"夏陌上还是不如何初顾聪明，如果她听了何初顾的话，管达久和艾良枫就不会得手了。"

"所以说起来，我赢回夏陌上的心比你征服何初顾的心，要容易一些，嘿嘿。"盛唐笑了起来，见沈葳蕤脸色越来越难看，忙收住了笑容，"不过话又说回来，如果我们在事业上收购了夏陌上和何初顾，还是没能在感情上征服他们，该怎么办呢？"

"夏陌上是你的问题，我不发表意见。但何初顾我一定可以拿下，我有信心。"沈葳蕤起身，"别让别人知道我们见过面，我不想破坏自己在他心目中的形象。"

"放心，我还不想破坏我在夏陌上心中的形象呢。"盛唐咧嘴笑了，"比起你对何初顾的痴情，我对夏陌上的用心，更一往情深。"

"我们就别自怨自艾了，相爱是两个人的事情，不是一个人的偏爱。"沈葳蕤想了想，"如果这次夏陌上掉进了坑里，她被迫出售名下股份的话，你不要跟我抢。"

"如果我说不跟你抢，就太虚伪了。我只要三分之一，不会和你抢控股权，怎么样？"

"成交！"

一个月后。

星河集团总部，沈葳蕤办公室。

何初顾站得笔直，认真而严肃的样子，像是在决定一件无比重大的事情。

也确实是无比重大，他今天要正式办理离职手续，离开工作了两年的星河。

尽管沈葳蕤一再挽留，何初顾却去意已决。既然他和夏陌上确定了恋爱关系，于情于理他都应该一心扑在夏陌上和她的事业上。

沈葳蕤了解何初顾的性格，没再勉强，决定放手。

当然，只是事业合作上的放手，不是感情上的。

反正她相信何初顾还是会回到她的身边，总有一天。

"祝你前程似锦。"沈葳蕤很正式地和何初顾握手，"其实你从星河辞职入职云上，也还是星河的员工，别忘了，星河持有云上30%多的股份。"

"我知道。"何初顾认真地点头，"其实都是为星河打工，但在心理归属感上还是不一样。"

沈葳蕤不免又伤感了："初顾，你真的没有觉得辜负了我许多？"

"没有承诺就没有辜负。"何初顾摇头，"如果你是说感情上的辜负，不好意思，我从来没承诺过感情上的事情。"

"我知道。"沈葳蕤学了何初顾的腔调，"感情和事业哪里能分得清清楚楚？"

"我就喜欢泾渭分明的人生。"何初顾笑了笑，"不用你提醒，我知道我还欠你一个承诺，打算什么时候要我兑现？"

第六十一章　礼貌的温柔和真心的温柔

"还没想好……"沈葳蕤俏皮一笑，"承诺就像原子弹，不是为了使用，是为了震慑。"

"是想在我头上一直悬一把剑，在你觉得时机合适时，想落就落？"何初顾很坦然，"欠你的人情一定会还，我不会赖账。"

"正是因为相信你，我才不急于开口。"沈葳蕤努力表现出云淡风轻的姿态，"真的不打算接受夏陌上赠予的股份？"

"来日方长。"

"我送你。"

"不用。"何初顾摆手，下楼而去。

沈葳蕤站在门口，直到何初顾的身影消失在电梯之中，她久久没有收回目光。

云上总部，夏陌上办公室。

管雨儿躺在沙发上，腿不安分地晃来晃去。

"头儿，你可经点心吧，还敢放何初顾一个人去见沈葳蕤？你就不怕他们旧情复燃把你抛弃了？"管雨儿一副恨铁不成钢的表情，"你也太心大了，真以为何初顾十拿九稳是你的人了？"

"跑不了，他被我套牢了，我就是这样的迷之自信。"夏陌上大笑。

"包括对我也是一样？"管雨儿鄙视地回敬了夏陌上一个漠视的眼神，"你就这么放心我跟盛唐在一起混？不怕我爱上盛唐出卖了你然后远走高飞？"

"你是风筝，线还在我手里，飞再高，我也是你的命根子。"夏陌上凑了过来，坐在了管雨儿身边，"说，和盛唐到底发展到哪一步了？"

一个月来，管雨儿和盛唐见了四次面，接近每周一次的频率。也确实如盛唐所说，是请管雨儿帮忙打理一个花店。并且也确实有一个叫姚花的姑娘，她的眼神和举止明显对盛唐有意思。

花店也很漂亮，位置不错，布局也好。管雨儿每次过去，都是帮忙摆布花草、摆放饰品，而盛唐总是会出现一会儿，然后消失，等忙完后再出现，请她吃饭。

吃饭时，也从来不谈公事，只聊其他。

几次之后，就让管雨儿误以为盛唐真的只是请她帮忙料理花店，是为了陪陪姚花。

姚花是一个温柔娴静的姑娘，话不多，只要盛唐一出现，她就是目光不离盛唐左右，痴痴的样子显然用情已深。

怎么世界上总是有你爱我我不爱你只爱她的戏码？管雨儿就感慨，以后她要是谈恋爱，一定找一个百分百吻合的，宁缺毋滥。如果她喜欢的人不喜欢她，而是喜欢别人，她会立即放弃。

"就这？"夏陌上不是不信管雨儿，是觉得盛唐怎么变得这么有耐心了，"盛唐在下一盘大棋呀。"

"屁大棋，他只是觉得我傻，可以用慢火炖烂。还有，他是在等原料问题爆发。"管雨儿正在翻看手机，忽然惊呼一声，"啊，来了，来了——云上新品出现严重质量问题,消费者反馈产品以次充好,云上再次面临信誉危机。"

"哪里的新闻？"夏陌上兴奋地叫了起来。

"不是什么大网站，是一家自媒体。"管雨儿微有失望之色。

微信接二连三地响了起来。

管雨儿一看，笑得更开心了："不少朋友都来问我是怎么回事。"

夏陌上的手机也此起彼伏地响了起来。

她看了几眼手机，也笑了："我也收到了大量或关切或质疑或幸灾乐祸的消息，事情，开始发酵了，好事呀好事。"

"没见过你这样的，公司产品被黑了，居然还能笑得出来，病得不轻。"管雨儿微微皱眉，"头儿，万一应对不得当，真的导致了品牌声誉下降，不就弄巧成拙了吗？"

"就这么对我对初顾没信心？"夏陌上拍了拍胸膛，"你是觉得文理双学霸加在一起还不如两个有钱人，是吧？"

"话不能这么说，胜负也不能这么定义。"管雨儿乐了，"你和何哥其实是守势，是要守护住来之不易的胜利和爱情。沈葳蕤和盛唐是攻势，他们想在商业上收购你们感情上征服你们。防守是比进攻容易一些，但也是处于被动挨打的位置。"

"现在云上刚刚恢复了一些士气，如果处理不当，真的会被彻底打败的，头儿，你的瘦弱的小肩膀，能扛得住这么大的压力吗？何哥他靠谱吗？万一形势不对他临阵倒戈,他还可以重回沈葳蕤的怀抱,你呢？"管雨儿忧心忡忡，"你不可能接受盛唐，对吧？"

"我不会接受盛唐，何初顾也不会接纳沈葳蕤，你就别胡思乱想了，我和他联手，天下无敌。"夏陌上抱住了管雨儿的肩膀，"认识我这么多年来，我什么时候输过？除了输给过何初顾之外！"

管雨儿摇了摇头："虽然我很欣赏你的迷之自信，但这一次真的不一样。要是输了，可能就什么都没有了。"

"怕什么，就算输得一无所有，我还有何初顾。只要有他陪在我的身边，一切都会有的。"夏陌上脸上洋溢着幸福的光芒。

"我错了，我不该给你机会让你喂我狗粮。"管雨儿夺门而出。

云上新品出现质量问题的消息，迅速蔓延开来，先是在行业内传播，慢慢地影响到了消费者市场。

其他厂家一开始还保持了足够的矜持，几天过后，就纷纷站了出来指责云上破坏行业规则，以次充好，是行业的败类。

奇怪的是，处于风口浪尖之中的云上，既不接受采访，也不回应愈演愈烈的传闻，仿佛事不关己一样。

刚一上班，何初顾才坐下喝了一口水，沈葳蕤的电话就打了进来。

"初顾，事情你也知道了，夏陌上就是一个没有长远打算的人，急功近利、以次充好，为了利润而不惜一切手段，你和她就不是一路人。"

何初顾的桌子上摆放了几款云上的新品，在显眼的地方明显有划痕和磨损，还有脱丝等问题，就连业外人士也一眼可以看出是有质量问题。

"葳蕤，你不觉得事情很蹊跷吗？"何初顾语气平静，"云上是老牌公司了，技术和工艺在行业内曾经开创过许多先河，会犯这么低级的错误？"

"以前是以前，现在是现在。现在是夏陌上掌舵，她经验不足又好大喜功，犯一些常识性错误不也很正常吗？"沈葳蕤很生气何初顾不和她立场一致。

"你打算怎么做，等云上的声誉遭受重大打击被市场抛弃时，你再乘虚而入，以低价收购夏陌上名下的股份，对吧？"何初顾不动声色地笑了。

"你怀疑我？初顾，你太让我伤心了，居然怀疑我。"沈葳蕤还想努力表演一番，却被何初顾打断了。

"我希望你不要误入歧途，我们还可以是好朋友，否则，可能会成为陌路人。"

"我……"沈葳蕤想发火，忍了忍，"初顾，你不要这样看我。"

"我帮星河设计的三款新品的草稿已经发你邮箱了，答应你的事情，肯定会做到。我也谢谢你多年以来对我的关照。"何初顾也替星河做了不少事情，星河有现在的市场规模，他居功至上，但他没有说出来。

有些事情，大家都心知肚明。

"你以前对我很温柔，现在你只对夏陌上温柔了，是吧？"沈葳蕤心中悲凉遍地。

"对你温柔，是礼貌。对陌上温柔，是真心。"何初顾挂断了电话。

"何初顾！"沈葳蕤盛怒之下，摔了手机，"我一定要让你后悔。"

"后悔什么？"盛唐推门进来，笑意盈满，"我要约管雨儿一起吃晚饭，你也来吧。"

"约她做什么？"沈葳蕤余怒未消，"她就没什么用。"

"怎么会没用呢？她有大用。"盛唐笑得很神秘，"现在风声四起，云上虽然遭受了冲击，但还不是致命一击，如果管雨儿公开承认云上以次充好，用劣质原料来制造产品，才是压倒云上的最后一根稻草。不要忘了，管雨儿可是夏陌上十几年的朋友，她如果背叛了夏陌上，才是真正的背后一刀。"

"问题是，她肯背叛夏陌上吗？"沈葳蕤持怀疑态度。

"当利益足够大的时候，别说背叛了，就是让她杀人放火她都愿意，哈哈。"盛唐哈哈大笑，"今晚就让你见证奇迹的时刻。"

下班时，何初顾第一次主动来到夏陌上办公室。

"晚上一起吃饭吧。"何初顾难得地温柔，细声细语，"是时候商量一下对策了。"

"好。"夏陌上甜甜地应允，"想吃什么，我请你。"

管雨儿捂住了耳朵："拜托，我还在呢，能不能别在上班时间秀恩爱？要注意爱护单身人士！"

"不，我也要去，你们别想过二人世界。"

话音刚落，手机响了，管雨儿接听完之后一脸兴奋。

"盛唐约我共进晚饭，哈哈，我也有人陪，哪怕是坏人，至少我也不孤单。"管雨儿得意地扬了扬手机，"再见，你们玩得开心些，我去约会了。"

"等下。"何初顾叫住了管雨儿，为她泼了冷水，"这个时间节点很敏感，估计盛唐要开始落子了，前面布局了那么久，是该收网了。你要把握好分寸。"

第六十二章 以前有多冷，现在就有多温暖

管雨儿眨眨眼睛："你的意思是我要虚与委蛇，先答应他，再徐徐图之？放心，不用你教，这些年我从头儿身上学会的技巧足够用了。"

"不不不，我纯正善良，从来不会什么技巧，向来以德服人以诚待人，雨儿你要再敢乱说，打哭你信不信？"夏陌上急忙为自己辩解。

"信，打死我都信。你放心，头儿，我绝对不会把你千方百计让何哥跳入你的坑的事情说出去。何哥你也放心，我绝对不会告诉你头儿是怎样一点点精心设计步步为营，让你掉入她的爱情和事业陷阱之中不能自拔的……"

"头儿，别动手，君子动口不动手，我这就走还不行吗？"管雨儿躲开夏陌上的魔爪，飞快逃离了，"我要叫网约车过去，记得给我报销。"

"走，带你去一家很有意思的餐厅，就是远一点。"何初顾牵住了夏陌上的手，"今晚，我们要好好约会一次。"

夏陌上咬着嘴唇："以前的约会哪一次不是好好约了？"

"以前的约会，总是会谈到工作，这一次不谈了。"何初顾仿佛下定了决心，"坚决不谈，一定只谈感情。"

"连今晚盛唐找雨儿做什么也不管了？"

"不管了。他们只管算计他们的事情，我们只要我们的浪漫。"何初顾用力握了握夏陌上的小手，"反正离最后的决战也快了，我每次在重大考试前，都会放松自己放空脑子，养精蓄锐，然后才能精神百倍地和对方一决胜负。"

"以前每次大考，你都是这么对付我的？"夏陌上不服气，"不应该呀，我每次大考恨不得晚上不睡觉，也要一遍又一遍地攻克难题，唯恐到时又被哪一道难题难住。你居然敢不复习还休息，最后还能考第一，还有没有天理了？"

"考全校第一又算得了什么？"何初顾笑得很真诚很坦率，"就算考全国第一，不还是被你拿下，乖乖地为你所用？"

"这么说，还是我厉害？"夏陌上又开心了，"我太佩服我自己了，虽然考不了第一，能拿下考了第一的人，就是第一中的第一了，是不是？"

"不是。"何初顾一脸严肃，一本正经。

"那是什么？"夏陌上一脸期待。

"你是照亮第一前程让他奋勇往前的明灯。"

"哇……"夏陌上明白了什么，"当年你一直以我为榜样，才这么努力这么拼的？"

"是。"何初顾一改以前的漠然，"是又怎么样？我以超越你为榜样，你激励了我整个学生生涯，我为你努力我骄傲。"

"我才不信。"夏陌上心里乐开了花，却嘴硬，"是谁说的不认识我，对我没印象的？现在又说以我为榜样？你当我是 3 岁小孩子？"

"以前是不好意思承认，怕被你笑话。毕竟每次小考都输给你，很丢人的。"何初顾微有几分忸怩。

"我以为你不在乎每次小考呢，只想在大考时战胜我。"夏陌上和何初顾说话间，二人已经来到了餐厅。

是一处在江边的餐厅。

餐厅装修低调而温馨，轻柔的音乐弥漫，灯光明暗恰到好处。

何初顾拿过菜单："我在英国留学，始终没能习惯西餐。但我们似乎总是喜欢在重要的日子里吃西餐庆祝，来，想吃什么，随便点。"

"重要的日子？"夏陌上歪头想了想，"不是我的生日，也不是你的生日，会是什么重要的日子呢？"

"先保密。"何初顾笑得很甜。

以前有多冷，现在就有多温暖。

"有一件事情我不太开心，虽然和你没关系，但如果你能给我道个歉赔个不是，我就会心情好起来。"夏陌上故意逗何初顾。

若是以前，何初顾肯定不会理会夏陌上的无理取闹，现在不同了，任何一个男人，哪怕再直男，当他心中有你时，眼中就会全是你。

　　"对不起，是我不好。"何初顾不问原因立刻道歉，"谁惹你不开心了？"

　　"没事了，哈哈，逗你的。"夏陌上开心地大笑，"我原谅了你以前对我所有的打击、伪装，还有冷漠，以及你这么多年才承认你喜欢我。"

　　原来说到底惹夏陌上不高兴的人还是他，虽然是以前的他，何初顾会心地一笑："还没想起来今天是什么重要日子吗？"

　　"真没有，要不……你暗示一下？"夏陌上点了几道菜，"今天是你请客吧？不让我买单的话，我就多点几道。"

　　何初顾大笑："拜托，你是老板，我在为你打工好不好？哪里有让员工请吃饭的老板？也不知道你的抠门是从哪里学来的。"

　　"这样吧，你能想出今天是什么重要日子，就我请客。如果不能，你请。这样公平吧？"

　　"嗯……"夏陌上咬着叉子沉吟一会儿，"成交。"

　　"说好了，今天不谈工作，只谈往事。"何初顾再次强调了一句。

　　"只谈往事吗？为什么不谈现在和未来？"

　　"现在，我们正在经历。未来，我们会共同创造。往事，我们虽然有过一起经历的部分，却有很多缺失。"

　　"比如？"

　　"比如我们的四次见面之外，你有过多少次对我的偷窥？"何初顾想起了从前，眯起了眼睛。

　　"怎么不说你对我有多少次的关注呢？拜托，我是女生，不是应该你更主动吗？"夏陌上掩嘴一笑，"好嘛，现在才承认一共见过四次，你隐藏得够深的。是不是如果我们没有在一起，你就会永远不承认我们是见过四次的青梅竹马？"

　　何初顾顾左右而言他："要不，我们都说说四次见面对对方的印象？"

　　"好，你先。"

何初顾沉默片刻："第一次见面，是一个明媚而忧伤的日子，我在夏天的田间地头，遇到了一个草木皆兵的少女，她眼如月眉如霜，冷峻如冷色系的光，让人过目不忘。"

夏陌上啧啧连声："不愧为文科学霸，语言优美而生动，我就不一样了，我直来直去——第一次见面，是在夏天的田野，他远远走来，一瘸一拐。他酷得像冰，跩得像砖头，脸上的表情像碎掉的玻璃碴子，随时想要扎人。"

何初顾咧嘴："你对我的第一印象就这么差？我是高山上的雪莲？"

"不，是高山上的冰冻的包裹着冰雪的石头。"

何初顾诚恳地点头："非常贴切，如果不是有这么坚实的保护层，以我的优秀，不知道会有多少追求者。到时我迷失在花丛之中，我们哪里还会有今天的重逢？"

"真会自我安慰呀，我是可怜你，怕你单身一辈子影响社会安定，才勉为其难地和你谈恋爱好不好？"夏陌上嘻嘻一笑，"第二次见面，是一个秋天，叶子落了一地，阳光有点遥远，你中考考了全校第一，我才第二，我不服气，找你理论，你只说了一句话就扔下我走了……"

何初顾想起了当初："成功者找方法，失败者找理由。成功者靠自己，失败者怨别人……"

"不对不对，你当时说的不是这一句话……"夏陌上微眯双眼陷入了回忆之中，"你说的是——不服气是吧？下次高考我还考第一！"

"真的吗？不可能！我才不会这么嚣张！我一向平易近人和蔼可亲的好不好？"何初顾矢口否认，"你要么是在诬蔑我，要么是记忆出现了混乱。"

"不重要，重要的是时间地点都正确就行。不要在意细节。"夏陌上狡黠地眨了眨眼睛，"第三次见面是在高考后，你又考了全校第一。咦，为什么说又？"

何初顾接话："好像是一个周末，我去学校，半路上遇见了你。我很奇怪，你和我不在一个方向，为什么你会出现在我去学校的路上？"

"是不是你特意在等我？"

夏陌上笑喷了："你这反射弧也太长了吧？事隔这么多年你才明白过来，你是不是傻呀？"

"嘿嘿……"何初顾傻笑一气，"如果我说其实我当时就知道你是有意在等我，你会怎么想？"

"不怎么想！就是气你太能装，万一我后来喜欢上了别人，你不就错过了你人生中最大的幸运？傻子才等别人先表白，聪明的人都是先下手为强。"夏陌上不满加质疑。

何初顾老实地认错："我的错，我错了，请你原谅我！不是我太能装，是不敢向你表白。从小学到初中再到高中，你的学习成绩始终数一数二，而且越长越漂亮，我除了能在大考中考过你之外，平常的考试总是输给你，不管怎么努力都不行，所以，我有点儿怕你。"

"高中之所以学了文科，是不想和你一个班，这样压力会小一些……"何初顾低头，一脸委屈的样子，"会不会觉得我挺无能挺窝囊的？"

第六十三章　相遇的人总会相遇

"不会呀，你挺真实挺可爱的。"夏陌上忍住笑，"听到我原来给了你这么大的压力，我就放心了。我还一直以为自己不够优秀，你完全不把我放在眼里呢。"

何初顾不好意思地笑了："女孩子发育早，高中时你已经长开了，那么漂亮，我觉得自己又黑又瘦，配不上你。"

"知道就好，你现在也配不上我，我先追你，是为了挽救你的灵魂。"夏陌上哼了一声，"第三次见面，我们都说了些什么？"

在通往学校的幽暗的小巷中，安静而悠长，夏陌上和何初顾并肩而行，二人走了半天也没有一句话。

最后，还是夏陌上打破了沉默："打算报哪所大学？"

何初顾愣了一愣："没想好。有一道大题失误了，肯定考不上清华了。不过985应该没问题。不管报哪一所，我文你理，我们不会再是同一所学校了。"

"未必。"夏陌上冷静而机智地回答，"相遇的人总会相遇，重逢的人还会重逢。"

"你先告诉我你要报哪一所大学，我避开就是了。"

"就不。"夏陌上仰起脸，倔强而骄傲，"我还没有打败你，我不会放过你的。"

……何初顾的脸庞在灯光中有几分朦胧，他的眼神也有几分迷茫："我当时真的是这么说的？"

"当然是，我从不骗人。"

"我回答的是什么？"

"你说……"夏陌上咬着嘴唇笑,"如果你能和我上同一所大学,我就追你,让你成为我的女朋友。"

"不可能。"何初顾大摇其头,"我那时还是纯真少年,不可能说出调戏你的话,你调戏我还差不多。"

"你说对了,当时我就是调戏你来着。我说如果我和你能考上同一所大学,你就得答应当我的男友……"夏陌上狡黠而开心地笑。

"不会吧?我怎么一点儿印象也没有,不记得你说过?"何初顾努力回忆,摇了摇头,"没有没有,你没说。"

"我说了,真的说了,你还回答我了。"

"我回了什么?"何初顾真的糊涂了,明明不记得有这回事儿,夏陌上煞有介事的样子好像真的发生过一样,难道他的记忆出现了问题?

"你的回答很有意思哟……"夏陌上咬着舌头哧哧地笑,"只要你能考上我考上的大学,我就给你追我的机会。"

"瞎说!"何初顾至此完全确定夏陌上在编排他,他是记不清当时说了什么,但他了解自己的性格,"我顶多让你别闹,你考哪所大学是你的自由,我当不当你的男友也是我的自由。"

又细心回想了一下,何初顾更加确定了:"对,我当时就是这么说的,然后我们就一路沉默地走到了学校。"

"不对不对,后来一路上你还和我说了很多话,说你其实很胆小,怕蜜蜂怕蝴蝶。你其实很贪睡,为了克服自己睡懒觉的习惯,你花了两年时间……"

又开始乱说了,何初顾摇了摇头:"我当时和你不熟,不可能告诉你我的小秘密,不对,如果不是我告诉你的,你是从哪里知道我这些事情的?"

"就是你说的呀。"

"不是,肯定不是。"何初顾一拍脑袋,"对了,肯定是小浦。你收买了小浦,从她嘴里套了不少话。"

"什么叫收买,我们是姐妹情深好不好?"

差不多吃好了,夏陌上举起酒杯:"第四杯酒,该说我们的第四次见面了。"

第四次见面，何初顾记忆犹新。

是在大学期间，传出了他和夏陌上的绯闻之后，他不以为然，既不反驳也不解释，夏陌上坐不住了，主动找到了何初顾，希望他能澄清一下他们之间是清白关系。

"当时是一个阳光慵懒的午后，你把我从宿舍叫出去。舍友们起哄，说我女友找我。我跟你出去，一路走到了学校有名的成双湖和入对林边上的脱单亭。"何初顾努力不笑，"其实我跟在你后面时就在想，你领我来这么敏感的地方，就说明你心里对我有想法。万一你要对我用强的话，出于爱护同学以及好男不和女斗的善良的出发点，我就认栽了……"

"噗……"夏陌上笑喷了，"没想到你总是一脸冰山，还有这么丰富的内心戏？我强迫你？亏你想得出来，对你，还用强迫吗？"

"别以为你貌美如花，一个暗示我就会同意，我也是有节操的好不好？"何初顾抗议。

"所以后来我问你是不是你散播的关于我和你的绯闻，你说不是，还一副不屑一顾觉得和我传出绯闻有损你的形象的德行，是因为对我没有对你用强的失望？"

何初顾认真想了想："也是，也不是。我以为你会说——有谣言说我喜欢你，在和你谈恋爱，现在我就要澄清一下，那不是谣言，是事实。"

"结果你却质问我，怀疑是我在散播谣言，我就生气了。我如果喜欢一个人，才不会用这样低劣的手法，我会直接告诉她我喜欢她，请她做我的女朋友，给我一个和她在事业上同步爱情上同心的机会。"何初顾愤愤不平。

"我还等你说不是谣言是事实呢，你却硬生生怼了回来，我也生气了。牛什么牛，谁还不是最优秀的一个？我能和你传出绯闻，是你的荣耀，说明你有和我相提并论的资本。"夏陌上哼了一声，"你肯定不知道，我以前真的很想和你谈恋爱，但在那一次见面之后我决定在感情的世界里拉黑你，再也不理你了。"

"这么好的机会这么明显的暗示你都不明白，不是笨就是傻，要么就是真的对我毫无感觉，我为什么还要在你这棵歪脖子树上吊死呢？我当时就发誓，以后就一直单身下去，不信我这么出类拔萃的女孩，会拿不下一个一直喜欢的男生……"

何初顾点头，表示服气："你的志向都与众不同，要是别人，估计就换目标了。"

"人得专一才能成功，不能一遇到困难就改变目标。而且我也看了出来你其实对我也有意思，就是始终磨不开面子放不下自尊，不愿意承认你喜欢我。似乎你喜欢我就有多没面子多丢人一样，是不是？"

"其实……"何初顾咬了咬牙，说了实话，"当时我特别想说不是谣言，是事实，鼓了三次勇气，话到嘴边就又咽了回去。一是怕主动承认，等于是以前胜了几次，这一局一次性输光了。二是怕被你拒绝后嘲笑我。"

何初顾叹息一声："我们错后了许多年才在一起，都是因为死要面子活受罪。"

"不对不对，是你死要面子活受罪，我没有。我反正从初中开始喜欢你之后，就再也没有喜欢过别人，认定你一定是我的，跑不了。"夏陌上摇了摇头，"我一直对外宣扬单身，其实是说给你听，告诉你，我在等你。"

"我也是。"何初顾借着酒意大方地承认，"我宣称单身也是让你知道，我不会谈恋爱，就等你表白。"

"你猪呀，一个男人等女孩子表白，丢不丢人？"

"不丢人呀，爱情面前，男女平等。道理面前，人人平等。"

"不行，我很生气，我要和你吵上一架。"夏陌上挽袖子，"我和你吵架不是为了输赢，是为了表示对你的尊重，是为了维持我内心的秩序。"

"……"何初顾服气了，"怎么个吵法？"

"你先向我道歉，第五次见面，你居然说不认识我，吃得不胖装得挺像，我要还回来。"夏陌上想起何初顾代表星河来和她谈判时的表现，就气不打一处来。

"不是已经道歉过一次了吗？一次道歉就抵消了以前所有的问题。"何初顾不肯。

"那不行，多次犯错一次认错就原谅你，我多没面子，显得我也太好欺负了吧？"夏陌上不同意，"你要为这么多年没有主动向我表白道歉，为上次假装不认识我向我道歉，为以前每次大考都赢我向我道歉……"

何初顾站了起来，郑重其事地朝夏陌上鞠了一躬："对不起，陌上，陪伴你这么多年，我没有先开口说喜欢你，是我的错。我现在才明白，在爱情里面，没有输赢和对错，只有先后和付出。"

"对不起，我来晚了。"

夏陌上被感动了，泪花晶莹，愣了半天也站了起来，鞠躬："我也要说一句对不起，我应该早些给你暗示，制造机会和你在一起，而不是被动等待了那么久才决定追你！"

忽然又想起了什么，夏陌上伸出右手："那么从现在起，预祝我们合作愉快！"

何初顾一愣，迟疑着也伸出了右手："合作……什么愉快？"

"赚钱和养家。"

何初顾笑了："说得这么俗，文雅点，事业和爱情，对吧？"

"还不是一个目的？喊，文人就喜欢文过饰非，还是我们理科生好，讲究逻辑和结果。"夏陌上得意。

"那么你从酒精侵袭人体的理论角度来分析一下喝酒对人体的损害。"何初顾将了夏陌上一军。

第六十四章　差不多到火候了

"该冷静时理智，该糊涂时激情。"夏陌上给何初顾倒酒，"现在我才不管什么后果，就想灌醉你。"

何初顾一脸警惕："你目的不纯，男孩子出门在外，得时刻注意保护好自己。"

"你如果连我都喝不过，也太笨了吧？"

"谈恋爱不是请客吃饭，也不是拼酒。"

"可是如果我不喝醉，你不是没有机会吗？"

"我是不管走到哪里都光芒四射有女孩子主动追求的人，还需要用灌酒的方法泡妞？"何初顾嗤之以鼻，"你这是对我形象、人格魅力和品牌的侮辱。"

"放心了。"夏陌上得意地一笑。

"放心什么？"

"这些年，你确实单身，没有谈过恋爱。从你的表现来看，一不主动二又挑剔三又直男四又木头，能有人喜欢上你才是奇迹。"

何初顾愕然："这么明显的事情，还用测试还用分析吗？笑话。"

"笑话！"管雨儿喝得有了七分醉的样子，舌头都大了，右手用力挥舞，"我之所以单身不是因为没人喜欢，而是太优秀了，没人敢追。我可不想什么人都敢来喜欢我追我，一天天门口有一堆拿花的男人要请我吃饭，太烦了呀。"

盛唐和沈葳蕤相视一笑，一切尽在不言中。管雨儿喝多了，事情才好有突破。

管雨儿来到就餐地点时，发现沈葳蕤也在，先是一惊，很快就释然了，只是开了一句玩笑："盛总和沈总在一起，倒是和谐社会。"

沈葳蕤对管雨儿的淡定心中不安，担心不好拿下管雨儿，就有意劝酒。

不料不等她刻意举杯，管雨儿自己频频主动，她就和盛唐来者不拒。

相信以她和盛唐的酒量，再加上二对一，可以很快让管雨儿缴械投降。

不料一口气喝了两瓶红酒，管雨儿醉意汹涌，却还能坚持，就让沈葳蕤和盛唐怀疑管雨儿到底有多少酒量了。

"我酒量真的不行，不能再喝了，真的不能再喝了，最后一杯。"管雨儿又为自己倒了一杯，"感谢沈总和盛总对我的认可，我跟了夏陌上很多年，认识她差不多半辈子了，可是从来没有得到过什么好处，就连出门打车、买饮料、吃饭的费用都得自己出，不给报销！"

"不给报销知道不？太抠门儿了！以前是公司效益不好，快要倒闭了。现在的新品卖得那么火爆，回款很多，但她还是只字不提钱的事情。"管雨儿哭了，"我命太苦了，太苦命了！我当她是发小、是闺密、是老板，她当我是免费的劳力、不用花钱的机器。"

沈葳蕤和盛唐都从对方的眼中看出了一句话——差不多到火候了。

沈葳蕤递上了纸巾："别哭了，雨儿，不值当的。你是一个宝藏女孩，夏陌上没有发现你的价值不珍惜你，你得珍惜自己不是？"

"怎么珍惜？我也很无奈呀。"管雨儿越擦眼泪越多，心里嘀咕，会不会戏演得有点过了？

盛唐推过一个盒子："你最近帮了我很多，一点心意。"

"什么呀这是？"

"一部最新款的最高配的手机。"盛唐可亲地一笑，"不值几个钱，只是希望你每次用手机时，都会想起我。"

然后又推过来一个盒子："一台电脑。"

然后又一个盒子："一份协议。"

"手机和电脑我……我就收下了，协议是什么鬼？"管雨儿醉眼蒙眬，"卖身契？不不不，我没醉，你们别想趁机挖走我，我不会离开夏陌上的，虽然她对我不仁，但我不能对她不义。"

"不是让你离开夏陌上，是想让你帮她做个好人。"盛唐笑得很大灰狼，

"这里有一份协议，如果你同意的话就签字，一签字，就可以拿到 10 万块。"

"10 万？"管雨儿瞪大了眼睛，"人民币吧？不是韩元或越南盾吧？"

"我们是在中国。"沈葳蕤被她的样子逗笑了。

"我先看看是什么协议，害人的事情我不干。"管雨儿打开协议看了几眼，"就这？让我查清云上是不是使用了劣质的原料坑害消费者？不是市场上已经确定云上的产品质量有缺陷吗？"

"是呀，质量有缺陷只是个别现象，还有不少消费者没有发现。如果你能证明云上确实是使用了有问题的原料导致了产品缺陷，才是真正地坐实了这件事情，才是对消费者的负责。"沈葳蕤抓住了管雨儿的胳膊，安抚她，"别担心，我们不是想要毁掉云上，只是想帮助云上更好、更快地发展，希望夏陌上走正路大路。"

"也是希望市场可以良性健康地发展。"盛唐诚恳地点了点头，"你别忘了，葳蕤和我分别是云上的第二、第三大股东，云上名誉受损，我们也会遭受重大损失。"

"这倒是……"管雨儿意动了，"你们没有摧毁云上的意愿，相信你们也是想让云上发展得更好，可是，我实在不忍心背后插刀。"

"夏陌上到底有没有以次充好？"沈葳蕤明知故问，是想诱导管雨儿。

"这个倒真没有，头儿不是那样的人。但也许是进货过程中出现了问题，她有没有发现不清楚，反正出现了质量问题是客观存在的事实。"

"是呀，在出现质量问题后，夏陌上在做什么？采取了什么补救措施吗？"沈葳蕤冷笑一问。

管雨儿摇头，一脸沮丧："没有，什么都没有，她现在天天和何初顾黏在一起，就是恋爱脑，沉迷于热恋之中，不务正业。"

越想越气，她一拍桌子站了起来："就在今晚，她还和何初顾去烛光晚餐，奇了怪了，她不担心云上会因为产品质量问题事件而倒闭吗？真不是一个称职合格的董事长。"

"董事长？"盛唐轻蔑地笑了，"云上虽然是老牌公司了，但现在算是浴火重生，说是创业公司也不为过，夏陌上现在充其量算是一个创业者，每天都在生死的边缘徘徊，还董事长？你见过没车没司机克扣员工报销费用和奖金的董事长吗？"

"以及不管员工死活只顾自己快乐的领导？"沈葳蕤越想夏陌上现在居然和何初顾烛光晚餐就越生气，恨不得现在就杀过去当面质问何初顾为什么是夏陌上而不是她。

"说得是呢。"管雨儿低声回应，"可是如果说让我做证云上故意采用劣质原料，我还是觉得不合适，我也没有确凿的证据，总不能乱说吧。"

盛唐想说什么，被沈葳蕤抢先了。

"也不是说让你乱说，你也可以委婉地表达云上在原材料进货的把控上不够细心认真，可能会出现不该出现的纰漏。你也相信，云上在经过这件事情之后，会吸引经验教训，并且会有长足的进步。有时，适当的敲打和鞭策，反而会更有利于成长。"沈葳蕤尽量让语气委婉一些，"其实我们也是在帮助陌上进步，不希望她把云上带到末路上。"

"这倒也是。"管雨儿的态度松动了，"不过我可事先声明，一定不要是攻击的语气和态度，而是委婉的批评和劝说。还有，出发点就是为了成长和督促，好不好？"

"好！"沈葳蕤和盛唐异口同声。

"还有……"管雨儿微有几分忸怩，"事情重大，万一处理不慎，很可能会引发严重的后果，比如头儿估计会拉黑我、开除我，我不但失去了她的友情，还会失去在云上的工作，等等，所以……"

"要不这样，沈总，我们每人再补贴雨儿10万，加上原先说定的10万，一共30万，也算是为雨儿的勇敢以及为消费者负责的精神留一条后路，怎么样？"盛唐加大了诱饵。

"不行不行。"沈葳蕤坚决摇头，"雨儿做出了这么巨大的牺牲，并且愿意站出来面对千千万万的消费者，甚至不惜牺牲掉她和夏陌上这么多年的感情，是一个值得敬佩让人肃然起敬的奇女子，我们应该每人出20万，加一起一共 50 万作为对她的奖励，不，是敬意。"

盛唐感觉有点肉疼，牙疼一样漏风："钱不是问题，就怕雨儿觉得太有压力了……"

"不会不会，我觉得沈总说得很对，我做好了从头再来的准备。"管雨儿眼睛都亮了，"我可不可以再提一个小小的要求。"

盛唐埋怨地瞪了沈葳蕤一眼，言外之意是未经商量怎么能私自提价？看，管雨儿胃口被吊起来了吧？人都是会变的，看似单纯的人，在巨大的诱惑面前，都会失态的。

沈葳蕤无视了盛唐的眼神："说，尽管提。"

"除了 50 万的报酬之外，我以前的打车、吃饭费用，能不能也报一下？"管雨儿怯生生的声音，有三分胆怯七分害羞。

沈葳蕤和盛唐对视一眼，愣了片刻，一起哈哈大笑。

第六十五章　要对自己的善良有信心

半个小时后，盛唐帮管雨儿叫来车，亲自送她上车。

"这下十拿九稳了，沈总，等着夏陌上被口诛笔伐形象崩塌吧，到时我们再以股东的身份挺身而出收拾残局，声称毫不知情，并且愿意以 3 倍的价格赔偿消费者损失，再趁机收割一波好感，打造人设，再趁机收购了夏陌上名下的股份，就顺理成章了。"

"然后初顾就会和夏陌上分手，回到我的身边，对吧？"沈葳蕤先是摇头，随即又点头，"我了解他，他是一个事业型的人。如果夏陌上的事业失败，他肯定会离开她。"

"对了，你得保证风波不会波及何初顾身上，只让夏陌上一个人背黑锅！"

"放心，我怎么会祸及何初顾呢？"盛唐笑着摆手，"我的心思和你一样，你想的是让何初顾回到你的身边，我想的是让何初顾继续为我们控股的云上工作。至于陌上，她在遭受事业上的重大打击之后，肯定消沉，我到时再乘虚而入，安慰她鼓励她，给她一个稳定的婚姻，她肯定会感动得无与伦比，对吧？"

"我是女人，从女人的心理来说，会的。"沈葳蕤宽慰盛唐，"说好了，到时我们各取所需，我要初顾和云上的控股权，你要云上的部分股份和夏陌上，不许反悔。"

"一言为定！"盛唐伸出了右手，"预祝我们合作愉快。最多再有半个月，就可以收割胜利果实。"

沈葳蕤轻轻一碰盛唐的右手随即松开："合作归合作，如果背后搞小动作，我也一样会翻脸。"

"怎么会？呵呵，我是正经人。"盛唐脸上堆满笑，等沈葳蕤转身离去，笑容立刻消失。

"等着，看谁笑到最后。"

在质量问题出现后的一周，云上的正面回应才姗姗来迟。

面对镜头，夏陌上镇静而平静："质量问题只是个例，具体原因我们正在排查，相信很快就会有一个让大家满意的结果出来。请大家放心购买云上的新品，云上会一如既往地严把质量关。"

"另外，云上即将推出三款全新产品，无论是设计还是工艺，都有了进一步提升，请大家继续关注并支持云上，谢谢。"

对于其他的问题，夏陌上一概不予回答，不像是为了回应质量问题事件，反倒是想借机开了一个免费的发布会。

分开人群回到办公室，夏陌上喝了一大口水，对大眼瞪小眼的何初顾、管雨儿不满地说道："别用这种关爱智障的眼神看着我，我的回答很完美，我很满意，打 100 分。"

何初顾就笑："你的自恋程度可以打 100 分……"

"头儿，借机开了一场新品发布会的骚操作，确实可以给你打满分。但现在我心里没底，也不知道盛唐和沈葳蕤什么时候会点燃导火线，你和何哥到底有没有应对之策？"管雨儿忧心忡忡，"我可是拿了盛唐和沈葳蕤的钱，又报销了打车费和饭费，还帮他们录了视频。"

在视频中，管雨儿承认有质量问题的云上的产品，是原料出现了问题，到底是所有原料还是某个批次的原料，她也不是十分清楚。

"万一他们现在放出视频，就麻烦了。"

"就等着他们放呢，别急别怕。"何初顾淡然而淡定，"等事情顺利解决后，他们给你的钱就是公司给你的奖励。"

"怎么样，姐够大方吧？"夏陌上慷他人之慨时一点儿也不犹豫。

"大方……死了！"管雨儿强颜欢笑，眼神中却是掩饰不住的嫌弃。

"来了，你的视频发出来了。"何初顾示意夏陌上打开电脑。

夏陌上打开电脑，何初顾和管雨儿凑了过去。

管雨儿皱起了眉头："讨厌，没开滤镜，啊，美颜都没开，光也打得不自然，把我拍得这么丑，没脸见人了，呜呜……"

都什么时候了还在意自己上镜是不是好看，女人永远是爱美的生物，何初顾冲夏陌上点了点头："可以执行第二阶段的计划了。"

夏陌上拿起了电话："这就打给管达久和艾良枫。"

一个小时后，管达久和艾良枫来到了夏陌上的办公室。

网上关于云上产品质量的讨论已经吵翻了天，支持云上的一方认为云上是无辜的，过错是在供货方。反对的一方坚信云上故意为之，就是以次充好，为了追求高利润。

双方在网上吵得不可开交。

管达久和艾良枫轻松自若，脸上若有若无的笑意透露出内心的得意。

"有什么吩咐，夏总？"管达久想和夏陌上握手。

夏陌上却没理他，脸色一沉："管达久、艾良枫，你们以次充好，为云上提供的原料产品质量不合格，经质监部门报告，属于假冒伪劣产品。"

管达久一脸震惊："怎么可能？夏陌上你别血口喷人！你有证据吗？没有证据我可以告你诽谤。"

"可以呀，欢迎来告。警察我都帮你请来了……请进。"夏陌上冲门外高喊了一声。

门一响，两名警察推门进来，一脸严肃。

管达久和艾良枫慌了。

"夏、夏陌上，你要干什么？这是怎么一回事儿？"

夏陌上冷冷一笑："我要干什么你还不清楚吗？从你故意送来劣质原料时起，就注定你有今天的下场。"

管达久和艾良枫的原料送来后，夏陌上在何初顾的建议下，封存了起来，还继续使用原来的原料，并且通过何初顾又联系了其他的供货商，保障了供应。

何初顾把二人的货物做了鉴定和化验，结果显示是假冒伪劣产品，产品质量极差。又经过进一步的调查取证，顺藤摸瓜，发现是二人特意定制了一批假货。收集了相关的证据后，他建议夏陌上报警。

管达久和艾良枫属于知假造假，搅乱市场秩序。

管达久和艾良枫原本打算挖坑坑夏陌上一把，不料夏陌上做事干脆利落，不但没有上当，还直接报警了，二人吓傻了。

管达久吓得连连后退，他以为就算夏陌上不上当受骗，也不至于把事情闹大，此时一见到警察就彻底尿了："警察同志，听我解释，听我说……"

"别说了，我们已经查明，市场上出现问题的云上的产品，是由你提供的假冒的原料所制，但并非是云上出品。我们根据向阳群众举报，突击检查了一个制假窝点，据他们交代，他们是受你们指使……"一名帅气的警察上前，冷峻而严肃，"请跟我们走一趟协助调查。"

何初顾拍了拍管达久的肩膀："老管，你和艾良枫联手作案，谁先交代清楚，谁就有重大立功表现，谁就可以减刑。"

夏陌上连连点头："对头，对头，你们肯定也是受人指使，对吧？说出幕后主使，你们也会有立功表现。"

"我说，我先说，我有重大问题要反映。"艾良枫抢先了，唯恐落后半步，"幕后主使是盛唐，主犯是管达久，我顶多算是帮凶。警察同志，我就是帮他们联系了货源，对接了工人，别的什么都没干呀。"

"艾良枫，你个人间败类！"管达久咬牙切齿，就要冲过去收拾艾良枫，"我说，我全说。云上出现问题的批次产品，都是艾良枫让人仿制的，通过渠道商私下供货过去，和云上没有一分钱关系。"

警察二话不说，抓走了二人。

管雨儿目瞪口呆："头儿，你太狠了，都直接抓人了！好险，我没有要背叛你的心思，要不我也进去了，是不？"

"怎么会，你又不是坏人，要对自己的善良有信心。"夏陌上抱住了管雨儿的肩膀，"好了，解决了根源问题，下一步就要化解盛唐和沈葳蕤的威胁了。"

"初顾，分头行动？"

何初顾点头："分头行动，各个击破。"

"我呢我呢？"管雨儿兴奋了，"我跟谁一起战斗？"

"你在公司坐镇指挥，记住，不到关键时刻，不要打出你的底牌。"夏陌上挽住何初顾的胳膊，"我们的第一次联手是设计清晨，第二次联手就是要解决云上的重大生存危机。"

"有没有信心？"

何初顾大笑："君子不器，文理一身。我们一文一理，珠联璧合，马到成功。"

管雨儿无奈地摇头："原以为头儿是迷之自信，现在何哥也被她传染了，现在成了一对活宝。你们虽然有才有貌，但真的斗得过有钱有人的沈葳蕤和盛唐？"

却没人理她，夏陌上和何初顾并肩出了办公室。

"头儿，我该怎么坐镇公司，你得教教我。"管雨儿有些焦虑地追了出去。

回答她的却是夏陌上的轻描淡写："你就在我的办公室喝茶看剧聊天就可以了。"

"怎么总觉得这么不靠谱呢？"坐在夏陌上的办公椅上，管雨儿有几分忐忑不安，"有点不太真实的感觉，算了，不坐头儿的位子了，我宁愿被她骂也不愿意被她坑。"

第六十六章　不将就，不妥协

夏陌上和何初顾下楼，二人一个向东一个向西，分道扬镳。

夏陌上约了盛唐在望海潮见面。

坐落在一处小巷中的望海潮是一个茶馆，别说海了，连湖和江都看不到。曾有人问老板为什么起名望海潮，老板指了指远处耸立的海潮大厦。

从繁华的滨江路拐进一条幽静的小巷，仿佛一步迈入了另外一个世界，只需要一个转身就可以将喧嚣扔到身后，享受闹中取静的优雅与从容。

望海潮只是一座三层小楼，是整个小巷最高的建筑。三楼靠窗的房间，窗外，近处是古色古香的传统建筑，远处是林立的闪烁光芒的高楼，远近对比，就如跨越了千年光阴的对峙。

盛唐推门进来时，夏陌上正气定神闲地喝茶。她淡然而从容的姿态，举手投足间，犹如花瓣悠闲飘落。

"陌上，不好意思我来晚了，久等了吧？"盛唐坐在夏陌上对面，"想喝什么，随便点。没想喝的，就点最贵的。"

"不用麻烦，已经点好了，我自带的茉莉花茶，高碎渣子，倍有面儿。借茶馆一壶开水就好，对了，包间费等下你付了就行。"夏陌上一脸坦然，丝毫没有因为喝十几块的茶叶而觉得丢人。

盛唐讪讪一笑："打我脸不是？不行，我得请你喝普洱。"

"免了，太浓太酽，喝不惯。聊天，就说点开心的话。喝茶，就喝点爱喝的味儿，何必非要讲究排场？我们又是在包间，给谁看呢？"夏陌上摆手，"你要是喝不惯，你自己点，别算我的。"

盛唐听夏陌上的语气不对，也就没有坚持："得，你喝什么我就喝什么，茉莉花茶好呀，香气浓郁，回味悠长……"

"盛唐，此时此刻，沈葳蕤正在和初顾对话。我和初顾说好了，你和她谁先承认错误，谁先收手，我就继续和谁合作。谁晚一步，谁就最后出局。"夏陌上的神情渐冷。

盛唐一愣，继续装傻充愣："我不明白你在说什么……"

夏陌上拿出手机，播放了一段录音，正是盛唐和沈葳蕤与管雨儿的对话内容。

盛唐脸色大变。

夏陌上收起手机："不瞒你说，录音已经复制了很多份，网上也有，随时可以爆出来。"

盛唐也不装了："你想怎么样？"

夏陌上冷笑："管达久和艾良枫已经被抓了，很快就会有新闻出来，并且还是会由警方来宣布市面上出现质量问题的云上产品，是假冒伪劣产品，不是云上生产的。"

盛唐的汗都下来了："管达久和艾良枫被捕了？谁干的？"

"他自己干的。他自己不犯法，谁能抓他？"夏陌上轻蔑地笑了笑，"当然，背后是初顾查到了他们制假售假的窝点，提供了线索给警方。对了，他们还交代了幕后主使，有人为他们提供财力和渠道上的支持，是你还是沈葳蕤呢？"

盛唐的汗越流越多："我、我不知道这事儿，我没参与，不是我，真的不是我，陌上，你要相信我。"

"我是不是相信你不重要，重要的是证据，以及警方的结论。"夏陌上不动声色地看了看手机，"初顾说了，沈葳蕤已经承认是在你的蛊惑下才想要利用管雨儿的，而且她还说，管达久和艾良枫的事情和她无关，她完全不知情，都是你一人所为。"

"她放屁……"盛唐大怒，一拍桌子站了起来，"我去找她说个明白，不能没事的时候是好朋友，一有事就翻船。"

"坐下！"夏陌上呵斥一声，十分严厉，"听我把话说完。"

盛唐老老实实地又坐了回来："是，夏姐您说。"

"别叫姐，叫老了，我比你小。"夏陌上丝毫不留情面，"现在我的提议依然有效，如果你先指证了沈葳蕤，我可以既往不咎，毕竟你和管达久、艾良枫不同，他们是违法，你们只有阴谋诡计，没有犯罪。"

盛唐擦了擦汗："既往不咎的意思是？"

"不曝光你，还会保留你在云上董事会的席位，我们还是朋友。"夏陌上加重了口气，"但也仅限于是朋友。"

盛唐神色变幻不定，连喝了几口水，想了半天才说："我们真的没有可能了？"

"以前都没有，现在更没有了，盛唐，你难道真的没有看出来我对外宣称是单身主义者，其实就是在等初顾吗？十多年来，我心里始终有他，从未放下。"夏陌上脸上洋溢着幸福，"我们如果只是合作事业，应该挺默契也挺有成就的，你为什么非要扯上感情呢？"

"我……"盛唐语塞，"我喜欢你也有错吗？"

"没错，但我不喜欢你，拒绝你，也没错，对吧？你错就错在不该把感情和事业混为一谈。行了，说说你的想法吧。"夏陌上的语气缓和了几分。

自始至终，她牢牢掌控了主动权。

盛唐按下了呼叫铃，让服务员上了一壶普洱。

"还是喝普洱有助于思索，别说我做作，习惯了。"盛唐苦笑一下，搓了搓手，"其实事情发展到现在，确实是我自己内心的不甘在作祟，总觉得自己付出了那么多却没有回报，亏了。我早就应该明白，从一开始我就没有机会，之所以总是自己给自己制造幻想，是以为我可以打动你。"

"你和别人不同，你很有主见，从不将就也不妥协。我喜欢的也就是你的特性和执着，但也正是你的个性，才让我完全没有机会走进你的内心。"

盛唐深吸了一口气："这样，陌上，我想明白了，不会再和你计较什么，以前的事情都过去了，从现在起，重新启程。"

"你容我和沈葳蕤见个面，商量一下怎么收场，放心，肯定会给你一个满意的交代。"盛唐起身走了。

解决了？夏陌上心中的巨石却并没有彻底放下，总感觉似乎哪里还有遗留问题，以她对盛唐的了解，盛唐的表现不太符合常规。

坏了，盛唐走得匆忙，忘了买单，他可是点了一壶昂贵的普洱，夏陌上不由得一阵肉疼。

何初顾的电话就打了进来。

"和沈葳蕤聊完了，她说要和盛唐商量一下。你还在茶馆？我过去找你。"

"别了，太贵，公司楼下的便利店好了。"夏陌上几乎没有迟疑就决定换个地方了。

一个小时后，二人在公司楼下人均消费不超 20 元的便利店见面了。

"沈葳蕤什么都没有说，她很镇静，只承认和盛唐一起见了管雨儿，管雨儿的事情都是盛唐一手操作的，她不是主使，连帮凶都算不上，顶多就是旁观者。"何初顾努力笑了笑，"她比我想象中更沉稳，更胸有成竹。"

"意思是说，沈葳蕤没有被拿下喽？"夏陌上喝了一口 10 块钱的汽水，"笨，我已经解决掉了盛唐的麻烦，你的沈葳蕤却还是个麻烦。"

"她没提第三个承诺的事情？"

"没有，时机不到。"

夏陌上微微皱眉，第三个承诺始终是一把高悬在何初顾头顶的达摩克利斯之剑，一旦落下，不知道会带来多大的伤害值。

"沈葳蕤比盛唐更有耐心，也更难对付。"夏陌上摇了摇头，"不过现在他们也没有后路可退了，只能投降，就看开出什么条件了。"

"你觉得沈葳蕤和盛唐会谈出什么结果？"

何初顾沉默了，喝了一口汽水："他们应该谈不出什么结果，因为诉求不同。沈葳蕤想要的是云上和我，而盛唐只想追到你，对云上的兴趣始终没有那么大。让盛唐放弃你容易，让沈葳蕤放弃云上，难。"

手机响了，何初顾只看了一眼就顿时脸色大变。

"怎么啦？"夏陌上惊问。

"沈葳蕤说她被盛唐挟持了，让我救她，还发了一个地址。"

"报警啊。"

何初顾的手机又响了一下，他摇了摇头："沈葳蕤不让报警，她不希望事情闹大。"

"走，我跟你一起。"夏陌上抓住剩下的半瓶汽水，一口喝完，"不能浪费，好几块钱呢。"

何初顾算是彻底服了。

何初顾开车，夏陌上导航，二人一路奔驰，慢慢出了市区，来到了郊外的一处池塘。

池塘荒废已久了，杂草丛生。周围寂静无人，只有呼呼的风声和鸟叫虫鸣。

下午时分，阳光正好，如果不是因为有沈葳蕤被劫持事件，倒也不失为一处可以发呆的好地方。

一些破旧的桌椅零落地摆放在池塘周围，还有歪斜的遮阳伞，依稀可见当年的盛状。此时，在一个印着可口可乐广告的遮阳伞下，站着沈葳蕤和盛唐。

盛唐站在沈葳蕤身后，手中不知道拿着什么东西，站在沈葳蕤身后半米处。沈葳蕤淡然而立，并不慌张。

第六十七章　攻击性不强，侮辱性极强

"你真的来了！我没有看错你，初顾，谢谢你对我的信任。"沈葳蕤轻轻一拢头发，看向了何初顾身后的夏陌上，叹息一声，"多希望跟在你身后的人是我，可惜，有些事情不管怎么努力，都不会遂人愿。"

何初顾怒视盛唐："盛唐，放开沈葳蕤，不要乱来！"

盛唐摊手一笑："我也很无奈呀，不是我要乱来，是她。"他高举双手，手中只有一件衣服，并无传说中的凶器，他后退几步，"沈总，我的任务完成了，可以放我走了吗？"

"不，你还有最后一件事情没有办。"沈葳蕤悄声在盛唐耳边耳语几句。

盛唐苦笑："非要这样吗？"

"你说呢？"沈葳蕤冷笑反问。

"好吧。"盛唐大步走到夏陌上身前，抓住了她的胳膊，"等下不管发生了什么，你都不要慌张，也不要帮忙，有些事情，只能由他们自己终结。"

夏陌上想要挣脱盛唐，却见沈葳蕤凄惨一笑，冲何初顾摆了摆手："初顾，现在就是你兑现第三个承诺的时候，当年我救你一次，现在，你救我一次，我们就两清了。"

"不要！"何初顾大惊，想要阻止沈葳蕤却为时已晚。

当年的海边，他带着救生工具下潜多次，虽风急浪高，却熟悉地形。而眼前的废弃池塘，也不知道荒废了多久，从周围一人多高的杂草可以看出，应该是很久无人前来了。

无人打理的池塘，水底会有大量的淤泥，人一旦陷入其中，就会无法脱身，危险程度远超熟悉的海边。

"扑通"一声，沈葳蕤跳入了池塘。

何初顾顾不上许多，救人要紧，冲夏陌上喊道："快从车上拿救生工具。"

又冲盛唐吼道："去把废电线扯下来，准备帮忙。"

"不用吧，一个废池塘而已，能有多深……哎呀，人不见了。"盛唐以为一个鱼塘顶多一米多深的水，沈葳蕤一时想不开，非要矫情地上演一出没有危险的戏码，他只当是一次玩笑。

不想沈葳蕤一跳入水中，立刻就不见了人影，盛唐才知道怕了。

何初顾三步并成两步，一个飞身跳入了池塘之中。水花闪过，他也消失不见了。

"快呀，别愣着了。"夏陌上急了，踢了盛唐一脚，"瞧你干的好事。"

盛唐苦着脸："我要么迁就你要么纵容她，到最后，里外不是人的反倒是我，我太难了。"

夏陌上上车去拿工具，盛唐去拽下了挂在木杆上面照明用的电线，等二人冲到池塘边时，还是不见何初顾和沈葳蕤的身影。

夏陌上急了，要跳下去，被盛唐拉住。

"先别冲动，等下我们在岸边比在水里更能帮助他们。你觉得你比何初顾的游泳技术更好？"

夏陌上摇头。

"我见过沈葳蕤游泳，她的速度和耐力顶我两个没问题。所以……"盛唐摇了摇头，"他们的问题，让他们自己解决，我们做好随时救人的准备就足够了。"

"不行，我要下水。"夏陌上关心则乱，推开盛唐，纵身跳入了水中，大喊一声，"初顾，我来帮你了。"

盛唐无奈摇头："才发现这孩子有点傻，人在水里听不到声音的。"

"我怎么会喜欢这样的一个傻子这么久？"

夏陌上刚跳入水中，何初顾和沈葳蕤就相继露出了水面。

"我说不让她跳水她非要跳，得，现在又得换成你们救她了。"盛唐急得直跺脚，"何初顾，快，夏陌上跳下去救你了，现在……人不见了。"

何初顾几乎没有片刻犹豫，转身又投入了水中。

沈葳蕤精疲力竭的样子，朝岸上的盛唐伸出了手："拉我一把。"

盛唐伸手够了够，够不着，又扔过来电线，扔偏了。他回身就走："等我找个木棍。"

沈葳蕤却自己走到了岸上，摇头一笑："知道你为什么不如初顾了吗？如果我是夏陌上，我也不会喜欢你。因为你最爱的人是自己，没有担当，从来不会为别人真正付出什么。"

盛唐假装没听见，心想你又不是我什么人，我为什么要为你付出？我又不是傻子。

不料沈葳蕤似乎听到了他的心声一样，又说："如果夏陌上遇到了危险，你也不会跳下去救她，你就是一个精致的利己主义者。"

盛唐正要反驳，夏陌上突然就从水中冒了出来："盛唐，快救我，我支撑不住了。"

盛唐迟疑片刻，转身就跑："你等下，我去拿救生工具。"

"哗啦"一声，何初顾破水而出，弯腰抱起夏陌上，一步一步走到了岸上。

夏陌上依偎在何初顾怀中，冲盛唐挥舞几下小手："不用麻烦了，我没事。葳蕤说得对，你最爱的人是自己，别再说有多喜欢我了，好吗？"

盛唐也不觉尴尬，嘿嘿一笑："你们到底演的是哪一出，我都迷糊了。好吧，不管是什么戏，反正我出局了是不是？"

"我得谢谢你们百忙之中捉弄我！"

何初顾放下夏陌上，冲沈葳蕤点了点头："谢谢你给我这样一个兑现承诺的机会。"又冲盛唐摆了摆手，"也谢谢你的真实表现，让你和陌上之间也有了一个彻底的了断。"

"这……"盛唐挠头，"你们是联合起来演一出大戏，敢情你们都是演职人员，只有我一个人是观众？"

"也不能这么说，我们都是演员，也都是观众。"何初顾拍了拍盛唐的肩膀，"谢谢你对我家陌上的喜欢，现在我可以替她说，你并没有自己想象中那么喜欢她，她也从来没有喜欢过你，你可以止损了。"

"至于你做过的伤害云上的事情，我们可以既往不咎，前提是，你转让名下所有的云上股份。"

"如果我不同意呢？"盛唐一挑眉毛。

"不同意也可以，就只能走法律程序了。"夏陌上拧了一把湿漉漉的头发，"管达久和艾良枫的指证，管雨儿的录音，如果再加上沈葳蕤的旁证，你觉得你还能逃脱法律的制裁吗？"

至此，夏陌上也大概猜到了什么，沈葳蕤应该是放下了心中芥蒂，决定用被救的方式让何初顾还她一个人情，从此放下过去。

盛唐一惊，连连摆手："不不不，你们误会了，我没有绑架沈葳蕤，是她非要我配合她来演一出戏，想要测试何初顾是不是一个信守承诺的人，也想知道你们的感情到底是不是牢靠。我也是被迫的，我是无辜的好人。"

沈葳蕤一拢头发，轻轻一笑："你无辜？你好人？盛唐，要不要我说出你对付云上的整个计划，以及你想对管雨儿做什么事情？"

盛唐脸色大变："沈葳蕤，你们女人怎么说翻脸就翻脸，能不能有点操守？做人，要像何初顾一样信守承诺。"

"合理合法的承诺，自然要信守。非法的害人的承诺，信守就是犯法了。"沈葳蕤笑了，"我想明白了，也看清了自己，实际上我是一个事业大于感情的人，心中之所以对何初顾念念不忘，不仅仅是喜欢他，更在意的是他的才华。"

"他帮星河设计了三款新品，目前市场反馈良好，其中有一款他和夏陌上联合设计的'好合'销量最好，我就想通了一个道理，与其对何初顾死缠烂打不放，不如主动后退一步，换取他对我在事业上的真心帮助。"

"你是什么时候想通的？"盛唐感觉自己受到了深深的伤害，"沈葳蕤，你的做法攻击性不强，侮辱性极强，我的心很痛，是被人欺骗后的千疮百孔。"

第六十八章　自己选的男友，含泪也要调教好

"在和初顾聊过之后，在请你来池塘帮忙前。"沈葳蕤嫣然一笑，"不好意思，我不是欺骗你，也是给你一次反思的机会，让你知道你其实没有你想象中那么喜欢夏陌上，所以你也没有必要非要赖在云上不走。不如大家都体面一些，和平而友好地分手。"

"你的意思是？"盛唐脑壳疼。

"你名下的股份转让给星河，星河会进一步扩大对云上的投资与支持力度。"沈葳蕤思路清晰而态度坚定。

盛唐明白了："以后云上继续走高端路线，星河走中低端，两家联合占领市场？"

"聪明，答对了。"何初顾扬了扬眉毛，"星河也会允许云上入股，以后星河和云上就是交叉持股了。"

夏陌上开心一笑："我和初顾联合设计的新品'百年'也要上市，会和星河的'好合'成呼应之势，肯定可以在市场上掀起一股热潮。"

盛唐一脸灰白加沮丧："到最后，我是唯一的失败者？为什么？凭什么？我又不是无恶不作的坏人！"

没有人回答他的不甘。

夏陌上、何初顾和沈葳蕤三人慢慢逼近了他。

盛唐步步后退。

后退了几步后，他站定了，一咬牙："你们都信任对方，愿意为对方跳进池塘，我承认比我强。好，我认输，我退出，只要不追究我的其他责任，我愿赌服输。"

三人对视一眼，都露出了疲惫却欣慰的笑容。

"不过我也有一个条件……"盛唐刚开口，见众人的目光如刀如剑，忙举起双手，"不是无理取闹，你们别用这种眼神看着我。"

"我想以后可以多和管雨儿来往，别多想，就是正常的朋友式的交往，我觉得她性格挺好，和她在一起吃饭、聊天、看电影什么的，不累。唉，现在让人不累的女孩就是好女孩，不是吗？"盛唐斜了沈葳蕤一眼，"说你呢，你就是让人觉得会累会疲倦，所以何初顾不选择你，我也喜欢不来你。"

"要死是吧？"沈葳蕤怒了，甩了盛唐一脸水，"信不信我把你扔池塘里面？"

"你扔不着！"盛唐哈哈一笑，转身飞快地如兔子一样跑了。

一周后，盛唐将名下股份转让给了星河。

又一周后，星河和云上签署了交叉持股协议，并且两家决定成为战略合作伙伴。

随后，警方公布的处理结果，云上所有有质量问题的产品，都是被人仿制的仿制品。盛唐也因设计陷害云上而被处以罚款。

云上借机召开发布会，借铺天盖地的新闻之势宣布任命何初顾为总经理，并且推出新品"百年"。同时，星河召开发布会，推出了新品"好合"。

"百年好合"推出之后，大受市场追捧。

春节转眼要到了。

夏陌上推开了何初顾办公室的门："有件事情得和你商量一下，过年的时候，爸妈希望你来我家。"

"过年还要加班，怕没时间。"何初顾继续发挥钢铁直男的优良传统，"平常去也可以，不一定非得过年去不是？"

愣了一会儿，见夏陌上不说话，他又问："你爸妈觉得我们合适吗？"

夏陌上板着脸："他们主动提出让你来家里过年。"

"过年就算了，他们是不是认为我们不合适呢？"何初顾又问。

夏陌上的脸色更硬了："过年是一家人团聚的日子。"

"我还是等他们觉得我们合适后，再去你家过年比较好。"何初顾的钢铁程度继续加固。

"要不这样，你来我家过年时，直接问问他们不就行了？"夏陌上恨不得打破何初顾的脑袋。

"可是，我答应爸妈带着小浦回老家过年了。"

"让你爸妈和小浦一起，都来我家过年。"夏陌上急得快要跺脚了，跟木头说话真累。

"他们不愿意走动，主要是没名分，非亲非故的。"何初顾化身千年木头。

不生气，自己选的男友，含泪也要调教好，夏陌上只能直截了当地表明立场了："我爸妈的意思是请你爸妈来我家过年，商量一下我们的婚事。"

"还有小浦和于小星的事情，也得见家长不是？"

何初顾才一副恍然大悟样："不早说，我还在想为什么突然请我爸妈过来过年了？你也真是的，说话就喜欢绕来绕去，直接告诉我不就得了。"

"小浦过来没问题，于小星就不好说了，得问小浦的意见。没准儿沈葳蕤还让他到沈家过年了。"于小星的真实身份，何初顾和夏陌上知道后，也没有太多惊讶。

"只要小浦来，小星肯定来。"夏陌上觉得何初顾简直不可救药了，"到时再请沈葳蕤也一起，再让她请来她的爸妈，三家人热热闹闹地坐在一起。"

"干吗？"何初顾一脸警惕，似乎嗅到了阴谋的味道。

"这么紧张干什么？我不会当着这么多人的面说到你和沈葳蕤的往事……"

"我和她没有往事，你随便说。"何初顾面不改色心不跳。

夏陌上笑了，又叹息一声："当年我妈和沈葳蕤的爸爸有过一段过节，我是希望他们能放下过去，活在当下，面向未来。"

话音刚落，沈葳蕤推门进来。

"我同意。是该坐在一起化解以前的恩怨了。"

她的身后还跟着小浦、于小星、盛唐和管雨儿。

"行，就这么说定了。不过……"夏陌上看向了盛唐和管雨儿，"怎么有多余的人?"

"头儿,我不多余,我是你的人。"管雨儿嬉皮笑脸地凑了过来,抱住了夏陌上的胳膊,"盛唐是我的人,这样算起来,他也是你的人,既然都是你的人,参加家庭聚会应该也够资格了吧?"

盛唐忙屁颠屁颠地跑过来:"我负责组织和采购,买东西、跑腿,我是专业的。"

"看在你是我们云上女婿的分儿上,勉为其难地答应你吧。不过,你得听指挥,大事小事都得由雨儿说了算。"夏陌上一脸的勉为其难。

"明白。"盛唐的回答斩钉截铁。

"有没有感觉像是回到了我们最初认识时的状态?"夏陌上开心地笑了,"人生若只如初见,真好。"